BASTEI
LÜBBE
TASCHENBUCH

Weitere Titel des Autors:

Blut und Rüben
Tod und Schinken

Titel in der Regel auch als E-Book erhältlich

Über den Autor:

Uwe Voehl, 1959 in Hagen geboren, begann schon während der Schulzeit, Anthologien herauszugeben. Nach dem Abitur studierte er BWL und Jura und arbeitete später als Werbetexter für Agenturen und Versandhäuser. Voehl gilt als einer der besten zeitgenössischen Phantastik- und Krimi-Autoren in Deutschland.

Uwe Voehl

DINNER MIT MORD

Krimi

BASTEI LÜBBE TASCHENBUCH

BASTEI LÜBBE TASCHENBUCH
Band 16 989

1. Auflage: August 2014

Dieser Titel ist auch als E-Book erschienen

MIX
Papier aus verantwortungsvollen Quellen
FSC® C006701
FSC www.fsc.org

Originalausgabe

Textredaktion: Monika Hofko, München
Lektorat: Ruggero Leò
Titelillustration: © shutterstock/Maglara;
© shutterstock/BlueSkyImage; © shutterstock/Natykach Nataliia;
© shutterstock/Antonio Abrignani; © shutterstock/Barbara Brolsma;
© shutterstock/nexus 7; © shutterstock/lbtn; © shutterstock/maigi
Illustration der Karte: Timo Kümmel, Berlin
Umschlaggestaltung: Christin Wilhelm, www.grafic4u.de
Satz: Urban SatzKonzept, Düsseldorf
Gesetzt aus der Garamond
Druck und Verarbeitung: CPI – Ebner & Spiegel, Ulm
Printed in Germany
ISBN 978-3-404-16989-4

Sie finden uns im Internet unter
www.luebbe.de
Bitte beachten Sie auch: www.lesejury.de

Für Hermann und Arminius

»Die Wirklichkeit,
die Wirklichkeit trägt wirklich ein Forellenkleid.«

(André Heller)

»Das ist der Wahrheit!«

(Bruce Darnell)

Personenregister:

Moritz Morgenstern: Journalist und Menschenzuhörer
Willy Beckervordersandforth: Landbesitzer und Wohnmobilfan
Martha Töberich: tot
Dieter Grabowski, genannt Duffy: Butler
Lisa Maier, genannt »Die Gräfin«: Queen-Verehrerin
Anna Lechna: ihre Doppelgängerin
Oliver Dylan Dickens, genannt Ollie: ein Engländer im Teutoburger Wald
Heribert Preuss: ehemaliger Aufsichtsratschef der JKF-Landesbank
Effie Beck: die Ex von Preuss
Werner Blanke: Doppelgänger
Lutz Leckwieser: ein Bär von Mann
Heinz Molini: Leib- und Magenwächter
Alexander Bode: Forstwirt
Albert Diekjobst: Politiker und Krimifan
Norbert Decarli: Polizist auf Liebespfaden
Windland: Chefin vom Ganzen
Gregory: Kameramann
Petra Kowalsky: Kameradame
Fee: Deko-Queen
Irene Nachtigall: Regie- und Produktionsassistentin
Tobi: Licht- und Tontechniker
Kai Mackensen: Effies Geschäftspartner und Liebhaber

1.

Ich saß an meinem alten Küchentisch und blätterte die Landeszeitung durch.

Ein Mann aus Minden hatte ein fünfzehn Monate altes Mädchen totgeschüttelt.

In Bad Oeynhausen gelang es einer Frau, einen Bullterrier mit einer Bratpfanne in die Flucht zu schlagen.

Ein Bestattungsunternehmer aus Blomberg stand vor Gericht, weil er zwei Urnen mitsamt Inhalt vertauscht hatte.

Beim letzten Heimspiel des Zweitligisten Arminia Bielefeld waren siebzehn Polizisten von Chaoten aus Dresden verletzt worden.

Die Bahn kündigte an, mal wieder die Preise zu erhöhen.

Der Strom in Detmold würde für die Stadtwerkekunden teurer werden, das Gas zum Glück nicht.

Ich beziehe kein Gas. In der Wohnküche bullert ein gusseiserner Ofen. Im Schlafzimmer gibt es nur eine defekte Nachtspeicherheizung. Wenn mir kalt ist, wärmt mich Luna. Hundefutter ist billiger als jede Heizung.

Ich legte die Morgenzeitung beiseite, stand auf und ging ins Badezimmer. Der Heizstrahler, der hier installiert war, funktionierte zwar, aber er fraß zu viel Strom.

Ich schaute in den Spiegel und betrachtete mein Gesicht.

Die Unzufriedenheit der letzten Wochen hatte sich darin eingegraben. Die Schatten unter den Augen und die heruntergezogenen Mundwinkel gefielen mir nicht.

Ich wusste, woher die Unzufriedenheit kam. Und doch wehrte ich mich gegen die Wahrheit. Andere nannten meinen Zustand Midlife-Crisis. Bei mir steckte mehr dahinter. Auch wenn ich bald einen runden Geburtstag feiern sollte.

Ich wusch und rasierte mich und ging zurück in die Wohnküche.

Luna lag ausgestreckt auf ihrer Decke und schaute mich mit traurigen Augen an.

Ihre Augen erschienen mir immer traurig. Das war nichts Neues. Neu war, dass ich mir einbildete, in ihren Augen lesen zu können.

Du brauchst eine Frau, schienen diese Blicke mir anklagend zu verstehen zu geben. *Und ich ein Frauchen.* Als Luna dazu auch noch einen tiefen Seufzer von sich gab, glaubte ich tatsächlich zu wissen, was sie meinte.

»Hast ja recht«, sagte ich.

Ich sah auf die Uhr. Es ging auf zehn zu. Normalerweise ging ich früher raus mit ihr. Aber gestern war es ziemlich spät geworden. Mein Freund Johnnie Walker war unangekündigt zu Besuch gekommen.

Aber gestern war gestern. Ab heute würde ich mich zusammenreißen.

Leider spielten sie im Radio in dem Moment einen Song, den ich hasse wie die Pest, wenn ich schlecht drauf bin. *Wonderful Tonight* von Eric Clapton, seine Ode an die Frau an seiner Seite.

Ich schaltete den Kasten aus, schnappte mir die Hundeleine und flüchtete aus meiner Wohnung, die mir plötzlich vorkam wie ein Gefängnis.

Draußen atmete ich durch. Die Luft war frostiger, als die zehn Grad, die das Thermometer vor meinem Küchenfenster angezeigt hatte, vermuten ließen. Dennoch war es zu warm für einen 10. Dezember.

Luna lief voraus. Ich freute mich auf den Spaziergang. Vielleicht würde ich endlich den Kopf freikriegen. Doch leider kam ich nicht weit. Mein Handy klingelte.

Norbert war dran. »Du bist schon auf?«

Ich ersparte es mir, darauf zu antworten. »Was gibt's?«

»Eine Leiche.«

»Was habe ich damit zu tun?«

»Das wirst du sehen, wenn du hier bist. Du solltest dich beeilen. Die Kollegen von der Spurensicherung treffen gleich ein. Wenn sie fertig sind, ist die Leiche erst einmal futsch.«

»Von wo rufst du eigentlich an?«

Er beschrieb mir den Fundort. Er lag in Quelle. Quelle liegt im Westen von Bielefeld direkt am Teutoburger Wald. Für mich eine Weltreise.

»Da brauche ich fast eine Stunde!«, sagte ich. »Und vorher muss ich noch mit Luna ins Gelände.«

»Hör zu«, knurrte er. »Es ist mir egal, an welchem Baum dein Hund pissen geht. Schaff deinen verdammten Hintern hierher! Und zwar so schnell wie möglich. Das ist mehr als ein freundschaftlicher Rat.«

Ich unterbrach die Verbindung. Einerseits fand ich seinen Anruf ziemlich anmaßend, andererseits war ich neugierig geworden. Wenn Norbert einen solchen Ton anschlug, hatte ihn etwas aus der Fassung gebracht.

»Sorry, Luna, unser Spaziergang fällt heute aus. Onkel Norbert verlangt nach uns.«

Luna legte den Kopf schief, dann trottete sie ins Gebüsch. Ungeduldig wartete ich, bis sie zurückkam, ging mit ihr zum Auto und ließ sie auf den Beifahrersitz springen. Dann fuhren wir los.

Als ich das Radio einschaltete, war Eric Clapton längst verstummt. Dafür lief nun *All of Me* von John Legend. Ein wahrer

Schmachtfetzen mit Gänsehautgarantie. Aber nicht in meinem Zustand. Genervt schaltete ich den Kasten aus. Während der Berufsverkehr um Detmold langsam zunahm, fragte ich mich, warum ich mir das antat.

Die Radionachrichten verbesserten meine Laune auch nicht. Verglichen mit dem, was in der Welt passierte, lebten wir hier im Paradies.

Ich fuhr die B 66 über Asemissen, Stieghorst und Sieker, bis ich endlich den Ostwestfalendamm erreichte. Linker Hand rauschte Dr. Oetker an mir vorbei. Erst dann habe ich immer das Gefühl, in Puddingtown angekommen zu sein. Bielefeld ist nicht wirklich meine Stadt.

Bei Quelle verließ ich den Ostwestfalendamm und hatte mein Ziel schon fast erreicht. Wie so viele eingegliederte Stadtteile ist auch Quelle bis 1969 eine eigenständige Gemeinde gewesen. Ich erinnerte mich nicht, dass ich hier schon mal durchgefahren war. Eine lange Hauptverkehrsstraße wird von zahlreichen Geschäften gesäumt: einem Lampengeschäft, einem Getränkemarkt, einem Bäcker, Imbissbuden, *Aldi*, *Edeka*, einem Buchgeschäft mit Post-Agentur, einer Sparkasse, einer Tankstelle, einer Eisdiele und sogar einem Bestattungsinstitut. Wer hier aufwächst, braucht seinen Stadtteil nie wieder zu verlassen. Von der Wiege bis zur Bahre.

Irgendwann fuhr ich links ab. Norbert hatte mir den Weg genau beschrieben. Das war auch gut so, denn ich benutze kein Navi. Für mich gehört das zu den Gehirnverblödungsmaschinen der Neuzeit. Zweitausend Jahre lang hat die Menschheit auch ohne Navigationsgeräte den Weg zum Ziel gefunden. Man muss sich ja nicht gleich nach den Sternen richten. Im Notfall tut es vernünftiges Kartenmaterial.

Ich überquerte einen Bahndamm, fuhr noch ein paar Hundert Meter weiter und entdeckte schließlich Norberts Dienstwagen. Ich parkte direkt dahinter, stieg aus und schaute mich um. Luna ließ ich im Wagen, was ihr nicht sehr gefiel.

Ich sah einen kleinen Park und einen idyllischen Teich. Von Norbert keine Spur. Von der Hauptstraße her brandete der Verkehr, ansonsten schien es mir ein geradezu idyllischer Ort zu sein. Noch nicht einmal ein Jogger störte die Ruhe. Inzwischen war ich bis zur Mitte des Teiches gegangen.

Ein merkwürdiges Geräusch ertönte hinter mir, und ich fuhr herum. Zugleich hörte ich Norberts Warnung. Etwas Riesiges Weißes kam auf mich zugeschossen. Instinktiv ließ ich mich fallen. Der weiße Blitz zischte über mich hinweg. Ich rollte mich herum und sah zu, dass ich so schnell wie möglich wieder auf die Füße kam.

»Hierher!«, hörte ich Norbert rufen. »Nimm die Beine in die Hand!«

Das brauchte er mir nicht zweimal zu sagen. Ein schneller Blick sagte mir, dass ich nicht viel Zeit hatte. Der »Blitz« war in Wirklichkeit eine riesige Gans. Und die war gerade dabei, den nächsten Angriff auf mich zu starten. Ich flüchtete. Das Schnattern und Fauchen in meinem Rücken hörte sich erschreckend nah an. Ich visierte meinen Wagen an. Wenn ich es dorthin schaffte, war ich in Sicherheit!

Aber so weit brauchte ich gar nicht zu laufen. Die angriffslustige Gans gab die Verfolgung bereits nach wenigen Metern auf. Offensichtlich beschränkte sie sich nur darauf, ihr Revier zu verteidigen.

»Hierher!«, schrie Norbert wieder. Er winkte mit hoch erhobenen Armen, damit ich ihn auch ja sah.

Ich setzte meinen Weg in normaler Gangart fort. Er sollte nicht denken, dass ich seinetwegen in Galopp fiel.

Er war nicht allein. Neben ihm standen zwei uniformierte Polizisten.

»Darf ich vorstellen: Oberkommissar Gerloff und Frau Kommissarin Nacke. Das ist Herr Morgenstern.«

Wir gaben uns die Hand.

Ich rechnete es Norbert hoch an, dass er sich jede spaßige Bemerkung über meinen unrühmlichen Auftritt verbiss. Dennoch hatte ich das Gefühl, dass die drei nur mühsam ein Grinsen unterdrückten.

»Herr Gerloff und Frau Nacke wurden von einem Nachbarn alarmiert, weil die Gänse ihn im Rollstuhl angegriffen haben. Er ist in ärztlicher Behandlung.«

»Es gibt noch mehr von den Biestern?«

»Ja, du hast Glück gehabt, dass du es nur mit dem Gänserich zu tun bekommen hast. Die Gänsedame ist beschäftigt.«

»Womit?«

»Wirst du gleich erfahren.«

»Die Problematik mit den Gänsen ist uns seit Langem bekannt«, schaltete sich Oberkommissar Gerloff ein. Mit seinen zwei Metern überragte er uns alle. Ich schätzte ihn auf Ende fünfzig. Er trug einen Schnauzer und hatte eingefallene Wangen. Die Uniform schlotterte um seinen hageren Körper. »Die Anwohner hier machen einen Bogen um die Gänse. Die sehen den Teich und den Weg als ihr Revier an und greifen jeden an, der größer ist als sie. Die Anwohner haben sich ihre eigene Taktik zugelegt, wie sie damit umgehen. Einige füttern sie sogar. Jedenfalls ist es bis jetzt nie zu ernsthaften Übergriffen gekommen.«

»Bis heute ...«, sagte die Kommissarin. Sie war klein und zierlich. Mit ihrer Größe war sie wahrscheinlich so gerade noch in den Polizeidienst gerutscht. Eine blonde Haarsträhne lugte unter ihrer Mütze hervor. »Als wir vorhin hierher gefahren sind, um nach dem Rechten zu sehen, hat uns der Gänserich sofort angegriffen. Ich habe ihn abgelenkt, und Erwin – mein Kollege – hat sich währenddessen umgeschaut …«

Sie blickte den Oberkommissar an, damit der fortfahren sollte. Die beiden, so dachte ich bei mir, bildeten ein gut eingespieltes Team.

»Die Gänsedame fand ich in dem Busch dort am anderen Ufer.« Er zeigte hinüber. »Sie hat mich sofort attackiert, als ich mich ihr genähert habe. Sie steckt noch immer dort im Gebüsch.«

Ich sah, wie auch der Gänserich dorthinein verschwand. Mein Blick wanderte zu Norbert.

»Und deshalb hast du mich angerufen?«

»Eigentlich sind Gänse reine Pflanzenfresser; bis auf die Jungen, die ernähren sich von Insekten«, sagte Gerloff unvermittelt. »Ich glaube daher nicht, dass die beiden die Leiche derart zugerichtet haben. Ich denke mal, die ist bereits in Verwesung übergegangen.«

»Was für eine Leiche?«, fragte ich.

»Auf die ich gestoßen bin, als ich in dem Gebüsch nachgeschaut habe«, sagte Gerloff. »Die Gänse betrachten sie als ihren Besitz. Vielleicht ernähren sie sich auch von den Maden, keine Ahnung.«

Ich sah ihn entgeistert an. »Aber was habe *ich* damit zu tun?«

Gerloff räusperte sich, doch er schwieg.

Für ihn fuhr Norbert fort: »Die Leiche befindet sich bereits in Verwesung. Sicher wunderst du dich, dass hier nicht schon alles abgesperrt ist …«

Ich sah ihn fragend an.

»Nun, das geht auf meine Kappe. Ich denke, ich bin dir das

schuldig. Ich habe die Kollegen gebeten, noch niemanden weiter zu benachrichtigen. Bis auf das Tierheim. Eigentlich sollten die schon längst hier sein, um uns die Gänse vom Hals zu schaffen.«

Über den Teich hinweg erklang lautes Schnattern. Als hätten sie uns gehört. Gleichzeitig parkte ein weiterer Wagen hinter meinem Volvo. Die zwei bullig wirkenden Insassen stiegen aus und sahen sich um. Norbert winkte, und sie kamen in unsere Richtung gestiefelt. Die beiden Männer waren tatsächlich vom Tierheim.

Norbert erklärte kurz die Lage.

»Dafür sind eigentlich nicht wir zuständig, sondern die Stadt«, erklärte einer der beiden.

»Aber jetzt, wo Sie schon mal da sind, können Sie sich doch auch darum kümmern. Sie müssen sie ja nur für kurze Zeit in Gewahrsam nehmen. Bis morgen vielleicht. Die Kosten für Ihren Einsatz übernehmen wir«, sagte Norbert.

Nach kurzer Diskussion erklärten sich die beiden Männer bereit. Weitere zehn Minuten später hatte sich das Gänseproblem erledigt. Der Wagen fuhr mit ihnen davon. Mittlerweile hatten sich ein paar Passanten eingefunden.

»Kümmern Sie sich bitte um die Leute«, wandte Norbert sich dann an Gerloff. »Und rufen Sie die Spurensicherung und die anderen Kollegen an. Vielen Dank, dass Sie mir den Zeitvorsprung gewährt haben.«

»Nichts zu danken«, sagte Gerloff, und er und seine Kollegin zogen ab. Ich stand mit Norbert allein da. Noch immer hatte ich nicht den leisesten Schimmer, was die ganze Geheimniskrämerei sollte. Und Norbert schwieg weiter beharrlich.

Als wir vor dem Busch standen, in dem die beiden Polizisten den Toten gefunden hatten, schob er die Zweige des immergrünen Gewächses zurück. Unwillkürlich hielt ich den Atem an.

Ich erwartete den Geruch von Verwesung. Aber wenn, dann hätte ich ihn schon früher wahrnehmen müssen. Also war die Leiche bereits länger tot.

Ich zuckte zusammen, als ich sie erblickte. Viel war nicht mehr zu erkennen. Es sah aus, als hätten sich Kannibalen hier gütlich getan und die Überreste einfach liegen lassen. Die Haut hing in Fetzen von den Knochen, Haarbüschel und Nägel lagen verstreut herum. Das Gesicht war stark aufgedunsen, es war nicht mehr zu erkennen, ob es sich um einen Mann handelte oder um eine Frau. Dort, wo die Augen gewesen waren, hatten wahrscheinlich Ratten genagt. Ein paar Gliedmaßen fehlten. Wahrscheinlich hatten Wildtiere sie verzogen. Überall am Körper erkannte ich Verletzungen wie von Stichen oder Bissen. Die konnten allerdings auch von den Gänsen stammen.

Ich spürte, wie mein Magen rumorte. »Das ist nicht mehr lustig«, sagte ich.

»Nein, das ist es nicht«, antwortete Norbert. Auch er hatte offenbar einen Kloß im Hals. »Da hat sich keiner hingelegt und beschlossen zu sterben. Da liegt ein Mensch, den ein anderer Mensch bestialisch umgebracht hat.«

»Wer tut so was?«

Er zuckte die Achseln. »Ein Kranker.«

Obwohl der Anblick mich abstieß, musste ich wie gebannt auf die Leiche schauen. Der Tod wehte zu mir herüber. Aber nicht fassbar. Und doch fühlte ich mich, als hätte mir jemand die Faust in den Magen gerammt. Ein unangenehmer Geschmack blieb in meinem Mund zurück.

»Die Person ist seit mindestens einem Monat tot, wahrscheinlich länger«, sagte Norbert.

Ich sah gerade fasziniert auf das Gebilde, das der Leiche zwischen den Zähnen steckte. Im ersten Moment hatte ich es für eine Art Piercing gehalten. Aber das war kein Piercing da zwischen den Zähnen.

Und ein Piercing war auch nicht weiß und aus Plastik.

»Was bedeutet dieses weiße Ding da zwischen den Zähnen?«, fragte ich.

»Das weißt du nicht?«

Ich hatte das Gefühl, dass Norbert mich genau taxierte. »Nein, woher soll ich das wissen?«

Er taxierte mich noch immer. Allmählich machte sein Blick mich unruhig.

»Okay, komm, gehen wir. Hier können wir nichts mehr tun«, sagte Norbert schließlich.

Er ging rückwärts aus dem Gebüsch. Ich folgte ihm nicht sofort, sondern warf einen letzten Blick auf die Leiche. Auf den Plastikring zwischen den gebleckten Zähnen. Aber ich konnte mir immer noch keinen Reim auf das alles machen.

Als ich wieder neben Norbert stand, stellte ich ihn zur Rede. »Deswegen hast du mich hierher befohlen? Damit mir das Frühstück wieder hochkommt?« Es tat gut, den Ärger rauszulassen. So konnte ich die makabren Bilder vor meinem inneren Auge verdrängen. Allerdings nur ein bisschen.

»Dir kommt das alles vielleicht komisch vor, aber ich werde es dir erklären. Nur nicht jetzt. Weißt du, was gleich hier los ist, wenn die Kollegen eintreffen? Da solltest du nicht hier sein. Ich ruf dich an, wenn wir hier fertig sind.«

Das nannte ich abservieren, aber seltsamerweise vertraute ich ihm. Sicherlich würde es für alles einen Grund geben. Ich nickte, zum Zeichen, dass ich verstanden hatte.

Als ich mich schon ein paar Schritte weit von ihm entfernt hatte, sagte er: »Vielleicht kannst du mir in der Zwischenzeit einen Gefallen tun.«

»Und der wäre?«

»Hast du schon mal vom Lindenhof gehört?«

Ich dachte einen Moment nach. Dann schüttelte ich den Kopf. »Nein. Was soll das sein? Ein Bauernhof?«

»Fahr hin und finde es heraus.«

»Was soll das werden? Eine Art Rätsel?«

»Eher eine Challenge. Vielleicht fällt dir dort was auf. Es könnte was mit der Leiche zu tun haben. Schau dir den Kasten einfach mal an, und sag mir hinterher, was du davon hältst.« Norbert erklärte mir den Weg dorthin.

Natürlich hatte es mit einer Leiche zu tun.

Aber nicht mit dieser, wie ich später erfahren sollte.

Der Lindenhof lag in Bielefeld-Senne. Von Quelle aus waren es nur fünfundzwanzig Minuten dorthin. Ich nahm die B 61 Richtung Brackwede. Dann musste ich doch auf die Autobahn, auf die neue A 33. Zum Glück herrschte kaum Verkehr. Ich fragte mich, wem überhaupt mit der A 33 gedient war. Millionen waren hier verpulvert worden. Mitten hinein in die Landschaft hatte man gegen den Widerstand der Bevölkerung Teilstück um Teilstück gebaut. Und das alles nur, damit irgendwelche Raser noch ein paar Minuten schneller ans Ziel kamen.

Ich fuhr Richtung Eckardtsheim. Hier irgendwo sollte der Lindenhof sein. Vorbei an einem Reiterhof. Auf die Wilhelmsdorfer Straße. Dann ging es rechts in den Pettenkoferweg und schließlich in den Lindenhofweg.

Ich stellte meinen Volvo am Straßenrand ab und ging zu Fuß weiter.

Ein großes Fachwerkgebäude ragte vor mir auf. Es war ein lang gestrecktes Gebäude mit etlichen Anbauten, Erkern und Balkons. Auf den ersten Blick erkannte ich, dass es nur noch eine Ruine war. Die meisten Fenster waren mit Brettern vernagelt, einige andere waren eingeschlagen. Die leeren Fensterhöhlen schienen mich anzustarren. Teilweise waren die Mauern mit Efeu überwuchert. Putz blätterte vom Mauerwerk. Der Lack war ab, wie man so schön sagt. Trotz des hellen Anstrichs wirkte das Haus abweisend und unheimlich. Wahrscheinlich lag es an der Stille, die hier herrschte. An der Verlorenheit, die verlassenen Häusern oft eigen ist.

Ich spürte ein Kribbeln am ganzen Körper, eine Art Warnzeichen, hier schleunigst wieder zu verschwinden. Es war die Urangst vor Orten wie diesem. Doch ich hielt ihr stand. Dabei fragte ich mich, wieso Norbert mich ausgerechnet hierhin geschickt hatte.

Lindenhof. Irgendwo, glaubte ich nun, hatte ich den Namen doch schon einmal gehört. Aber ich war mir nicht sicher. Er war ja nicht gerade ausgefallen.

Zögernd trat ich näher. In der Tat habe ich einen Heidenrespekt vor solchen Orten. *Lost Places.*

Ich kann einem Toten in die Augen schauen. Ich kann ihn sogar anfassen. Mit Gewalt kann ich umgehen. Auch Blut kann ich sehen. Ich kann dabei mithelfen, wenn ein Schwein geschlachtet wird. Ich habe keine Angst vor Schlägern und Psychopathen.

Aber verlassene Häuser lösen bei mir mehr aus als bei anderen Menschen. Vor meinem inneren Auge sehe ich die ehemaligen Bewohner. Ich höre sie sprechen, streiten, weinen und lachen. Ich weiß, dass das nur Einbildung ist. Vielleicht bin ich in der Hinsicht nur sensibler als die meisten.

Norbert weiß, wie ich ticke. Aber warum hatte er mich dann ausgerechnet hierhin geschickt? Was sollte das?

Ich gelangte zu einer überwucherten Veranda. Die ebenerdigen Fenster waren mit Brettern vernagelt. Darauf hatten Graffitisprayer ihre Botschaften hinterlassen.

FLÜCHTE!, stand da etwa in blutroter Farbe.

Ich musste lächeln, als ich mir die Hosenscheißer vorstellte, die hier wahrscheinlich regelmäßig am Wochenende den besonderen Kick suchten. Das Gebäude war in einschlägigen Kreisen bestimmt als Geisterhaus bekannt.

Ich verließ die Veranda und ging um das Gebäude herum. Ich fragte mich, wie lange es dem umliegenden Wäldchen wohl noch trotzen konnte. Es war ein romantischer Gedanke, dass es irgendwann ganz überwuchert sein würde.

Schließlich stand ich vor dem Hauptportal. Es war genauso verrammelt wie die meisten Fenster.

»Suchen Sie wen?«

Die tiefe Stimme ließ mich herumfahren. Aber ich entspannte mich gleich wieder. Zehn Meter von mir entfernt stand ein alter Mann. Er trug eine karierte Wolljacke und eine ausgebeulte Jeans. Die zerfranste Kappe auf seinem Kopf hatte schon bessere Tage gesehen. Ein blauer Siegeskranz mit einer Flagge und einem A darin stach mir ins Auge. Damals hatte Arminia noch gesiegt und wahrscheinlich in der Ersten Bundesliga gespielt.

Seine Stimme hatte so tief geklungen wie die von John Waynes deutschem Synchronsprecher. Wären wir in einem Western, dann hätte der Mann mit einem Gewehr im Anschlag dagestanden. In den USA sollen sie unerwünschte Besucher noch heute so empfangen. In Ostwestfalen hatte man für solche Fälle seinen Schäferhund dabei.

Der Alte hielt ihn an der kurzen Leine. Aber selbst wenn er ihn freigelassen hätte, hätte ich keine Sorge gehabt, dass er sich auf mich stürzen würde. Der Rüde war uralt und schien eher Angst vor mir zu haben als ich vor ihm.

»Nein«, sagte ich. »Oder wohnt da drin noch jemand?«

»Haben Sie nicht die Absperrung gesehen? Das hier ist Privatgelände.«

»Ich weiß: Eltern haften für ihre Kinder?«

»Wollen Sie mich verarschen?«

Ich seufzte. »Nein, aber sehe ich aus wie eine Sprayer? Oder wie jemand, der Fensterscheiben einwirft?«

Die Worte taten ihre Wirkung. Der alte Mann ließ das Gewehr sinken.

»Wenn Sie wüssten, was für Gesocks hier manchmal so auftaucht«, sagte er. Er ließ die Leine los und meinte: »Mach schon, Hermann, und begrüß den Onkel.«

»Ist nicht nötig«, winkte ich ab.

Aber Hermann humpelte schon auf mich zu und beschnupperte mich. Wahrscheinlich roch er Luna, denn es machte ihm auf seine alten Tage offensichtlich Freude. Er wedelte mit dem Schwanz.

»Er kann Sie gut riechen«, stellte sein Herrchen fest.

»Hunde, die mit dem Schwanz wedeln, können auch zubeißen.«

»Stimmt, aber dann wedeln sie anders. Sie kennen sich aus mit Hunden?«

»Ich habe selbst eine Hündin.«

Damit war das Eis gebrochen. Der Mann kam heran und schüttelte mir die Hand. »Beckervordersandforth«, stellte er sich vor. »Willy.«

»Willy kann ich mir merken. Ich heiße Moritz.«

»Was treibt Sie hierher, Moritz?«

»Ein guter Freund hat mir die Adresse genannt. Er meinte vielleicht, es würde mir gefallen. Aber ich sehe bloß ein abbruchreifes Gebäude.«

»Drinnen sieht es noch schlimmer aus. Da haben die Vandalen gehaust. Sind Sie Architekt, Grundstücksspekulant oder sonst ein Ganove?«

»Gott bewahre, ich bin Journalist.« Mit Grundstücksspekulanten hatte ich selbst schon genug Scherereien gehabt. Ich konnte seinen Argwohn verstehen.

»Dann sind Sie willkommen. Wollen Sie einen Artikel über den Lindenhof schreiben? Da wären Sie nicht der Erste.«

»Der Lindenhof ...« Wie er es aussprach, brachte es erneut etwas in meiner Erinnerung zum Klingen.

»Jetzt sagen Sie bloß nicht, Sie wissen gar nicht, was das hier ist?«

»Ehrlich gesagt, nein.«

»Haben Sie Lust auf eine Tasse Kaffee?«

Ich horchte in mich hinein. Ja, ich hatte. Noch immer hatte ich das Erlebnis am Teich nicht verdaut. Jetzt stand ich hier vor diesem Geisterhaus und fühlte mich völlig fehl am Platz. Ich hätte nichts essen können, noch nicht einmal eine Scheibe trocken Brot. Doch Kaffee würde den unangenehmen Geschmack vertreiben, den ich seitdem im Mund hatte.

»Wo wollen Sie den denn herzaubern?«

»Nix zaubern, ich habe dahinten mein Wohnmobil.«

Ich nickte und schloss mich ihm an. Hermann trottete hinter uns her. Ich war froh, dass ich Luna nicht mitgenommen hatte. Sie hätte die alte Töle wahrscheinlich so auf Trab gebracht, dass die einen Herzschlag erlitten hätte.

Willys Schritt war umso forscher. Ich schätzte Willy auf Mitte siebzig. Dafür war er noch sehr rüstig.

»Wollen wir nicht auf Ihren Hermann warten?«

»Hermann findet den Weg. Überall. Einmal war ich mit ihm in den USA. Route 66. Den ganzen Ritt haben wir zusammen im Wohnmobil gemacht. An irgend so einer Tankstelle in der Einöde war er plötzlich weg. Ich habe einen Tag und eine Nacht lang gewartet und nach ihm gesucht. Dann bin ich weitergefahren. Nach drei Tagen tauchte er plötzlich wieder auf, als ich am Lagerfeuer saß ...«

Ja, die alten Geschichten. Wie oft hatte Willy die wohl schon jemandem erzählt! Ich bedauerte, dass ich mich auf den Kaffeedeal eingelassen hatte.

Hinter dem Wäldchen stand Willys Wohnmobil. Ich hatte nichts Protziges erwartet, aber so einen Klapperkasten auch nicht. Ich fragte mich, ob der uralte Opel Blitz überhaupt noch fahrtüchtig war. Oder überhaupt für den Verkehr zugelassen. Denn er hatte noch eine zweite Etage. Auf das Dach war das Oberteil eines VW-Bulli aufgeschweißt. Das Gefährt würde der TÜV wahrscheinlich nicht abnehmen. Zumindest nicht der deutsche.

»Oben schlaf ich, unten wohn ich«, erklärte Willy stolz. »Tolles Teil, oder? Damit war ich achtundsechzig schon in Woodstock.«

Woodstock war neunundsechzig, das weiß ich zufällig genau, aber vielleicht ließ Willys Gedächtnis allmählich nach. Er hielt mir die Tür auf und ließ mich vorausgehen. Ich zwängte mich durch den engen Eingang und schnupperte. Es roch nach Räucherstäbchen, Kaffee und Cowboystiefeln aus Leder.

»Geh weiter durch und setz dich«, sagte Willy.

Ich gehorchte. Aber ich fand nichts zum Setzen. Es herrschte ein heilloses Chaos. Zumindest soweit ich es erkennen konnte. Vor den Fenstern hingen regenbogenfarbene Stofflappen, sodass es drinnen ziemlich dunkel war.

»Warte, ich mach dir Platz«, erbot sich Willy.

Sekunden später hatte er das Gerümpel zu Boden geworfen, eines der Tücher vor dem Fenster hochgerollt und hockte sich mir gegenüber hin.

»Gemütlich hast du's hier«, heuchelte ich. Ich war zum vertraulichen Du übergegangen, weil in dieser Enge ein Sie gepasst hätte wie die Faust aufs Auge.

»Das sag ich dir. Ich pfeif doch auf den ganzen Luxus. Hier bin ich mein eigener Herr.«

Mittlerweile hatte es auch Hermann geschafft, sich in das Gefährt zu wuchten. Keuchend wälzte er sich neben mich. Hermann stank. Das hatte ich draußen nicht bemerkt. Aber auch so wäre ich am liebsten gleich wieder geflüchtet.

Auf einer schmalen Ablage stand die Kaffeemaschine, die nun umständlich von Willy bedient wurde. Nach zwei Minuten war der Kaffee durch. Und er schmeckte sogar.

»Jetzt willst du bestimmt, dass ich dir was über den Lindenhof erzähle, oder?«

Wahrscheinlich konnte ich ihn nicht mehr davon abhalten. Also nickte ich.

»Der Lindenhof wurde 1886 von der Anstalt Bethel gebaut. Die Anstalt war für ziemlich betuchte Leute gedacht. Nervenkranke, die sich von der ruhigen Umgebung Heilung versprochen haben. In den Weltkriegen hat es als Lazarett gedient. In den Fünfzigerjahren war es eine Anstalt für nervenkranke Männer. Zwischendurch war es auch mal ein Kinderheim. Seit 1998 ist es geschlossen und verfällt immer mehr. Heute spuken nur noch die Geister dort herum.«

»Gehört es immer noch Bethel?«

»Nein, es hat mehrmals den Besitzer gewechselt. Und jetzt gehört es mir.«

»Dir?«

»Na ja, mir gehört das Land, auf dem die Ruine steht. Also gehört mir auch der Lindenhof. Allerdings vielleicht nicht mehr lange.«

»Wieso? Will jemand das Gebäude kaufen?«

»Wer weiß? Das ist jedenfalls nicht meine Sache. Ich passe hier nur auf, dass die Vandalen nicht noch mehr zerstören.«

Für mich war das Thema neu. Daher fragte ich nach. »Wer kommt denn da so?«

»Meistens sind es junge Leute, die hier Party machen wollen. Dann die ganzen Gruftis und Spinner, die glauben, sie würden hier ein Gespenst oder einen Geist treffen. Manche filmen hier nachts und schwören hinterher, sie hätten Schatten gesehen und Kinderstimmen gehört. Voll der Unsinn! Jedenfalls ist das ganze Haus innen verwüstet.«

Ich hörte Willy still zu und versuchte die ganze Zeit, eine Antwort darauf zu finden, weshalb Norbert mich hierher geschickt hatte.

Als ich zurück auf das Anwesen fuhr, auf dem sich das trutzige Gebäude befindet, in dem auch ich einen winzigen Seitenflügel als Refugium bezeichnen darf, glaubte ich mich in einen Film versetzt. Nur sah ich nirgendwo eine Kamera.

Die Gräfin stand mitten auf dem Hof und warf mit beiden Händen Konfetti in die Luft. Ihre beiden Möpse sprangen kläffend um sie herum und versuchten, das Konfetti zu fangen.

Vor der Gräfin stand eine Frau in einer dicken wattierten Jacke und in Jeans und klatschte Beifall.

Ollie und Duffy schauten sich das Spektakel stumm an. Von Duffy war ich es gewohnt, dass er mit unbewegter Miene dastand. Er war ein Butler alter Schule und hätte es für unwürdig befunden, auch nur ein Lächeln anzudeuten. Von Ollie war ich mehr Emotionen gewohnt, aber wahrscheinlich war selbst ihm das Spektakel zu grotesk. Und das, wo ihm als Engländer doch nichts skurril genug sein sollte. Ollie – eigentlich Oliver Dylan Dickens – hatte das Anwesen vor zwei Jahren geerbt. Zuvor hatte er sein Vermögen an der Börse verzockt, sodass er fast mittellos in den Teutoburger Wald gekommen war. Seitdem versuchten wir alle gemeinsam, ihm finanziell auf die Beine zu helfen.

Als ich hinzutrat, wandte sich die Gräfin freudestrahlend zu mir. »Das ist gut, dass Sie kommen, Moritz. Wo haben Sie nur die ganze Zeit gesteckt?«

Anstatt zu antworten, sah ich Ollie an. »Was wird das hier? Eine Zirkusnummer?«

»Die Herren und Damen vom Fernsehen sind angekommen«, erklärte die Gräfin. »Ist das nicht aufregend?«

Ich schaute die fremde Frau an. Wenigstens hatte sie mit dem Klatschen aufgehört.

»Nachtigall«, stellte sie sich vor. »Irene.« Sie streckte mir die Hand hin.

Ich nahm sie und stellte fest, dass sie warm und weich war.

»Morgenstern«, stellte ich mich vor.

Wir mussten beide lachen.

»Mimi Nachtigal und Venus Morgenstern in der Unterwelt«, frotzelte sie.

Ich muss eine ziemlich ratlose Miene aufgesetzt haben, denn sie lachte wieder.

»Kennen Sie nicht? Müssen Sie auch nicht! Ist auch schon zehn Jahre alt. *Vom Suchen und Finden der Liebe*. Er: Mimi Nachtigal, gespielt von Moritz Bleibtreu. Sie: die Sängerin Venus Morgenstern.«

»Ich fürchte, ich würde keine gute Sängerin abgeben.«

»Sind Sie verwandt mit dem Dichter?«, fragte sie.

»Ich habe nie Ahnenforschung betrieben. Aber ich kenne seine Werke.« Jetzt fühlte ich mich bemüßigt, mit meinem Wissen zu glänzen. »Kennen Sie das Gedicht *Palmström an eine Nachtigall, die ihn nicht schlafen ließ?*«

»Jetzt nicht, Moritz«, funkte die Gräfin dazwischen. »Wir

müssen doch hier fertig werden. Außerdem ist es bitterkalt, nicht wahr?«

Sie sah Ollie und Duffy antwortheischend an.

Ollie zuckte mit den Schultern. Duffy stimmte ihr zu. »Herr Morgenstern hat wie immer keinen Sinn fürs Timing.«

Frau Nachtigall lächelte mir entschuldigend zu und wandte sich an die Gräfin. »Wir müssen das Ganze noch einmal üben, Frau Maier.«

Die Gräfin zuckte schmerzlich berührt zusammen. Nichts hasste sie mehr, als bei ihrem Namen genannt zu werden, wie Lieschen Müller!

»Am besten ohne Möpse. Und Sie müssen lächeln. Lächeln! Unsere Zuschauer möchten Sie lächeln sehen!« Irene Nachtigall verzog nun selbst den Mund und zeigte zwei tadellos blitzende Zahnreihen.

»Um was geht es überhaupt?«, wagte ich zu fragen. *Die Damen und Herren vom Fernsehen …* Mir schwante nichts Gutes.

»Wir haben doch erst letztens darüber gesprochen«, sagte die Gräfin.

»Letztens?«

»Also schön: meinetwegen im letzten Jahr. Jedenfalls sind wir jetzt im Fernsehen.«

»Und wo ist die versteckte Kamera?«

»Die mit den Kameras kommen erst heute Nachmittag«, schaltete sich Irene Nachtigall ein. »Ich bin sozusagen die Vorhut. Regie- und Produktionsassistenz.«

»Sind das nicht zwei Paar Schuhe?«

»Bei uns wird eins daraus. *Fun & Action* ist eine sehr kleine Firma.«

»Action?«

»Wir haben uns auf Dinner-Shows spezialisiert. Die eine oder andere kennen Sie vielleicht.«

»Ich schaue nicht fern. Die Nachrichten im Radio reichen mir. Mehr brauche ich nicht, um depressiv zu werden.«

»Unsere Shows dienen ausschließlich der Unterhaltung«, betonte Irene Nachtigall.

»Bitte, der Gräfin ist kalt«, erinnerte Duffy uns mit Leidensmiene. Er trug nur seine Dienerlivree und zitterte wahrscheinlich ebenso.

»Wir gehen schon mal in den Salon«, sagte Ollie und klopfte mir freundschaftlich auf die Schulter. »Du wirst begeistert sein, was die vom Fernsehen mit uns vorhaben.«

Das bezweifelte ich. Aber ich ließ mich dennoch von ihm hineinführen.

»Und halten Sie mir bitte die bellenden Biester vom Leib!«, hörte ich Irene Nachtigall Duffy zurufen.

Ein Blick über die Schulter verriet mir, dass er tatsächlich angestrengt versuchte, Muff und Potter einzufangen.

Im Salon schenkte mir Ollie erst einmal einen Whisky ein, während ich mich in einen Sessel setzte. »Du siehst ganz schön mitgenommen aus, alter Knabe. Hat dir der Auftritt der Nachtigall so zugesetzt?« Auch er nahm Platz.

Ich winkte ab, trank den edlen Lagavulin in drei Schlucken aus. Weiß der Teufel, woher Ollie das Geld hatte, stets für Nachschub zu sorgen. Dann erzählte ich Ollie, dass Norbert mich zu einer fast bis zur Unkenntlichkeit verwesten Leiche in Quelle bestellt hatte.

»By Jove! Und jetzt?«

Ich zuckte die Achseln. »Ich weiß nur, dass ich mit der oder dem Toten nichts zu tun habe.«

Ollie schenkte nach.

Ich trank auch das zweite Glas. Das unangenehme Gefühl in meinem Magen wich wohliger Wärme. Am liebsten hätte ich jetzt Palmström rezitiert. Meine Gedanken wanderten zu

Irene Nachtigall. »Was ist mit ihr?« Ich deutete nach draußen. »Stimmt es, was die Gräfin gesagt hat?«

Ollie wand sich sichtlich. »Eigentlich sollte sie dir das lieber selbst erzählen. Schließlich steckst du mit drin.«

Ich sah ihn misstrauisch an. Es wäre nicht das erste Mal, dass ich vor vollendete Tatsachen gestellt werden würde. Dennoch konnte ich es mir nicht vorstellen.

»Du meinst, weil ich Wand an Wand mit euch wohne?«

»Oh nein, weil – also, sie sollte es dir wirklich selbst sagen.«

»Jetzt spuck's schon aus!« Trotz des Whiskys spürte ich nun das flaue Gefühl wieder.

»Möchtest du noch einen?«, fragte Ollie beflissen.

»Nein danke, ich möchte nur die Wahrheit hören.«

Ollie schenkte sich nach und trank. Dann straffte er sich. »Also, es ist folgendermaßen: Die Fernsehleute haben eine Kaution verlangt. Nur pro forma, wenn etwas schiefläuft ...«

»Was soll schon schieflaufen?«

»Eben. Du kannst also völlig beruhigt sein. Du wirst den Betrag nie zahlen müssen. Er steht sozusagen nur auf dem Papier.«

Ich verstand zwar, was er sagte, aber ich begriff es nicht. Zumindest nicht sofort. Erst ganz allmählich erschloss sich mir der Sinn.

»Moment mal! Nur damit ich dir folgen kann: Damit ihr bei der Dinner-Show mitmachen dürft, musstet ihr bei *Fun & Action* eine Kaution hinterlegen.«

Ollie winkte ab. »Nicht wir. Die Gräfin.«

»Das spielt keine Rolle.« Ich nahm ihn weiter mit in Sippenhaft. »Und weil ihr notorisch pleite seid, wollt ihr mich angeben.«

Beruhigt lehnte ich mich zurück. Über mein Konto verfügte immer noch ich. Und es wäre bei Weitem voller, wenn ich die Gräfin und Ollie nicht schon öfter hätte unterstützen müssen.

»Nicht wollen«, sagte Ollie. Er nestelte an seinem Kragen. Offensichtlich war ihm das Thema unangenehm. »Die Gräfin hat den Vertrag unterschrieben. Und als Bürgen hat sie dich eingesetzt.«

»Sie kann einsetzen, wen sie will, solange ich nichts unterschreibe ...«

»Eben, du warst ja nicht da.«

Ich überlegte. »Du meinst die Woche, als ich in Berlin war?« Ich hatte dort auf Kosten eines Nachrichtenmagazins recherchiert.

»Genau. Die Gräfin meinte, sie könnte nicht länger warten. Sie hat was von Entscheidungsdruck gesagt.«

»Das heißt, die Dame da draußen hat sie unter Druck gesetzt?«

»Gewissermaßen. Sie haben zig andere Bewerber, die sich darum reißen, ins Fernsehen zu kommen. Schließlich ist das auch unsere einzige Chance. Also haben wir für dich unterschrieben ...«

»Ihr habt meine Unterschrift gefälscht?«

Ollie versank fast im Sesselpolster. »Nicht direkt. Wir waren uns einig, dass du unterschrieben hättest, wenn du dagewesen wärest.«

Ich sprang auf und funkelte ihn wütend an. »Wenn deine Moral nur halb so gut wäre wie deine deutsche Grammatik, würdest du im Erdboden versinken! Ich werde das Ganze gleich aufklären und rückgängig machen ...«

Ollie sah mich ängstlich an. »Dann sind wir pleite. Restlos!«

»Restlos? Wirklich restlos?«

Ich hatte zwar mitbekommen, dass der Gasthof in den letzten Wochen immer schlechter besucht war, aber ich wusste nicht, dass es so schlimm stand. Seit einer Woche hatte die Gräfin das *Rübezahl* geschlossen. Mir gegenüber hatte sie behauptet, es lohne sich nicht, in den Wintermonaten geöffnet zu haben. Wahrscheinlich hatte sie noch nicht einmal gelogen. Wenn kein Mensch kam, warum sollte sie das *Rübezahl* dann öffnen?

»Ich will die Wahrheit wissen«, sagte ich bestimmt. »Alle Zahlen auf den Tisch.« Ich schaute demonstrativ auf die Uhr. »In zwei Stunden.«

Die Wahrheit sah sogar noch verheerender aus, als Ollie angedeutet hatte. Er hatte mir gegenüber den Abgrund nur erahnen lassen. Nun sah ich direkt hinein.

Wir saßen am runden Tisch im Salon der Gräfin. Sie selbst war anwesend, ebenso Ollie und auch Duffy. Auch der war Teilhaber.

Nun servierte er den Tee. Als er einschenkte, roch es nach Pfefferminze. Wahrscheinlich sollte das beruhigend auf die Gemüter wirken. Dazu gab es kleine Kanapees mit Gurkenscheiben und Lachs. Es war kein Lachs aus dem Supermarkt, sondern der teure in Dill gereifte Lachs aus der Räucherkate. Dafür schickte die Gräfin Duffy immer bis nach Detmold. Das war eines der Dinge, die aufhören mussten! Ab jetzt war sparen angesagt.

Als ich das Thema aufs Tapet brachte, hatte ich sie alle gegen mich.

»Aber Moritz, ich spare ja schon, wo ich kann! Beim letzten Landfrauendinner auf Gut Dörentrup habe ich Tupperdosen mitgenommen, damit ich am nächsten Tag noch etwas zu essen hatte. Es war der Monatsletzte.«

»Ich fahre nur noch die nötigsten Kilometer.« Auch Ollie fühlte sich bemüßigt, seinen Sparwillen zu unterstreichen.

»Aber heute musste der Wagen einfach mal wieder in die Waschanlage! Und die nächste ist nun mal in Detmold.«

»Meine Livree ist zwischen den Beinen so zerschlissen, dass ich mich schäme«, klagte Duffy. »Ich bin eine Schande für meinen Berufsstand.«

Und so ging es weiter. Ich hörte nur noch mit halbem Ohr hin. Schließlich reichte es mir. Ich schlug mit der Faust auf den Tisch. »Es geht nicht um eure Privatausgaben. Wenigstens nicht nur. Ihr müsst erst einmal verdienen, was ihr ausgebt!«

»Schwierig, weil ich habe seit drei Monaten keinen Lohn mehr bekommen«, sagte Duffy.

»Sie enttäuschen mich, Duffy. Sie haben Verschwiegenheit gelobt!«

»Ist doch jetzt egal«, sagte ich. »Wie es scheint, bin ich der Einzige auf dem Gut, der etwas verdient. Eigentlich war das *Rübezahl* doch eine gute Einnahmequelle ...«

»Nur ein paar Monate lang. Sie waren ja nie da«, sagte die Gräfin anklagend. »Immer dann, wenn wir Sie gebraucht hätten ...«

»... haben Sie meine Unterschrift gefälscht!« Damit war ich beim Punkt. Ich hatte mir inzwischen die Zahlen der letzten Monate angeschaut. Wenigstens waren die Bücher anständig geführt worden. Ich war kein Fachmann in solchen Dingen, aber als Selbstständiger musste ich ebenfalls Buch führen. Die Zahlen, die sich mir erschlossen, waren verheerend.

Allein die Fixkosten überstiegen die Einnahmen der letzten Monate um mehr als die Hälfte. Ein weiterer Batzen wurde von den Zinsen geschluckt. Unverhältnismäßig hoch erschienen mir die Kosten für den Wareneinsatz. Kein Wunder, wahrscheinlich tauchte hier alles auf, was die Gräfin, Ollie und Duffy auch privat verzehrten. Kaviar, englisches Gebäck und Petits Fours kannte ich nur von ihren Dinnertafeln, nicht von der Speisekarte. Dennoch, mit mehr Gästen wäre das alles zu stemmen gewesen.

»Woran liegt's?«, fragte ich schließlich und schaute in die Runde.

Da die Gräfin mit fest zusammengekniffenen Lippen schwieg, schaute ich Ollie an. Der wurde rot. Schließlich zuckte er die Schultern. »Wir sind eben keine Köche. Seit Angelika wieder weg ist, klappt es noch nicht mal mehr im Service.«

»Ich bin schließlich nicht mehr die Jüngste«, schob die Gräfin ein. Dann schwieg sie wieder.

»Und Duffy?«, fragte ich.

»Ich bin Butler, kein Laufbursche!«, antwortete der gekränkt. Ich nahm ihm die Antwort nicht übel. Schließlich war er noch älter als die Gräfin, hielt aber noch ganz gut mit.

»An der Qualität lag es jedenfalls nicht«, erklärte Ollie. »Also lag es an der Zubereitung.«

»Mein lieber Junge, damit triffst du mich ins Herz.« Die Gräfin stand auf und verließ mit gekränkter Miene unsere Runde.

»Stimmt das?«, fragte ich. »Kocht sie wirklich so schlecht?«

»Mal besser, mal schlechter. Sie weigert sich noch immer, eine Brille zu tragen. Sie sieht schlecht, verwechselt öfter Zucker mit Salz, von anderen Gewürzen ganz zu schweigen; ständig brennt ihr etwas an, und sie richtet es lieblos an. Ich weiß nicht, wieso …«

Auch ich war skeptisch. »Wenn's nur an einer Brille läge, wäre das Problem ja schnell gelöst.« Ich schüttelte den Kopf. »Nein, da muss noch etwas anderes dahinterstecken.«

Aber was?, das war die Frage.

2.

Der nächste Tag begann sonnig. Aber das Thermometer war gesunken.

Luna schlug knurrend an, und als ich in den Hof hinunterschaute, erblickte ich eine seltsame Bagage, die aus einem VW-Bus kletterte. Zwei Frauen und drei Männer. Ich fragte mich, was die in aller Herrgottsfrühe hier zu suchen hatten. Da sah ich Irene Nachtigall auf sie zueilen. Sie trug ein graues Wollkleid. Im Gegensatz zu gestern, als sie die unförmige Jacke getragen hatte, konnte ich ihre Figur betrachten. Was ich sah, gefiel mir.

Irene Nachtigall begrüßte die Neuankömmlinge mit Küsschen und Drücken. Wahrscheinlich war das so üblich unter Fernsehleuten. Sie wirkten alle sehr gut gelaunt. Kein Wunder, wenn ich an die Kaution dachte.

Luna knurrte noch immer, während Irene Nachtigall die Leute ins Haus führte. Zum Glück nicht in meinen Trakt.

»Scheint so, Luna, als müssten wir uns mit denen noch eine Weile abgeben«, murmelte ich.

Als hätte sie mich gehört, drehte Irene Nachtigall sich um und schaute zu mir hoch. Sie lächelte fröhlich und winkte mir zu. Ich wandte mich ab, um Luna etwas zu fressen zu geben.

Danach hatte ich es eilig. Trotz meines Vorsatzes, die Gräfin zunächst schmoren zu lassen, bis sie zur Vernunft käme, musste ich wissen, was die Typen weiter vorhatten. Ich konnte die Gräfin und Ollie nicht im Stich lassen. Ihnen stand das Wasser schon bis zum Hals.

Also zog ich ein Sakko über, denn schließlich will man vor Fernsehleuten ja nicht aussehen wie ein Bauer, und schlenderte hinüber. Die Tür hatten die Banausen offen stehen lassen. Vielleicht hatte Duffy auch vergessen, sie zu schließen.

Ich trat ein. Es roch verführerisch nach gebratenem Speck. Mein Magen knurrte vernehmlich.

Ich folgte dem Geruch und traf sie alle am runden Tisch in der Küche an. Bei der lautstarken Unterhaltung bekam keiner mit, dass ich die Küche betrat. Duffy stand vor dem großen Gasherd und hantierte mit diversen Pfannen. Er war in seinem Element.

Ich nahm auf dem einzigen freien Stuhl neben zwei mir unbekannten Personen Platz. Der Mann war Mitte dreißig, hatte einen ungepflegten Dreitagebart und trug seine fettigen Haare zu einem Pferdeschwanz gebunden.

»Hi, ich bin Gregory«, wandte er sich mir zu. »Und wer bist du?«

Ich mag keine Leute, die sich gleich mit mir verbrüdern. Also sagte ich: »Schön, Sie kennenzulernen, Herr Gregory. Mein Name ist Morgenstern.«

»Ach so einer sind Sie. Und was machen Sie hier?«

»Das wollte ich gerade Sie fragen.«

Die Frau, die zu meiner Linken saß, schaltete sich ein. »Gregory ist der Kameramann. Und ich bin die Kameradame. Petra Kowalsky heiße ich.«

Sie streckte mir die Hand hin, und ich drückte sie. Vielmehr drückte sie meine. Es war ein echter Männergriff. Ich war froh, als sie wieder losließ.

Bevor sie mir dieselbe Frage stellen konnte, die Gregory mir gestellt hatte, sagte die Gräfin: »Schön, dass Sie auch gekommen sind, mein lieber Moritz. Dann sind Sie gleich im Bilde.«

Die Gräfin saß mir gegenüber. Mir fiel auf, dass sie sich an diesem Morgen besonders aufgetakelt hatte. Sie trug eine missglückte Hochsteckfrisur. Außerdem hatte sie offensichtlich versucht, sich die grauen Haare zu färben. Ich glaubte einen violetten Stich darin zu erkennen. Das Kleid, das sie anhatte, mochte in den Siebzigern Haute Couture gewesen sein, doch jetzt wirkten die Farben einfach nur schrill. Ich überlegte, ob ich überhaupt befugt war, ihr gegenüber den Geschmackspapst zu geben. Aber irgendeiner musste es ihr sagen. Und zwar, bevor es zu spät war. Sprich: bevor eine Kamera auf sie zielte.

Ich nickte nur. Alle redeten wieder wild durcheinander, und auch Gregory und Petra Kowalsky wandten sich wieder ihren Nachbarn zu. Ich hielt Ausschau nach Ollie. Der war sonst immer der Erste, der den Speck roch. Wahrscheinlich schlief er noch.

Duffy servierte die ersten Speckscheiben und das fertige Rührei. Er ging reihum. Mich bediente er demonstrativ als Letzten. Außerdem war meine Portion ungenießbar. Das Ei war angebrannt, und der Speck bestand nur aus Knorpeln. In einem Lokal hätte ich es zurückgehen lassen.

»Wohl bekomm's!«, zischte Duffy mir ins Ohr.

Die nächste Runde war auch nicht besser. Meine Würstchen waren eiskalt, die Bohnen waren versalzen. Ich sah mich unauffällig um. Den anderen schmeckte es. Ich wusste es! Duffy wollte mich abservieren. Im wahrsten Sinne des Wortes. Im Gegensatz zur Gräfin war ich in seinen Augen kein geduldeter Gast.

Misstrauisch nippte ich an meinem Tee. Der schmeckte nach Spülwasser.

Ich hatte genug, legte das Besteck weg und stand auf.

»Aber Moritz, so bleiben Sie doch, wir haben doch noch gar nichts besprochen!«, rief die Gräfin.

»Ja, bleiben Sie doch!«, äffte Duffy sie nach.

Die Gräfin warf ihm einen irritierten Seitenblick zu.

Ich setzte mich wieder. Sehr zum Unmut von Duffy. Mit ihm hatte ich noch ein Hühnchen zu rupfen. Aber alles zu seiner Zeit. Nicht hier bei Tisch.

Ich schob den Teller weg, lehnte mich zurück und verschränkte die Arme vor der Brust.

»Haben Sie keinen Appetit?«, erkundigte sich Petra Kowalsky besorgt.

»Wenn du deine Würstchen nicht magst, esse ich die gerne«, sagte Gregory.

»Bedienen Sie sich ruhig.«

Er stieß seine Gabel hinein und pickte sie alle drei auf. Als er das erste zum Mund geführt hatte, sah er mich gekränkt an. »Das schmeckt, als würde ich an einem eiskalten Finger lutschen.«

Ich zuckte die Schultern. »Es sind seine Finger. Beschweren Sie sich bei ihm.« Ich wies zu Duffy. »Apropos beschweren. Wer hat Sie eigentlich eingeladen, wenn ich mal fragen darf?«

Er schaute mich verdutzt an. »Eingeladen? Das ist doch nur der Auftakt.« Er tippte mir mit dem Zeigefinger gegen den Oberarm. Etwas, was ich nicht leiden kann. »Glaub mir, ich bin jetzt zehn Jahre beim Fernsehen, aber so gut durchgefressen wie unter Windland habe ich mich noch nirgends.« Er rieb sich die Plauze. »Von nichts kommt nichts.«

»Windland?«

»Unsere Regisseurin. Die Chefin, capito?«

Ich nickte. Vertraulich beugte ich mich zu ihm. »Und wer von den Herrschaften ist das?«

»Windland kommt erst, wenn alle Vorbereitungen abgeschlossen sind.«

»Und wer sind die anderen?« Ich deutete unauffällig in die Runde.

Er wies auf eine junge blonde Frau am Ende des Tisches. Sie wirkte zerbrechlich und abwesend; unwillkürlich musste ich an eine Puppe denken. »Das ist Fee. Sie heißt wirklich so. Etwas überdreht, aber sie macht einen guten Job als Deko-Queen.«

»Deko-Queen?«

»Na ja, sie sorgt dafür, dass alles optimal in Szene gesetzt wird. Lass dich überraschen.«

»Und der Düsterling neben ihr?«

Neben Fee saß ein dürrer junger Mann in Schwarz. Schwarze Kleidung, schwarzer Kinnbart, schwarze Haare, schwarze Augenringe. Er war dünn und bleich und wirkte verhungert. Er knabberte an seinem Knäckebrot. »Tobi ist für Licht, Ton und Technik zuständig. Er und Fee sind seit einem halben Jahr zusammen.«

»Und die Dame in dem grauen Kleid?«

»Irene? Die hat hier das Sagen. Wenigstens solange Windland nicht da ist.«

Ich nickte. Wenigstens war ich jetzt halbwegs im Bilde, mit wem ich es zu tun hatte. Was sie genau vorhatten, wusste ich aber immer noch nicht genau.

Die Gräfin klatschte in die Hände. Duffy unterstützte sie, indem er einen Löffel klirrend gegen ein Glas schlug. Allmählich kehrte Stille ein.

»Ich darf Sie alle hier aufs Herzlichste begrüßen«, begann die Gräfin. »Wir legen unser Schicksal in Ihre Hände.« Sie sah Irene Nachtigall an.

»Hört, hört!«, rief Gregory dazwischen.

»Jedenfalls freuen wir uns alle, dass Sie ausgerechnet uns auserkoren haben, dass wir ins Fernsehen kommen. Wir werden unser Möglichstes tun und Ihnen eine angenehme Zeit bereiten.«

Ich seufzte. Dicker hätte sie nicht auftragen können.

»Mein Butler Duffy steht Ihnen ebenso zur Verfügung wie mein lieber Ziehneffe Mr Dickens …«

Duffy verzog das Gesicht. Wahrscheinlich war ihm die Bande ebenso suspekt wie mir. Und die Bezeichnung Ziehneffe hatte ich auch noch nie gehört. Wahrscheinlich weil die Gräfin und Ollie nicht miteinander verwandt waren.

»Und last not least möchte ich Ihnen Herrn Morgenstern vorstellen, ohne dessen Mitwirkung die Sendung nicht möglich wäre.«

Spätestens jetzt wandten sich alle Blicke mir zu. Irene Nachtigall sagte: »Ich bin schon sehr gespannt, was Sie uns zu bieten haben.«

»Wie meinen Sie das?«

Sie schaute Hilfe suchend zur Gräfin. »Haben Sie Herrn Morgenstern nicht erzählt …«

Die Gräfin legte den Zeigefinger auf die Lippen.

»Was erzählt?«, fragte ich alarmiert.

»Das sollte Frau Maier Ihnen besser selbst sagen. Apropos …« Sie schaute auf die Uhr. »In drei Stunden kommt Windland mit einem Überraschungsgast und zwanzig Testessern. Bis dahin sollten Sie ein anständiges Menü auf die Beine gestellt haben.«

Die Gräfin schaute entsetzt. Duffy entglitt fast die Pfanne mit den Spiegeleiern. Ollie sah mich mit einer Miene an, als ob ein Hagelschauer auf ihn niederginge.

Ich erhob mich. »Dann wünsche ich viel Vergnügen.«

»Das können Sie uns nicht antun!« Die Gräfin war noch eine Spur blasser geworden. »Oliver, besprich du das doch bitte mit Herrn Moritz.«

Ollie nickte und schaute mich gleichzeitig flehend an.

In dem Moment bemerkte ich die Kamera. Petra Kowalsky filmte mit einer winzigen Handkamera. Wahrscheinlich hatte sie das Geschehen am Frühstückstisch schon die ganze Zeit aufgenommen. Ich schaute direkt in die Linse.

»Was soll denn das? Habe ich Ihnen meine Einwilligung gegeben, mich zu filmen?«

»Das haben Sie«, erwiderte die Kameradame. »Herrlich, Sie können ja richtig böse gucken.«

»Ich kann sogar noch böser«, knurrte ich, »reiß mich aber zusammen. Stecken Sie die Kamera weg, und benehmen wir uns wie Erwachsene.«

Aus den Augenwinkeln sah ich, wie Irene Nachtigall ihr einen Wink gab. Kowalsky nahm die Kamera herunter.

Ich schnappte mir noch ein Croissant und einen Wurstzipfel und verließ grußlos die Runde der Irren.

Draußen musste ich erst einmal tief durchatmen. Ich hörte Schritte. Ollie war mir gefolgt.

»Tut mir leid, wenn ich da nicht mitspielen kann«, sagte ich. »Aber dieser Haufen von Irren macht mich wahnsinnig.« Ich biss in das Croissant. »Ihr habt die Bagage eingeladen, jetzt seht zu, wie ihr mit denen klarkommt. Und komm mir bloß nicht wieder mit meiner Unterschrift an! So etwas nennt man Fälschung. Dazu kommt noch der Straftatbestand der Erpressung.«

»Die Gräfin ...«

»Ich weiß, das ist alles auf ihrem Mist gewachsen. Aber irgendwann ist Schluss. Man muss ihr Grenzen setzen. Schon zu ihrem eigenen Schutz. Sonst landet sie eines Tages tatsächlich hinter Gittern.«

»By Jove! Das wäre ja entsetzlich!« Ollie sah mich mit großen Augen an wie ein Kind, das soeben erfahren hat, dass es das Christkind gar nicht gibt. Manchmal fragte ich mich, ob er tatsächlich so naiv war oder ob er nur so tat. Ich hielt ihn für einen ausgebufften Pokerspieler.

»Ja, das wäre entsetzlich. Na gut, wahrscheinlich würde man der Gräfin wegen ihres Alters den Aufenthalt dort etwas erleichtern.«

»Oh, das wäre wunderbar.«

»Meinst du wirklich?«

»Nein, natürlich nicht. Es gibt ja noch Hoffnung. Aber wie gesagt, wir sind auf deine Hilfe angewiesen, old fellow.«

»Ihr wollt mein Geld, ich weiß.«

Ollie seufzte tief und breitete die Arme aus. »Die Wahrheit ist niederschmetternd: Ja!«

»Heutzutage braucht man kein Geld mehr, um einzukaufen. Es gibt Kreditkarten.«

»Längst gesperrt.«

»Dann zahlt ihr mit EC-Karte.«

»Gesperrt. Wir stecken alle knietief im Dispo. Deshalb haben wir das *Rübezahl* ja auch ganz dichtgemacht.«

Ich setzte mich auf eine der Stufen, die zur Eingangstür hochführte.

»Warum hast du mir das nicht vorher gesagt?«

»Hättest du uns was gepumpt?«

Ich überlegte ernsthaft. Dann antwortete ich ehrlich: »Ich glaube nicht. Ihr müsst euch endlich der Realität stellen und euch von dem alten Kasten trennen. Ich weiß ja, dass ihr daran hängt – vor allem die Gräfin.« Plötzlich kam mir eine Idee. Keine großartige, aber wie heißt es so schön: Kleinvieh macht auch Mist. »Warum entlasst ihr nicht einfach Duffy? Wer braucht heutzutage schon einen Butler?«

Jetzt schaute Ollie noch entsetzter als zuvor. »Duffy entlassen? Das ist, als würde ich von dir verlangen, Luna zum Mond zu schießen.«

»Nein, das ist ein riesengroßer Unterschied. Luna ist ein Hund. Ein wehrloses Tier, das auf den Menschen angewiesen ist. Auf dem Mond würde sie verhungern. Duffy hingegen ist ein Mensch mit Verstand und mit zwei geschickten Händen. Der findet bestimmt eine neue Stellung.«

»In seinem Alter? Bist du sicher?« Ollie sah mich zweifelnd an. »Außerdem können wir Duffy gar nicht entlassen.«

»Und warum nicht?«

»Aus rein finanziellen Gründen. Er hat seit einem halben Jahr keinen Lohn mehr bekommen. Den müssten wir ihm erst zahlen. Außerdem ist er als Arbeitskraft nicht zu ersetzen, wenn wir das *Rübezahl* wiedereröffnen. Womit wir wieder bei dir angelangt wären. Die Gräfin ist überzeugt, dass du deine Einlagen noch einmal aufstockst. Immerhin bist du ja Teilhaber.«

»Wenn ich denke, wie viel ich schon da reingesteckt habe, müsste es mir eigentlich gehören.«

Ollie sah mich mit treuen Schafsaugen an. »Bist du dabei?«

Ich kratzte mich am Ohr. Dann kratzte ich mir den Bart. Am liebsten hätte ich mich überall gekratzt, bevor ich mich festlegen wollte. Schließlich sagte ich: »Also gut, ein einziges Mal noch!«

Ollie jubelte. »Ich werde es sogleich der Gräfin verkünden. Und danach fahren wir einkaufen.«

»Ist es so schlimm?«, fragte ich.

Er nickte. »Das Frühstück war das letzte Aufgebot. In unseren Vorratsschränken tanzen die Flöhe.«

»Du meinst Mäuse«, berichtigte ich ihn.

»Ja, die auch.«

Eigentlich hatte ich einen anderen Tagesablauf geplant. Jetzt war ich in der Pflicht. Zunächst drückte ich Olli meine EC-Karte in die Hand und nannte ihm die PIN-Nummer.

Er sah mich wieder mit treuen Hundeaugen an. »Du vertraust mir dein Allerheiligstes an?«

»Was bleibt mir anderes übrig? Ich habe hier noch was zu regeln. Denk daran: Das Fleisch besorge ich!«

Er nickte. Plötzlich fiel ihm etwas ein. »Was ist, wenn ich unterschreiben muss?«

»Dann fälschst du einfach meine Unterschrift. Fällt euch ja nicht schwer.«

Gekränkt zog er von dannen.

Auf dem Weg nach oben in meine Wohnung fischte ich die Post aus dem Briefkasten und klemmte sie mir unter den Arm. Dann ließ ich Luna nach draußen. Es war höchste Zeit. Heute musste sie ihren Rundgang allerdings allein machen.

Ich griff zum Telefonhörer und rief Ferdi Petig an. Ferdi ist Schweinezüchter. Er hat seinen Hof in Bega und betreibt dort seine Ferkelzucht. Seine Schweine liegen auf Stroh statt auf blankem Beton und haben mehr Platz als in den Mastfabriken. Seine Leidenschaft allerdings gilt der Züchtung und Verbreitung der Schwäbisch-Hällischen Landschweine, einer alten Schweinerasse, die seit ein paar Jahren wieder in den Fokus der Gourmets gerückt ist. Ferdi und seine Vorfahren züchten sie schon seit Jahrzehnten.

Die Schwäbisch-Hällischen lassen sich nicht einpferchen. Sie laufen auf der Weide herum und wühlen im Schlamm nach Würmern. Seit einem Jahr hatte Petig von der Gräfin eine Weide gepachtet und weitere Schwäbisch-Hällische angeschafft.

Als ich ihn am Apparat hatte, erklärte ich ihm kurz die Situation. »Ich brauche zwanzig Schnitzel, nein, besser dreißig, die Bagage isst ja auch mit. Und zwar in den nächsten zwei Stunden.«

Mehrere Sekunden lang herrschte Schweigen. Dann sagte Ferdi: »Bin ich dein Haus- und Hofmetzger, oder was?«

»Jetzt zier dich nicht so. Du hast doch sicher die Tiefkühltruhe voll.«

»Voll schon, aber das sind alles Bestellungen für Weihnachten und das Silvesterfondue.«

»Fondue? Dafür sind deine Schwäbisch-Hällischen nun wirklich nicht auf die Welt gekommen. Sie in siedendem Fett zu Tode zu braten heißt Perlen vor die Säue zu werfen.«

»Du hast doch keine Ahnung. Natürlich landen die nicht in Palmin, sondern in einer Brühe. Die kannst du hinterher als Suppe genießen. Etwas Schmackhafteres gibt es kaum.«

»Ich würd ja gerne noch länger Kochrezepte austauschen, aber mir läuft die Zeit davon. Kannst du nun liefern oder nicht?«

Ich hörte das Seufzen am anderen Ende der Leitung. Ferdi tat sich schwer. Und ich wusste, dass er normalerweise kein Taktierer ist, sondern eine ehrliche Haut. »Du bekämst das Fleisch eh nicht rechtzeitig aufgetaut. Das braucht Zeit. Ich erwarte zwar heute noch eine Lieferung an frischer Ware, aber ...«

»Aber?«

»Das ist nicht das Hauptproblem«, sagte er schließlich.

»Sondern?«

»Die Gräfin und ich sind uns in die Haare geraten. Du kennst sie ja ...«

Ich nickte, obwohl er das nicht sehen konnte. »Was ist passiert?«, fragte ich schließlich.

»Es geht um die Pacht. Sie wollte sie verdoppeln. Von einem Tag auf den anderen. Und hat Barzahlung verlangt. So geht man nicht um mit einem Freund.«

»Hör zu, Ferdi, ihr steht das Wasser bis zum Hals. Daher

wahrscheinlich der Kurzschluss. Natürlich kann sie die Pacht nicht einfach verdoppeln. Ich werde mit ihr reden, okay?«

»Einverstanden. Du kriegst deine Schnitzel. Ich bring sie euch vorbei.«

Ich legte auf. Dann wählte ich Norberts Handynummer. Seit gestern Mittag hatte ich ständig versucht ihn zu erreichen. Doch er ging nicht ran. Ich vermutete Absicht dahinter.

Als Nächstes rief ich im Kommissariat an und ließ mich mit seiner Dienststelle verbinden. Herr Decarli sei nicht im Hause, sondern dienstlich unterwegs, hieß es. Ich war mir sicher, dass das eine Lüge war. Fluchend gab ich auf.

Zwischendurch hatte ich versucht, den gestrigen Tag einfach aus dem Gedächtnis zu streichen. Aber immer wieder tauchte die verweste Leiche vor meinem inneren Auge auf. Der Anblick ließ sich nicht verdrängen.

Ich schaute die Post durch. Eine Mahnung vom Finanzamt. Bankauszüge, die dank einiger Artikelaufträge in der letzten Zeit meine Stimmung hoben. Die Einladung eines Fitnessclubs. Die Vorderseite zeigte die Rückseite eines Frauenkörpers. Ich fragte mich, ob man mich mit dem knackig zur Schau gestellten Po ködern wollte oder ob ich nicht vielleicht doch die falsche Zielgruppe war.

Zum Schluss gab es nichts mehr, was mir einfiel, um mich nicht mit meinem Trauma zu befassen. Ich hatte den Karton mit den Playmobilmännchen seit zwei Jahren nicht mehr angerührt. Eigentlich hatte ich ihn zum Sperrmüll gestellt. Was ich nicht gewusst hatte, war, dass Duffy ihn an sich genommen und ihn schließlich Ollie gegeben hatte. So war der Karton wieder in meine Hände gelangt. Ich hatte es als Wink des Schicksals gesehen. Die Figuren darin waren Teil meiner Vergangenheit. Und die ließ sich nun mal nicht so einfach entsorgen. Also hatte ich sie behalten. Und solange ich nicht wieder anfing, mit den Figuren herumzuspielen und in ihnen mehr zu sehen als Spielzeug, war alles in Ordnung.

Früher hatte ich mich bei meinen Recherchen von den Figuren inspirieren lassen. Mithilfe der Playmobilmännchen war ich schließlich mein eigener Psychologe geworden. Und ich hatte ihnen manche Lösung zu verdanken. Heutzutage bedienen sich auch Psychotherapeuten der Spielfiguren im Rahmen der Familienaufstellung. Das alles hatte ich hinter mir gelassen.

Jetzt holte mich die Vergangenheit ein. Ich nahm den Karton aus dem Schrank, stellte ihn behutsam auf den Küchentisch und setzte mich davor.

Wieder warnte mich meine innere Stimme. Aber ich war neugierig. Also warf ich meine Prinzipien über Bord. Ich hing an der Angel. Mit spitzen Fingern fischte ich eine der Figuren heraus. Sie zeigte einen Clown. Er trug einen weißen Kragen, ein grünes Oberteil mit roten und gelben Ärmeln, eine weiße Hose und rote und gelbe Gamaschen. Ich starrte das Teil an, das er in der linken Hand hielt. Es war ein blauer Reifen in Kleinformat.

Ich hatte es verdrängt. Vielleicht hatte ich es auch einfach nicht wahrhaben wollen, dass ich so einen Clown besaß. Es war der gleiche kleine Ring wie der, der gestern zwischen den zusammengebissenen Zähnen des Leichnams hervorgelugt hatte!

Allerdings war meiner blau. Der bei der Leiche war weiß gewesen. Und doch war ich sicher, dass es sich um ein Playmobilteil gehandelt hatte. Jetzt wusste ich auch, warum Norbert mich herbeizitiert hatte.

Ich spürte, wie ich zitterte. Der Schock traf mich mit voller Wucht. Schweiß brach mir aus. Kalter Schweiß. Ich ließ die Figur fallen. Sie landete auf der Tischplatte. Der blaue Reifen glitt ihr aus der Hand und kullerte vom Tisch und fiel zu Boden.

Von fern hörte ich Luna bellen. Das brachte mich wieder zur Besinnung. Wahrscheinlich war die Haustür unten zugefallen. Ich hievte mich vom Stuhl hoch.

Als ich endlich stand, verlor ich den Boden unter den Füßen und schlug lang hin.

Dann wurde es zappenduster um mich.

3.

Als ich wieder zu mir kam, spürte ich eine raue feuchte Zunge, die mir über das Gesicht leckte. Dann sah ich Ollies besorgtes Gesicht. Außerdem blickte ich direkt in ein rotes Licht. Petra Kowalsky hielt die Handkamera auf mein Gesicht gerichtet.

»Alles in Ordnung, alter Knabe?«

Ich nickte. Ollie half mir hoch.

»Schick sie weg«, bat ich.

Ollie verstand, und die Kameradame spürte, dass ich mit meiner Geduld am Ende war. Wortlos verließ sie meine Wohnung. Ich wankte zum Stuhl. Ollie folgte mir besorgt. Luna winselte, und ich streichelte sie, damit sie sich beruhigte. Zu Ollie sagte ich: »Wie lange war ich k. o.?«

»Keine Ahnung. Als ich vom Einkaufen wiederkam, hat Luna gebellt wie verrückt. Ich hab sie reingelassen und wollte mich mit dir abstimmen.«

»Und die Kameradame lungert zufällig da unten rum, was?«

»Genauso war es«, versicherte er.

Luna schlug erneut an und rannte kläffend zur Wohnungstür. Die stand noch immer offen. Von der Treppe her ertönte eine vertraute Stimme. Einen Moment später stand Ferdi in der Tür. Er trug eine Kühlbox herein.

»Hier die Schnitzel, wie bestellt. Ich muss gleich wieder weiter, ein paar Geburten stehen an.« Erst jetzt schien er zu bemerken, dass etwas nicht stimmte.

»Was guckt ihr denn so bedröppelt aus der Wäsche?«

Ich gab Ollie ein Zeichen, dass er mich reden lassen sollte. »Alles in Ordnung, Ferdi. Mit deinen Schnitzeln kann gar nichts mehr schiefgehen. Wir haben heute Mittag hier ein kleines Probeessen.« Ich erklärte ihm, worum es ging.

»Gehört die Dame mit den roten Haaren auch zum Filmteam?«

»Das ist eine von den Schlimmsten. Ich habe sie von Ollie hinauskomplimentieren lassen.«

Ferdis Augen weiteten sich. »Donnerwetter. Trotzdem: Hast du was dagegen, wenn ich ihr ein paar Fragen beantworte? Sie war sehr interessiert, was in der Kühlbox ist, und wollte gleich alles über die Schwäbisch-Hällischen wissen.«

»Tu, was du nicht lassen kannst. Gib die Box Ollie, damit der sie nach drüben bringt.«

Olli sah mich skeptisch an. »Kann ich dich wirklich allein lassen?«

Ich nickte aufmunternd. Tatsächlich fühlte ich mich allmählich wieder besser.

»Okay, bis später. Aber mach keine weiteren Dummheiten, alter Knabe.«

»Keine Sorge, ich sehe zu, dass ich meinen Kopf vom Erdboden fernhalte.«

Ich sah den beiden nach, als sie die Wohnung verließen. Luna begleitete sie schwanzwedelnd nach draußen. Offensichtlich waren die Schnitzel verlockender als die Sorge um mich.

Als sie alle draußen waren, bückte ich mich, um nach dem Ring zu suchen. Ich tastete den ganzen Boden ab, hob sogar den Teppich hoch und schaute darunter. Der Ring war weg. Ich stand wieder auf, holte eine Taschenlampe und leuchtete unter den Schrank und unter das Sofa. Fehlanzeige. Der Ring blieb verschwunden.

So sehr konnte ich mich doch nicht geirrt haben! Ich erinnerte mich genau, wie ich die Clownsfigur herausgeholt hatte und dass der Reifen von der Tischplatte auf den Boden gerollt war.

Oder hatte ich mir das nur eingebildet oder geträumt? War ich da schon ohnmächtig gewesen?

Es gibt nichts Schlimmeres, als wenn man dem eigenen Gedächtnis nicht mehr trauen kann. Also suchte ich ein zweites Mal alles ab. Nach zehn Minuten war ich sicher, dass sich in dem Zimmer kein kleiner blauer Plastikreifen befand. Zu meiner Beruhigung trug das allerdings nicht bei.

Ich schenkte ich mir ein Glas Johnnie Walker ein, fand in irgendeiner Schublade noch eine Rothändle und legte eine CD der Rolling Stones ein.

Ich musste fünfunddreißig Minuten warten, bis ich hörte, dass jemand unten auf den Hof fuhr. Weitere zwei Minuten später bollerten schwere Schritte die Treppe herauf.

Es klopfte an der Tür.

»Herein, wenn's kein Polizist ist«, sagte ich.

Norbert trat ein. Er machte kein freundliches Gesicht, als er mich erblickte.

»Fängst du jetzt schon morgens an zu saufen?«

»Nur wenn mich ein guter Freund verarschen will.«

»Ich weiß nicht, wovon du redest. Ich bin es jedenfalls nicht, der dich verarscht.«

Ein unbehagliches Schweigen trat ein. Wahrscheinlich spürte jeder von uns, dass wir dicht vor der Schwelle standen, an der der nächste Satz wirklich verletzend sein würde.

»Wenn du wüsstest, wie scheiße du aussiehst«, sagte Norbert schließlich. Er ging zum Schrank, holte Filterpapier und die Kaffeedose mit den Bohnen heraus. Er brummte unwillig, als er die Bohnen in die Mühle schüttete und ein paar zu Boden fielen.

»Noch nicht einmal eine Kaffeemaschine leistest du dir. Stattdessen müssen deine Gäste Schwerstarbeit leisten.«

»Wirklich Gutes muss man sich erarbeiten«, sagte ich.

Das Eis war gebrochen. Seinen Beitrag zum Friedensangebot leistete er, indem er Kaffee kochte.

»Ich weiß, früher haben die Männer auch noch um ein Lagerfeuer gehockt und Mammuts gebraten.«

Ich ließ ihm die Gunst des letzten Wortes und sah zu, wie er den Kaffee zubereitete. Es dauerte fünf Minuten, bis das Wasser endlich kochte. In der Zeit hatte er die Kaffeebohnen gemahlen. Er nahm den Kessel vom Herd, steckte die Filtertüte in den Porzellanaufsatz und füllte den gemahlenen Kaffee hinein. Dann goss er mit Wasser auf.

»Falsch«, sagte ich.

Verärgert sah er mich an. »Sag mir, was ich diesmal nicht richtig gemacht habe!«

»Du musst den Kaffee sofort mit dem kochenden Wasser übergießen, um das ganze Aroma aus den Bohnen herauszukitzeln.«

»Du redest wie einer aus der Werbung!«, schimpfte er.

Zu guter Letzt stellte er mir eine Tasse mit dampfendem Kaffee hin. Er selbst schenkte sich eine zweite Tasse ein.

»Prost! Damit du wieder besser drauf bist und munter wirst.«

Das tat gut. Und nachdem ich die Tasse leer getrunken hatte, ging es mir wirklich besser.

Schließlich musste ich ihn darauf ansprechen. Auch wenn Norbert erneut versuchen sollte, mir den Wind aus den Segeln zu nehmen.

»Warum hast du mich gestern nach Quelle gerufen? Und warum, zum Teufel, warst du danach nicht mehr zu erreichen? Und last not least, warum hast du mich zu dem Geisterhaus geschickt?«

»Geisterhaus?« Er tat unschuldig.

»Die Bruchbude in der Pampa.«

»Ach, du meinst den Lindenhof.«

»Was denn sonst?« Ich sah ihn ungeduldig an, während er offensichtlich nicht daran dachte, fortzufahren.

Schließlich sagte er: »Dann hast du bestimmt Herrn Beckervordersandforth kennengelernt ...«

»Wen?«

»Willy.«

»Willy kenne ich. Ein netter alter Herr mit einem altersschwachen Schäferhund. Beide hausen in einem Wohnmobil. Interessantes Gefährt.«

»Ja, nicht wahr? Eigentlich hätte ich es sofort aus dem Verkehr ziehen müssen, aber er hat mir erzählt, dass er sowieso nicht mehr damit fährt.«

»So, so, mir hat er was anderes erzählt. Aber das alles ist doch völlig egal. Wieso sollte ich mir den Lindenhof angucken?«

»Hast du Zeit?«, fragte er.

Ich dachte an die Gräfin und an Ollie und sogar ein wenig an Duffy. Sie rechneten mit meiner Hilfe. Anderseits hatte ich ihnen bereits finanziell aus der Patsche geholfen. Außerdem hatte ich keinen Bock auf die Typen vom Fernsehen. Und kochen konnte ich auch nicht besser als jeder Hausmann. Na gut, vielleicht etwas besser. Das Wichtigste aber war: Ich war neugierig. Neugierig darauf, was Norbert mir zu erzählen hatte.

Also sagte ich, dass ich mir durchaus Zeit nehmen würde.

Wir fuhren mit seinem Wagen. Bis Bad Lippspringe waren es knapp fünfundzwanzig Minuten. Der Kurpark war um diese Zeit fast verwaist. Nur wenige einsame Spaziergänger zogen ihre Runden. Ein Hauch von Trostlosigkeit umwehte uns.

Norbert ging zielstrebig voraus. Er schien sich hier gut auszukennen. Schließlich blieb er stehen und zeigte auf die Konzertmuschel. »Hier hat sich der erste Mord ereignet.«

»Noch ein Mord?« Ich überlegte. Von einem Mord in Bad Lippspringe hatte ich weder gehört noch gelesen.

»Einer der seltenen Fälle, in denen wir mit den Details nicht an die Öffentlichkeit gegangen sind. Dazu waren die Umstände zu bizarr.«

»Kann ich verstehen. Ein wahnsinniger Messerstecher macht sich nicht allzu gut.«

»Vor allen Dingen nicht bei den vielen alten Leuten hier. Ob der Mörder wirklich wahnsinnig ist oder nicht, das ist die Frage, die wir uns stellen. Außerdem wurde sie nicht erstochen, sondern erwürgt.«

Die Leiche, die ich gesehen hatte, war also weiblich. Der Name der ersten Ermordeten lautete Martha Töberich. Sie war achtundachtzig Jahre alt und bewohnte eine Dachgeschosswohnung in der Nähe des Kurparks.

»Als der Mörder sie erwürgt hat, war kein Mensch in der Nähe. Aber er hat sie nicht nur erwürgt. Er hat auch ein paar andere Dinge mit ihr angestellt. Ihre Leiche wurde regelrecht zerfetzt. Sie sah nicht viel anders aus als die Leiche, die wir in Quelle gefunden haben.«

»Und deshalb glaubst du, da ist eine Parallele?«

Norbert schüttelte den Kopf. »Nicht in erster Linie deshalb. Die Gerichtsmediziner sind noch dabei, die Leiche zu untersuchen. Einige Stichkanäle ähneln sich. Aber vor allen Dingen haben sie das Ding untersucht, das der Mörder ihr in den Mund gesteckt hatte ...«

»In wessen Mund jetzt: In den der Leiche von gestern oder von Lippspringe?«

»Bei beiden«, sagte Norbert.

Jetzt begriff ich.

»Der Mord hier ist vor rund einem halben Jahr passiert. Wir sind, ehrlich gesagt, mit der Aufklärung nicht viel weitergekommen. Wer erwürgt eine alte Frau, verstümmelt sie danach noch auf bestialische Weise und presst ihr einen Playmobil-Clown in den Mund?«

»Ein Irrer?«

»Und wer tötet knapp fünf Monate später eine Frau in den besten Jahren auf ganz ähnliche Weise?«

»Die Sache mit dem Clown … vielleicht will er uns damit etwas sagen?«

»Oder er will uns verarschen. Wir haben damals alle Kanäle verfolgt, in denen solche Figuren angeboten werden. Gerade die weißen Clowns gehörten zu den allerersten Figuren von Playmobil. Sie waren zum Anmalen gedacht. Heute sind sie unter Sammlern begehrt. Aber es gibt nicht mehr sehr viele Exemplare, deswegen sind sie entsprechend teuer. Was ich sagen will: Der Markt der Anbieter und Käufer ist überschaubar. Wir haben ein paar der Transaktionen nachverfolgen können. Aber unser Mörder ist mit Sicherheit nicht dabei gewesen.«

Obwohl er sich die ganze Zeit sehr auskunftsfreudig gab, hatte ich das Gefühl, dass er mit irgendetwas noch hinterm Berg hielt.

»Sag mal, du hast mich doch nicht hierher geführt, um mir von dem Mord an der alten Dame zu erzählen. Oder von den Clowns. Es gibt noch einen Zusammenhang mit dem Mord gestern in Quelle, stimmt's?«

»Den gibt es zweifellos«, bestätigte Norbert. »Ich hatte gehofft, du würdest vielleicht eine Eingebung haben …«

Ich wusste, worauf er anspielte. Ich hatte geholfen, zwei Mordserien aufzuklären. Dabei hatte ich mich auf meine Intuition verlassen. Wahrscheinlich hielt mich Norbert für eine Art Hellseher.

Ich erwiderte: »Ich bin weder ein Scharlatan noch ein Medium.«

»Im Polizeidienst wärst du jedenfalls ein ausgezeichneter Profiler. Ich kenne niemanden, der sich so in die Psyche eines Mörders hineinversetzen kann.«

»Ich hatte damals Glück«, wehrte ich ab. »Außerdem bin ich nicht von selbst darauf gekommen, wie du weißt.«

Er nickte. »Du hast mit deinen Playmobilmännchen herumgespielt ...«

Es reizte mich, ihm zu widersprechen. Also sagte ich: »Ich habe nicht herumgespielt. In der therapeutischen Praxis werden damit Beziehungssysteme räumlich dargestellt. Mittlerweile arbeiten sogar Unternehmensberater damit. Aber im Grunde hast du ja recht: Ich habe mich nie ernsthaft damit befasst; es war eher Zufall, dass ich beim Herumhantieren mit den Figuren auf gewisse Ansätze kam. Außerdem war beim letzten Mal kein Playmobilmännchen an der Aufklärung beteiligt.«

»Ich weiß, da waren es Badeenten. Vielleicht fällt dir ja hierzu auch etwas ein.«

Ich schüttelte den Kopf. »Ich sag doch, ich bin kein Medium. Löst ihr mal eure Fälle selbst. Dafür werdet ihr ja auch bezahlt.«

Norbert verzog das Gesicht. Sein Plan war zu simpel gewesen, ich hatte ihn durchschaut.

»Also gut, fahren wir zurück. Immerhin war es einen Versuch wert. Vielleicht fällt dir ja doch noch etwas dazu ein ...«

»Glaube ich nicht. Erst wenn du mir verrätst, was du mir bisher verschwiegen hast.«

»Martha Töberich war früher Erzieherin im Lindenhof, als es dort noch ein Kinderheim gab.«

»Deshalb hast du mich also dahin geschickt!«

»Ja, es muss irgendeine Verbindung zwischen den beiden Morden geben. Die Playmobilfiguren sind eine Möglichkeit. Der Lindenhof vielleicht eine andere.«

»Hat die Tote von gestern denn auch dort gearbeitet?«

»Nein. Wir haben bisher noch nichts finden können. Und doch sagt mir mein Bauchgefühl, dass es einen Zusammenhang gibt.«

Norbert startete den Wagen. »Gibt's noch einen Kaffee bei dir?«, fragte er. »Ich muss dir was zeigen.«

»Klar. Aber diesmal einen, der schmeckt.

4.

Als wir zurück auf den Hof kamen, standen dort lauter Wagen herum und jede Menge fremder Menschen.

»Das Probeessen!«, entfuhr es mir.

Norbert sah mich von der Seite an. »Es gibt was zu essen?«

»Nicht für dich.« Ich erklärte ihm kurz die Lage.

Wir gingen hinauf in meine Wohnung. Als Luna uns sah, kläffte sie wie wild und sprang zur Begrüßung voller Begeisterung an Norbert hoch.

»Sie mag mich.«

»Sie übertreibt.«

Diesmal bereitete *ich* den Kaffee zu. Wir setzten uns an den Küchentisch. Unsere Blicke trafen sich. »Okay, was willst du mir zeigen? Vor allem frage ich mich, warum wir zuerst nach Bad Lippspringe fahren mussten.«

Er trank einen Schluck und zuckte zurück. Offenbar hatte er sich die Lippen verbrannt. Fluchend stellte er die Tasse wieder ab.

»Siehst du. So heiß muss Kaffee sein. Dann schmeckt er richtig gut.« Ich konnte mir ein Grinsen nicht verkneifen. Seine Geheimnistuerei ging mir allmählich auf die Nerven. »Und jetzt komm bitte zur Sache.«

»Okay, es tut mir leid, dass ich zu große Erwartungen gehegt habe, was deine Möglichkeiten betrifft. Ich hatte gehofft, du kannst mir weiterhelfen.«

»Du lügst«, sagte ich. »Du hast mich aus einem anderen Grund gestern zu der Leiche gerufen.«

»Ja, stimmt«, gab er zu. »Ich wollte deine Reaktion testen.«

»Du wolltest was?« Entgeistert sah ich ihn an.

»Ich wollte sehen, wie du reagierst, wenn du die Leiche siehst.«

»Glaubst du, ich würde dir den Mörder nennen können?«

»Nein, aber vielleicht, dass du selbst der Mörder gewesen bist.«

Ich schüttelte fassungslos den Kopf. »Das musst du mir erklären.«

Er nippte an seiner Tasse, als versuche er, Zeit zu gewinnen. Schließlich sagte er: »Du hast mir irgendwann deine Playmobilsammlung gezeigt. Ich würde gern noch mal einen Blick darauf werfen.«

»Kein Problem, kannst du haben. Warte einen Moment.« Während ich den Kasten mit den Figuren holte, fragte ich mich, was Norbert vorhatte. Er war nicht als Freund gekommen. Sondern als Ermittler. Und darin war er ziemlich gut. Merkwürdigerweise hatte ich ein schlechtes Gewissen.

Ich stellte den Kasten zwischen uns auf den Tisch und öffnete ihn. Zielstrebig griff Norbert nach dem Clown. Er nahm ihn mit zwei Fingern und hielt ihn sich vor die Augen. Dann stieß er einen leisen Pfiff aus. »Donnerwetter, ich habe wirklich ein Elefantengedächtnis! Ich will es dir erzählen: Als ich gestern die Leiche sah und den Plastikring im Mund, wusste ich sofort, dass ich so etwas schon mal gesehen hatte. Ich musste mir gar nicht lange den Kopf zermartern. Wahrscheinlich reagiert unser Gehirn in solchen Momenten entweder gar nicht oder hypersensibel. Jedenfalls ist mir sofort eingefallen, dass ich das Ding bei dir gesehen hatte. Ich wusste nur nicht genau, wo.« Wieder betrachtete er intensiv die Clownsfigur. »Der Ring fehlt.«

»Reifen«, verbesserte ich. »Er hat ihn in der linken Hand

gehalten. Ich habe den gleichen Gedanken gehabt wie du. Als ich den Clown heute Morgen hervorgeholt habe, bekam ich einen Schwächeanfall. Dabei ist der Reifen runtergekullert.«

Noch während ich das erzählte, merkte ich, wie blöd das alles klang. Dennoch machte ich mir keine Sorgen. Das Teil musste ja hier noch irgendwo liegen.

Plötzlich fiel es mir wie Schuppen von den Augen. Er hatte mich die ganze Zeit angelogen. »Was habt ihr bei der Leiche gestern wirklich gefunden?«

»Okay, ich habe gelogen, aber nur halb. Du hast den Reifen zwischen ihren Zähnen selbst gesehen.«

»Ja und?«

»Es war tatsächlich nur der Reifen. Die dazugehörige Figur fehlte.«

»Und jetzt glaubst du, dass ich ...«

»Na ja ...«

Ich sah ihm an, dass ihm die Sache peinlich war, dennoch besänftigte es nicht meine Wut. »Du hast eins vergessen: Der bei der Leiche gefundene Reifen war weiß. Der meiner Figur ist blau.«

»Das behauptest du.«

Wieder sah ich ihn fassungslos an.

»Hast du was dagegen, wenn ich mich mal umschaue?«

Ich schüttelte den Kopf. »Mach, was du willst. Wenn du das Ding findest, wäre ich dir sogar dankbar.«

Er kniete sich hin und suchte auf dem Teppich. Luna glaubte, er wollte spielen, und stupste ihn mit der Nase. Ich rief sie zurück.

»Und du hast nicht gesehen, wo er hingerollt ist?«

»Dann hätte ich ihn ja schon längst gefunden.«

Nach einer Viertelstunde stand er schnaufend wieder auf.

Gemeinsam rückten wir sogar das Sofa und den Schrank weg und rollten die Teppiche zusammen.

Das Ergebnis war geradezu unheimlich. Der Reifen war verschwunden.

»Und du bist sicher, dass du nicht geträumt hast?«

Mittlerweile war ich mir gar nicht mehr sicher, aber das wollte ich ihm nicht auf die Nase binden. Es war mir ein Rätsel, wo der Reifen geblieben war.

Schließlich gaben wir es auf.

Norbert wandte sich wieder dem Clown zu. »Wo hast du den her?«

Darüber hatte ich auch schon nachgedacht. Und es war mir schließlich wieder eingefallen. »Den hab ich vor ein paar Jahren auf einem Flohmarkt entdeckt. Frag mich nicht, warum ich ihn gekauft habe. Vielleicht hatte ich damals ein Faible für Clowns, weil ich selbst einer war. Im übertragenen Sinne, wenn du verstehst, was ich meine. Übrigens war er spottbillig.«

»Geht es auch etwas genauer? Vor wie vielen Jahren?«

»Vor vier oder fünf Jahren. Ich weiß es wirklich nicht mehr.«

»Auf was für einem Flohmarkt war das?«

»In Bielefeld auf dem Uni-Flohmarkt. Ich war nur ein einziges Mal da. Seitdem nie wieder.«

»Weißt du noch, wem du ihn abgekauft hast?«

»Einem Studenten. Wahrscheinlich hat der sich von seinem Kinderspielzeug getrennt.«

Norbert schüttelte den Kopf. »Das kann nicht sein. Wie alt war der Student?«

»Schwer zu sagen. Ich kann mich echt nicht mehr an ihn erinnern. Vielleicht fünfundzwanzig?«

»Der Ring, der bei der Leiche als Beigabe zwischen den Zähnen klemmte, stammt von einer Playmobilfigur aus dem Jahre 1974. Das haben unsere Recherchen ergeben.«

»Du sprichst immer nur von dem Reifen …«

»Weil die dazugehörige Figur gefehlt hat.« Nobert zog einen Plastikbeutel aus der Tasche. Mit einem Tuch beförderte er den Clown hinein.

»Was soll das?«

»Vielleicht habe ich den vermissten Clown ja gerade gefunden.«

5.

Am Abend schaltete ich den Fernseher ein. Die Sendung hieß *Action Dinner* und lief auf einem der unsäglichen Privatsender. Den Anfang hatte ich verpasst, aber das machte nicht viel aus. Ein unglaublich untalentiertes Moderatorenpärchen versuchte sich aus einem Studio heraus in Witzen über das Kochen zu übertreffen. Dazwischen wurden Filmchen eingeblendet. Ich verstand, dass es vier Kandidaten gab, die bis zum großen Weihnachtsdinner um 100 000 Euro kämpften. Gezeigt wurde eine Kaschemme auf St. Pauli, eine heruntergekommene Herberge in der Eifel, ein Hotel auf der Hallig Hooge – und das *Rübezahl*. Die Gräfin wurde eingeblendet, wie sie Konfetti in die Luft warf, während Muff und Potter um sie herumtanzten. Es wirkte sehr albern. Dann wurden die Bewohner des Hauses vorgestellt. Duffy bei der Hausarbeit, Ollie in seinem roten Morgan. Der Kommentator machte dazu aus dem Off seine Witzchen. Das *Rübezahl* kam nicht gut weg. Die Kamera zeigte in Großaufnahme sämtliche Schwachpunkte: Spinnennetze an der Decke, das zerkratzte Spülbecken, das zerschlissene Parkett. Sogar ein verschimmelter Laib Brot wurde eingeblendet. Ich bezweifelte allerdings, dass der aus unserer Küche stammte. Bei Lebensmitteln war die Gräfin äußerst pingelig. Wahrscheinlich hatten die Fernsehleute das Brot selbst eingeschleust. Fehlten nur noch Mäuse, Ratten und Ungeziefer.

Schließlich tauchte mein Konterfei auf dem Bildschirm auf.

»Kennen Sie diesen Mann?«, fragte die süffisante Off-Stimme. »Und wenn ja: Kennen Sie ihn wirklich?«

Es folgte ein ziemlich rätselhafter Zusammenschnitt der Filmszenen bei Tisch. Schließlich zeigte man mich, als ich ohnmächtig in meiner Wohnung lag. Die Kamera huschte umher und blieb schließlich auf dem Playmobilclown haften. Das hatte mir noch gefehlt!

Doch meine schlimmsten Befürchtungen wurden noch übertroffen. In der nächsten Minute war von einem Mord die Rede, und am Schluss äußerte der Off-Schreihals heuchlerisch die Frage: »Was hat dieser Mann damit zu tun?«

Dann wurde wieder das Moderatoren-Duo eingeblendet: »Die Antwort auf diese spannende Frage erfahren Sie morgen und in den nächsten Sendungen vom *Action Dinner*. Nach einer kurzen Verbraucherinformation geht's hier gleich weiter mit folgenden Highlights ...«

Unter anderem wurde eingeblendet, wie Ollie und Duffy völlig verkohlte Schnitzel kredenzten, Muff und Potter auf die gedeckte Tafel pinkelten und die völlig aufgelöste Gräfin um Hilfe schrie.

Die Sache mit dem Mordverdacht ließ mir keine Ruhe. Ich rief Norbert zu Hause an. Seine Frau meldete sich.

»Gibst du mir mal Norbert?«, sagte ich nach einer kurzen Begrüßung.

»Norbert? Norbert wohnt nicht mehr hier. Hat er dir das nicht erzählt?«

Ich war baff. Im Hintergrund hörte ich die Kinder toben. »Hast du ihn rausgeworfen?«

»Nein, er ist von selbst gegangen.«

»Warum?«, fragte ich fassungslos.

Sie fing an zu schluchzen, und ich ahnte, dass ich die Frage besser nicht gestellt hätte.

»Tut mir leid«, stammelte ich. »Kannst du mir sagen, wie ich ihn erreiche?«

Ich verstand nur »Handy«. Darauf hätte ich auch selbst kommen können.

»Halt die Ohren steif«, sagte ich unbeholfen. Mehr fiel mir im Augenblick nicht ein. Eines der Kinder fing an zu weinen. Ich legte auf.

Dann rief ich Norberts Handynummer auf, bis sie auf dem Display erschien. Ich hatte schon Angst, dass ich wieder nur an seine Mailbox geraten würde, als er sich endlich meldete.

»Ja?«, knurrte er.

»Wieso hast du deine Frau und deine Kinder verlassen?«, fragte ich.

»Das geht dich nichts an.«

»Und warum hast du mir nichts davon erzählt?«

»Das geht dich auch nichts an. Hast du mich deswegen angerufen? Dann können wir das Gespräch ja jetzt beenden.«

»Eine Frage habe ich noch.« Ich erzählte ihm, was ich gerade gesehen hatte. »Ihr habt mal wieder einen Maulwurf«, sagte ich schließlich.

Einige Sekunden lang herrschte Stille am anderen Ende der Leitung. Dann hörte ich ihn fluchen. Im Hintergrund erklang eine Frauenstimme. Ich verstand nicht, was sie sagte.

»Du bist nicht allein«, stellte ich schließlich fest.

»Na und? Wir sind doch nicht verheiratet.« Dann fluchte er wieder.

»Ich habe keine Ahnung, was die Fernsehtypen noch im Köcher haben. Jedenfalls lasse ich mich nicht von denen vorführen«, sagte ich schließlich. »Die Leiche in Quelle, um wen handelt es sich da?«

»Warum willst du das wissen?«

»Ich habe ein Recht zu erfahren, wen ich umgebracht haben soll.«

»Das ist ein schlechter Scherz. Du solltest lieber die Schnauze halten. Der Plastikring wird im Moment untersucht. Was ist, wenn sich deine Fingerabdrücke darauf befinden?«

»Ich ziehe immer Handschuhe an, wenn ich jemanden töte.«

»DNA-Spuren ...«

»Wird man wahrscheinlich von mir finden, wenn auch nicht auf dem Reifen. Den habe ich ja nicht angefasst. Aber in der unmittelbaren Umgebung. Schließlich hast du mich selbst dorthin gelockt.«

»Jetzt lass uns mal ernsthaft reden, ja?«

»Fang du an. Beantworte meine Frage!«

Er zögerte. »Und wenn du der Maulwurf bist? Wenn du den Fernsehleuten gesteckt hast, was ich dir heute Vormittag erzählt habe?«

»Stimmt, das wäre eine Möglichkeit. Also kannst du mir auch den Rest erzählen. Wenn es morgen ebenfalls gesendet wird, kannst du dir sicher sein, dass ich es war.«

»Hör auf mit dem Quatsch«, knurrte er. »Die Tote heißt Effie Beck. Sie ist sechsundfünfzig Jahre alt und Hausfrau. Ihr Ehemann hat sie vor sechs Wochen als vermisst gemeldet.«

»Das klingt nicht spektakulär.«

»Was heißt spektakulär? Effie Beck hat in Detmold gewohnt. Ihr Ehemann lebt getrennt von ihr in Bielefeld.«

»Na also, da haben wir es doch. Eine typische Beziehungstat.«

»Recherchier lieber selbst, bevor du voreilige Schlüsse ziehst.«

Er unterbrach die Verbindung. Ohne eine weitere Erklärung. Ohne sich zu verabschieden. Ich wusste nicht, was ich davon wieder halten sollte.

Ich setzte mich vor den PC und googelte die Namen der Toten. Auch den von Martha Töberich. Allerdings wurde ich, was sie betraf, nicht fündig. Auch ihre alte Adresse fand ich nicht unter telefonbuch.de.

Effie Beck, so erfuhr ich, war die Noch-Ehefrau von Heribert Preuss. Preuss war bis Anfang des Jahres Aufsichtsratschef der JKF Landesbank. Jetzt war er im Ruhestand. Ich stieß auf ein Interview, das er einer Wirtschaftszeitung gegeben hatte. Darin stellte er sich als einfachen Landwirt dar und erzählte von seiner Kindheit, in der er Rüben geklaut hatte. Mir kamen die Tränen.

Ich suchte nach seiner Adresse, wurde aber nirgends fündig. Das hatte ich befürchtet.

Ich kam wieder auf Effie Beck zurück. Darunter fand ich nur die Website einer Firma, die verschiedene Doubles anbot:

»Ob Queen Elizabeth, Präsident Obama, Putin oder der Dalai Lama:

Wir haben sie alle!«

Die Agentur suchte laufend weitere Doubles für »Film, Fernsehen, Fotoshootings und Partys«.

Bei Facebook hatte Effie Beck ebenfalls eine Seite angelegt, aber offensichtlich nie aktiv betreut. Es gab weder ein Foto, noch hatte sie Freunde.

Ich versuchte es mit Effie Preuss. Darunter gab es schon mehr zu entdecken. Im Netz kursierten unzählige Bilder, die eine schlanke, zierliche Frau an der Seite ihres Ehemanns zeigten. Sie lächelte auf allen Bildern gleich in die Kamera. Es war eine einstudierte Mimik, und sie mochte das Publikum und die Pressefotografen täuschen. Mich nicht. Ich erkannte, dass die

Frau sich jedes Mal quälen musste. Ich fand zwei, drei ältere Fotos. Die zeigten eine jüngere Effie Preuss. Das Lachen war echt, und die Art, wie sie mit der Kamera flirtete, zeigte, dass sie Spaß am Leben hatte.

Hatte Heribert Preuss ihr den Spaß genommen?

Ich schaute auf die Uhr. Es war noch früh am Abend, erst kurz nach sechs. Ich rief Abendroth an, meinen alten Spezi. Er hatte als Laufbursche angefangen und es bis zum Chefredakteur eines Hamburger Magazins gebracht. Normalerweise langweilte er sich in diversen Workshops, auf Sitzungen und Empfängen zu Tode. Ganz selten stach ihn jedoch noch der Hafer, dann schrieb er brillante Leitartikel.

Er besaß eine Villa in Winterhude, war in dritter Ehe mit einer dreißig Jahre jüngeren Frau verheiratet, spielte Golf und sammelte Sportwagen und Andy-Warhol-Originale. Wir kannten uns aus der Zeit, als ich mich als Journalist auf die Aufklärung spektakulärer Mordfälle spezialisiert hatte. Schon damals war er fett gewesen. Seine fünfte Leidenschaft, neben jungen Frauen, schnellen Wagen, echten Warhols und dem Schreiben, war das Essen. Er war das, was man einen Gourmand nennt. Er aß viel, und das mit Leidenschaft.

Als er meinen Namen hörte, kam er gleich zur Sache. »Sag, dass du einen sensationellen Artikel auf Lager hast und ihn uns exklusiv anbieten willst.«

»Ich muss dich enttäuschen. Es sei denn, du interessierst dich für die Melancholie lippischer Rastplätze bei Nacht oder für den Naturpark Teutoburger Wald.«

»Ne, lass mal«, winkte er ab. »Scheint so, als ob du immer noch nicht wieder zur Vernunft gekommen bist.«

»Im Gegenteil, früher war ich unvernünftig. Heute bin ich da angekommen, wo ich schon immer sein wollte. Zumindest ist mein Leben merklich ruhiger geworden.«

»Und dann rufst du ausgerechnet bei mir an? Weißt du, was hier los ist, so kurz vor Weihnachten?«

»Kann ich mir denken.«

»Und es wird noch schlimmer. Jeder meiner Reporter und Redakteure will nur noch eins: in Urlaub! Weihnachten feiern mit der Familie. Und ausgerechnet am Samstag ist hier Großalarm. Sechstausend Demonstranten, die für den Erhalt der *Roten Flora* aufmarschieren.«

»Was ist denn daran so schlimm? Ich erinnere mich, dass auch dein Herz damals links schlug.«

»Die Demonstranten sind heute nicht mehr so politisch wie wir früher. Die Polizei stuft dreitausend der sechstausend Demonstranten als gewaltbereit ein. Die Chaoten reisen aus ganz Deutschland und dem benachbarten Europa an, um hier Krawall zu machen. Und unsere Justiz und die Herren Politiker lassen sie gewähren. Auf unsere Kosten und auf Kosten des einfachen Polizeibeamten, der den Schädel hinhalten muss. Es ist zum Kotzen. Und um auf deine Frage zurückzukommen: Ja, mein Herz schlägt immer noch. Und es schlägt auf der richtigen Seite.«

»Ich habe eigentlich angerufen, weil ich dich um etwas bitten möchte. Kennst du einen gewissen Heribert Preuss aus Bielefeld?«

»Den Bankenheini?«

»Exaufsichtsratschef der JKF Landesbank. Jetzt im Ruhestand.«

»Ich kann dir ganze Aktenordner über ihn zum Lesen geben, wenn du herkommst.«

»Im Moment brauche ich nur seine Adresse.«

»Okay, gib mir zwei Minuten.«

Im Hintergrund hörte ich, wie er weitere Gespräche führte. Dazwischen klingelten mehrere Telefonapparate im Orchester.

Schließlich hörte ich im Hintergrund eine Frauenstimme. Ein paar Sekunden später meldete sich Abendroth erneut. Er nannte mir die gewünschte Adresse. Sie lag im Bielefelder Nobelviertel.

Ich bedankte mich. Bevor ich auflegte, musste ich Abendroth versprechen, an ihn zu denken, wenn bei der Sache etwas herauskommen sollte. Ich versprach es.

Danach zog ich mir etwas über und ging nach unten. Dabei sah ich zu, dass ich auf keinen der anderen Bewohner traf. Oder auf die Nachtigall und deren Crew.

Als ich auf den Hof trat, wunderte ich mich, dass außer meinem Volvo nur Ollies Morgan und Duffys quietschgelbe Ente dort parkten. Die Crew schien ausgeflogen zu sein.

Mein Ärger verrauchte. Und zumindest Ollie konnte ich an meiner Seite gebrauchen. Ich brauchte jemanden, dem ich den ganzen Unsinn erzählen konnte.

Als ich klingelte, öffnete Duffy. Seine Leidens- und Trauermiene kannte ich nur allzu gut. Jetzt jedoch hatte er seine absolute Weltuntergangsmiene aufgesetzt.

»Der junge Herr?«, antwortete er auf meine Frage. »Ich fürchte, er hat sich umgebracht.«

»Damit macht man keine Scherze«, tadelte ich ihn.

»Verzeihung, aber als ich ihn vorhin das letzte Mal gesehen habe, hat er mit einem Messer herumgespielt.«

»Wo?«

»In der Küche.«

Ich schob Duffy zur Seite und lief los. Ich sah Ollie bereits blutend am Boden liegen, mit aufgeschnittenen Pulsadern oder mit einem Stich im Hals.

Stattdessen schälte er einen Apfel. Allerdings schaute er nicht gerade euphorisch aus der Wäsche, während ich froh war, ihn unversehrt zu sehen.

»Du guckst, als wäre ich ein Geist.«

»Duffy sagte mir, du hättest dir was angetan.«

»Besser wär's. Der Lunch ist total in die Hose gegangen. Die Kartoffeln waren nicht gar, das Gemüse war zerkocht. Die Schnitzel sind verbrannt. Und für den Nachtisch hatten wir nur saure Milch.«

Ich legte ihm freundschaftlich den Arm um die Schultern. »Das wollen die Typen doch nur: dass viel schiefläuft.«

»Die 100 000 Euro können wir abschreiben, wenn wir morgen nicht einen Zahn zulegen.« Wie er mich ansah, erinnerte er mich wieder an einen Hund. Allerdings einen geprügelten. »Kannst du uns noch einmal aus der Patsche helfen?«

»Du meinst mit Geld?«

»Na ja, das auch. Aber wir brauchen jemanden, der richtig kochen kann. Einen richtigen Koch haben die anderen Teams zwar auch nicht, aber damit könnten wir sie schlagen.«

Ich überlegte. »Ich könnte ja noch einmal Maria fragen, ob sie uns ihren Koch abtritt.«

Maria war die Chefin vom *Lipper Hof*. Mein Vorschlag war etwas halbherzig. Ich wollte Ollie einfach nur trösten. Maria gegenüber hatte ich ein schlechtes Gewissen. Wir waren für kurze Zeit ein Paar gewesen. Das war lange her. Ich hatte mich die letzten Male nur bei ihr sehen lassen, wenn ich etwas von ihr wollte. Außerdem waren beide jetzt, so kurz vor Weihnachten, voll im Stress.

Ollies Augen begannen wieder zu strahlen. »Glaubst du wirklich?«

»Na klar«, log ich. »Wie wär's jetzt mit einer kleinen Ausfahrt?«

»Jetzt, im Dunkeln?«

»Ich zeig dir eine nette Kneipe in Bielefeld. Da gibt's die besten Fish and Chips jenseits von Great Britain.«

»Woher weiß du das?«, fragte er misstrauisch. Er hatte angebissen.

»Hat mir jemand erzählt.«

»Nein, ich meine, dass unsere Challenge für morgen lautet: *Teller Europa*.

»Teller Europa.«

»Jedes Team soll das Gericht eines europäischen Landes auf den Tisch bringen. Tante Lisbeth und ich dachten in der Tat an England. Aber ein Filet Wellington ist nicht so einfach.«

»Fish and Chips auch nicht. Aber die gehen viel schneller. Also, bist du bereit?«

»Yes, I am!«

Der Jahreszeit wegen nahmen wir meinen Volvo. Ollies Morgan war auch an warmen Sommertagen eine Zumutung, zumindest, wenn man sich mit dem Gefährt über lippische Feldwege hinfortbewegen musste. Jetzt im Spätherbst grenzte es an Selbstkasteiung. Zumal die Heizung nicht richtig funktionierte. Der Morgan hatte seine eigenen Gesetze. Doch Ollie war das egal. Er hatte ihn sogar wieder zurückgekauft, nachdem er sich auf mein Anraten hin für kurze Zeit davon getrennt hatte. Ich rätsle noch heute darüber, woher er das Geld hatte.

Während ich den Wagen vom Hof lenkte, dachte ich, dass Bielefeld noch meine zweite Heimat werden würde, wenn das so weiterging. Bis gestern war ich monatelang nicht dort gewesen. Bielefeld war mir zu groß, zu hektisch, zu anonym. Früher hätte ich anders gedacht. Jetzt brauchte ich die Abgeschiedenheit. Ich brauchte Wald anstatt den Asphaltdschungel. Tagsüber Vogelgezwitscher und abends den Ruf eines Käuzchens anstatt Autolärm bei geöffnetem Fenster. Ich brauchte frische Luft statt Autoabgase, wenn ich tief und bewusst einatmete.

Nach einer halben Stunde ruhigen Dahingleitens hatten wir

unser Ziel fast erreicht. Das Haus lag in Bielefelds sogenanntem Musikerviertel. Die Straßen dort schmücken sich mit den illustren Namen großer Meister wie Beethoven oder Mozart.

Wir näherten uns dem exklusiven Viertel quasi von den billigen Plätzen aus. Die vielbefahrene Detmolder Straße ist vierspurig, und die Mietshäuser sind dort alles andere als eine Zierde. Es gibt einen McDonald's und einen Burger King, Videoläden und Dönerbuden.

Ich bog nach links ab, die Straße führte bergauf, und schon nach ein paar Metern veränderte sich die Umgebung. Die Häuser wurden nobler, trugen Vorgärten zur Schau, und spätestens auf Höhe der Beethovenstraße durften sie sich Villa nennen.

Ollie war sichtlich beeindruckt. Er hatte Sinn für Schnörkel und Morbides.

Ich verfranzte mich ein bisschen und merkte, dass ich viel zu spät abgebogen war. Preuss residierte im Steinweg.

Als ich im Schritttempo an seinem Grundstück vorbeifuhr, war dort alles dunkel. Nur eine Straßenlaterne spendete mattes Licht. Ich lenkte den Wagen weiter und parkte ihn ein ganzes Stück entfernt. Ollie und ich stiegen aus.

Ich sah mich unauffällig um. Kein Mensch war auf der Straße. Nach neunzehn Uhr schien hier der Hund begraben. Wahrscheinlich verbunkerten sie sich nach Einbruch der Dunkelheit alle in ihren alarmgeschützten Villen und schauten sich im Fernsehen einen Krimi an.

Wir schlenderten zurück zum Preuss'schen Anwesen. Eigentlich war ich enttäuscht. Bisher hatte ich immer gedacht, dass Aufsichtsratschefs deutscher Banken in Saus und Braus lebten. Jetzt wurde ich eines Besseren belehrt. Oder Preuss bluffte und hatte noch ein Zweithaus in der Karibik oder in der Schweiz.

Das Haus selbst war zwar vom Bürgersteig aus nicht zu sehen, aber das bebaute Grundstück war schmal. Die Eibenhecke, die es begrenzte, war höchstens zwanzig Meter lang. In der Mitte befand sich ein Eisentor, gerade mal breit genug für einen SUV.

Ein Namensschild war nicht vorhanden. Und eine Klingel suchte ich eine ganze Weile vergeblich. Endlich fand ich einen winzigen Knopf. Als ich ihn drückte, sprang ein Scheinwerfer an und tauchte uns in grelles Licht.

Jeden Augenblick erwartete ich eine knarzende Stimme aus einer versteckten Sprechanlage. Aber es tat sich nichts. Nach zwei Minuten ging das Licht wieder aus.

Ich drückte erneut auf den Knopf. Anscheinend war Heribert Preuss nicht zu Hause.

»Ich hol den Wagen. Du wartest hier«, sagte ich zu Ollie.

»Auf wen?«

»Vielleicht kommt er ja in der Zwischenzeit.«

Ich ließ Ollie stehen und holte den Volvo. Ich stellte ihn so dicht an die Hecke, dass die Zweige gegen die Fensterscheiben kratzten.

»Was hast du vor?«

»Wirst du gleich sehen. Mach mal 'ne Räuberleiter.«

»Räuberleiter?«

Ich erklärte ihm, was ich damit meinte, und er streckte die Arme vor dem Körper lang aus und verschränkte die Finger, sodass ich einen Fuß hineinsetzen und mich hochhieven konnte. Dann stieg ich mit seiner Hilfe aufs Autodach. Ich hatte nicht vor, das fremde Grundstück unerlaubt zu betreten. Ich wollte mich nur vergewissern, ob Preuss wirklich nicht zu Hause war.

»Würden Sie mir bitte erklären, was Sie da oben machen?«

Die Stimme klang tief und sonor. Die Frage wurde in höflichem Ton vorgetragen, und doch lag Autorität darin.

Als ich mich langsam umwandte, erkannte ich Heribert

Preuss. Er war viel kleiner, als ich ihn mir vorgestellt hatte, obwohl er einen Hut aufhatte. Aber vielleicht täuschte der Eindruck auch, weil ich von oben auf ihn hinunterschaute. Dafür erschien mir der Dobermann an seiner Seite umso größer. Das Biest gab keinen Laut von sich. Dafür sah es mich an, als wisse es genau, dass ich irgendwann vom Autodach steigen musste.

»Ich wollte sehen, ob Sie zu Hause sind«, erklärte ich. »Mein Name ist Morgenstern, und das ist mein Freund und Begleiter Oliver. Mr Dickens sollte eigentlich Schmiere stehen. – Das ist ein Scherz.«

»Natürlich«, sagte der Banker. Er lüftete den Hut, und jetzt sah ich, dass er eine Brille trug, deren Gläser im trüben Licht funkelten. »Mein Name ist Preuss, aber das haben Sie bestimmt schon herausgefunden.«

»Angenehm, Herr Preuss. Haben Sie und Ihr Hund etwas dagegen, wenn ich jetzt vom Dach steige?«

»Nein, kommen Sie ruhig herunter. Armin beißt nicht. Zumindest nicht, wenn ich ihn nicht ausdrücklich darum bitte.«

Beruhigt sprang ich wieder auf den Bürgersteig. Armin knurrte.

»Sie hätten die Schuhe ausziehen sollen«, sagte Preuss vorwurfsvoll. »Bestimmt hat Ihr Autodach gelitten.«

»Ach, das ist nicht so schlimm. Der Volvo ist alt, und mit etwas Politur lassen sich alle Kratzer entfernen.«

»Aber sie kommen wieder. Wie Narben, die man mit Schminke überdeckt.«

Es entstand eine Pause. Ollie stand weit genug von Armin entfernt und musterte das Tier argwöhnisch.

»Sie haben Glück«, sagte er schließlich. »Eigentlich hätte ich die Polizei gerufen. Ich habe immer ein Notrufgerät in der Tasche. Die Jungs sind in null Komma nichts hier.«

Im Geiste hörte ich bereits Sirenengeheul. Vielleicht hatte er den Knopf längst gedrückt und hielt uns nur hin. Andererseits hatten wir nichts Ungesetzliches getan.

»Ihr Gesicht habe ich doch schon mal gesehen. Gesichter und Namen vergesse ich nie. Ich kenne Sie aus der Zeitung, Herr Morgenstern. Sie sind Journalist und haben in den letzten Jahren zwei Mordserien aufgeklärt.«

»Unfreiwillig«, sagte ich. »Im Moment schreibe ich einen Artikel über den Teutoburger Wald. Den will nur keiner lesen.«

»Sie sind auch nur ein Lügner«, stellte er sachlich fest.

»Das ist die Wahrheit!«

»Sie sind nicht wegen meiner Exfrau gekommen?«

»Sie wissen es schon?«

»Man hat mich bereits gestern informiert, ja. Ich nehme an, Sie und Ihr Begleiter sind nur die Vorhut. Ich wundere mich, dass die Leute von der *Bild* noch nicht da sind. *Exfrau von Banker grausam ermordet*. Das lädt doch gleich zu weiteren Assoziationen ein, oder?« Er klang verbittert.

»Und? Haben Sie sie ermordet?«

»Nein, was fällt Ihnen ein? Trauen Sie mir das zu?«

»Nein.« Ich meinte es ehrlich. »Ich würde Ihnen gern erklären, warum mich der Fall interessiert. Und ich würde gern mehr über Ihre Exfrau erfahren. Hier auf der Straße ist das aber schlecht.«

»Da haben Sie recht. Ich würde Sie auch zu einem Glas Cognac einladen, aber ich lasse grundsätzlich niemanden in mein Haus. Es ist mein Refugium. Ich habe weder eine Putzfrau noch einen Leibwächter. Nur Armin. Der kann zwar nicht staubsaugen, aber er hält mir alle ungebetenen Gäste vom Leib.«

»Ich mache Ihnen einen Vorschlag«, sagte ich. »Ich wollte mit meinem Freund Ollie ins *Admiral Hornblower*. Kommen Sie doch einfach mit.«

6.

Ich war froh, dass die Fahrt nur wenige Minuten dauerte. Armin hechelte mir die ganze Zeit seinen heißen Atem in den Nacken. Ich parkte den Volvo auf dem Hinterhof. Danach kehrten wir ein.

Es war wenig los im *Admiral Hornblower*. Nur eine Familie mit kleinen Kindern hatte einen der Tische besetzt.

Ich sah mich um. Von einer englischen Kneipe war wenig zu spüren. Der Wirt hatte das Inventar des deutschen Vorbesitzers übernommen. Die einzigen Neuerungen bestanden aus einer Büste von Horatio Hornblower, die auf der Theke stand, und einer englischen Zapfanlage.

Und aus der Speisekarte. Ollie und ich bestellten Guinness und Fish and Chips. Preuss begnügte sich mit einem Salat und stillem Wasser.

Nachdem die Wirtin uns mit Getränken versorgt hatte, sagte Preuss: »Stellen Sie nun bitte Ihre Fragen.«

»Ich hatte eigentlich eher an ein Gespräch gedacht. Frage- und-Antwort-Spiele sind nicht mein Ding.«

Er nickte. Die schmalen Lippen unter dem dünnen Bärtchen verzogen sich zu einem belustigten Lächeln. »Ich habe gleich gespürt, dass Sie Niveau haben, Herr Morgenstern. Sie rauchen nicht zufällig Pfeife?«

»Nein, wieso?« Er verstand es, mich zu verwirren.

»Ach, nur so.« Preuss zog eine Schachtel aus der Innentasche seines Jacketts, holte einen schmalen Zigarillo daraus hervor und stutzte plötzlich. Er schüttelte den Kopf und steckte ihn achtlos wieder weg. »Ich habe ganz vergessen, dass man in Gaststätten nicht mehr rauchen darf.«

»Waren Sie schon längere Zeit nicht mehr aus?«, fragte ich nach.

»Doch, aber schon länger nicht mehr in einer Kneipe.«

Er blickte mich mit einem nicht zu deutenden Blick an. »Jetzt habe ich Sie doch zu einem Frage-und-Antwort-Spiel genötigt. Das tut mir leid.«

»Das glaube ich Ihnen nicht.«

Er grinste. Zwischen seinen Schneidezähnen war eine Lücke. Das machte ihn mir noch sympathischer. Also stellte ich meine Fragen: »Sie sind nicht unvermögend, und trotzdem lassen Sie sich die Zähne nicht richten?«

»Ich bin nicht eitel genug. Außerdem war ich in meiner Jugend ein Fan von Alfred E. Neumann. Kennen Sie den? Natürlich kennen Sie ihn. Wer hat früher nicht *Mad* gelesen? Und zum ersten Teil Ihrer Frage: Ich bin sogar sehr vermögend. Aber das haben Sie bestimmt schon herausgefunden. Heutzutage steht ja alles bei Google und Wikipedia.«

»Nicht alles«, widersprach ich. »Ihre Adresse konnte ich im Netz nicht finden. Das wäre meine nächste Frage: Wieso wohnen Sie vergleichsweise bescheiden in Bielefeld?«

Allein die Grundstückspreise auf Bielefelds exklusivstem Nordhang lagen bei gut dreihundertsechzig Euro pro Quadratmeter.

Aber freie Grundstücksflächen gab es eh nicht. Wer hierher ziehen wollte, musste entweder in eine der millionenteuren Villen einziehen oder sie abreißen und neu bauen lassen. Dennoch war es nicht Preuss' Preisklasse.

»Ob Sie es glauben oder nicht: Ich fühle mich wohl hier. Bielefeld ist meine Heimatstadt. Ich habe mein halbes Leben in

Brüssel und die andere Hälfte in London gelebt. Da weiß man Heimat erst richtig zu schätzen. Und wenn mir Bielefeld mal wieder zu spießig und zu klein vorkommt, dann fliege ich für ein paar Wochen nach New York. Ich besitze dort ein Apartment. Genau wie in Paris. Ach ja: Am Genfer See besitze ich auch noch ein Hotel. Das haben Sie sicherlich bereits alles recherchiert.«

Ich nickte.

»Ich bin ein ganz genügsamer Mensch«, fuhr er fort. »Ich wandere gern. Ein paar Meter den Berg hinauf, und ich bin oben an der Promenade und kann über den Kamm des Teutoburger Waldes bis in die Sieker Schweiz wandern ...«

»Und Ihre Frau? Ist die auch gern gewandert?«

»Nein, Effie ist – war eher der künstlerisch interessierte Mensch. Sie ist gern ins Theater gegangen oder ins Museum, und sie hat sich mit Künstlern umgeben. Im Gegensatz zu mir hat sie die Menschen geliebt. Das hatte sie von ihrer Mutter. Die war Sängerin. Als ich Effie kennenlernte, hat sie ebenfalls gesungen. In einer Berliner Punkband. Damals war ich schon Chef einer Dresdner Bankfiliale. Können Sie sich einen größeren Gegensatz vorstellen? Sie hat mich abblitzen lassen. Ich habe sie mit Geschenken überhäuft, bin ihr monatelang nachgelaufen, dabei hätte ich ahnen müssen, dass das genau die falsche Strategie war ...«

»Glauben Sie wirklich, es gibt eine Strategie, um das Herz einer Frau zu erobern?«, fragte Ollie.

»Frauen sind wie Aktien. Sie müssen sie beobachten, sie analysieren. Sie dürfen sich nicht blenden lassen. Wenn Sie es nur auf den schnellen Gewinn abgesehen haben, gehen Sie lieber ins Kasino oder ins Bordell. Aktien haben ihre Phasen, ihre Hochs und Tiefs. Genau wie Frauen. Man muss zugreifen, wenn sie ganz unten sind.«

»Und Sie haben zugegriffen, als sie ganz unten war?«, fragte ich nach.

»Es mag für Sie vielleicht unmoralisch klingen: ja. Es war nach einem ihrer Konzerte in einem Kellerschuppen. Sie hat furchtbar gesungen, man hat sofort gemerkt, dass sie betrunken war. Zwischen den Songs hat sie sich weiter aus einer Flasche mit Hochprozentigem bedient. Zum Schluss hat sie nur noch gelallt. Das Publikum hat sie verhöhnt. Sie warf eine Flasche in die grölende Menge. Ein Mädchen wurde am Kopf getroffen. Ihr Freund ist daraufhin auf die Bühne gestürmt und hat Effie verprügelt. Niemand kam ihr zu Hilfe. Auch ich nicht. Ich hatte keine Lust, am nächsten Morgen mit einem blauen Auge in der Bank zu erscheinen. Ich fand nur komisch, dass auch niemand aus der Band ihr geholfen hat. Die haben sich ziemlich schnell aus dem Staub gemacht. Als es vorbei war, habe ich Effie aufgeholfen und in meine Wohnung geschleppt. Sie hat geblutet, aber es sah alles schlimmer aus, als es war. Ich hab sie verarztet und mich um sie gekümmert und ihr ein Dach über dem Kopf angeboten. Die Tage davor hatte sie unter einer Brücke gehaust, weil ihr Punkerfreund sie rausgeworfen hat. Darum war sie auch so fertig.«

»Prost«, sagte ich und stieß mit Ollie an. Preuss hob stumm sein Wasserglas.

»Effie war gerade mal zwanzig damals, ich war zehn Jahre älter. Wir haben dreißig Jahre lang eine glückliche Ehe geführt.«

»Woher wissen Sie, dass auch Ihre Frau glücklich war?«, fragte Ollie. »Nicht, dass Sie glauben, ich will mich in Ihre Privatsachen einmischen. Ich bin einfach nur neugierig.«

Preuss sah mich mit einem Blick an, der sagte: »Was ist denn das für ein seltsamer Vogel?«

»Wie meinen Sie das?«, fragte er schließlich Ollie.

»Woran sieht man, dass eine Frau glücklich ist?«

»Ollie war noch nie verheiratet«, erklärte ich. »Seine Frage ist ehrlich gemeint.«

Preuss zuckte die Achseln. »Was weiß ich? Man spürt es einfach.« Sein Ton wurde schroff, und ich merkte, dass Ollies Frage ihn aus dem Gleichgewicht gebracht hatte. Ich setzte nach: »Wie spürt man das?«

»Sind Sie auch Junggeselle?« Er sah mich über den Rand seiner goldeingefassten Brille an, während ich mich fragte, wer heutzutage noch so eine Brille trug. Ich nickte.

»Dann kann ich Ihnen beiden nicht helfen«, sagte er. Damit war das Thema für ihn offenbar erledigt.

»Und wann hat das Glück angefangen zu bröckeln?«

»Sie enttäuschen mich, Herr Morgenstern. Das erinnert jetzt doch mehr an ein Verhör als an ein Interview. Geschweige denn an ein Gespräch.«

»Verzeihen Sie«, sagte ich.

Er nickte. Dann fuhr er fort: »Vor vier Jahren habe ich erfahren, dass Effie ihr Glück auch außerhalb der Ehe suchte. Was mich am meisten gewundert hat, war, dass ich weder überrascht noch verletzt war. Offensichtlich waren auch meine Gefühle inzwischen erloschen. Ich war in meinen letzten Amtsjahren wenig zu Hause gewesen. Jedenfalls hat sie mir Hörner aufgesetzt; ich habe sie nie betrogen. Ich habe vorgeschlagen, dass wir uns scheiden lassen, und sie war einverstanden. Geld hat für mich nie eine Rolle gespielt. Ich habe nicht gefeilscht wegen der Abfindung, die sie wollte. Die war auch nicht unverhältnismäßig hoch. Im Grunde ist alles ganz fair abgelaufen. Effie ist nach Bielefeld gezogen und hat eine Agentur für Doubles eröffnet. Eine verrückte Idee, aber es war ja *ihr* Leben. Wir haben uns seit drei Jahren nicht mehr gesehen …«

»Seltsam, dass ausgerechnet Sie sie als vermisst gemeldet haben ...«

»Sie sind erstaunlich gut informiert, Herr Morgenstern. Darf ich fragen, von wem Ihre Informationen stammen?«

»Würden Sie den Ast absägen, auf dem Sie sitzen?«

Die Kellnerin brachte für Preuss den Salat und vertröstete Ollie und mich, dass unsere Fish and Chips noch fünf Minuten dauern würden.

Nachdem sie wieder verschwunden war, sagte Preuss: »Ein paar Tage vorher hat Effie mich angerufen. Sie hatte Angst und hat behauptet, sie würde verfolgt werden. Warum sie sich ausgerechnet an mich gewandt hat? Ganz einfach: Ich hatte jahrelang Leibwächter. Ich kenne ein paar Agenturen. Sie wollte von mir eine Empfehlung haben. Die habe ich ihr gegeben. Aber ich habe ihr auch geraten, sich an die Polizei zu wenden. Nach ein paar Tagen wurde ich neugierig und habe sie angerufen. Ich wollte wissen, ob sich was ergeben hat. Bei ihr zu Hause hat niemand abgenommen. Und auch in ihrer Firma war sie nicht. Sie war überhaupt nicht mehr zu erreichen. Da bin ich zur Polizei gegangen. Gestern dann habe ich die schreckliche Wahrheit erfahren. Entsetzlich ...«

Er nahm die Brille ab und wischte sich über die Augen. Ich beobachtete ihn genau und kam zu der Überzeugung, dass seine Reaktion nicht gespielt war.

Schließlich setzte er die Brille wieder auf und sah mich an. »Das Schwein, das ihr das angetan hat, muss zur Rechenschaft gezogen werden. Sie haben doch schon zwei Mordfälle gelöst. Ich würde Sie gern engagieren, damit Sie den Täter fassen. Ich zahle Ihnen zwanzigtausend Euro und übernehme sämtliche Unkosten, egal, wie hoch. Ich stelle nur eine Bedingung: Ich will mit ihm sprechen, bevor Sie ihn der Polizei übergeben.«

Ich schüttelte den Kopf. »Was immer Sie über mich gelesen

oder gehört haben oder über mich denken: Ich bin kein Kopfgeldjäger, ich bin Journalist. Deshalb muss ich Ihr unmoralisches Angebot ablehnen.«

»Schade, aber vielleicht überlegen Sie sich die Sache ja doch noch.«

Ollie knuffte mich in die Seite. »Kann ich dich einen Moment allein sprechen, alter Knabe?«

»Aber immer doch. Entschuldigen Sie uns einen Moment, Herr Preuss?«

»Natürlich. Aber bleiben Sie ruhig sitzen, ich wollte sowieso eine rauchen gehen.«

Er stand auf. In der Tür drehte er sich noch einmal um. »Ich hoffe, Sie hören auf den Rat Ihres klugen Freundes.« Er zwinkerte Ollie zu.

Armin sah uns beide mit wachsamen Augen an. Zum Glück war er angeleint.

Nachdem Preuss verschwunden war, fragte Ollie verblüfft: »Woher weiß er, was ich dir sagen will?«

»Weil es auffälliger kaum noch ging. Ich weiß, warum du mir raten willst, den Auftrag anzunehmen.«

»Wir wären mit einem Schlag aus der Matsche ...«

»Du meinst Patsche.«

»Egal ...«

»Und wann sehe ich mein Geld dann wieder?«

»Sobald wir die Challenge gewonnen haben. Wir brauchen nur einen Kredit für ein paar Tage.«

»Wie viel?«, fragte ich.

»Tausend?«, schlug Ollie zaghaft vor.

»Ich glaube, damit werdet ihr nicht auskommen. Die Bagage frisst euch die Haare vom Kopf.«

Preuss kam mit einem schmalen Lächeln zurück in die Kneipe. »Nun? Haben Sie es sich überlegt?«

»Zehntausend«, sagte ich. »Im Voraus.«

»Der Betrag ist mir egal. Hauptsache, Sie finden den Mörder meiner Frau.«

»Das kann ich nicht versprechen.«

Die Wirtin brachte für Ollie und mich unsere Fish and Chips. Preuss nahm die Gabel und stocherte in seinem Salat.

Ollie aß mit Begeisterung. »Wie zu Hause«, schwärmte er.

Ich konnte mich seinem Urteil nicht anschließen. Die merkwürdige Sitte der Engländer, alles mit Essig buchstäblich zu versauern, fand ich kulinarisch bedenklich.

»Sauer macht in dem Fall nicht lustig«, sagte ich und legte das Besteck weg.

»Da stimme ich Ihnen zu.« Preuss schob seinen Salat beiseite.

»Ich brauche bis morgen früh ein Dossier über Ihre Exfrau: Lebenslauf, Fotos, Adressen. Auch die von ihrer Familie, von Freunden. Ich muss wissen, wer ihr Friseur war und wie ihr letzter Liebhaber hieß. Ich brauche die Daten ihrer Bankkonten, möglichst auch noch die letzten Auszüge, wenn sie da drankommen.«

»Sie verlangen mehr als die Polizei.«

Ich zuckte die Achseln. »Ich arbeite allein. Mir steht kein Polizeiapparat zur Verfügung. Also ist meine einzige Chance die, mehr zu wissen als die Polizei.«

Er nickte. »Ich tue, was ich kann. Manches ist allerdings nicht bis morgen früh zu besorgen.«

»Tun Sie Ihr Möglichstes. Und wenn Sie das Dossier vorbeibringen, vergessen Sie das Geld nicht.«

»Sie haben es aber eilig.«

»Vorkasse ist die beste Versicherung«, sagte ich. Dann bestellte ich noch ein zweites Glas Guinness.

7·

Ich wachte auf, weil mir jemand mit einem nassen Putzlappen über das Gesicht wischte. Als ich die Augen aufschlug, erkannte ich Luna, die mich mit der Zunge wach schleckte.

Ich schaute auf die Uhr. Es war halb zehn. Eigentlich hatte ich verschlafen. Ich gehöre zwar zu den Glücklichen, die nicht morgens um neun Uhr irgendwo einstempeln müssen, um den Tag in einem tristen Großraumbüro zu verbringen. Aber ich habe es mir zur Regel gemacht, spätestens um acht Uhr mit Luna rauszugehen.

Das Guinness, das ich im *Admiral Hornblower* noch getrunken hatte, war schuld. Und Preuss. Außerdem der Wirt, der sich irgendwann zu uns gesetzt und uns seine Whiskysammlung unter der Theke präsentiert hatte.

Es war ein Uhr oder noch später gewesen, als wir alle drei hinausgewankt und in ein Taxi gestiegen waren. Preuss hatte die Fahrt von Bielefeld nach Detmold bezahlt.

Ich sagte mir gerade, dass er es wohl kaum geschafft haben würde, das Dossier zusammenzustellen, als es klingelte. Luna sprang kläffend zur Tür. Ich stand auf. Mein Kopf hämmerte und pochte, als würden lauter kleine Minihubschrauber von innen gegen meine Schädeldecke fliegen. Ich taumelte leicht. Dann schlüpfte ich in meinen Bademantel, ging zur Tür und fragte in die Sprechanlage: »Wer ist da?«

Den Namen, er klang italienisch, kannte ich nicht. Dann sagte er, dass Preuss ihn geschickt habe.

Ich drückte auf den Knopf und ließ ihn herein. Ich hörte, wie er die Treppen heraufkam. Er schien es nicht eilig zu haben.

Ich befahl Luna, Sitz zu machen und mit dem Gebell aufzuhören. Sie gehorchte. Aber sie knurrte.

Als die Dielenbretter vor meiner Wohnung knarrten, öffnete ich die Tür. Vor mir stand ein kleiner schlanker Herr. Ich schätzte ihn auf Mitte bis Ende vierzig. Er war noch kleiner und zierlicher als Preuss und hatte kurz geschorene Haare, trug einen schwarzen Kaschmirmantel und Prada-Schuhe. In der Hand hatte er eine schwarze Aktentasche. Unwillkürlich fragte ich mich, wie viele Leute er dafür wohl umgebracht hatte. Der Mann strahlte eine Kälte aus, gegen die mein Eisschrank eine Komfortzone darstellte.

»Was kann ich für Sie tun?«, fragte ich.

»Sie sind Herr Morgenstern.« Es war mehr eine Feststellung als eine Frage. Dabei musterte er mich eindringlich. Sein Blick war eiskalt.

Das Pochen in meinem Schädel wurde schlimmer.

»Und wer sind Sie?«

»Molini. Herr Preuss lässt schöne Grüße ausrichten. Ich bin sein Bote.«

Ich nickte. »Kommen Sie herein.«

Ich ließ ihn vorbei und roch dabei sein Rasierwasser. Lavendel, Holz und Leder kitzelten mich in der Nase. Ich schloss die Tür und bat ihn, auf dem Sofa Platz zu nehmen. Er setzte sich erst, nachdem er den Blick hatte schweifen lassen. Ich nahm an, dass jemand wie er darauf bedacht war, mit dem Rücken zur Wand zu sitzen. Er schaute auf die geöffnete Tür, die ins Schlafzimmer führte. »Wohnen Sie allein?«

»In der Regel ja. Keine Sorge, wir sind unter uns.«

Er nickte. Dann zog er einen Schnellhefter aus der Aktentasche, die er neben sich auf das Sofa gestellt hatte. »Das ist erst einmal alles, was Herr Preuss in der Kürze der Zeit für Sie zusammenstellen konnte.« Er reichte mir den Schnellhefter.

Ich blätterte ihn durch und verschaffte mir einen kurzen Überblick. Der Name ihres Friseurs stand nicht darin, aber dafür die Adresse ihrer Firma.

Molini griff abermals in die Aktentasche und gab mir einen USB-Stick.

»Die Fotos«, erklärte er.

So ändern sich die Zeiten. Wer macht sich heute noch die Mühe, Papierabzüge in Auftrag zu geben und die Fotos in ein Album einzukleben. Die neue digitale Welt lässt die reale Welt verschwinden.

»Sie finden darauf auch ältere Fotos«, erklärte Molini. »Wir haben sie eingescannt, damit Sie alles zusammen auf einem Stick haben.«

Ich nickte. »Was ist mit dem Geld?«

Molini zog eine Brieftasche aus der Innentasche seines Mantels. Wenn ich mich nicht täuschte, hatte ich einen Moment lang das Schulterholster gesehen, das er darunter trug. Es hätte mich auch gewundert, wenn Preuss sich nicht mit Leuten wie Molini umgeben hätte. Am Abend zuvor hatte er sich als ein Mensch wie du und ich gegeben. Ohne Allüren, ohne Aufhebens. Fast hätte ich ihm die Rolle abgenommen. Aber nur fast. Er hatte mich nicht engagiert, damit ich den Mörder seiner Ex fasste. Er hatte mich engagiert, damit ich den Mörder an ihn auslieferte. An ihn, nicht an die Polizei.

Dafür bekam ich das Geld. Dafür war ihm jede Summe recht. Jemand hatte sich an seinem Eigentum vergriffen. Auch wenn es ihm längst nicht mehr gehörte.

Ich verzichtete darauf, die Scheine zu zählen. Ein Mann wie Preuss würde sich nicht vertun.

Ich steckte das Geld in die Tasche meines Bademantels.

Molini runzelte die Stirn. »Sie gehen recht lässig mit dem Geld um. Verlieren Sie es nicht.«

»Ich habe ein recht lockeres Verhältnis zum Geld«, erwiderte ich.

»Dann hoffe ich, dass Ihr Verhältnis zur Arbeit umso ernsthafter ist. Vergessen Sie nicht, dass Sie sich die Summe noch verdienen müssen.«

Seine Belehrung war anmaßend. Er wollte mich reizen. Ich ahnte auch, warum.

»Sie sind sauer, weil Herr Preuss nicht Sie beauftragt hat, nicht wahr? Normalerweise kümmern Sie sich um solche Dinge. Nun, Sie hatten ja lange genug Zeit dazu.«

»Ich bin noch nicht aus dem Spiel. Heribert, ich meine, Herr Preuss, macht einen großen Fehler, einem Amateur zu vertrauen.«

»Haben Sie ihm das so gesagt?«

»Natürlich. Leider hat er diesmal nicht auf mich gehört.«

»Das freut mich sehr. Im Übrigen, auch wenn es Sie eigentlich nichts angeht: Das Geld habe ich mir bereits verdient. Mein Honorar ist erfolgsunabhängig.«

»Da irren Sie sich.« Wieder griff er in die Aktentasche. Er reichte mir zwei DIN-A4-Blätter. »Hier ist Ihr Vertrag. Unterschreiben Sie beide Blätter. Die Kopie ist für Sie.«

Ich nahm mir nicht die Zeit, auch nur einen Blick darauf zu werfen. Ich zerriss ihn. Luna knurrte wieder. Dabei fixierte sie die ganze Zeit Molini.

Molini erhob sich. Die Kälte griff erneut nach mir. »Geben Sie mir das Geld zurück.«

Ich schüttelte den Kopf und grinste. »Offensichtlich sind Sie nicht im Bilde. Herr Preuss und ich haben die Sache per Handschlag ausgemacht. Mag sein, dass er es mittlerweile wieder vergessen hat. Ihr Boss hatte am Schluss ganz schön einen in der Krone.«

Molini machte einen schnellen Schritt auf mich zu. Doch bevor ich reagieren konnte, war Luna dazwischen. Sie schirmte mich ab, während sie Molini angriffslustig anknurrte.

»Noch einen Schritt, und ich kann den Hund nicht mehr zurückhalten«, warnte ich ihn. »Sie mag sie nicht besonders.«

»Das beruht auf Gegenseitigkeit. Passen Sie gut auf Ihren Köter auf. Es könnte sein, dass ihm sonst etwas passiert.«

Ich trat einen Schritt beiseite, sodass er an mir vorbeikonnte. »Verschwinden Sie aus meiner Wohnung. Sagen Sie Herrn Preuss besten Dank für das Geld. Ich melde mich bei ihm.«

Nachdem ich mich vergewissert hatte, dass Molini vom Hof gefahren war, ließ ich Luna hinaus. Heute Morgen musste sie allein spazieren gehen.

Ich schloss die Tür hinter ihr, schenkte mir eine Tasse Kaffee ein, setzte mich an den Küchentisch und vertiefte mich in das Dossier. Es enthielt den Lebenslauf der Toten, die Namen einiger Freunde und Freundinnen, Telefonnummern und Adressen. Danach schaltete ich mein MacBook ein, steckte den USB-Stick in den passenden Anschluss und betrachtete die Bilder. Preuss hatte gute Arbeit geleistet. Effie Beck schaute als Baby auf dem Arm ihrer Mutter in die Kamera, eines zeigte sie lächelnd mit einer Schultüte, ein anderes als Backfisch im Badeanzug am Gardasee. Auf den meisten Fotos war sie allein zu sehen. Meistens lachend. Zumindest auf den Fotos, die sie als Kind und Teenager zeigten. Das änderte sich mit den Jahren. Ihr Lächeln wurde ernster. Es gab ein Hochzeitsfoto. An ihrer Seite stand ein junger Heribert Preuss. Ihm war nicht anzusehen, ob er stolz war, dass er sie endlich doch bekommen hatte. Effie lächelte. Es war ein Lächeln für den Fotografen. Die weiteren Fotos zeigten das Paar auf verschiedenen Urlaubsreisen. In Venedig, vor den Pyramiden, auf einem Kreuzfahrtschiff, im Grand Canyon, in Florida. Mit zunehmendem Alter schien mir auch die Wahl ihrer Urlaubsorte immer langweiliger zu werden. Die letzten Fotos zeigten Effie allein. Sie war sichtlich gealtert. Auf den Bildern war sie beim Einkaufen zu sehen, beim Essen in einem Restaurant, beim Überqueren einer Straße. Niemals schaute sie direkt in die Kamera. Mir wurde klar, dass die Bilder heimlich geknipst worden waren. Preuss hatte sie überwachen lassen. Aber warum? Weil sie ihn betrog? Oder war es nach ihrer Trennung? Irgendwie schienen da ein paar Fotos aus ein paar Jahren zu fehlen.

Auf einem der letzten Bilder war Effie an der Seite eines Mannes zu sehen. Er war groß, schlank, gut aussehend und strahlte eine gewisse Portion Leichtsinn aus. Alles in allem schien er mir genau das Gegenteil von Preuss zu sein. Außerdem war er gut zehn Jahre jünger. War der Mann der Grund für die Trennung?

Mein Magen knurrte. Ich schaute auf die Uhr. Ich hatte über eine Stunde damit verbracht, mir die Fotos anzuschauen. Mein erstes Honorar hatte ich somit verdient.

Ich ging unter die Dusche und zog mich an. Luna fiel mir ein, die noch nicht wieder aufgetaucht war, und ich musste sofort an Molini denken. Seine Drohung hing noch im Raum. Augenblicklich beeilte ich mich und lief nach unten. Ich rief Lunas Namen. Sie kam nicht wie sonst sofort angelaufen.

Ich bekam es mit der Angst zu tun und rief wieder und wieder ihren Namen.

Duffy kam neugierig daherspaziert.

»Was veranstalten Sie denn für einen Lärm? Ich darf Sie doch bitten, etwas leiser zu sein. Im Hause wird gedreht.«

»So, es wird gedreht!«, äffte ich ihn nach. »Haben Sie zufällig Luna gesehen?«

»Ich finde, alle Hunde, die größer sind als die Möpse von der Gräfin, gehören ins Tierheim.«

»Da gehören *Sie* hin! Was ist denn nun: Haben Sie sie gesehen?«

»Sie ist genau wie ihr Herrchen: ganz versessen auf Speck.«

Mir fiel ein Stein vom Herzen. »Warum sagen Sie nicht gleich, dass sie in der Küche ist!«

Duffy zuckte mit den Schultern. »Habe ich das gesagt?«

Die Art, wie er mich auf die Folter spannte und mit meiner Sorge spielte, fand ich zum Kotzen. Ich schob ihn zur Seite und lief ins Haus.

Auf dem Korridor, der in die heiligen Hallen führte, roch es tatsächlich nach Speck. Ich folgte dem Duft. Die Herrschaften hatten sich wie am Tag zuvor in der Küche versammelt.

Als Ollie mich sah, kam er freudig auf mich zugeschossen. Ich wunderte mich, wie munter er war. Ich erinnerte mich, dass er am meisten getrunken hatte. Sein Lächeln erstarb, als er in mein Gesicht sah. »Was ist dir denn für eine Laus über die Leber gekrabbelt?«

»Hast du Luna gesehen?«

Schuldbewusst senkte er den Kopf. »Sie ist auf der Gästetoilette. Aber wir haben sie gut versorgt. Ehrenwort!«

Die Toilette befand sich im anderen Flügel. Ich lief dorthin und hörte schon von Weitem das Jaulen. Ich bekam nur ganz vage mit, dass jemand mir folgte. Irritiert schaute ich mich um. Es war Petra Kowalsky mit ihrer Handkamera.

»Was soll das?«, zischte ich.

»Action«, grinste sie.

Ich beschloss, sie zu ignorieren, und lief weiter. Sie blieb mir auf den Fersen.

Endlich hatte ich die Toilette erreicht. Der Schlüssel steckte von außen. Ich öffnete die Tür und befreite Luna aus ihrem Gefängnis. Sie schleckte mir dankbar die Hände.

»Gehen Sie mir bitte aus dem Weg«, sagte ich zu der Kameradame. Sie hielt die Kamera noch immer auf uns gerichtet.

Als sie nicht hörte, schob ich sie einfach beiseite. Meine Wut war verraucht. Meine Erleichterung, dass Lunas Verschwinden sich so einfach aufgeklärt hatte, war größer.

Ich ging zurück in die Küche, wo die anderen inzwischen dabei waren, die letzten Reste des Frühstücks zu vertilgen. Aber der Appetit war mir inzwischen sowieso wieder vergangen.

Als ich schon fast wieder auf dem Weg nach draußen war, stürmte Ollie mir hinterher.

»Ich fahre gleich mit Duffy einkaufen. Die Aufgabe für das heutige Dinner lautet *Heimat*.

»Ist mir schnuppe. Ich muss arbeiten!«

»Vorbildlich, wirklich vorbildlich, alter Knabe. Irgendwo muss das Geld ja herkommen, nicht wahr? Hast du schon eine Idee, wo du mit den Recherchen anfangen wirst?«

»Im Wald.«

»Im Wald? By Jove! Seine Ex ist doch nicht im Wald aufgefunden worden.«

»Es geht nicht um Preuss' Ex. Ich habe auch noch andere Aufträge zu erledigen.« Welche das waren, das band ich ihm nicht auf die Nase.

Ollie hob abwehrend beide Hände, um mir zu signalisieren, dass er nichts Böses im Schilde führte. »Ist ja schon gut, alter Freund. Du musst mich nicht in alle deine Geheimnisse einweihen. Es reicht, wenn du mir einen Vorschuss gibst.«

»Wie viel?«

»Zweitausend?«

Natürlich hatte ich Molinis Scheine nicht in der Wohnung liegen lassen, sondern mitgenommen. Ich gab Ollie das Geld. »Die will ich aber wiedersehen!«

»Keine Sorge. Alles wird gut. Die Gräfin hat sogar schon eine spannende Idee, wie sie das Heimat-Thema umsetzt. Willst du sie hören?«

»Später«, sagte ich und schaute demonstrativ auf die Uhr. Ich musste mich beeilen, wenn ich meine Verabredung einhalten wollte.

8.

Ich kam fünf Minuten zu spät, aber Alexander Bode saß eh in seinem Geländewagen und war am Telefonieren, als ich eintraf. Bode war mir vor einigen Wochen als Forstwirt vorgestellt worden. Ich hatte die Gelegenheit beim Schopf gepackt, mich ihm vorgestellt und ihm erzählt, dass ich über den Teutoburger Wald schreibe.

»Ein Buch?«

»Vielleicht wird auch ein Buch daraus. Vorerst recherchiere ich noch. Zwei oder drei Artikel sind in der Landeszeitung erschienen. Vielleicht wird auch noch eine Artikelserie daraus. Oder eines der großen Nachrichtenmagazine beißt an.«

Bode hatte schallend gelacht und dann abgewunken. »Das vergessen Sie lieber gleich. Da kommen Sie fast ein ganzes Jahr zu spät. Das Thema Nationalpark hat sich erst mal wieder erledigt. Der Kreis Lippe hat schon im Januar alle Aktivitäten zur Ausweisung eines Nationalparks eingestellt. Die Verwaltung des Kreises sieht keine Umsetzungsmöglichkeiten. So heißt das im Beamtendeutsch. Da haben wir schon seit Jahren wieder die Grünen in der Landesregierung, und dann erweist sich die Holz- und Möbelindustrie, unterstützt vom Halali und Säbelrasseln der Jägerschaft, mal wieder als durchsetzungsstärker.«

Ich hatte ihm erzählt, dass ich das zwar schade fände, dass es mir aber nicht um das Thema Nationalpark gehe. Meine Annäherung an den Teutoburger Wald vollzog sich abseits jeglicher politischen Ränkespiele.

Als Bode mich sah, unterbrach er sein Gespräch, stieg aus und gab mir die Hand.

»Schön, dass Sie pünktlich sind. Ich habe leider nur eine Stunde Zeit.«

Er wies in Richtung Denkmal. Arminius erhob sich hoch über uns und schaute majestätisch-weitsichtig über den Teutoburger Wald hinweg. Hier soll vor über zweitausend Jahren die Schlacht gegen die Römerhorden getobt haben. Arminius hat sie vernichtend geschlagen. Manche sagen auch: leider. Denn Lippe war damit vorerst weiterhin von sämtlichen zivilisatorischen Neuerungen abgeschnitten. Die Einwohner blieben ein Volk von Barbaren und Sturköpfen.

»Die neueste Idee ist die, dass hier ein Wanderkompetenzzentrum entstehen soll. So ein Humbug. Genauso wie die Bühne dahinten oder der schreckliche Kletterpark für eventhungrige Büroangestellte und anderes Freizeitvolk.«

»Auch Büroangestellte haben ein Recht auf etwas Vergnügen. Und der Wald gehört nun mal dem Volk.«

»Haben Sie eine Ahnung«, knurrte Bode. »Der Wald gehört den Eigentümern.«

Bode war einen ganzen Kopf größer als ich. Das lange Haar und der Bart verliehen ihm etwas Kriegerisches. Unwillkürlich verglich ich ihn mit dem eisernen Arminius über unseren Häuptern.

»Kommen Sie mit«, sagte er und ging voraus. Wir schlugen uns ins Unterholz. Über uns ragten die Fichten auf. Es war düster.

»Riechen Sie das?«, fragte Bode.

Ich blieb stehen und schnupperte.

»Nein«, sagte ich schließlich ehrlich. »Ich rieche nichts außer Wald.«

»Immerhin. Sie riechen ihn. Manche können das nicht mehr.

Sie haben ihren Geruchssinn verloren, weil sie ihn nicht benutzen. Der Wald riecht jeden Tag anders. Er riecht morgens anders als abends. Bei Tageslicht anders als nachts. Bei Vollmond anders als bei Neumond.«

»Das mag sein«, sagte ich. Ganz überzeugt war ich trotzdem nicht, bis mir einfiel, dass ich kürzlich einen Artikel über Blumen und Insekten gelesen hatte. Die meisten Blumen sondern nur zu bestimmten Stunden des Tages Duftstoffe ab, um Insekten anzulocken. So ist das vielleicht auch mit dem Wald.

»Selbst als Laie merken Sie den Unterschied«, dozierte Bode weiter. »Nach einem Regenguss riecht der Wald anders als im Sommer nach langer Trockenheit.«

Das leuchtete mir schon eher ein.

Auf einer Lichtung blieb er stehen. »Hier habe ich letztens einen Luchs gesehen. Luchse galten hier in unseren Breiten als ausgestorben. Seit fünf Jahren gibt es sie wieder in unseren Wäldern. Zumindest versucht man, sie wieder anzusiedeln. Sie dürfen nur keinem Jäger vor die Flinte kommen. Die betrachten den Luchs nämlich als Konkurrenz.«

»Aber die dürfen die Tiere doch nicht einfach so abschießen, wenn sie so selten sind.« Ich war empört.

»Wer redet denn von *dürfen?*« Bode bedachte mich mit einem milden Lächeln. »Besitzen Sie zufällig selbst Land?«

»Nein, mir gehört noch nicht einmal die Wohnung, in der ich lebe. Ich bin kein Freund von Eigentum. Aus verschiedenen Gründen.«

»Das Thema können wir gern mal vertiefen«, sagte Bode. »Fakt ist aber, dass die Jäger eine derart große Lobby haben, dass Sie deren blutrünstiges Hobby unterstützen müssen, ob Sie nun wollen oder nicht.«

»Was heißt das?«

»Jeder Grundbesitzer, dessen landwirtschaftliche oder forstwirtschaftliche Fläche bis fünfundsiebzig Hektar groß ist, wird automatisch Mitglied einer Jagdgenossenschaft. Damit es ja genug Jagdgründe für die wachsende Schar der Freizeitjäger gibt. Es gibt Gott sei Dank immer mehr Grundstückseigentümer, die sich gegen diesen Schwachsinn zur Wehr setzen und Natur ohne Jagd fordern. Vielleicht hat unser Luchs ja Glück.«

Bode trieb mich weiter, immer tiefer hinein in den Wald. Einmal sah ich mich um. Ich glaubte einen Schatten zu sehen, der rasch hinter einem Baumstamm Deckung suchte.

Bode ging forsch weiter. Plötzlich blieb er stehen. Er lauschte. »Hören Sie das?«, fragte er.

»Nein.«

»Das ist der Ruf einer Hohltaube. Hohltauben benutzen gerne die alten Bruthöhlen der Schwarzspechte. Die schlagen mit ihrem starken Schnabel bis zu sechzig Zentimeter tiefe Höhlen in die Bäume. Bevorzugt in Buchenstämme.«

Ich lauschte. Dabei hörte ich noch ein weiteres Geräusch. Das Knacken eines Zweiges. Ich starrte in die Richtung, aus der das Geräusch gekommen war, konnte aber nichts sehen.

»Kann es sein, dass uns jemand gefolgt ist?«, fragte ich Bode.

Der runzelte die Stirn. »Wie meinen Sie das?«

»Ich habe das Gefühl, dass uns jemand hinterhergeschlichen ist.«

Bode sah mich an, als hätte ich sie nicht mehr alle. »Haben Sie das öfter – das Gefühl?«

»In Ordnung. Gehen wir weiter«, sagte ich.

Bode nickte und marschierte wieder los. »Das hier ist Buchenwald. Schöner alter Buchenwald. Unsere Wälder sind im Allgemeinen viel zu jung. Wir brauchen mehr Mischwälder. Mit Mischwald meine ich nicht Nadel- und Laubbäume, sondern alt und jung, vom Setzling bis zum Totholz ...«

Als ich mich diesmal umwandte, war ich schnell genug. Ich sah, wie unser Verfolger sich wegduckte. Er war viel zu langsam.

Ich drehte mich um und lief los. Offenbar sah er mich kommen, denn anstatt in seinem Versteck zu bleiben, rannte er davon. Ich beschleunigte den Schritt, doch er war verdammt fix. Ich hatte das Gefühl, als würde ich nicht einen Meter aufholen. Als ich an eine kleine Lichtung kam, sah ich gerade noch, wie er auf der anderen Seite im Unterholz verschwand.

Die ganze Zeit über hatte ich das Gefühl gehabt, dass ich ihn kannte. Ich hatte es nur nicht wahrhaben wollen. Es ergab einfach keinen Sinn. Doch jetzt war ich mir sicher: Der Mann, dem ich hinterherrannte, war Heribert Preuss!

9.

Drei Stunden später kam ich zu Hause an. Ich hatte nicht mehr gewusst, wo ich mich befand, und ich war durchgefroren. Auf meinem Marsch zurück zum Parkplatz war ich durch ein Sumpfgebiet gewatet. Meine Schuhe waren durchnässt. Meine Füße spürte ich nicht mehr. Ich lief wie auf Eisklötzen.

Luna begrüßte mich freundlich. Ich ließ sie nach draußen. Danach ließ ich mir ein heißes Bad ein. Bibbernd stieg ich in die Wanne. Die Füße kribbelten. Wahrscheinlich würde man sie amputieren müssen.

Um mir die Zeit zu vertreiben, bis wieder Leben in meine Füße kam, spielte ich mit zwei meiner Badeenten. Eine hatte eine Kamera in der Hand und stellte wohl einen Journalisten dar. Er schwamm nur wenige Zentimeter im Schaum, dann ging er unter. Die andere Quietscheente, und das war nun wirklich Zufall, trug einen Försterhut und ein Gewehr.

Zufall deswegen, weil ich nicht bewusst darauf geachtet hatte, welche Ente ich mit ins Bad genommen hatte. Meine erste Bekanntschaft mit Badeenten hatte ich vor zehn Jahren. Jemand schenkte mir die zu Ruhm und Ehren gekommene Quietscheente, in deren Fahrwasser einst die Herren Müller-Lüdenscheid und Dr. Klöbner bundesweite Bekanntheit erlangten. Später wurden es immer mehr. Eine Zeit lang glaubte jeder, er müsste mir eine Ente schenken. Selbst als ich darum bat, man solle mir keine mehr schenken, kamen immer weitere dazu. Schließlich fand ich die Lösung: Bei der nächstbesten Gelegenheit verschenkte ich die Ente zurück an den Schenker. Und meistens wurde die Geste verstanden. Doch ich hatte immer noch genügend Enten in Reserve.

Auch die Försterente ging unter. Das war leider der Nachteil der Enten: Je origineller und beladener, desto eher gingen sie unter.

Es klingelte, gleichzeitig hörte ich irgendwo draußen Luna bellen. Ich beschloss, beide Geräuschquellen zu ignorieren. Allmählich spürte ich wieder so etwas wie Wärme in meine Füße strömen. Es war ein wohliges Gefühl. Ich wollte es nicht vertreiben, indem ich aus der Wanne stieg.

Wie ich vermutet hatte, hörte Luna nach einiger Zeit auf zu bellen.

Aber der Störenfried unten an der Tür hörte nicht auf zu klingeln.

Plötzlich war das Wasser kalt. Ziemlich kalt. Ich wollte gerade aus der Wanne steigen, als die Tür aufflog und Ollie im Bad stand. Er war nicht allein gekommen.

Luna sprang kläffend an ihm vorbei. Ich hatte Mühe, sie davon abzuhalten, ebenfalls in die Wanne zu springen.

Weitaus schlimmer war das zweite weibliche Wesen, das Ollie mit hochgeschleppt hatte. Es handelte sich um Petra Kowalsky. Und natürlich war sie am Filmen.

»Schon mal was von Privatsphäre gehört?«, herrschte ich sie an, während ich mich bemühte, gewisse Stellen meines Körpers mit Schaum zu verdecken. Allerdings war der inzwischen fast verschwunden.

»Gehört schon«, antwortete sie frech. »Aber es hat nichts mit meiner Profession zu tun.«

»Profession nennen Sie Ihr schmutziges Gewerbe?« Ich schaute genervt zu Ollie. »Was fällt dir ein, hier einzubrechen?«

Ollie setzt eine Unschuldsmiene auf und hielt den Wohnungsschlüssel in die Höhe. »Den hast du mir gegeben.«

»Ja, aber nur für Notfälle.«

»Es war ein Notfall. Es hat keiner aufgemacht, als ich geklingelt habe.«

Wieder schaute ich erbost zu der Kameradame. »Stellen Sie endlich das verdammte Ding aus! Das ist Hausfriedensbruch.«

»Sie haben den Vertrag immer noch nicht gelesen?«

»Das ist mir scheißegal!«, brüllte ich.

Plötzlich hatte ich die Nase voll. Meine Füße begannen wieder fürchterlich zu kribbeln. Gleichzeitig hatte ich eine Erklärung für alles. Mir fiel ein, dass heute Freitag war. Freitag der dreizehnte! Deswegen war alles schiefgelaufen! Weil Freitag der dreizehnte war, hatte ich mich verlaufen und nasse Füße bekommen. Und deswegen lag ich nun hier in der Wanne und war dem aufdringlichen Weib ausgeliefert.

»Meinen Sie das alles im Ernst?«, fragte Petra Kowalsky.

»Vielleicht sollten wir einen Arzt rufen?«, hörte ich Ollie zaghaft vorschlagen.

In dem Moment reichte es mir. Das aufregende Kribbeln hatte meine Schädeldecke erreicht. Ich erhob mich, nackt, wie mich Gott erschaffen hatte, und schrie: »Gottverdammt! Die Ente bleibt draußen!«

»Hat er das öfter?«, fragte die Kameradame.

»Er fantasiert!«, sagte Ollie.

»Also, ich rufe jetzt den Arzt.«

Ich wollte aus der Wanne steigen und trat auf etwas Weiches. Als ich ausrutschte und nach vorn fiel, landete ich direkt in den starken Armen von Petra Kowalsky. Mein Gesicht versank förmlich in ihrem ausladenden Busen. Sie schrie auf und rutschte nach hinten weg. Beide landeten wir auf dem Badvorleger.

Das Kribbeln war nun überall zugleich in meinem Körper. Außerdem glaubte ich zu schweben.

10.

Nachdem ich wieder zur Landung angesetzt hatte, fand ich mich in meinem Bett wieder und schaute in die blauen Augen von Dr. Hölderlin.

»Volkwin!«, sagte ich erstaunt.

Er runzelte die Stirn. »Es ist mir nicht bekannt, mein lieber Moritz, dass wir mal zusammen im Schützengraben gelegen hätten.«

»Dazu sind wir beide zu jung.«

»Dazu ist man nie zu jung. Ich war in Somalia.«

Hölderlin war der Samariter unter den Ärzten: Ex-Greenpeace-Aktivist und mein persönlicher Lebensretter immer dann, wenn es mir dreckig ging. So wie jetzt.

»Sie haben meine Hochachtung«, sagte ich. Und das war ehrlich gemeint.

»Auf die pfeife ich, wenn Sie Ihren Freund anweisen, mich jedes Mal herbeizuzitieren, wenn Sie wieder mal Dummheiten gemacht haben.«

»Dummheiten?«

Er zog ein Thermometer unter meiner Achselhöhle hervor und schaute darauf. Dann schüttelte er den Kopf. »Nur leicht erhöhte Temperatur. Wahrscheinlich, weil er zu lange in dem heißen Wasser gelegen hat.«

Es störte mich, dass er in der dritten Person sprach, als wäre ich debil. Also sagte ich: »Ich hab höchstens zehn Minuten in der Wanne gelegen.«

»Du warst mindestens eine Stunde drin«, warf Ollie ein. »Luna hat einen solchen Lärm veranstaltet, dass wir nicht drehen konnten. Dann haben wir nachsehen wollen. Du hast nicht aufgemacht. Da haben wir uns Sorgen gemacht ...«

»Eine Stunde?« Deswegen war das Wasser eiskalt gewesen. Ich hatte einen totalen Blackout gehabt. Es war nicht das erste Mal ...

»Hat er das in letzter Zeit wieder öfter?«, fragte Hölderlin.

Ich beschloss, bei der Wahrheit zu bleiben. Aber nicht vor all den Zeugen. Ich scheuchte den ungebetenen Teil der Gäste aus der Wohnung. Das betraf Petra Kowalsky. Ollie durfte gerne bleiben, aber der winkte ab. Es mussten noch einige Einstellungen abgedreht werden.

Schließlich war ich mit Hölderlin allein. Ich erzählte ihm, dass ich vor ein paar Tagen schon einmal die Besinnung verloren hatte. Als ich den blauen Reifen des Playmobilclowns begutachtet hatte.

»Wäre ich ein Medizinmann, würde ich Ihnen raten, die Finger von jeglichem Spielzeug zu lassen.« Er wies auf die beiden Quietscheenten, die deutlich unter Wasser zu sehen waren. »Als seriöser Arzt empfehle ich Ihnen, für die nächsten Tage einen Termin bei mir auszumachen. Es könnte sich zum Beispiel um eine Gehirnblutung handeln. Oder um ein Aneurysma ...«

»Aneu – was?«

»Ein erweitertes Blutgefäß. Gewissermaßen eine Gefäßausstülpung im Bauchraum oder im Kopf. Ungefähr sechs Prozent der Bevölkerung sind davon betroffen. So ein Aneurysma kann platzen. Wir werden schon herausfinden, was in Ihrem Kopf vorgeht.«

Er kam mir vor wie Dr. Frankenstein. Mein entsetzter Blick

brachte ihn zum Grinsen. »Keine Angst, wir schneiden Ihre Schädeldecke nicht gleich auf. Sie kommen erst mal in die Röhre.«

»Eigentlich habe ich gar keine Zeit ...«

»Das sagen sie alle. Bis es zu spät ist. Apropos zu spät: Ein paar Operationen warten auf mich. Ich weiß nicht, warum ich mich immer wieder breitschlagen lasse, hierher zu eilen.«

»Und was soll ich machen?«

»Ziehen Sie sich erst mal an. Alles andere ergibt sich. Sie hören von mir. Meine Assistentin ruft Sie an, wenn wir einen freien Termin haben.«

Er packte seine Sachen zusammen und verabschiedete sich. Ich rief ihm ein Dankeschön hinterher.

Als ich auf die Uhr schaute, sah ich, dass mir tatsächlich eine ganze Stunde abhandengekommen war.

Nachdem ich mich angezogen hatte, ging ich ins Wohnzimmer und versuchte, Preuss an den Apparat zu bekommen. Seine Nummer stand auf einer blindgeprägten Visitenkarte, die in dem Schnellhefter steckte. Der Ruf ging durch, aber es nahm keiner ab. Schade, ich hätte ihn zu gern gefragt, warum er mich observiert hatte.

Ich wagte einen Blick aus dem Fenster, zuckte aber sofort zurück. Unten auf dem Hof wurde wieder gedreht. Ollie zeigte mit theatralischer Miene zu mir hoch. Er wiederholte die Geste mehrere Male.

Unter den Fernsehleuten war eine neue Person. Es war eine zierliche Frau um die vierzig mit kurz geschorenen Haaren und mit herrischer Miene. Sie trug Jeans und eine Lederjacke. Alles in allem wirkte sie auf mich wie die weibliche Wiedergeburt von Bertolt Brecht.

Ich ging nach unten und trat auf den Hof. Niemand hielt es für nötig, mich der Neuen vorzustellen. Allerdings war ich auch nicht sehr erpicht darauf.

Anscheinend hatten sie nun alle Szenen im Kasten, denn die Gruppe löste sich auf. Irene Nachtigall kam auf mich zu. »Man hört ja so einiges von Ihnen. Petra hat erzählt, sie hatten einen Unfall in der Badewanne?«

»Kann man so sehen, ja.«

»Ich habe drei Stunden Pause. Haben Sie Lust, mit mir irgendwo einen Kaffee trinken zu gehen?« Sie machte eine Geste, die sämtliche Filmleute mit einschloss. »Manchmal gehen einem die ganz schön auf den Wecker.«

»Den Kaffee können wir bei mir oben trinken. Aber nur, wenn Sie mir verraten, wer die Neue mit den Stoppelhaaren ist.«

»Das?« Sie folgte meinem Blick. »Das ist Windland.«

»Das habe ich mir fast gedacht.«

»Sind Sie immer noch sauer?«, fragte sie.

»Warum sollte ich sauer sein?«

»Weil wir Sie überfallen haben.«

»Habe ich denn eine Chance?«

Sie runzelte die Stirn und dachte einen Moment sehr ernsthaft nach. Dann schüttelte sie den Kopf.

»Nein, ich glaube nicht. Sie können sich natürlich verbarrikadieren. Oder solange wir hier sind, in ein Hotel ziehen. Aber ich fürchte, allein mit den Kochkünsten wird Ihr Team keine großartigen Punkte einfahren.«

»Also muss die Action punkten.«

»Die Action sind Sie.«

Nachdem Irene Nachtigall mit mir Kaffee getrunken und meine Wohnung wieder verlassen hatte, notierte ich auf einem großen Blatt die nächsten Aufgaben. Das Ergebnis war dürftig:

- Preuss anrufen (*Warum hat er mich observiert?*)
- Norbert anrufen (*Zusammenhang Effie Beck – Lindenhof*)
- Ermittlung Effie Beck (*Wo hat sie sich zuletzt aufgehalten? Freund/Freundin?*)
- Ermittlung Martha Töberich (*Wann war sie im Lindenhof beschäftigt?* Norbert fragen!)
- Recherche Playmobil

Ich hatte keine Ahnung, warum ich den letzten Punkt aufführte. Aber mit dem fing ich an. Ich schaltete das MacBook ein, überflog kurz meine Mail-Eingänge und googelte.

Unter dem Begriff *Playmobil* wurden mir über achtzehn Millionen Einträge angekündigt. Unter den Begriffen *Playmobil* und *Clown* waren es noch über eine Million. Außerdem wurden mir noch verwandte Suchanfragen vorgeschlagen: Playmobil Zirkus beispielsweise.

Nach einer Stunde war ich auch nicht viel schlauer. Meine Augen flimmerten. Meine Konzentration ließ nach. Ich wechselte auf Google Bilder.

Unter *Playmobil 1974* fand ich noch knapp 800 000 Einträge. Darunter Fotos und Verweise auf E-Bay-Auktionen.

Ich brach meine Google-Suche ab und schaute bei E-Bay nach. Ein paar Händler boten ältere Playmobilfiguren an; ein Clown von 1974 war nicht dabei. Offensichtlich handelte es sich tatsächlich um eine äußerst seltene Figur. Kein Wunder, denn sie gehörte zu den ersten Playmobilprodukten überhaupt.

Entnervt gab ich schließlich auf. Ich fragte mich, ob ich mich nicht zu sehr verfranzte, wenn ich mich auf die Playmobilfiguren konzentrierte. Immerhin war es Norberts Idee gewesen, nicht meine.

Das Telefon klingelte. Es war Preuss. »Sie haben mich angerufen?«

»Ja, danke, dass Sie zurückrufen. Ich habe eine Frage an Sie, Herr Preuss, und ich möchte, dass Sie mir ehrlich antworten: Was haben Sie heute Morgen in der Nähe des Hermannsdenkmals gemacht? Warum haben Sie mich verfolgt?«

Er schwieg einige Sekunden lang. Dann antwortete er: »Sie müssen sich irren. Ich war den ganzen Morgen über zu Hause. Nein, Moment, natürlich bin ich um neun Uhr kurz mit Armin rausgegangen. Wir waren vielleicht eine halbe Stunde weg.«

»Ich interessiere mich eher für die Zeit danach.«

»Ich sagte Ihnen doch: Ich war zu Hause.«

»Kann das jemand bezeugen?«

»Nein.«

»Sie machen es mir nicht leicht«, sagte ich. Dann erzählte ich ihm, was sich morgens im Wald zugetragen hatte. Bode fiel mir ein. An den hatte ich gar nicht mehr gedacht. Ob er mir überhaupt gefolgt war? Wahrscheinlich war es ihm egal gewesen. Ihn interessierte in erster Linie der Wald. Die Menschen waren ihm gleichgültig.

»Was haben Sie denn in dem Waldstück gesucht?«, fragte Preuss. »In welchem Zusammenhang steht das mit meiner Exfrau?«

»Es gibt keinen Zusammenhang«, gestand ich.

»Darf ich fragen, was Sie heute erreicht haben?«

»Noch nichts. Allerdings ist mir nicht bewusst, dass Ihr Auftrag an ein zeitliches Limit gebunden war.«

»Entschuldigen Sie. Sie haben ja recht. Ich bin einfach neugierig. Natürlich werden Sie selbst am besten wissen, wie und wann Sie vorgehen.«

Zum Schluss fragte ich: »Wann waren Sie das letzte Mal am Hermannsdenkmal?«

Diesmal dauerte es mit der Antwort noch länger. Dann antwortete er: »Ob Sie es glauben oder nicht: Ich war noch nie dort.«

»Nicht mal mit der Schulklasse?«

»Nein, ich bin kein gebürtiger Ostwestfale.«

Ich bedankte mich bei ihm für seinen Rückruf und versprach, ihn weiterhin auf dem Laufenden zu halten.

Nachdem Preuss die Verbindung unterbrochen hatte, nahm ich einen dicken roten Filzstift. Neben den Punkt

– Preuss anrufen (*Warum hat er mich observiert?*)

machte ich drei große Fragezeichen. Gleich der erste Anruf hatte zu weiteren Fragen und Ungereimtheiten geführt. Das war nicht gut. Ich befürchtete, dass mehr Arbeit auf mich zukam, als ich gedacht hatte.

Da ich gerade am Telefon saß, rief ich auch Bode an, um ihm mein plötzliches Verschwinden zu erklären. Außerdem wollte ich ihn als Informanten nicht verlieren. Doch er meldete sich nicht.

Also wählte ich Norberts Nummer. Ich erreichte ihn über sein Handy.

»Wo bleibst du denn?«, fragte er verstimmt.

»Wie meinst du das?«

»Denk mal nach. Was haben wir wohl heute?«

»Den dreizehnten.«

»Bingo!«

»Okay, ich hab's verschwitzt«, gab ich zu. Es war Freitag. Und wenn nichts dazwischenkommt, treffen wir uns zum Wochenausklang immer bei *Chili* an der B 237 in Bad Salzuflen-Holzhausen und läuten das Wochenende ein.

»Ich kann meine *Devil's Dream* natürlich auch alleine kauen«, drohte Norbert.

»Ich bin in einer halben Stunde da«, sagte ich und zog mir bereits die Jacke über. Unserem Treffen ohne Entschuldigung fernzubleiben würde heißen, dass ich ihm ein Jahr lang die Wurst bezahlen müsste. Fernbleiben mit Entschuldigung kostete immerhin noch eine Flasche Whisky.

Ich nahm Luna mit und ließ sie auf den Beifahrersitz springen. Dann raste ich los. Im Grunde war ich froh, dass ich einen Grund hatte, den anderen nicht wieder über den Weg zu laufen.

Hinter dem Steuer des Volvo konnte ich am besten nachdenken. Die Landschaft des Teutoburger Waldes hatte auf mich stets eine beruhigende Wirkung.

Die B 239, auf dem kurzen Stück vom *Real* bis zu der Stelle, an der die in den Himmel ragenden Türme der Zuckerfabrik in Lage nicht mehr zu übersehen sind, gehört für mich zu den schönsten Strecken. Fast die ganze Fahrt über sind in der Ferne die sanft geschwungenen Höhen des Teutoburger Waldes zu sehen, und das Hermannsdenkmal schaut auf einen herab. Auf der anderen Seite grüßt der schiefe Kirchturm von Heiden. Manchmal, wenn mir der Verkehr auf der B 239 zu viel wird, fahre ich den Umweg über Heiden. Und wenn ich alle Zeit der Welt habe, lasse ich mich noch tiefer in den Teutoburger Wald hineinlocken.

Doch jetzt hatte ich es einfach nur eilig. Kurz vor der Ausfahrt aus Lage wurde ich geblitzt. Ich fuhr weiter. Erst in Holzhausen bemerkte ich, dass mir ein Polizeiwagen folgte. Ich dachte mir nichts dabei. Zumal ich fast am Ziel war.

Ob es bei *Chili* wirklich die beste Currywurst im ganzen Teutoburger Wald und in ganz Ostwestfalen-Lippe gab, darüber konnte man eigentlich nicht streiten. Ein paar Zeitgenossen hielten trotzdem lokalen Frittenschleudern die Treue.

Absolut unstrittig war jedoch, dass *Chili* den schnittigsten

Imbisswagen Deutschlands sein Eigen nannte. Es war eine Spezialanfertigung in Schwarz, Orange und Chrom.

Als er in meinem Blickfeld auftauchte, bekam ich gleich Appetit. Es war eine ganze Weile her, dass ich etwas gegessen hatte.

Ich parkte auf der gegenüberliegenden Straßenseite und stieg aus. Luna ließ ich im Auto. Während ich darauf achtete, möglichst heil über die vielbefahrene Straße zu kommen, nahm ich aus den Augenwinkeln wahr, dass der Polizeiwagen hinter meinem Volvo hielt.

Norbert wartete an einem der Stehtische auf mich. In der Hand hielt er eine Flasche Astra arschkalt. Ich begrüßte ihn, aber er starrte an mir vorbei, als wäre ich Luft.

»Spielst du jetzt die beleidigte Madame, oder was?«

Er runzelte die Stirn. »Ne, aber seit wann kommst du in Polizeibegleitung?«

Die beiden Uniformierten, ein Mann und eine Frau, hatten unterdessen ebenfalls die Straße überquert. Sie hatten einen Schäferhund dabei und kamen direkt auf mich zu.

»Kennst du die?«, fragte ich.

Norbert verneinte.

Die beiden Beamten stellten sich vor mir auf. Sie waren noch jung, beide Mitte zwanzig. Der Mann war groß und blond und ziemlich durchtrainiert. In seinen Augen brannte der Ehrgeiz. Die Frau neben ihm war schlank und hübsch. Sie reichte ihm nur bis zur Schulter. Unter ihrer Polizeimütze ringelte sich eine rote Locke hervor. Ich dachte bei mir, dass die beiden eigentlich ein schönes Paar abgeben würden.

»Haben Sie unser Lichtzeichen nicht gesehen?«, fragte der junge Bursche. Er bemühte sich um einen unfreundlichen Blick.

Den Ton hatte er schon gut drauf. An dem Blick musste er noch üben.

»Nein, hab ich nicht«, gab ich ehrlich zu.

»Zeigen Sie uns bitte Ihren Führerschein«, sagte die Rothaarige. Weder Blick noch Ton erinnerten an eine Polizistin. Sie war viel zu sanft.

Ich holte mein Portemonnaie hervor. Es war ziemlich dick. Ich hatte nämlich die Tausender von Preuss eingesteckt. Sie zu Hause zu lassen erschien mir zu leichtsinnig.

Der Hund knurrte. Ich gab der Frau den Ausweis. Sie schaute ihn an und reichte ihn an ihren Kollegen weiter.

»Sie sind rund fünfundzwanzig Kilometer zu schnell gefahren«, sagte die Rothaarige nun.

»Das tut mir leid.« Ich bedauerte es wirklich. Aber aus anderen Gründen. Mir tat es leid um die Geldbuße. Die B 239 ist an der Stelle, an der ich geblitzt wurde, genauso breit wie dort, wo man 70 km/h fahren darf. Es gibt dort links und rechts keine Wohnhäuser und keine spielenden Kinder. Es war einfach Willkür, dort zu blitzen und die Autofahrer abzukassieren.

»Es tut Ihnen leid, so, so«, sagte der Lange.

»Ja, weil ich es eilig hatte.«

»Das wird Sie einiges kosten, Herr Morgenstern.«

»Tun Sie mir einen Gefallen«, sagte ich. »Geben Sie mir schon mein Knöllchen, und dann halten Sie bitte andere Verkehrsteilnehmer auf. Ich habe hier einiges zu bereden. Außerdem habe ich Hunger.«

Spätestens jetzt hoffte ich, dass Norbert mir zu Hilfe kam. Doch der dachte gar nicht daran. Er klopfte mir auf die Schulter und sagte: »Tja, dann wünsche ich dir viel Erfolg. Ich geh schon mal was essen.«

»Ihren Führerschein, bitte!«, sagte die Polizistin.

Ich gab ihn ihr.

Die Rothaarige entfernte sich und telefonierte. Anscheinend

ließ sie alles checken. Nach einer Weile kam sie zurück und händigte mir meine Papiere wieder aus. Ich steckte sie in die Geldbörse. In dem Moment rutschte das Bündel mit den Tausendeuroscheinen heraus und fiel zu Boden.

Der Hund war kaum mehr zu halten. Er zerrte wie verrückt an der Leine und kläffte. Bisher hatten nur die Kunden an Chilis Wurstwagen interessiert herübergeguckt. Jetzt guckten sie alle: Die Leute, die in den benachbarten *Markant*-Markt gingen oder in das Blumengeschäft, vor dem ich stand.

»Tragen Sie immer so viel Bargeld bei sich?«, fragte die Polizistin.

»Nur seit hier tagtäglich irgendwo eingebrochen wird.«

Ich wollte mich bücken, um das Bündel aufzuheben, aber sie hielt mich mit einem scharfen Ruf zurück. Gleichzeitig trat ihr Partner mit dem sich noch immer wie tollwütig gebärdenden Hund auf mich zu. Erst als er ihn an den Geldscheinen schnüffeln ließ, gab der endlich Ruhe.

»Haben Sie was dagegen, wenn ich Sie durchsuche?«, fragte der Polizist dann.

»Eigentlich ja.«

»Wenn Sie sich weigern, müssen wir Sie mit zur Wache nehmen.«

Ich warf einen Hilfe suchenden Blick zu Norbert. Der stand am Wagen und verspeiste genüsslich eine Currywurst.

»Also schön, wenn's der Wahrheit dient.«

Ich musste die Beine spreizen und die Arme vom Körper halten. Der Beamte durchsuchte mich routiniert und gründlich. Schließlich sagte er zu seiner Kollegin: »Nichts zu finden.« Dann wandte er sich wieder mir zu.

Norbert schien sich nun endlich wieder daran zu erinnern, dass er mich kannte. Er zeigte den beiden Beamten seinen Ausweis. »Der Mann gehört mir. Alles klar?«

Die beiden nickten. »Kein Problem. Wir hatten keine Ahnung, dass du an ihm dran bist. Sollen wir ein Protokoll schreiben?«

Norbert schüttelte den Kopf. »Kein Protokoll. Alles undercover, okay?«

Die beiden nickten im Gleichtakt. Sie wirkten auf mich wie zwei Musterschüler vor ihrem Lehrer.

»Eine Frage noch: Was machen wir wegen der Geschwindigkeitsüberschreitung?«

Norbert machte mit der Hand eine wegwerfende Geste über die Schulter.

Die beiden verstanden. Sie händigten mir das Geld aus, dann verabschiedeten sie sich knapp. Der Hund knurrte. Norbert legte mir kameradschaftlich den Arm um die Schulter und führte mich zu einem der Stehtische.

»Erst mal ein Astra auf den Schreck«, schlug Norbert vor und verschwand.

Als er zurückkam, hatte er ein Astra für mich und einen Hamburger für sich dabei. Ich öffnete die Dose und trank einen großen Schluck.

»Und?«, fragte er.

»Was und?«

»Woher hast du die Scheine?«

Ich trank einen weiteren Schluck. »Ich wusste nicht, dass das hier ein Verhör ist. Apropos: Ich hätte da auch so einige Fragen. Wie wär's mit einem Deal: Du beantwortest mir eine Frage, und ich beantworte dir eine. Abwechselnd.«

»Wir sind doch hier nicht im Kindergarten«, knurrte er verärgert. »Oder in einer Fernsehshow. Übrigens: Was soll der *Action-Dinner*-Mist, in den ich gestern Abend zufällig hineingezappt habe? Hast du so was jetzt nötig? Stammt daher das Geld?«

Ich atmete tief aus. Es half ja nichts, mit Norbert zu streiten. Also riss ich mich zusammen. »Den TV-Mist habe ich der Gräfin zu verdanken. Sie und Ollie haben sich für die Sendung beworben, weil sie hoffen, die Siegesprämie einzustreichen. Allerdings kostet es eine Stange Geld im Voraus, schließlich müssen die Lebensmittel, die auf den Tisch kommen, ja bezahlt werden. Die beiden sind völlig pleite. Also habe ich einen Auftrag angenommen. Den Auftraggeber kennst du auch: Heribert Preuss. Ich soll den Mörder seiner Frau finden und ihn ihm übergeben. Das ist ihm fünfzehntausend Euro wert.«

Norbert pfiff leise durch die Zähne. Ein kleiner Fleischbrocken hing dazwischen. »Uns hat er erzählt, dass ihm der Tod seiner Ex völlig egal ist. Sie hätten sich seit Jahren nicht mehr gesehen. Er hege keinerlei Gefühle mehr. Wie du es erzählst, scheint die Sache aber anders auszusehen. Im Übrigen halte ich das Ganze für einen äußerst fragwürdigen Deal. Was hat er vor, falls du ihm den Mörder auf dem Tablett servierst? Selbstjustiz? Will er sich als Held profilieren, weil er der Polizei den Täter liefert?«

Er biss in seinen Hamburger und dachte angestrengt nach. Dann sagte er: »Bleibt die Frage, warum der Hund angeschlagen hat, als er an den Scheinen geschnüffelt hat. Kannst du sie mir noch einmal zeigen?«

»Ungern.« Ich hatte noch immer das Gefühl, dass alle mich beobachteten. Ein Bündel Tausender konnte so manche Begehrlichkeit wecken. Trotzdem tat ich ihm den Gefallen. Er nahm das Bündel entgegen und schnüffelte daran.

»Ich riech nichts. Vielleicht hat der Hund Kokain geschnüffelt. Kann ja sein, dass einer der Geldscheine dazu benutzt wurde, um sich was durch die Nase zu ziehen. Die Scheine stammen also direkt von Preuss?«

Ich erzählte ihm von meinem Besucher, Molini, dem Mann ohne Vornamen.

Norbert schüttelte den Kopf. »Molini ... Nie gehört, den Namen. Ich werd das recherchieren.«

»Darum wollte ich dich bitten. Kannst du mir sagen, wenn ihr was herausfindet?«

»Natürlich. Wir halten dich über unsere Ermittlungen ständig auf dem Laufenden«, sagte er süffisant. Er nahm mich auf den Arm, und das mochte ich überhaupt nicht.

»Darf ich dich daran erinnern, dass *du mich* um Hilfe gebeten hast?«

»Immerhin hat dir die Hilfe schon jetzt ein hübsches Sümmchen eingebracht.« Er gab mir die Geldscheine zurück, und ich steckte sie ein. »Was hast du eigentlich bis jetzt herausgefunden?«

»Nichts«, gab ich zu. »Ich hatte noch keine Zeit.«

»Das sollte Preuss nicht unbedingt erfahren. Ich glaube nicht, dass er jemand ist, der sein Geld einfach so aus dem Fenster wirft. Früher oder später wird er Resultate sehen wollen.«

Ich nickte. Dann erzählte ich Norbert von meinem Erlebnis im Wald.

Damit konnte er überhaupt nichts anfangen. »Kann es sein, dass du halluziniert hast?«, fragte er.

Ich schüttelte energisch den Kopf. »Es war Preuss, den ich im Wald gesehen habe. Und er ist vor mir davongelaufen wie ein Wiesel.«

Jetzt hatte ich doch Hunger. Ich ging zum Wagen und bestellte eine Piratenplatte: eine extrascharfe Currywurst mit Pommes weiß. Mit dem Tablett und zwei weiteren Dosen Astra kehrte ich zu unserem Tisch zurück. Ein Astra stellte ich vor Norbert hin. Als Friedensangebot. Er nahm es gerne an.

Die Wurst war scharf, aber genießbar, gerade so, dass der Grad an Schärfe für den besonderen Kitzel auf der Zunge sorgte.

Eine Weile schwiegen wir und kauten. Wahrscheinlich wollte keiner mehr den anderen verletzen. Ich beschloss, die friedliche Stimmung zu nutzen, um eine Antwort zu kriegen. »Hat Effie Beck wirklich nichts mit dem Lindenhof zu schaffen gehabt?«

»Nein, nicht dass ich wüsste. Bisher haben wir da keine Verbindung gefunden. Vielleicht gibt es ja auch wirklich keine.«

»Und deswegen hast du mich dahin gehetzt!«

»Hätte ja sein können, dass du irgendwas spürst.«

»Ich bin kein Spürhund. Und auch kein Medium.«

Ich überlegte. Ich hatte Preuss kennengelernt. Ich hatte viel über seine Ex erfahren. Aber ich wusste noch gar nichts über Martha Töberich. Ich bat Norbert um die Adresse ihrer letzten Wohnung.

Er telefonierte kurz. Danach schrieb er sie mir auf einen Notizzettel. »Ich glaube nicht, dass das viel bringt. Sie hat eine lückenlose Biografie. Bis auf die zwei Jahre, die sie im Lindenhof gearbeitet hat, haben wir alles recherchiert.«

»Was heißt das?«

»1979 gab es dort einen Brand, bei dem sämtliche Akten vernichtet wurden. Also auch die Namen der Patienten, Kinder, Angestellten und so weiter.«

»Also auch Zeugnisse und alle anderen Unterlagen?«

Er nickte. »Da ist nichts mehr von übrig.«

»Und woher habt ihr die Information, dass Martha Töberich dort gearbeitet hat?«

»Sie hat es einer Nachbarin erzählt. Warte mal kurz ...« Er griff abermals zum Handy. Danach hatte ich den Namen der Nachbarin.

»Wenn du Glück hast, triffst du sie noch an.«

»Was soll das denn heißen?«

»Vor sechs Monaten hat sie noch gelebt. Sie erschien mir allerdings hochbetagt.«

11.

Als ich Norbert verließ, fühlte ich mich nicht viel schlauer als zuvor. Ich schaute auf die Uhr. Der Nachmittag war gerade mal angebrochen. Eigentlich hatte ich jetzt Zeit, mir Preuss' Honorar zu verdienen. Also fuhr ich nach Bielefeld-Quelle und parkte auf dem *Edeka*-Platz. Auf der Durchgangsstraße, nur ein paar Häuser weiter auf der anderen Straßenseite, befand sich auch die Firma, die Effie Beck bis zu ihrem Tod geführt hatte.

Ich hatte gedacht, dass ein kleines Büro für eine Agentur ausreichen würde. Stattdessen stand ich vor einer alten eingeschossigen Lagerhalle. Als einziges Firmenschild prangte am Eingang das von Effie Beck:

Party & Style

Nach einer Klingel suchte ich vergeblich. Um das Gebäude herumzugehen erwies sich auch als wenig ratsam. Ein stacheldrahtgekrönter Maschendrahtzaun verhinderte den Zugang.

»Suchen Sie jemanden?«, fragt eine freundliche weibliche Stimme.

Ich drehte mich um und erblickte eine beleibte Frau, die aussah, als würde sie sich gern unterhalten. Ich nahm an, dass sie zu dem Getränkemarkt gehörte, der sich gleich nebenan befand.

»Ich wollte einen Doppelgänger buchen«, sagte ich.

»Herr Mackensen dürfte noch Mittag machen.« Sie schaute auf die Uhr. »Frau Beck ist ja eher selten hier.«

Offensichtlich war noch nicht bekannt, dass sie ermordet worden war. Norbert hatte es tatsächlich geschafft, es unter der Decke zu halten.

»Ich warte gern«, sagte ich. »Eigentlich wollte ich ja mit Frau Beck sprechen.«

Die Frau schüttelte skeptisch den Kopf. »Ich kann Ihnen ihre Nummer geben. Es passiert öfter, dass die Leute hier vor verschlossenen Türen stehen. Frau Beck hat mir sogar den Schlüssel anvertraut. Manchmal kommen die Leute ja nur, um die Schaufensterpuppen zu kaufen.«

»Genau deswegen bin ich hier«, log ich.

»Sie wollen Puppen kaufen? Wie viele denn?«

»Eigentlich nur eine.«

»Wegen *einer* Puppe darf ich Sie eigentlich nicht reinlassen …«

»Vielleicht nehme ich auch zwei.« Ich zwinkerte ihr zu und setzte mein freundlichstes Gesicht auf.

»Na gut, warten Sie, ich hole den Schlüssel.«

Nach zwei Minuten kam sie zurück. Ich erfuhr, dass sie Frau Kröger hieß, dass ihr der Getränkemarkt gehörte und dass immer wieder Leute wegen der Schaufensterpuppen kamen. Effie Preuss hatte vor einem Jahr ein ganzes Warenlager aufgekauft.

»Ich verstehe gar nicht, was die Leute mit den Puppen wollen. Sind 'ne Menge Leute dabei, die komisch aussehen. So richtig Perverse, wissen Sie …« Sie musterte mich von der Seite, während sie ununterbrochen weiterquasselte. Erst als sie die Brandschutztür aufschloss, versiegte ihr Redefluss für einen Moment.

Ich nutzte die Gelegenheit, um mich nach Effie Beck zu erkundigen. »Ich habe Frau Beck lange nicht mehr gesehen«, sagte ich. »Geht es ihr gut?«

Abermals musterte sie mich, als könnte sie mich nicht einschätzen. »Sind Sie ein Freund von ihr?«

»Könnte man so sagen«, antwortete ich.

»Dann müssten Sie ja eigentlich wissen, dass sie Krebs hat. Deshalb ist sie auch nur noch so selten hier.«

»Ich dachte, es ginge ihr wieder besser«, sagte ich. Offensichtlich hatte Frau Kröger nicht mitbekommen, dass Effie Beck schon seit sechs Wochen nicht mehr hier gewesen war. Bevor ich eine weitere Frage stellen konnte, hatte sie die Tür aufgeschlossen und ließ mich eintreten. Sie machte Licht, und ich sah, dass wir uns in einer Halle befanden. Überall standen Regale, Pakete und undefinierbares Gerümpel, ohne dass ich eine Ordnung oder einen Zweck erkennen konnte.

»Die Schaufensterpuppen stehen dahinten«, sagte Frau Kröger und wies mit der Hand in die entfernteste Ecke. Dann hatte sie es plötzlich sehr eilig. »Sie kommen hier bestimmt allein zurecht. Ich muss nach meinem Laden gucken. Wenn Sie was gefunden haben, sagen Sie Bescheid.«

Ich nickte und sagte: »Herrn Mackensen kenne ich gar nicht. Nicht, dass er mich für einen Einbrecher hält.«

»Herr Mackensen und Frau Beck wollen nächstes Jahr heiraten.« Sie runzelte die Stirn, als überlege sie, wie viel Klatsch sie mir anvertrauen durfte. »Eigentlich passen die beiden gar nicht zusammen. Sie ist so eine Nette und er so ein aalglatter Typ, wissen Sie? Wenn Sie mich fragen, dann ist er nur auf ihr Geld aus. Überlegen Sie mal: Die Frau ist bestimmt fünfzehn Jahre älter als er.«

Sie hob empört das Kinn, und ich nickte zustimmend.

Um Öl ins Feuer zu gießen, setzte ich hinzu: »Dabei sieht sie viel jünger aus.«

»Na ja, da haben wir Frauen so unsere Tricks.« Frau Kröger strich sich durchs Haar. »Wie alt schätzen Sie mich denn?«

Um nichts Falsches zu sagen, setzte ich ihr Alter auf jünger an, als sie aussah. »Fünfundvierzig?«

»Neununddreißig«, sagte sie patzig. »Aber das Licht ist hier auch sehr schlecht. Und jetzt muss ich wirklich zurück in meinen Laden.«

Sie drehte sich um und stampfte mit hocherhobenem Kopf von dannen.

Viel hatte ich nicht erfahren, aber zumindest so viel, dass es im Leben von Effie Beck einen Mann gegeben hatte. Norbert hatte ihn bisher nicht erwähnt. Und merkwürdig fand ich auch, dass nicht Mackensen, sondern Heribert Preuss, ihr Ex, die Polizei benachrichtigt hatte.

Ich sah mich in der Halle um. Einige der Pakete waren halb geöffnet. Ich schaute hinein. In einer befanden sich Girlanden, in einer anderen Tischfeuerwerkskörper. Ich fand das alles nicht sehr spannend. Anders erging es mir im hinteren Teil der Halle. Die Schaufensterpuppen bildeten eine kleine Armee. Sie standen in Reih und Glied, und ich hatte das Gefühl, sie könnten jeden Augenblick zum Leben erwachen. Im Halbdunkel wirkten die Augen echter als zuvor die von Frau Kröger.

Ich zuckte zusammen, als ich plötzlich ein Geräusch hörte. Es kam direkt aus den Reihen der Puppen. Ich riss die Augen auf und versuchte, etwas zu erkennen. Im nächsten Moment wurde meine Vorahnung wahr: Eine der Puppen bewegte sich. Sie neigte sich leicht nach vorn, so als wollte sie einen Schritt vorwärtsmachen. Sie stieß gegen die Puppe vor ihr, die nun ebenfalls nach vorn fiel. Und wie Dominosteine sanken die Puppen nun eine nach der anderen zu Boden.

Ich wankte zurück. Zehn oder elf der Puppen fielen, dann hatte der Spuk ein Ende.

In der plötzlich eintretenden Stille wirkte die Stimme in meinem Rücken wie ein Messerschnitt.

»Was, um Gottes willen, treiben Sie denn da?«

Langsam drehte ich mich um. Der Mann, der mit fassungslosem Gesicht vor mir stand, musste Mackensen sein. Er trug einen Trenchcoat und Lederstiefel und hatte die langen gegelten Haare zurückgekämmt. Er hatte ein hübsches Gesicht und einen brutalen Zug um die Mundwinkel. Ich traute ihm zu, dass er mit der Frau seines Nebenbuhlers schlief, während er gleichzeitig Geld von ihr nahm, damit er ihren Mann umbrachte. Das war vielleicht etwas übertrieben, aber es war mein erster Gedanke.

»Ich war es nicht«, sagte ich und wies auf die Puppen. »Die sind von allein umgefallen.«

»Das glauben Sie doch selbst nicht!«

»Doch, ich schwöre es!« Ich hob beschwichtigend die Hände.

Er schritt an mir vorbei und schaute sich das Desaster kurz an. Dann stellte er sich vor mich hin und fragte barsch: »Was wollen Sie hier?«

»Frau Kröger hat mich freundlicherweise hereingelassen.«

»Ich weiß«, sagte er ungeduldig. »Ich habe sie draußen getroffen. Sie hätte Sie nicht reinlassen dürfen.«

»Ich wollte nur eine Schaufensterpuppe kaufen.«

Seine Augen verengten sich zu Schlitzen. »Die sind unverkäuflich.«

»Frau Kröger hat mir etwas anderes erzählt.«

»Die hat doch keine Ahnung. Also, was wollen Sie?« Er schaute demonstrativ auf die Uhr. »Ich habe nicht viel Zeit. Eigentlich wollte ich nur schnell ins Büro.«

»Ich habe gehört, dass Sie Doppelgänger vermitteln«, sagte ich rasch, um ihn hinzuhalten.

»Stimmt. Das ist unser eigentliches Geschäft.« Er machte eine Geste, die die gesamte Halle umfasste. »Der Partykram ist nur Beiwerk. Manche Kunden wünschen, dass wir ihre ganze Feier ausrichten. Können Sie auch haben.«

»Eigentlich bin ich wegen der Doubles hier. Vielleicht kann ich ja mal mit der Chefin sprechen. Wir hatten einen Termin.«

»So? Davon weiß ich nichts. Wann haben Sie den denn ausgemacht?«

»Vor sechs Wochen ungefähr«, log ich.

»Kommen Sie bitte hoch in mein Büro«, sagte er.

Er drehte sich um und ließ mich stehen. Das passte zu seiner arroganten Art. Er erwartete, dass ich ihm folgte.

Den Gefallen tat ich ihm gern.

Über eine Eisentreppe erreichten wir eine Galerie und schließlich eine weitere Brandschutztür. Mackensen schloss sie auf. Diesmal ließ er mir den Vortritt. Das Büro war billig mit *Ikea*-Möbeln eingerichtet. Offensichtlich legte Mackensen mehr Wert auf seine Kleidung als auf seine Einrichtung.

»Nehmen Sie Platz«, sagte er und wies auf einen Stuhl vor dem Schreibtisch. »Möchten Sie einen Kaffee oder einen Cappuccino?«

Bevor ich antworten konnte, hantierte er mit einer Kapsel Nescafé und einer Tasse herum. Auch in der Hinsicht schien er nicht anspruchsvoll zu sein.

»Einen Espresso«, sagte ich. Die Piratenplatte lag mir im Magen. Außerdem hatte das Astra mich müde gemacht. »Einen doppelten, wenn's geht.«

Er nickte. Schließlich schob er mir die Tasse hin und setzte sich mir gegenüber. Sich selbst hatte er einen Cappuccino zubereitet.

Schließlich kam er zur Sache: »Ich muss Ihnen leider mitteilen, dass Frau Beck tot ist.«

»Was?« Ich setzte eine erstaunte Miene auf. »Das ist ja entsetzlich! Mein herzliches Beileid. Der Krebs?«

Er schüttelte den Kopf. »Sie ist ermordet worden.«

»Das ist ja unglaublich!«

»Ja, ich kann es auch noch nicht fassen. Ich weiß es erst seit zwei Tagen. Ich habe immer noch das Gefühl, als würde sie jeden Moment ins Büro kommen ...«

»Und was passiert jetzt mit der Firma?«

»Jetzt liegt die Hauptlast wohl auf meinen Schultern. Keine Sorge, Sie bekommen Ihren Doppelgänger.« Er griff nach einem Aktenordner. »Haben Sie an einen bestimmten gedacht?«

Mir kam plötzlich eine Idee. »Köche«, sagte ich. »Ich hätte gern ein paar bekannte Fernsehköche: Ralf Zacherl, Johann Lafer, Schuhbeck, Biolek ...«

»Alfred Biolek? Lebt der überhaupt noch?«

Ich überlegte. »Ich glaube schon. Ist doch auch egal, oder? Ich spreche ja nur von den Doppelgängern.«

»Das ist mir schon klar.« Er legte den Ordner wieder beiseite. »Ehrlich gesagt, Fernsehköche hat noch keiner buchen wollen. Warum auch? Die Originale laufen alle frei herum und können auch jederzeit gebucht werden. Wir haben eher Queen Elizabeth oder Angela Merkel im Programm. Oder Heino. Den sogar mehrmals. Sie können zwischen dem Volkslied-Heino und dem Rocker-Heino wählen. Die Puppen können seine Songs wiedergeben. Ich weiß ja nicht, was Sie vorhaben, aber ein paar Politiker bringen zurzeit Schwung in jede Party. Wissen Sie, wer seit ein paar Wochen unser Renner ist?«

»Gregor Gysi?«

»Falsch! Siegmar Gabriel. Letztens hat ihn ein SPD-Ortsgruppenverein gebucht. Die waren alle ziemlich gegen die GroKo. Unser Mann hat einiges einstecken müssen.«

»Ich bleibe bei den Fernsehköchen«, sagte ich. »Sie haben auch noch eine gute Woche Zeit.«

»Wie gesagt, wir selbst haben keine Fernsehköche, aber vielleicht andere Agenturen. Ich schau mal, was ich für Sie tun kann. Sie verstehen sicher, dass ich im Moment ziemlich viel um die Ohren habe ...«

Mackensen gehörte anscheinend zu der Sorte Menschen, die sich gern selbst bemitleiden. Ich nickte. »Natürlich, das verstehe ich. Frau Beck hat sich ja bisher um alles gekümmert ...«

»Na ja, sagen wir mal: Sie war mir eine große Hilfe.«

»Gehört – Entschuldigung –, gehörte denn die Firma nicht ihr?«

»Wir waren gleichberechtigte Partner«, betonte Mackensen. Er stand auf. »Wie gesagt, ich werde sehen, was ich für Sie tun kann.«

Sanft, aber bestimmt komplimentierte er mich hinaus. Allerdings begleitete er mich hinunter bis zur Eingangstür.

»Und wegen der Schaufensterpuppe ...«

»... werde ich es mir überlegen.«

Er schloss die Tür hinter mir.

Auf dem Weg zum Auto winkte mir Frau Göbel zu. Sie hatte sich hinter einer Palette mit Bierkästen versteckt. Ich trat zu ihr.

»Ich hoffe, er hat Ihnen nicht auch die Hölle heißgemacht«, flüsterte sie.

»Jedenfalls wollte er sich von keiner Puppe trennen.«

»Mit dem stimmt was nicht. Er hat mich zur Schnecke gemacht, weil ich Sie reingelassen habe. Dabei stimmt das, was ich sage: Den Schlüssel hat mir Frau Beck gegeben. Ich sollte aufschließen, weil sie wegmusste und jemanden erwartete, der Puppen kaufen wollte.«

Sie war den Tränen nah. »Seitdem habe ich Frau Beck nicht mehr gesehen.«

»Kann es sein, dass das schon über sechs Wochen her ist?«

»Das weiß ich nicht mehr so genau.« Sie schniefte. »Ich weiß nur, dass die einen ganzen Kleinbus mit den Puppen beladen haben.«

»Hm, ich glaub, ich weiß sogar, wer sich damals für die Puppen interessiert hat«, bluffte ich. »Mackensen will mir keine mehr verkaufen, aber ich könnte Klaus fragen ...«

»Klaus?«

»Ich nehme an, der hat vor sechs Wochen die Puppen gekauft. Wie sah der Käufer denn aus?«

Sie musste nur kurz überlegen. Dann sagte sie: »Es waren zwei Käufer. Ein Mann und eine Frau.« Wie sie ausgesehen hatten, wusste sie nicht mehr. »Aber Klaus hieß der nicht. Sie hat ihn Stefan genannt.«

Um acht Uhr brach ich meinen Vorsatz und schaltete das *Action Dinner* ein. Das Moderatorenpärchen gebärdete sich noch unwitziger, als ich es in Erinnerung hatte. Es war zum Fremdschämen. Nach der Anmoderation gab es erst mal reichlich Werbung. Offensichtlich waren die Quoten kein Reinfall. Dann folgte der unvermeidliche Rückblick mit den »witzigsten« Szenen. Erst nach mehr als einer halben Stunde ging die Sendung eigentlich los. Es begann mit einer Liveschaltung zu den vier Kandidaten. In der Kaschemme auf St. Pauli war die Stimmung am Brodeln. Die Location hieß *Zur goldenen Nase*. Das angetrunkene Publikum gab *Auf der Reeperbahn nachts um halb eins* zum Besten. Das Betreiberehepaar kündigte an, dass es grünen Hering mit Bratkartoffeln und nachher rote Grütze geben würde. Auch sie schienen bereits einiges an Bier und Korn genossen zu haben. Grabesstille herrschte dagegen in der Herberge in der Eifel. Wegen eines Trauerfalls in der

Gemeinde hatten alle Gäste abgesagt. Die Wirtin war den Tränen nah und vermutete ein Komplott dahinter. Sie, Hausfrau mit abgebrochener Friseurlehre, und ihr Gatte, ein gelernter Steinmetz, versprachen dennoch, ihr Bestes zu geben.

Auf Hallig Hooge tobte ein Orkan. Die Warft stand zwar nicht Land unter, aber die Livebilder von dort kamen nur fetzchenweise herüber. Dann fielen Ton und Bild völlig aus.

Natürlich machte das Moderatorengespann daraus einen Thriller, als würde die Welt untergehen. Ich musste zugeben, dass auch bei mir die Spannung stieg. In der Werbepause hatte ich mir ein Bier und eine Tüte Chips geholt und lag nun Seite an Seite mit Luna auf dem Sofa.

Luna schlug freudig an, als sie Muff und Potter kläffend in der Küche herumtanzen sah. Offensichtlich hatten auch die Fernsehleute die beiden Möpse ins Herz geschlossen. Nacheinander wurden die Gräfin, Ollie und Duffy vorgestellt. Offensichtlich hatte man bei *Dinner for One* abgekupfert: Die Gräfin sprach mit einem unsichtbaren Gast, Duffy stolperte über den Teppich und ließ ein Tablett mit Gläsern fallen. Und Ollie rezitierte einen Shakespeare-Vers: »Ein Sieg gilt doppelt, wenn der Feldherr seine volle Zahl wieder heimbringt.«

Ich verstand es als Botschaft an mich: Er würde dafür sorgen, dass ich meine Einlage auf Heller und Pfennig, also auf Euro und Cent, wiederbekäme. Das hieß, er glaubte noch immer an den Sieg.

Als Nächstes winkte die Gräfin in die Kamera und grüßte alle ihre Landfrauenfreundinnen. Als sie begann, jeden einzelnen Namen aufzuzählen, wurde auf Duffy umgeblendet. Mit stoischer Miene verkündete er, dass es Pickert in drei Versionen geben würde: mit Leberwurst, mit Rübenkraut und schließlich mit Speck. Davor sollte es eine Hechtsuppe geben. Als Nachspeise wurde ein Rübensaftkuchen angekündigt.

Für die Gäste hatte wieder das Fernsehteam gesorgt: ein Kegelverein aus Kalkriese im Osnabrücker Land. Es ist bekannt, dass sich beide Regionen darum streiten, wo die Varusschlacht stattgefunden hat. Dabei war jedes Mittel recht, weshalb sich beide Völkchen mittlerweile recht unversöhnlich gegenüberstanden. Ich konnte mir nicht vorstellen, dass die Osnabrücker fair werten würden.

Dann war wieder das Moderatorenpärchen an der Reihe. Dabei wechselten sie sich ab:

»Gleich nach der Verbraucherinformation geht's weiter mit Ihrem *Action Dinner*. Sie erfahren …«

»Wer steckt hinter der Reeperbahn-Mafia, die unserem tapferen Wirtsehepaar das Leben so schwermacht?«

»Sind Christoph und Hilde, unser nicht minder tapferes Ehepaar aus der Eifel, Opfer eines Dorfkomplotts geworden? Warum haben alle Gäste abgesagt? Und wer ist der Verstorbene?«

»Versinkt die Warft mit unserem Fernsehteam auf Hallig Hooge? Ist Rettung überhaupt möglich? Wie gefährlich ist der Orkan?«

»Und last not least: unsere fröhliche WG aus dem Teutoburger Wald. Wer ist der unsichtbare Vierte wirklich?«

Ein Standbild von mir wurde eingeblendet. Es zeigte mich splitterfasernackt, als ich aus der Badewanne stieg. Gnädigerweise wurden einige Stellen gepixelt. Wenn es denn half, dass die einhunderttausend Euro an uns gingen, war ich auch dazu bereit.

Während ich die Verbraucherinformation über mich ergehen ließ, überlegte ich, ob ich mir die folgenden Szenen wirklich antun wollte. Zumindest würde ich sie nicht nüchtern ertragen. Ich stand auf und holte den Whisky.

Auf dem Weg zurück zum Sofa klingelte es. Ich überlegte,

welche Chancen ich hatte, mich abermals tot zu stellen. Eigentlich keine. Nach meinem merkwürdigen Anfall würde Ollie diesmal wahrscheinlich sofort die Tür aufbrechen, um zu sehen, ob ich noch lebte.

Ich drückte auf den Knopf, damit sich unten die Haustür öffnen ließ. Jemand kam die Treppe herauf. An den Schritten hörte ich bereits, dass es sich nicht um Ollie handelte.

Luna wedelte mit dem Schwanz, also war es auch kein Fremder.

Es war Irene Nachtigall. Sie schaute vom Treppenabsatz zu mir hoch und lächelte. »Störe ich?«

»Ich schaue gerade Ihre Sendung. Kommen Sie herein.«

Ich gab den Eingang frei und ließ sie an mir vorbeigehen.

Sie schaute auf die Whiskyflasche in meiner Hand. »Wie ich sehe, genehmigen Sie sich schon einen Schlaftrunk.«

»Ja«, sagte ich. »Ich fürchte, nach der heutigen Sendung kann ich sonst nicht einschlafen. Nehmen Sie doch Platz.«

Ich nahm ihr die Daunenjacke ab und wies auf einen Sessel. Sie setzte sich. Luna beschnupperte ihre Hände und ließ sich anschließend streicheln.

»Ich mag Ihre Hündin«, sagte sie. »Ich habe selbst einen Hund.«

»Ah ja.«

»Er heißt Tobi und ist ein Golden Retriever.«

»Ist das nicht ein Familienhund?«, fragte ich.

»Woher wollen Sie wissen, dass ich keine Familie habe?«

»Das habe ich nicht gesagt. Möchten Sie etwas trinken? Einen Wein?«

»Ich trinke, was Sie trinken. Whisky.«

»Wie Sie möchten.«

Ich holte ein zweites Glas und einen anderen Whisky, während Irene Nachtigall weitererzählte: »Sie haben übrigens recht:

Ich bin nicht verheiratet, ich habe keine Kinder. Ich hab Tobi von einem Züchter, der wohl ziemlich mies mit seinen Hunden umgegangen ist. Tobi war völlig verängstigt, als ich ihn bekam. Und Ihre Hündin?«

»Luna ist zwar eine Hündin, aber manchmal sehr dominant. Außerdem ist sie eifersüchtig.«

Ich stellte ihr das Glas hin und öffnete die Whiskyflasche.

»Moment mal. Gerade hatten Sie aber eine andere in der Hand.«

Sie war clever. Offensichtlich entging ihr nichts. »Es ist nicht so, dass ich Ihnen den Laphroaig nicht gönne. Aber der ist sehr rauchig. Die meisten Frauen mögen, wenn überhaupt, mildere Whiskysorten lieber. So wie den hier zum Beispiel.«

Es war ein Glenkinchie, aber die Destiller's Edition, der seinen Geschmack der Nachreifung in Amontillado-Sherryfässern verdankte.

Ich schenkte uns zwei Gläser ein. Der süße Duft von Vanille, Malz und Eiche stieg mir in die Nase.

»Sie glauben also zu wissen, was Frauen mögen?« Irene Nachtigall lächelte spöttisch.

»Nur was den Laphroaig anbelangt. Aber ich kann mich auch irren«, lenkte ich ein.

Ich prostete ihr zu, was man normalerweise mit einem Whiskyglas in der Hand nicht macht. Sie trank in kurzen gierigen Schlucken. Ich ließ mir mehr Zeit und genoss den langen, trockenen Abgang, der nach Eiche schmeckte.

»Müssen Sie nicht bei der Sendung dabei sein?«, fragte ich.

»Nein, das läuft schon alles ohne mich. Neunundneunzig Prozent meiner Arbeit erledige ich im Vorhinein.« Sie wies auf den Fernseher, in dem gerade Werbung lief. »Wollen Sie sich das wirklich antun?«

»Meinen Sie die Werbung oder die Sendung?«

»Beides. Kann ich noch einen Whisky haben? Aber diesmal den Laphroaig.«

Ich nickte. Den Laphroaig kippte sie noch schneller hinunter als den Glenkinchie.

»Wenn Sie so weitermachen, landen Sie bei mir im Bett.« Das konnte man so und so deuten. »Oder auf dem Sofa«, setzte ich hinzu. »Als Schnapsleiche.«

»Hätten Sie was dagegen?«

Sie fing meinen Blick auf, und zum ersten Mal dachte ich, dass Irene Nachtigall wirklich schöne Augen hatte. Die grünen Pupillen waren wie zwei Seen, in die man tief hinabtauchen musste, um zum Grund zu gelangen. In dem Fall stimmte, was man sagt: Die Augen sind der Schlüssel zur Seele. Ansonsten aber blieb mir Irene Nachtigall ein Rätsel.

Ich löste mich aus ihrem Bann und sagte: »Ich bin gespannt, wie sich meine Leute schlagen.«

»Das kann ich Ihnen verraten: Sie werden gewinnen.«

Jetzt war ich doch etwas verblüfft. »Das wissen Sie jetzt schon?«

»Die weitaus meisten Anrufer voten für das *Rübezahl.* Wir halten die Spannung noch ein paar Tage aufrecht, dann lassen wir den ersten Mitbewerber über die Klinge springen. Wahrscheinlich die St.-Pauli-Absteige. Aber von Ihren Leuten einmal abgesehen: Unterschätzen Sie nicht Ihre Wirkung auf unsere Zuschauer.«

»Dafür haben Sie ja gesorgt. Sie stellen mich als ziemlich zwielichtige Figur dar.«

»Sagen wir mal: undurchsichtig. Oder geheimnisvoll. So würde ich das sehen. So der Indiana-Jones-Typ. Wenn ich Sie mir zurechtschnitzen könnte, dann würde ich Sie allerdings mit etwas mehr Humor ausstatten.«

So sah sie mich also: Als Indiana Jones ohne Humor. Das konnte ich nicht auf mir sitzen lassen. »Wenn ich keinen Humor hätte, würde ich das Ganze nicht mitmachen.«

»Ich habe mich sowieso gefragt, warum Sie sich das alles gefallen lassen. Sie sind intelligent. Also haben Sie auch gemerkt, dass wir Sie provozieren wollten. Das machen wir gerne. Schließlich soll die Action im Dinner nicht zu kurz kommen.«

Ich überlegte kurz. Genau die Frage hatte ich mir auch schon gestellt. Die Antwort musste ehrlicherweise lauten, dass ich der Gräfin und Ollie den Geldsegen wünschte. Dafür nahm ich dann auch in Kauf, allabendlich in eine zwielichtige respektive undurchsichtige Rolle gedrängt zu werden. In ein paar Tagen würde das wieder vergessen sein.

All das verriet ich Irene Nachtigall natürlich nicht. Ich zuckte nur mit den Schultern.

Dafür verlangte sie noch einen dritten Whisky. Ich schüttelte den Kopf. »Ich habe eine bessere Idee«, sagte ich.

»Wollen Sie mich gleich auf Ihr Sofa legen?«

»Nein, ich lade Sie ein. Zu einer Spritztour.«

»Klingt nicht sehr aufregend. Außerdem bin ich müde.«

»Ich verspreche Ihnen, dass Sie wieder munter werden. Schließen Sie für einen Moment die Augen …«

»Wozu?«

»Puh! Sie sind die anstrengendste und misstrauischste Dame, der ich je gegenübersaß.« Mit der Fernbedienung schaltete ich den Fernseher aus.

»Was kommt jetzt? Hypnotisierende Meditationsmusik? Rod Stewart?«

Ich ließ sie reden. Sie schloss die Augen. Allerdings hatte ich den Verdacht, dass sie blinzelte.

»Und jetzt überlegen Sie einen Moment lang, was Sie sich wünschen.«

»Ich darf mir was wünschen?« Das Misstrauen wich der Überraschung. Ich spürte, wie sie sich entspannte.

»Ja, was Sie wollen.«

Sie dachte eine halbe Minute ernsthaft nach. Dann sagte sie: »Ich wünsche mich weit weg auf eine Insel.«

»Allein?«

»Nein. Jemand wie Sie müsste mich begleiten. Nicht, dass dort schon andere hausen oder plötzlich auftauchen ...«

»Sie denken an Robinson Crusoe?«

»Als Kind habe ich den Vierteiler ab und zu an Weihnachten im Fernsehen gesehen. Am gruseligsten fand ich die Kannibalen. Ich hatte danach immer Albträume. Ich kriege immer noch eine Gänsehaut, wenn ich das Wort Kannibale höre.«

»Keine Sorge, ich begleite Sie und passe auf, dass keine Kannibalen an Ihnen nagen.«

Sie tastete nach meiner Hand. »Versprochen?«

Sie öffnete die Augen und hielt meine Hand fest. »Das Spiel fängt an, mir Spaß zu machen.«

»Dann sollten wir es fortsetzen.«

»Was haben Sie vor?«

»Ich ziehe mir jetzt etwas über, mache noch einen Telefonanruf, und dann fahren wir los.«

Ihr Blick hätte nicht überraschter sein können. »Das ist doch jetzt nur so gesponnen mit der einsamen Insel, oder nicht?«

»Warten Sie's ab«, sagte ich. »Einsame-Insel-Wünsche zu erfüllen ist eine meiner leichtesten Übungen.«

12.

Mein Freund Rolf Zackerl ist einer der innovativsten Köche Deutschlands, und als er im *Lipper Hof* kochte, galt das Restaurant als eines der renommiertesten Gasthäuser im Teutoburger Wald. Rolf und seine Crew hatten sogar einen Michelin-Stern erkocht. Vor einem Jahr hatte er die Nase voll. Er hatte eine Frau kennengelernt, und mit ihr setzte er ein völlig neues kulinarisches Konzept um. Die beiden hatten es sich zum Ziel gesetzt, Träume zu erfüllen. Die Frau hieß Bertha Gräfin von Reichenberg, und im Gegensatz zu unserer Gräfin war sie von echtem Adel. Und sie hatte ein Vermögen geerbt. Damit war es zumindest ein wenig leichter, das Leben nach seinen Wünschen zu gestalten. Wobei ich es ihr hoch anrechnete, dass sie nicht nur an die Befriedigung ihrer eigenen Wünsche dachte. Rolf und Bertha Gräfin von Reichenberg wollten die Wünsche ihrer Gäste erfüllen.

Das war ihre Vision, und nach allem, was ich gehört hatte, lief das Geschäft prächtig.

Als ich auf den Parkplatz der *Traumfabrik* fuhr, war der voller Autos. Vor uns ragte die Fassade der Wilhelmsburg auf.

Die Wilhelmsburg war im vorletzten Jahrhundert zu Ehren von Kaiser Wilhelm I. auf dem Lagenser Berg erbaut worden. Schon immer konnten Reisende und Hungrige hier einkehren und es sich gut gehen lassen. Seit einem Jahr nun beherbergte das trutzig wirkende Gebäude die *Traumfabrik*.

»Hier befindet sich Ihre einsame Insel?«, fragte Irene Nachtigall skeptisch.

»Warten Sie's ab.«

Wir stiegen aus, und ich führte Sie zum Eingang. Die Tür ging auf, und ein junges Pärchen kam heraus. Sie gingen Arm in Arm und strahlten.

Irene Nachtigall schaute ihnen nach. »Ich bin gespannt, welche Drogen da verteilt werden.«

»Sie sind die letzte Romantikerin, was?«

»Romantik ist was für Träumer. Ich bin Realistin.«

»Sie müssen schon ein bisschen an die einsame Insel glauben, sonst funktioniert das nicht.«

»Verstehe: Drogen und Gehirnwäsche. Glauben Sie wirklich, dass das funktioniert?«

Sie war wirklich eine harte Nuss.

Wir betraten die Eingangshalle. Der Architekt hatte sie so gestaltet, dass es keine Ecken gab. Alles war sanft gerundet und wurde von beruhigenden Farbspielen modelliert. Augenblicklich fühlte ich mich in eine andere Welt versetzt. Der Bodenbelag war weich und elastisch, und man hatte das Gefühl, dass er einem mit jedem Schritt einen sanften Schwung verlieh.

Hinter der Anmeldung saß ein junger, gut aussehender Mann, der nur ein Sakko anhatte, sodass man seinen durchtrainierten Oberkörper sehen konnte.

»Warum trägt er kein Hemd?«, flüsterte meine Begleiterin.

»Er trägt doch ein Sakko.«

Ich hatte José bereits bei der Einweihung kennengelernt. Bei einem Autounfall hatte er beide Beine verloren. Seitdem saß er im Rollstuhl.

José nickte mir zu. »Darf ich Ihnen vorab einen Aperitif servieren lassen? Herr Zackerl würde Sie gleich gerne persönlich begrüßen.«

Irene Nachtigall und ich warfen uns einen Blick zu, dann nickten wir beide gleichzeitig. José klatschte in die Hände, und unvermittelt stand eine junge Frau vor uns und lächelte uns mit geschlossenen Augen freundlich an.

»Darf ich Sie zu Ihrem Platz bringen?«, fragte sie höflich. Sie wartete unsere Antwort nicht ab, sondern ging voraus. Die hohe, weiträumige Halle verzweigte sich wie eine Höhle in viele weitere Gänge, die in unterschiedliche Farben getaucht waren. Es hatte etwas von einem Hobbithaus an sich, weil auch hier alles abgerundet war. Von einem sehr surrealistischen Hobbithaus allerdings.

Die Wirkung war jedoch erstaunlich. Auch Irene Nachtigall war beeindruckt.

»Ich hätte Lust, gleich in den nächstbesten Gang zu rennen und zu erkunden, wohin er führt.«

Die junge Frau wies uns zwei Plätze zu. Wir versanken fast in den Sesseln. Ich hatte das Gefühl, als schmiege sich das Polster an mich. Aus einer der Höhlen kam eine weitere junge Frau. Ihre strahlenden Augen und die unbekümmerte Art, wie sie ging, verrieten mir, dass sie nicht blind war. Sie balancierte ein Tablett mit zwei dekorierten Cocktailgläsern und stellte sie vor uns auf den kleinen Beistelltisch.

»Willkommen in der *Traumfabrik*. Zwei Angel Islands auf Kosten des Hauses«, sagte sie lächelnd. »Ich wünsche Ihnen einen entspannenden Abend.«

Nachdem sie sich entfernt hatte, sagte Irene Nachtigall: »Ich gebe zu, ich bin beeindruckt. Das, was ich sehe, gefällt mir. Aber mit meiner einsamen Karibikinsel ist es natürlich nicht zu vergleichen ...«

Ich seufzte. »Sie Unke.«

Wir widmeten uns den Cocktails.

»Was ist da drin?«, fragte meine Begleiterin. »Ich möchte

nämlich einen klaren Kopf behalten, wenn ich meine Insel betrete.«

»Kokosnusscreme, Wodka, Lime Juice und eine Prise Zucker, das ist alles. Sie werden einen klaren Kopf behalten, das verspreche ich Ihnen.«

Rolf war plötzlich hinter uns aufgetaucht, ohne dass wir ihn gehört hätten. Der Boden verschluckte wirklich jedes Geräusch.

Rolf sah uns unsere Überraschung an, und ich bemerkte, dass es ihm eine diebische Freude bereitete. »Tut mir leid, dass ich euch erschreckt habe«, heuchelte er. Er grinste und wirkte auf mich in dem Moment mehr denn je wie eine gutmütige Ausgabe von Rumpelstilzchen. Rumpelstilzchen passte auch insofern, als er immer in Bewegung war. Es fiel schwer, sich Rolf schlafend vorzustellen.

Während die beiden sich einander vorstellten, sah ich an ihm vorbei. Hinter ihm befand sich eine Tür, die fast nicht zu erkennen war, da sie farblich mit ihrer Umgebung verschmolz. Da war er also so plötzlich herausgekommen.

»Ich muss zugeben, ich war gespannt auf die Frau, mit der Moritz hierher kommen würde«, hörte ich Rolf sagen. »Und ich gestehe, dass ich seine Wahl voll und ganz unterschreibe.«

Die Art, wie er Süßholz raspelte, war nicht mein Fall. Aber er kam damit an. Auch Irene Nachtigall lachte. »Das freut mich«, sagte sie. »Ich nehme an, Herr Morgenstern war schon öfter hier.«

»I wo«, sagte ich. »Das ist das erste Mal …«

»Außer natürlich zur Eröffnung. Aber da war er allein hier, das kann ich bezeugen«, sagte Rolf.

Ich glaubte etwas klarstellen zu müssen. Das hatte ich vorher am Telefon nicht erwähnt. »Frau Nachtigall und ich sind nur Bekannte. Und wir sind noch beim Sie.«

»Das solltet ihr schleunigst ändern«, sagte Rolf. Aber er hatte verstanden. Er schaltete einen Gang zurück.

Irene Nachtigall nahm ihren Drink und prostete mir zu. »Also, ich heiße Irene. Wir müssen ja nicht gleich im klassischen Sinne Bruderschaft trinken.«

Ich hob ebenfalls mein Glas. »Moritz. Aber das weißt du ja schon.«

Der Cocktail schmeckte spritzig. Nicht klebrig süß wie die meisten Kokosnussdrinks. Der Wodka wärmte die Seele, ohne dass er einem in den Kopf stieg. Es war genau die richtige Mischung, um eine einsame Insel zu erkunden.

Nachdem wir ausgetrunken und noch etwas geplaudert hatten, sagte Rolf: »Und nun führe ich Sie zu Ihrer Insel.«

Er zog zwei schwarze Augenmasken hervor und bat uns, sie anzulegen. Wir folgten seiner Bitte, und um mich herum wurde es dunkel. Ich spürte, wie Irene nach meiner Hand tastete und sie fest drückte. Ihre Finger waren warm.

»Keine Sorge, euch passiert nichts«, hörte ich Rolf sagen. »Jedenfalls nichts Unangenehmes. Geben Sie mir die andere Hand, Frau Nachtigall, ich werde Sie führen.«

Langsam bewegten wir uns vorwärts. Ab und zu stieß ich gegen eine der geschwungenen Wände. Sie waren weich und elastisch.

Nach einer Weile wurde es heller. Selbst durch die Maske hindurch nahm ich das wahr. Eine angenehme Wärme brachte meine Haut zum Kribbeln. Zugleich glaubte ich einen sanften Wind zu spüren. Ich roch salzige Luft und hörte die Wellen eines weit entfernten Meeres rauschen.

»Wir sind da«, sagte Rolf schließlich.

Irene ließ meine Hand los, und einen Moment lang stand ich hilflos und allein da. Ein sanfter Druck auf meinen Schultern ließ mich kurz zusammenzucken.

»Lassen Sie sich nach hinten fallen. Keine Angst, Sie fallen weich«, hörte ich eine weibliche Stimme. Ich konnte mich nicht überwinden, der Bitte nachzukommen. Meine Skepsis überwog.

Ich hörte Irenes Jauchzen. Also war sie bereits weich aufgekommen.

»Los, du Feigling«, sagte Rolf. Damit meinte er mich. Ich atmete noch einmal tief durch und ließ mich schließlich fallen. Ich landete sanft in jemandes Armen. Im nächsten Augenblick sank ich auf eine weiche Unterlage. Seitlich und im Rücken spürte ich Kissen oder Polster.

»Mein Name ist Sonja«, sagte eine Stimme. Sie klang warm und freundlich. »Ich werde in Ihrer Nähe sein und für Sie sorgen. Wenn Sie einen Wunsch haben ...«, sie führte meine Hand zu einem Knopf, der sich seitlich an meinem Platz befand, »... dann klingeln Sie nach mir.«

Ich nickte zum Zeichen, dass ich verstanden hatte. Danach verschwand sie. Nur noch die angenehme Wärme, der sanfte Wind und das Meeresrauschen waren um mich herum. Ich entspannte mich und ließ mich darauf ein.

Erst Irenes Stimme brachte mich wieder in die Gegenwart zurück.

»Hörst du die Möwen?«, fragte sie.

»Das sind keine Möwen, das sind Affen.« Irgendwo weit entfernt schnatterten sie um die Wette.

»Oh mein Gott, ich habe Angst vor Affen!«

»Eine bestimmte Art der Agrizoophobie?«

»Ich habe keine Ahnung, wie man das nennt.«

»Wer sich eine Insel wünscht, muss auch mit wilden Tieren rechnen.«

»Na gut, dann will ich aber auch, dass du sie mir vom Leib hältst, wenn sie mir zu nah kommen.«

Ich hörte Schritte, und dann glitt sie neben mich. Sie schmiegte sich an mich, aber auf eine Art, die eher meinen Beschützerinstinkt weckte. Ich legte den Arm um ihre Taille.

Eine Weile saßen wir so da, hörten den Wellen und dem Wind zu. Ab und zu drangen weitere Geräusche an mein Ohr. Vor meinem inneren Auge entstand ein Urwald mitten auf der Insel. Zum Glück war er weit entfernt, gerade so, dass er einen angenehmen Nervenkitzel verursachte.

Und nach einer Weile fing Irene Nachtigall an zu erzählen. Von ihren Träumen, ihren Ängsten, ihrem Leben abseits der Fernsehproduktionen. Sie war zwei Mal geschieden und hatte auch nicht mehr vor, zu heiraten. Ihre Ehen waren daran zerbrochen, dass sie immer unterwegs gewesen war. Sie hatte ihren ersten Mann betrogen, ihr zweiter Mann verließ sie, und sie stand plötzlich allein in der leeren Wohnung. Ich hörte stumm zu.

Zwischendurch reichten uns unsichtbare Hände etwas zu trinken und zu essen. Es schmeckte köstlich und sehr exotisch. Das war Rolfs Part. Und er setzte ihn perfekt um.

Irgendwann waren wir allein. Die sanfte Helligkeit, die bisher hinter der Maske nur zu erahnen gewesen war, wich einer nicht minder sanften Dunkelheit.

Wir rückten zusammen.

Auf einer einsamen Insel muss man einfach zusammenrücken.

Später, auf der Rückfahrt durch die Nacht, fragte Irene: »Und was ist mit dir?«

Ich warf ihr einen erstaunten Blick zu. Im Schein der Armaturenbeleuchtung wirkte ihr Gesicht geheimnisvoll.

»Mit mir?«

»Du hast die ganze Zeit nur mir zugehört. Über dich weiß ich gar nichts.«

»Du weißt genug.«

»Nein, ich meine nicht den ganzen Kram, den wir über dich recherchiert haben. Ich meine das, was ich nicht von dir weiß.« Ich spürte die leichte Verärgerung in ihrer Stimme.

»Dazu müsste ich erst einmal wissen, was du nicht weißt.«

»Du redest dich raus, Moritz Morgenstern!«

Eine Weile schwiegen wir. Ein Reh kreuzte unseren Weg. Zum Glück war es weit genug entfernt, sodass ich behutsam abbremsen konnte. Es tauchte im Lichtkegel der Scheinwerfer auf wie ein Gespenst, und ebenso schnell war es wieder verschwunden.

»Weißt du, was ich die ganze Zeit überlege?«, fragte Moritz.

»Warum du überhaupt bei so etwas wie dem *Action Dinner* mitmachst?«

»Quatsch. Du machst genauso mit wie die Millionen Zuschauer. Du machst es, weil du deinen Leuten den Gewinn gönnst. Die Zuschauer schalten ein, weil sie sich entspannen wollen, und ich mache es, weil ich Geld verdienen muss. Basta! Nicht alle sind so talentiert wie dein Freund Rolf und seine Gräfin.«

»Immerhin seid ihr im gleichen Genre tätig: Ihr verkauft Träume.«

»Wieder Quatsch! Ich helfe allenfalls dabei mit, die Leute auf eine gewisse Art zu unterhalten und ihnen dabei möglichst viel Geld aus der Tasche zu ziehen. Ohne die Gewinnspiele während der Sendung würde mein Gehalt nicht so gut aussehen.

Aber ich überlege die ganze Zeit, was du, was Rolf und die Gräfin gemacht hätten, wenn ich mir keine einsame Insel gewünscht hätte.«

»Sondern?«

Sie überlegte. Nach einer Weile sagte sie: »Wenn ich das wüsste ...«

»Die beiden erfüllen auch unbewusste Wünsche. In kulinarischer Hinsicht sowieso. Und seine Partnerin Bertha sieht dir deine verborgenen Wünsche an.«

»Was ist dein Wunsch? Ich kann nicht glauben, dass jemand wunschlos glücklich ist.«

»Wer ist schon glücklich? Und wer ist ohne Wünsche?«

»Moritz Morgenstein! Ich will nicht mit dir philosophieren. Keine Floskeln mehr! Also?«

Plötzlich wurde das Wageninnere in gleißendes Licht getaucht. Ich schaute in den Rückspiegel. Hinter mir fuhr jemand mit aufgeblendeten Scheinwerfern. Er fuhr so dicht auf, dass ich befürchtete, er würde im nächsten Moment die Stoßstange berühren.

»So ein Idiot!«, schimpfte ich. Ich drosselte die Geschwindigkeit, damit der Drängler überholen konnte. Aber der dachte gar nicht daran.

Im Rückspiegel versuchte ich zu erkennen, mit wem ich es zu tun hatte, aber ich war immer noch geblendet. Wir hatten den Ortsausgang erreicht. Kurz dahinter blinkte ich und wollte rechts ranfahren. Im selben Moment setzte der Fahrer hinter mir zum Überholen an. Ein paar Sekunden lang waren wir auf gleicher Höhe. Ich schaute nach links. Ich erwartete, eine Horde Bierdosen schwingende jugendliche Rowdys in dem Wagen sitzen zu sehen. Stattdessen schaute ich in das kalte, ausdruckslose, zu uns gewandte Gesicht eines Mannes, der aussah wie Preuss.

Ich weiß nicht, ob er mich auch sehen konnte. Seine Augen waren starr. Ich hatte die Assoziation eines Haifischs, der in seinem Aquarium darauf lauert, dass jemand hineinspringt.

Plötzlich riss er das Steuer nach rechts und gab Gas. Sein

schwerer BMW rammte meinen Volvo, sodass wir von der Fahrbahn gedrängt wurden. Irene schrie auf, als der Stoß sie zur Seite schleuderte. Zum Glück waren wir angeschnallt.

Ich versuchte den Wagen wieder in die Spur zu bekommen. Dann krachte ich gegen einen Begrenzungspfahl. Der Volvo kam mit einem Ruck zum Stehen. Der Motor gab ein merkwürdiges Geräusch von sich. Dann starb er ab.

Der Fahrer gab Gas, der BMW raste in der Dunkelheit davon. Ich konnte mir noch nicht einmal die Nummer merken, weil er die Scheinwerfer ausschaltete. Aber es wäre wohl sowieso zu schnell gegangen.

»Das ist doch halsbrecherisch, wie der ohne Licht davonfährt!«, sagte ich.

»Wichtiger ist mir unser Hals«, sagte Irene. »Meiner scheint heil geblieben zu sein. Und deiner?«

Ich konnte noch nicken, also war wohl alles in Ordnung. Ich schnallte mich ab.

»Willst du ihm denn nicht hinterherfahren?«, fragte Irene. »Der begeht Fahrerflucht.«

»Im Prinzip eine gute Idee.« Ich betätigte den Anlasser. Doch der Motor ließ sich nicht starten. Außerdem nahm ich schwachen Benzingeruch wahr. »Aber praktisch nicht möglich.«

Ich stieg aus und schaute in die Richtung, in die der BMW verschwunden war. Wir befanden uns auf der B 239 in Lage. Ein paar Meter weiter ging es rechts zu den Johannissteinen. In unserem Rücken lag die Zuckerfabrik.

Ich zog mein Handy aus der Hosentasche und wählte Norberts Nummer. Diesmal ging er sofort ran.

»Weißt du, wie spät es ist?«, bellte er in den Hörer.

»Kannst du für mich herausfinden, wo sich Heribert Preuss im Moment befindet? Außerdem brauche ich jemanden, der mich abschleppt.«

»Preuss ist doch dein Auftraggeber. Also kümmere dich gefälligst selbst um ihn. Und Abschleppdienste stehen in den Gelben Seiten. Gute Nacht.«

»Moment mal!«

Ich erklärte ihm, was vorgefallen war. Er hörte still zu, ohne mich zu unterbrechen. Schließlich ließ er sich von mir beschreiben, wo ich stand.

Eine halbe Stunde später traf er ein.

Allein. Aber mit einem Abschleppseil.

Nachdem wir den Volvo bei Markkötter in Bad Salzuflen abgestellt hatten, fuhr Norbert uns zurück.

»Wie wär's noch mit einem Absacker?«, schlug er vor. Wir hatten gerade mal wieder die Zuckerfabrik erreicht. Rechts befand sich ein Nachtcafé für einsame Brummifahrer.

Irene und ich bestellten Hochprozentiges. Schließlich musste ich nicht mehr fahren. Norbert begnügte sich mit einem Detmolder Pils. Wir waren die einzigen Gäste, aber ich hatte nicht das Gefühl, dass die übermüdete Serviererin an unserem Gespräch interessiert war.

»Und du bist dir also sicher, dass es Preuss war?«, fragte Norbert schließlich, nachdem wir unsere Getränke bekommen hatten.

»In dem Moment, als er an mir vorbeigefahren ist, war ich mir sicher. Aber je mehr ich darüber nachdenke, umso unwahrscheinlicher kommt es mir vor. Warum sollte er so etwas tun?«

Norberts Handy gab einen Piepton von sich. Er schaute auf das Display, las die Nachricht und sagte: »Preuss war zu Hause. Oder drücken wir es mal so aus: Er hat sein Haus in der fraglichen Zeit nicht verlassen.«

»Woher willst du das so genau wissen?«, fragte ich verblüfft.

»Wir beobachten ihn. Nicht rund um die Uhr, aber doch so, dass wir ein Bewegungsprofil erstellen können.«

»Fährt er eigentlich einen BMW?«, erkundigte sich Irene.

»Auch. Preuss ist ein Autonarr. Er hat eine ganze Sammlung verschiedener Autotypen.«

Ich trank meinen Schnaps. Das Zeug brannte entsetzlich in der Kehle.

»Ich habe es mir anders überlegt«, sagte Norbert unvermittelt. »Ich entbinde dich von dem Fall. Lass ab sofort die Finger davon. Sag Preuss, dass du nicht weiter für ihn arbeiten kannst.«

»Bist du jetzt völlig irre? Ich kann doch jetzt nicht alles hinschmeißen.«

»Du *willst* es nicht.«

»Moritz Morgenstern: Hör auf den Rat deines Freundes«, sagte Irene. Sie kippte ihren Schnaps hinunter wie Himbeersaft. Dann bestellte sie zwei weitere für uns.

»Frau Nachtigall ist klüger als du. Wenn du schon nicht auf mich hörst, dann hör wenigstens auf sie. Frauen sind klüger als wir Männer.«

»Da ist was Wahres dran. Ich heiße übrigens Irene.«

»Norbert.« Die beiden stießen miteinander an. Norbert mit seinem Bierglas, Irene mit dem winzigen Schnapspinchen.

Als sie sich einen Kuss geben wollten, ging ich dazwischen. »Norbert ist ein notorischer Ehebrecher. Ich muss dich vor ihm warnen.«

»Du wirst doch jetzt nicht eifersüchtig? Ich mag keine eifersüchtigen Liebhaber« sagte Norbert. Dann gaben sie sich einen schmatzenden Verbrüderungskuss.

»Und wenn ihr noch so zusammenhaltet: Ich steige nicht

aus«, erklärte ich. »Erstens: das Geld. Einen Teil davon habe ich schon Ollie gegeben. Sozusagen als Vorschuss, damit er das blöde Dinner gewinnt. Zweitens: Ich weiß, was ich nicht weiß. Und das will ich herausfinden. Es würde mir sonst schlaflose Nächte bereiten, wenn ich es nicht zumindest versuchen würde. Drittens: Bei Mord hört der Spaß auf, vor allem, wenn man mich verdächtigt.« Ich schlug mit der Hand so kräftig auf den Tisch, dass die Serviererin erschrocken aufblickte.

»Wie? Was jetzt? Wer verdächtigt dich denn?«, fragte Irene. »Also, wenn du jetzt uns meinst, das Team, wir bauschen das nur auf. Keiner von uns glaubt, dass du das warst. Im Gegenteil, du hast ja einige Morde aufgeklärt. Wir werden dich nach und nach als Helden aufbauen.«

Ich schüttelte energisch den Kopf, während die Serviererin die Schnapsgläser brachte und sich schnell wieder hinter ihre Theke verzog. Wahrscheinlich fragte sie sich längst, mit welchen Spinnern sie da in einem Raum saß.

»Prost«, sagte ich, und wir stießen erneut miteinander an.

»Also gut, stell deine Fragen«, sagte Norbert schließlich.

»Was Effie Beck betrifft, komme ich nicht weiter. Dieser Mackensen, ihr Liebhaber, hat mich abblitzen lassen.«

»Du bist halt nicht sein Fall«, lästerte Norbert, und Irene setzte hinzu: »Zum Glück«, und sie bestellte eine weitere Runde. Diesmal war auch ein Wippermann für Norbert dabei.

»Ich gebe dir ein paar Adressen«, sagte Norbert daraufhin. »Herausfinden, was die Leute mit Effie Beck zu tun hatten, musst du schon selbst. Nächste Frage.«

»Ich habe da mal eine Frage«, schaltete sich Irene ein. Sie lallte ein bisschen. So ganz alkoholerfahren, wie sie tat, war sie jedenfalls nicht. »Warum arbeitet ihr nicht einfach zusammen? Wäre das nicht effekt – eeffekt …« Sie suchte vergeblich nach dem richtigen Wort.

»Effektiver«, half ich ihr auf die Sprünge. Aber ich lieferte ihr auch gleich die Antwort: »Norbert ist Polizeibeamter. Er lehnt sich schon sehr weit aus dem Fenster. Eigentlich dürfte er gar nicht mit uns sprechen.«

»Na ja, ihr habt mich ja gerufen. Und Preuss ist immerhin der Ex der Toten. Also steht das alles in irgendeinem Zusammenhang.«

»Dann ist das ein Verhör?«, wollte Irene wissen.

»Eine Zeugenvernehmung«, betonte Norbert. Er zwinkerte mir zu.

Die Kellnerin brachte den dritten Schnaps. »Prost!«, sagte diesmal Norbert, und alle drei stießen wir mit den Pinchen an.

»Es gibt noch einen Grund, warum Norbert so verschlossen ist wie eine Auster«, erklärte ich. »Es ist nicht so günstig, wenn ich die Ermittlungsergebnisse der Polizei kenne. Vielleicht haben er und seine Kollegen ja irgendetwas übersehen. Oder sie haben jemanden längst als unverdächtig abgehakt. Oder interpretieren eine Zeugenaussage anders als ich. Außerdem glaubt Norbert noch immer zu einem Prozent, dass ich der Mörder bin.«

13.

Ich erwachte mit einem Kater. Meine Erinnerung, wie ich nach Hause und in mein Bett gekommen war, war eher lückenhaft. Zumindest glaubte ich, dass sich Norbert doch nicht mehr in seinen Wagen gesetzt, sondern dass wir gemeinsam ein Taxi gerufen hatten. An mehr konnte ich mich nicht erinnern.

Am liebsten wäre ich gar nicht aufgestanden. Aber Lunas Jaulen klang wie eine Anklage, und als ich auf die Uhr schaute, hatte ich tatsächlich ein schlechtes Gewissen. Es war fast Mittag.

Ich gab ihr etwas zu fressen, was sie gierig verschlang, nahm zwei Aspirin, putzte mir die Zähne und zog mir meinen Bademantel über. Dann ging ich mit Luna vor die Tür, in der Hoffnung, dass ich niemandem begegnete. Ich hatte Glück.

Danach frühstückte ich einen Rollmops und trank Unmengen Mineralwasser aus der Bad Meinberger Quelle. Anschließend fühlte ich mich kräftig genug, meine Mails durchzusehen. Eine stammte von Norbert. Er hatte sie von seiner Dienststelle aus geschrieben. Sie enthielt eine Liste von Namen und Adressen. Darunter befand sich der Hinweis, dass die Aufstellung aus einem Adressbuch stammte, das man in Effie Becks Tasche gefunden hatte. Drei Namen kannte ich bereits.

Heribert Preuss stand unter »P«. Sogar mit mehreren Rufnummern. Eine war durchgestrichen. In fein säuberlicher Schrift stand darüber eine neue. Effie Beck hatte jederzeit gewusst, wie sie ihn erreichen konnte. Alte Nummern hatte sie durch neue ergänzt. Automatisch tauchte da die Frage auf, ob die beiden in all den Jahren wirklich nicht miteinander telefoniert hatten.

Auch dass unter »M« Kai Mackensen auftauchte, wunderte mich nicht. Immerhin hatten die beiden heiraten wollen. Zumindest hatte er das behauptet. Recht verblüfft war ich, unter »B« meinen neuen Freund Willy Beckervordersandforth zu entdecken. Was hatten die beiden denn miteinander zu tun gehabt? Ich nahm mir vor, ihm noch einmal auf den Zahn zu fühlen. Viel mehr ereignete sich an dem Vormittag nicht. Ich pflegte meinen Kater. Ab und zu sah ich aus dem Fenster, wenn ich hörte, dass sich unten etwas tat. Und ab und zu fuhr jemand aus dem Filmteam vom Hof. Windland kam. Sie war die Einzige, die sich nicht in einem Zimmer im Haus einquartiert hatte, sondern im *Detmolder Hof* residierte. Ich sah, wie sie aus dem Wagen stieg und über den Hof schritt. Sie wirkte abweisend auf mich. Ich konnte mir nicht vorstellen, dass wir einen guten Draht zueinander finden würden.

Eigentlich hoffte ich, Irene zu sehen, aber die blieb anscheinend den ganzen Vormittag über im Haus.

Ich strengte mich an und versuchte zusammenzufassen, was bisher geschehen war: Zwei Tote in Bad Lippspringe und Bielefeld-Quelle gaben Rätsel auf. Und bei beiden fand man eine Playmobilfigur – oder Teile davon. Die eine Tote hatte eine Art Event- und Partyagentur geführt. Von der anderen Toten wusste ich bislang nur, dass sie eine Weile im Lindenhof gearbeitet hatte. Effie Beck, die zweite Tote, hatte einen Geliebten und Partner namens Mackensen, mit dem zusammen sie eine Eventfirma führte. Die Eventfirma vermittelte außerdem noch Doubles.

Der Ex der Toten hieß Heribert Preuss und hatte mir einfach 10 000 Euro in die Hand gedrückt. Wirklich nur, damit ich möglichst schnell etwas über den Tod seiner Exfrau herausfand?

Dann war da noch Willy Beckervordersandforth, der behauptete, dass ihm der Lindenhof gehörte. Spielte er eine Rolle in dem Fall? Ich schloss es nicht aus. Mein Gefühl sagte mir, dass die Lösung in der Vergangenheit lag und nicht in der Gegenwart. Aber vielleicht irrte ich mich auch.

Dennoch recherchierte ich halbherzig weiter. Ich gab bei Google die Begriffe »Lindenhof« und »Besitzer« ein. Es gab zig Lindenhöfe in Deutschland, aber schlauer wurde ich dennoch nicht. Ich nahm mir vor, bei meinem nächsten Besuch Beckervordersandforth nach Martha Töberich zu fragen.

Von meinem Arbeitsplatz aus hörte ich, dass erneut jemand auf den Hof fuhr. Als ich aus dem Fenster blickte, sah ich ein Taxi vorfahren. Die Gräfin stieg aus, sah sich kurz um und ging dann zielstrebig auf den Haupteingang zu. Irgendetwas irritierte mich an ihr. Die Kleidung, die sie trug, hatte ich vorher noch nie an ihr gesehen. Auch bewegte sie sich darin anders als sonst. Ich sah, wie Duffy ihr das Portal öffnete und wie beide im Haus verschwanden.

Ich zuckte die Schultern. Im Grunde konnte es mir egal sein, wo die Gräfin gewesen war. Und dennoch hatte ihr Auftritt meine Fantasie angeregt. Wenn sie so klamm war, woher hatte sie dann so plötzlich das Geld für neue Klamotten?

Während ich noch darüber nachgrübelte, klingelte das Telefon. Es war die Gräfin.

»Moritz, es ist etwas Schreckliches passiert!« Der Satz war bei ihr längst zur Floskel geworden. Das Schreckliche bestand meistens darin, dass sie eine Mahnung erhalten hatte, ihre Möpse weggelaufen oder sich den Magen verdorben hatten oder eine ihrer Landfrauenfreundinnen telefonisch nicht zu erreichen war. Sie befürchtete dann immer gleich das Schlimmste.

»Ist es sehr eilig?«, fragte ich. Das Nachgrübeln über den Fall hatte gerade erst begonnen. Ich spürte, dass da etwas war, was ich bisher übersehen hatte.

»Es geht um Leben und Tod!«, sagte die Gräfin drängend.

»Also schön, ich komme zu Ihnen hinüber«, versprach ich.

»Beeilen Sie sich!«

Bevor ich etwas erwidern konnte, hatte sie aufgelegt.

Ich atmete tief aus. Mein Kopf war noch immer nicht klar genug. Ich hatte wenig Lust, mich auch noch mit den Problemen der Gräfin zu belasten. Aber schließlich siegte mein Pflichtgefühl ihr gegenüber. Immerhin war sie eine alte Dame.

Duffy öffnete mir die Tür. Und als ich seine besorgte Miene sah, befürchtete ich tatsächlich, dass etwas Schlimmes passiert war.

»Wo ist sie?«

Anstatt zu antworten, drehte Duffy sich um und schritt stumm voraus. Doch er führte mich nicht in den Salon wie sonst meistens, wenn die Gräfin nach mir verlangte, sondern stürmte die Treppe hinauf. Irritiert folgte ich ihm.

Schließlich blieb er vor einer der Türen im Flur stehen und klopfte zaghaft.

Ein schwaches »Herein!« war von drinnen zu hören. Zaghaft öffnete Duffy die Tür, und ich schlüpfte an ihm vorbei und betrachtete erstaunt die Szene, die sich mir bot.

Die Gräfin saß aufrecht in ihrem Bett. Die zahlreichen Kissen in ihrem Rücken und an den Seiten wirkten theatralisch. Genau wie die beiden Möpse. Muff lag in ihrem linken, Potter in ihrem rechten Arm. Die beiden schauten mich hochmütig an.

»Schön, dass Sie endlich da sind, Herr Moritz«, begrüßte sie mich mit leidender Stimme. »Duffy, bringen Sie uns einen Tee, und lassen Sie uns dann allein.«

Bloß keinen Tee! Einen starken Kaffee!, wollte ich widersprechen, aber da war Duffy schon entschwunden.

»Setzen Sie sich!«, befahl die Gräfin und wies mit schwacher Geste auf einen Stuhl. Ich gehorchte. Gleichzeitig fragte ich mich beunruhigt, ob ich anfing zu halluzinieren. Immerhin hatte ich die alte Dame erst kurz zuvor mit energischem Schritt über den Hof marschieren sehen. Und nun lag sie hier mit Leidensmiene, als würde sie jeden Moment abberufen von dieser Welt.

»Was ist denn nun passiert?«, fragte ich gespannt. *Und vor allem,* wann *soll es passiert sein?,* setzte ich in Gedanken hinzu.

Es klopfte an die Tür. Automatisch sprang ich auf, um sie zu öffnen. Doch auf halbem Weg fiel mir ein, dass es noch nicht Duffy mit dem Tee sein konnte. Im nächsten Moment wurde die Tür aufgerissen, und ein vor Aufregung zitternder Ollie stand im Zimmer. Sein Gesicht war krebsrot, die Pupillen funkelten, die Fäuste waren geballt.

»Hier also trennen sich unsere Wege?«, deklamierte er theatralisch.

»Wieso das denn?«, fragte ich verwirrt. »Ist irgendetwas passiert? Oder hat man dir was in den Kaffee geschüttet?«

»Er meint nicht Sie, er meint mich!«, hörte ich die schrille Stimme der Gräfin hinter mir.

»Jawohl, ich meine sie!«, rief Ollie.

»Bewahren Sie mich vor ihm! Er weiß nicht, was er tut!«

Ich schaute die Gräfin an, dann wieder Ollie. »Was ist denn in dich gefahren?«, fragte ich ihn schließlich.

»Am besten, du fragst sie selbst«, sagte Ollie. Sein Atem ging stoßweise. Als er einen weiteren Schritt ins Zimmer machte, fingen Muff und Potter fürchterlich an zu bellen.

Nach kurzem Hin und Her erfuhr ich endlich den Grund

für die Aufregung: Die Teufelin Windland hatte geäußert, dass die Gräfin sich zu sehr in Szene setzte. Zumal sie in der Beliebtheitsskala der Zuschauer angeblich den letzten Platz belegte. Ganz oben standen dafür ihre Lieblinge Muff und Potter.

»Wenn Ihnen mein Gesicht nicht passt, dann verlasse ich eben die Sendung«, soll die Gräfin gesagt und stolz erhobenen Hauptes den Ort der Auseinandersetzung verlassen haben. Nicht ohne sich zuvor noch einmal umzudrehen und zu drohen: »Ich gehe, aber nicht ohne meine Lieblinge!«

Muff und Potter waren ihr gefolgt.

Windland hatte auf die Verträge gepocht und Regressansprüche angemeldet.

»Sie kann uns doch jetzt nicht einfach im Stich lassen!« Ollie hatte sich dafür entschieden, die Gräfin nicht mehr direkt anzusprechen. Das war auch gut so. Er wurde allmählich ruhiger. »Die Challenge ... der Gewinn ...« Er sprach nur noch in abgehackten Wortfetzen.

»Sagen Sie ihm, dass ich sehr wohl kann«, erwiderte die Gräfin. »Muff und Potter gehören mir. Basta!«

»Basta!« war so ziemlich das unangenehmste Wort aus ihrem Mund. Es bedeutete in der Regel, dass mit ihr kein Geschäft mehr zu machen war.

Ollie sah mich Hilfe suchend an. Ich setzte eine mitfühlende Miene auf und vollführte mit den Armen eine hilflose Geste.

»Wir brauchen sie nicht mehr. Wir brauchen die Hunde«, sagte Ollie. In seiner Stimme lag eine Entschlossenheit, die ich noch nie an ihm wahrgenommen hatte.

»Wieso nur die Hunde?«, fragte ich verwirrt.

»Weil wir für sie ...«, er zeigte an mir vorbei auf die Gräfin, »... längst Ersatz haben.«

»Ich protestiere! Ich bin unersetzlich.« Anstatt ruhig zu

sein, goss sie noch Öl ins Feuer. Aber dafür begriff ich plötzlich.

»Ihr habt für Ersatz gesorgt?«

»Ja, bei dieser Doppelgänger-Agentur.«

Jetzt war mir alles klar. Aus dem Taxi war nur das Double der Gräfin gestiegen. Selbst ich war darauf reingefallen.

»Jedenfalls ist es billiger, als Gefahr zu laufen, ganz aus der Sendung zu fliegen. Allerdings haben wir keine Möpse auftreiben können. Windland ist überzeugt, dass wir ohne die beiden heute Abend gar nicht erst anzutreten brauchen.

»Ihr habt eine Doppelgängerin engagiert?«, schrie die Gräfin nun empört. Sie schob ihre Hunde vom Bett, stieß die Kissen beiseite, sprang aus dem Bett und ging auf Ollie los.

Im selben Augenblick hörten wir ein Krachen, das die Wände und den Boden zum Erzittern brachte.

Augenblicke später gellte ein fürchterlicher Schrei durch das Haus.

Dann trat gespenstische Stille ein.

14.

Zwei, drei Sekunden lang geschah gar nichts.

Dann stand Duffy plötzlich in der Tür.

»Darf ich den Tee servieren?«, fragte er mit stoischer Miene.

»Aus dem Weg, Sie Idiot!«, schrie ich ihn an.

Dann rannte ich ihn fast über den Haufen. Ollie und ich rasten gleichzeitig an ihm vorbei. Muff und Potter folgten uns kläffend.

Der Lärm war von unten gekommen. Ebenso wie der Schrei. Es war der Schrei einer Frau gewesen. Während ich nach unten eilte, tauchte Irenes Gesicht vor meinem inneren Auge auf. Ich hoffte inständig, dass ihr nichts passiert war.

Ollie übernahm nun die Führung. Er kannte sich hier viel besser aus als ich.

»Die Küche! Es kam aus der Küche!«, hörte ich ihn japsen.

Die Tür zur Küche stand offen. Dahinter nahm ich einen ganzen Pulk von Mensch wahr. Dann erst hörte ich ihre aufgeregten Stimmen.

Ollie und ich stürmten in die Küche. Sämtliche Köpfe fuhren herum. Aller Augen waren auf uns gerichtet. Abermals herrschte einige Sekunden lang absolute Stille. Selbst Muff und Potter, die wie zwei Irrwische auf vier Pfoten hereingeschlittert kamen, stellten ihr Gebell ein.

Die Szenerie erinnerte an ein Wachsfigurenkabinett. Sie prägte sich mir unwillkürlich ein und verfolgte mich noch viele

Nächte lang. Für die Polizei war meine Aussage später sehr wichtig. Ich war der Einzige, der genau beschreiben konnte, was sich mir darbot.

Drei Leute aus der Filmcrew hatten sich in der Küche versammelt: Gregory hielt sich an seiner Kamera fest wie an einem Rettungsanker. Fee, die Deko-Queen, hatte den Mund halb geöffnet, so als würde sie jeden Moment losschreien wollen. In der rechten Hand hielt sie einen Pinsel mit einer riesigen Quaste, in der anderen ein rundes Puderdöschen. Tobi hockte vor einem Scheinwerfer, dessen grelles Licht direkt auf das schreckliche Bild gerichtet war, das sich uns allen bot.

Direkt vor dem großen Gasherd war das Deckengebälk heruntergekracht. Aus dem Haufen aus Steinen und Holz ragten ein Paar Beine heraus. Es waren ein Paar bestrumpfte Frauenbeine.

»Schnell!«, rief ich Ollie zu. »Wir müssen Sie da herausholen!«

Ich löste mich aus meiner Starre. Die anderen schrie ich an, sie sollten einen Notarzt rufen.

Die Männer reagierten nicht, doch Fee fasste sich als Erste. Sie ließ Quaste und Make-up-Döschen fallen und zog ihr Handy hervor. Während sie noch tippte, kniete ich mich vor den Schutthaufen hin und schob mit bloßen Händen die Steine weg. Ollie und schließlich auch Tobi halfen mir. Je mehr ich von der Verunglückten freilegte, umso größer wurde meine Erleichterung, als ich sah, dass es nicht Irene war. Das war egoistisch, und ich war mir dessen durchaus bewusst. Aber so sind wir Menschen nun einmal gestrickt. Je näher uns jemand steht, je mehr er uns bedeutet, desto betroffener sind wir.

Schließlich hievten wir drei Männer einen letzten schweren Balken beiseite. Er hatte das Opfer direkt am Rücken getroffen. Es handelte sich um das Double der Gräfin. Sie war doch höchstens seit einer Viertelstunde im Haus. Und wahrscheinlich hatte sie kaum hier gestanden, als der Balken auch schon heruntergekracht war.

»Sie lebt!«, sagte Ollie plötzlich. »Sie atmet!«

Er wollte sie umdrehen, aber ich hielt ihn zurück. »Nicht anfassen! Wir wissen nicht, welche Verletzungen sie hat. Das könnte lebensgefährlich sein.«

15.

Der Notarztwagen kam. Einer der Sanitäter, ein junger Bursche mit schulterlangen Haaren, untersuchte die Verletzte vorsichtig. Er schien zu wissen, was er da tat, denn jeder seiner Handgriffe wirkte entschlossen. Er gab seinem Kollegen leise Anweisungen. Der griff zum Handy und zog sich nach draußen zurück.

Der junge Mann erklärte uns, was sie vorhatten: »Sie muss so schnell wie möglich in eine Klinik. Mein Kollege ruft einen Rettungshubschrauber. Können Sie vielleicht die Autos vom Hof fahren?«

Gregory nickte und lief los.

In die einsetzende Stille hinein fragte Fee: »Können wir denn gar nichts für sie tun?«

Der Sanitäter schüttelte den Kopf. »Wir können nur noch beten.« Er wandte sich an mich. »Wie ist das überhaupt passiert?«

Ich zuckte die Schultern. »Ich war nicht dabei.« Ich wies auf Fee und Tobi. »Aber sie.«

In dem Moment betraten zwei Polizisten die Küche. Sie ließen sich erzählen, was vorgefallen war

»Hier müsste mal ein Baustatiker nach dem Rechten sehen«, sagte einer von ihnen.

Ich war froh, dass fünf Minuten später Norbert endlich eintraf. Ich hatte ihn per Handy informiert.

»Ach du Scheiße«, murmelte er, als er das Desaster sah. Er

sprach zuerst leise mit dem Sanitäter, dann scheuchte er uns allesamt aus der Küche.

Die Gräfin wirkte sehr mitgenommen, und Duffy musste sie stützen, während sie sich ein Taschentuch vors Gesicht hielt und hilflos schluchzte. Der Butler führte sie in den Salon, während ich mit Ollie nach draußen ging. Nachdem wir unsere Wagen aus dem Weg gefahren hatten, traf ich auf einen ziemlich niedergeschlagenen Ollie.

»Das wollte ich nicht«, sagte er mit zitternder Stimme.

Tröstend legte ich ihm die Hand auf die Schulter. »Du kannst doch nichts dafür. Die Umstände ... vielleicht war der Balken einfach morsch.«

Ollie schüttelte den Kopf. »Egal, wie es passiert ist, ich habe die Nerven verloren. Ich habe mich gegenüber der Gräfin unwürdig benommen. Und es war meine Idee, eine Doppelgängerin zu buchen. Ich bin schuld, wenn sie stirbt.«

Ich sah ein, dass ich im Moment mit vernünftigen Argumenten nicht zu ihm durchdringen konnte. Also schlug ich vor, dass wir uns zu den anderen begeben sollten.

Auf dem Weg dorthin begegnete uns Duffy. Er sah kreidebleich aus. Auch er wollte einfach nur seine Ente wegfahren.

Mittlerweile hatte sich wohl überall herumgesprochen, dass etwas Schreckliches passiert war. Als Ollie und ich in den Salon kamen, waren auch die anderen schon um den ovalen Esstisch versammelt. Ich suchte Irenes Blick. Sie bedachte mich mit einem schwachen Lächeln, dann stand sie auf und kam auf mich zu und begrüßte mich mit einem Kuss auf die Wange. »Stimmt es, was Fee gesagt hat?«

»Ja, ein entsetzlicher Unfall.«

»Hoffentlich kommt sie durch. Wie konnte das überhaupt passieren?«

Ich zuckte die Schultern. »Keine Ahnung, aber die Polizei wird es schon herausfinden, hoffe ich.«

Sie nickte und drückte sich kurz an mich. Die Geste war aufmunternd und Hilfe suchend zugleich. Am liebsten hätte ich sie in den Arm genommen, aber ich ließ es bleiben.

Irene setzte sich wieder zu den anderen an den Esstisch. Alle schwiegen, die Gräfin schluchzte immer noch leise. Ich ging zu ihr, nahm ihre Hand und hielt sie fest.

Die alte Dame warf mir einen dankbaren Blick zu. Dann sagte sie: »Wenn sie stirbt, war es Mord.«

Der Satz erzeugte eine beklemmende Stille. Die Konsequenz, die sich daraus ergab, machte alle nachdenklich. Wenn es kein Unfall war, sondern versuchter Mord, dann konnte jeder Einzelne von uns der Täter sein.

Windland fand als Erste die Sprache wieder. »Das ist doch Quatsch!«, sagte sie. Ihre Stimme klang kalt. Gefühllos war in dem Fall vielleicht die bessere Beschreibung. »Wer ist das überhaupt in der Küche?«

»Ich bin schuld«, gestand Ollie. »Ich wollte doch nur, dass die Show weitergeht.«

Mit stockenden Worten erklärte er denen, die es noch nicht mitbekommen hatten, warum er das Double engagiert hatte.

»Mir kam sie gleich komisch vor«, sagte Tobi. »Sie war viel jünger.«

»Ich wusste sofort, dass es ein Double war«, sagte Fee. »Sie hatte kaum Falten und brauchte kaum Make-up.« Dann hellte sich ihre Miene plötzlich auf, als hätte sie einen Geistesblitz. »He, Moment mal. Da Tobi und ich gleich bemerkt haben, dass das nicht die Gräfin ist, scheiden wir doch aus dem Kreis der Verdächtigen aus, oder?«

»Bis jetzt gehen wir von einem Unfall aus«, sagte ich. »Niemand wird verdächtigt.«

Ich glaubte selbst nicht, was ich da sagte. Und dennoch brachte ich es glaubwürdig vor. Ich wollte nicht für noch mehr Unruhe sorgen. Die Gräfin und Ollie machten sich ohnehin schon genug Vorwürfe.

»Es reicht jetzt«, sagte Windland. »Überlassen wir das Ermitteln doch der Polizei.«

»Nein, nein, ich habe das jetzt verstanden«, sagte die Gräfin. »Nicht die arme Frau sollte ermordet werden. Sondern –« Ihr stockte offensichtlich der Atem. Sie fasste sich an die Brust und stöhnte. Ich beugte mich zu ihr hinunter und fragte, ob sie ein Glas Wasser wünsche. »Einen Gin Tonic bitte!«, verlangte sie mit schwacher Stimme.

Im selben Moment betrat Duffy den Salon und kümmerte sich um seine Herrin.

»Mir auch einen«, bat Duffy.

»Wo steckt eigentlich Petra?«, fragte Fee.

Alle sahen sich an und zuckten die Schultern.

»Hat sie nicht heute ihren freien Vormittag?«, sagte Windland.

»Sie wird schon irgendwann auftauchen«, sagte Irene. »Wichtiger ist, wie wir jetzt weiter vorgehen. Wo wir schon alle hier zusammensitzen, sollten wir darüber mal diskutieren.«

Das klang hartherzig, aber es war nun mal ihr Job.

»Heute Abend kochen noch einmal alle vier Kandidaten«, fuhr Irene fort. »Danach scheidet einer aus. Wir haben uns für die Eifel entschieden.«

»Moment mal«, fragte ich in die Runde. »Stimmen denn nicht die Zuschauer ab?« Ich wollte es auch noch einmal von Windland selbst erfahren.

»Haben Sie den Vertrag noch immer nicht gelesen?«, sagte die schroff.

»Nein.«

Irene erklärte es mir. »Die Zuschaueranrufe brauchen wir für die Zusatzeinnahmen. Die erste Entscheidung, wer fliegt, treffen die Gäste vor Ort. Und natürlich Windland.« Sie wies mit dem Kinn in deren Richtung. »In den nächsten Tagen planen wir, noch einige Promis einzuspannen. Deren Stimme zählt dann natürlich doppelt.«

Die Art, wie sie mit mir sprach, missfiel mir immer mehr. Deshalb sagte ich: »Ich bin sicher, dass es euch gelingen wird, alles nach eurem Gusto hinzubiegen.«

»Ich finde es höchst pietätlos, über diese Dinge zu reden, während nebenan ein Mensch mit dem Tode ringt«, schaltete Duffy sich ein.

In Gedanken musste ich ihm sogar recht geben. Die Gräfin, die sich inzwischen wieder etwas beruhigt hatte, schluchzte erneut auf.

»Wir werden heute Abend natürlich auf Sendung gehen«, erklärte Irene weiter. »So grausam es auch klingt, aber der Unfall wird uns noch höhere Einschaltquoten bescheren. Mit der Sendung gestern lagen wir bereits ganz vorn im Vorabendprogramm. 25,4 Prozent Marktanteil sprechen eine deutliche Sprache. Tendenz steigend. Bei den Vierzehn- bis Neunundvierzigjährigen sieht es sogar noch besser aus ...«

»Und ich habe eine gute Nachricht mitgebracht«, sagte Windland. »Es sieht so aus, als würde unsere Heiligabendsendung kurzfristig ins Hautprogramm gehievt. Das bedeutet Topwerbeeinnahmen!«

Die TV-Leute jubelten. Duffy verzog das Gesicht. Und jetzt reichte es auch mir. »Wie wär's mit etwas Respekt gegenüber der Verletzten? Eure Geschäfte sind zum Kotzen.«

Ich hatte das Gefühl, als würde sich ein eiserner Vorhang zwischen uns senken. Windlands Crew auf der einen Seite, die

Gräfin, Duffy, Ollie und ich auf der anderen. Vergeblich suchte ich Irenes Blick. Sie wich mir aus.

»Sie haben ja recht.« Ausgerechnet Windland schlug einen versöhnlichen Ton an. »Das Wichtigste ist, dass Sie, Frau Maier, wieder mit ins Boot kommen. Sie und Ihre beiden Lieblinge sind nun mal die Stars der Sendung.«

Ich war erstaunt, wie schnell Windland Kreide fressen konnte.

»Ich werde meinen Platz einnehmen«, sagte die Gräfin würdevoll, und ich blickte sie überrascht an. »Ich möchte nicht, dass noch jemand für mich den Kopf hinhalten muss.«

»Damit haben wir das auch geklärt«, sagte Windland. »In Anbetracht der Tatsache, dass heute Abend die Berichterstattung auf der Action liegt, lautet die kulinarische Aufgabe, einen Eintopf zu kochen. Das schaffen Sie!«

»Natürlich schaffe ich das!«, sagte die Gräfin und rümpfte die Nase.

Windland blaffte Irene an: »Schaff mir Gregory her! Wir müssen alles festhalten, was hier passiert!«

Irene setzte sich in Bewegung.

»Moment!«, sagte ich und schaute dabei Windland an. »Zunächst sollten wir der Polizei zur Verfügung stehen. Herr Decarli hat sicherlich einige Fragen an Sie.«

In dem Augenblick betrat Norbert den Raum. Seine Miene verhieß nichts Gutes.

»Die Verletzte schwebt in Lebensgefahr. Da die Umstände des Einsturzes nicht geklärt sind, muss ich Sie alle bitten, sich zu unserer Verfügung zu halten. Meine Kollegen werden gleich eintreffen.«

Die Reaktion auf Norberts Rede war verhalten. Allein Fee stöhnte: »Na dann Prost Mahlzeit ...«

Norbert schaute sie scharf an und hakte augenblicklich nach: »Wie meinen Sie das?«

Fee wirkte plötzlich wie ein verängstigtes Reh. Sie duckte sich und sagte kleinlaut: »Nichts, es ist nur wegen der Sendung.«

Ich klärte Norbert auf. Offensichtlich hatte er die letzten Tage nicht ferngesehen. Von der Sendung *Action Dinner* hatte er noch keinen richtigen Eindruck gewinnen können.

Schließlich winkte er mich hinaus und führte mich zurück in die Küche. Dabei stöhnte er: »Was sind das nur alles für Leute?«

»Die sind vom Fernsehen.«

In der Küche waren die Sanitäter gerade dabei, mithilfe der Polizisten die Verletzte vorsichtig auf eine Trage zu legen.

»Wann wird der Hubschrauber eintreffen?«, erkundigte sich Norbert.

Der Sanitäter sah auf seine Armbanduhr. »Ich schätze, in zehn Minuten. Wenn wir Glück haben und nichts dazwischenkommt. Das Wetter ist zum Glück auf unserer Seite.«

Norbert nickte. Dann nahm er mich beiseite und sagte: »Ich will dir etwas zeigen.« Er wies auf den Balken, der die Frau fast erschlagen hätte. »Fällt dir was auf?«

Ich ging in die Hocke, wobei ich mich bemühte, möglichst nichts zu berühren. Schließlich erkannte ich, was Norbert meinte. »Die Kanten sind völlig glatt. Jemand hat den Balken durchgesägt!«

»Durchgesägt und wieder eingesetzt.« Nun ging auch er in die Hocke. Auf der Unterseite des Balkens war ein Nagel eingeschlagen. Darin hing ein vielleicht zwanzig Zentimeter langer Nylonfaden. Man bemerkte ihn erst, wenn man unmittelbar davorstand.

»Was hat das zu bedeuten?«, fragte ich verblüfft. Ich konnte mich nicht erinnern, dass an dem Nagel irgendetwas gehangen hatte. Den Nagel selbst hätte ich natürlich übersehen können. So oft war ich ja nicht in der Küche gewesen.

»Der Nylonfaden ist an der Stelle gerissen. Ich bin sicher, dass wir das andere Stück auch noch finden werden. Das überlasse ich der Spurensicherung. Wahrscheinlich liegt es hier irgendwo. Es wird einige Meter lang sein. Und es ist nicht mehr dort befestigt, wo es war, als der Balken herunterkam.«

Allmählich begriff ich. »Du meinst, mithilfe des Nylonfadens wurde das lose Balkenstück im entscheidenden Moment heruntergezogen?«

»Das eine Ende wurde an dem Nagel befestigt, das andere hat jemand in der Hand gehalten. Vielleicht war es auch an irgendeiner anderen Stelle befestigt, und dann musste der Täter nur noch kurz daran ziehen, damit alles herunterkam. Entscheidend war, dass er so stand, dass es unauffällig vonstatten ging. Und dass die Lichtverhältnisse so waren, dass der Nylonfaden möglichst nicht zu sehen war ...«

Ich musste an Tobi denken. Für das Licht war *er* verantwortlich. Die Jalousien waren halb heruntergezogen. Wahrscheinlich deshalb, damit kein Tageslicht hereinfiel und die Aufnahmen besser abgestimmt werden konnten.

»Wer war alles hier in der Küche?«, wollte Norbert wissen.

»Ich kann dir sogar aufzeichnen, wo jeder gestanden hat«, sagte ich und kam mir vor, als hätte ich einen Fleißpunkt verdient. Augenblicklich ruderte ich zurück. »Na ja, ich müsste erst mal genau überlegen ...« Aus irgendeinem Grunde war es mir wichtig, meine Beobachtungen zunächst einmal für mich selbst einzuordnen.

Er sah mich verärgert an. »Was denn nun?«

»Der Hubschrauber ist im Anflug«, verkündete einer der Sanitäter, und jetzt hörte ich auch das lauter werdende Schrappen der Propeller.

Wir machten Platz, und für den Moment war das heikle Thema vom Tisch.

Ich wich zurück und drückte mich gegen den Kühlschrank. Da sah ich etwas Blaues in der Ritze auf dem Boden zwischen Kühlschrank und Arbeitsfläche. Zweifellos gehörte es dort nicht hin.

Es war ein blauer Reifen.

War es derselbe Plastikreifen, den ich in meiner Wohnung vergeblich gesucht hatte?

So unglaublich es auch schien ... Aber genauso unglaublich war es, dass hier plötzlich ein zweiter auftauchte.

Norbert war meinem Blick gefolgt.

Als ich auf die Knie ging, um den Reifen zu begutachten, schrie er mich an: »Nichts anfassen!« Ich zuckte zusammen. »Entschuldige«, sagte er. »Ich wollte dich nicht erschrecken.«

Das tat er dann aber doch, indem er hinzufügte: »Hast du etwas dagegen, wenn sich die Spurensicherung gleich mal deine Wohnung vornimmt?«

16.

Gegen Nachmittag fing es an zu schneien. Es war der erste Schnee im Jahr. Wären wir noch Kinder gewesen, wären wir jetzt hinausgelaufen und hätten mit den Schneeflocken um die Wette getanzt.

Aber wir waren ja erwachsen. Und beinahe war ein Mord geschehen. Der Gedanke, dass sich in unserem Haus ein möglicher Mörder befand, belastete uns alle.

»Jetzt fängt es auch noch an zu schneien«, sagte Ollie. Er blickte hinaus auf den Hof.

Norbert hatte uns gebeten, den Raum nicht zu verlassen. So harrten die Gräfin, Ollie, Duffy und ich im Salon aus. Die Filmcrew hatte man in den Gastraum gesetzt.

Die Tür ging auf, und Norbert kam herein. Er sah nicht sehr freundlich aus. Alle schienen sich unwillkürlich zu ducken. Auch ich war mir nicht mehr sicher, ob er mir nicht im nächsten Moment Handschellen anlegen würde. Und sei es nur, um seinen Frust abzubauen.

»Kommst du mal mit?«, wandte er sich an mich. Es klang wie ein Befehl.

»Wenn du meine Hilfe brauchst, gern.«

»Hör auf«, knurrte er. »Das Leben an sich ist schon ein schlechter Scherz.«

»Dein Leben vielleicht.«

»Hm, deines sieht im Augenblick aber auch nicht sehr rosig aus. Also?«

Ich stand auf und folgte ihm. Er führte mich in die Küche. Frauen und Männer in weißen Overalls suchten akribisch nach verwertbaren Spuren. Ein Tatort war für mich nichts Neues. Neu war, dass er sich in meiner unmittelbaren Umgebung befand. Ich kam mir vor wie in einem surrealistischen Film. Der große alte Herd, der riesige Kühlschrank, die deckenhohen Regale, vollgestellt mit Töpfen, Pfannen, Schüsseln, Blechdosen und Gewürzgläsern, schienen ihrer eigentlichen Funktion entrückt und bildeten die Requisiten für ein schreckliches Schauspiel. Der schwarz-weiße Fliesenboden roch nach Putzmittel. Doch vor meinem geistigen Auge war er mit Blut besudelt.

Norbert ließ mich auf einer Sitzbank Platz nehmen. Sie befand sich im hinteren Teil der Küche. Hier war der einzige Ort, an dem etwas Ruhe herrschte. Er selbst setzte sich mir gegenüber, sodass die Weißgekleideten aus meinem Blickfeld verschwanden.

Norbert wirkte immer noch sehr ernst. »Seit ein paar Minuten ist eine neue Situation eingetreten. Anna Lechna ist an ihren Verletzungen gestorben.«

»Anna Lechna, die Doppelgängerin der Gräfin?«

Norbert nickte. »Wenn man's genau nimmt, sah sie der Gräfin nicht gerade verblüffend ähnlich.«

Er schob mir eine Set Card hin. Die zeigte das Porträt einer Frau. Ich schätzte sie auf Mitte sechzig, obwohl sie viel jünger wirkte. Sie hatte strohblonde Haare. Die Augen blitzen unternehmungslustig. Die vollen Lippen deuteten ein Lächeln an.

Jetzt war sie tot.

»Was ist? Du schaust so versonnen. Kennst du sie?«

Ich schüttelte den Kopf. »Nein, ich mache mir nur gerade Gedanken über die Vergänglichkeit an sich.«

»Siehst du: Genau das ist der Unterschied zwischen uns beiden. Ich habe nämlich gar keine Zeit, mir Gedanken zu machen.«

»Ist das Deduzieren nicht deine Aufgabe?«

»Das Deduzieren ist mit Sherlock Holmes und Derrick ausgestorben. Heute zählen nur noch eindeutige Beweise. Und genau deswegen sitzt du hier mit mir am Tisch. Vielleicht gibt es ja etwas Entscheidendes, was wir mit unseren Mitteln übersehen.«

Wenn er wirklich darauf setzte, tat er mir leid. Meine bisherigen bescheidenen Erfolge beruhten auf Zufall – weil mir beim Nachgrübeln ein paar Ungereimtheiten aufgefallen waren.

»Kann ich einen Kaffee haben?«, fragte ich.

»Ich kann dir einen aus meiner Thermoskanne anbieten. Der ist von heute Morgen.«

»Von mir aus kann er auch von gestern sein. Außerdem muss ich mal mit Luna um den Block.«

»Um Luna hat sich schon eine Kollegin gekümmert, keine Sorge.«

Er stand auf und holte seine Aktentasche. Daraus zog er eine verbeulte Thermoskanne hervor. Der Becher war benutzt. Er goss den Rest des Kaffees aus der Kanne hinein und schob ihn mir hin.

Der Kaffee war lauwarm und schmeckte bitter.

»Hat deine Frau den gekocht?«, fragte ich.

»Nein. Ich selbst.« Einen Moment lang ließ er die Maske des rauen Cops fallen. Sein Gesicht wirkte alt, grau und müde. »Dieser ganze private Scheiß frisst mich auf.«

Noch bevor ich etwas erwidern konnte, wurde er wieder dienstlich. »Also, wir haben ermittelt, dass Anna Lechna Schauspielerin und Sängerin ist und ursprünglich aus Polen stammt. Sie ist seit fünf Jahren in Deutschland, hat aber zum Schluss keine feste Anstellung mehr gefunden. Man konnte sie für alles Mögliche buchen: Galas, Events, private Geburtstage, Kaffeefahrten ... und eben als Double: Queen Elizabeth und Agnes Windeck zum Beispiel.«

»Wer kennt denn noch Agnes Windeck?«, fragte ich.

»Ich fand sie in den Edgar-Wallace-Filmen grandios: *Der Zinker*, *Der Hund von Blackwood Castle* ... Dabei sieht Anna Lechna der Gräfin nicht besonders ähnlich.«

»Obwohl ich selbst darauf reingefallen bin, als ich sie von meinem Fenster aus über den Hof habe gehen sehen.«

»Von Weitem schon. Aber aus der Nähe hättest du den Unterschied bemerkt. Als der Unfall passiert ist, waren nur Leute vom Fernsehen dabei. Die kannten die Gräfin nicht so wie ihr. Außerdem war es abgedunkelt. Keinem ist der Unterschied aufgefallen. Jedenfalls hat Anna Lechna ihren letzten Auftritt mit dem Leben bezahlt. Ollie hat sie gebucht. Und jetzt wird es interessant: über die Agentur, die einer anderen Toten gehörte – Effie Beck. Ist das nun Zufall, oder steckt etwas anderes dahinter?«

»Und das willst du ausgerechnet von mir wissen?« Ich trank einen weiteren Schluck von der bitteren Brühe.

Er winkte einen der weißen Marsmenschen heran. Offensichtlich hatte er sich vorher mit ihm abgesprochen. Der Weißgekleidete legte zwei durchsichtige Plastikbeutel auf den Tisch.

»Nur zur Erinnerung, dass du nicht aus dem Schneider bist.« Er zeigte auf den linken Beutel. »Das ist der Reifen, der an dem Nylonfaden befestigt war, mit dessen Hilfe der Balken heruntergezogen wurde. Es muss natürlich noch untersucht werden, ob das überhaupt technisch möglich war. Die Experten hier halten es nicht für ausgeschlossen. Der Nylonfaden ist ungewöhnlich stark und reißfest. Es handelt sich wahrscheinlich um eine Angelschnur.«

»Aber warum hängt der Reifen daran?«

»Tja, vielleicht ist der Mörder ja wahnsinnig. Vielleicht will er uns damit irgendetwas sagen. Oder uns einfach in die Irre führen. Ich habe keine Ahnung.«

Er zeigte auf den rechten Beutel: »Das ist die Clownsfigur, die wir bei dir gefunden haben.«

Also hatten sie meine Wohnung schon auf den Kopf gestellt.

»Es könnte der passende Reifen sein«, gab ich zu. Er war blau, genau wie der, den ich vermisste. Ich hatte ja keinen Hehl daraus gemacht, dass ich ihn nicht wiedergefunden hatte. »Muss aber nicht.«

»Das werden unsere Experten im Labor schon herausfinden. Da es ein paar Tage dauern wird, stehst du quasi unter Generalverdacht.«

»Jetzt mach aber mal halblang!«

Norbert rang sich tatsächlich ein Lächeln ab. »Jetzt kriegst du einen Schreck, was?« Dann fuhr er ernst fort: »Du warst als Erster am Tatort. Abgesehen von den Leuten vom Fernsehen. Du hast angedeutet, dass du dir alles genau eingeprägt hast. Ich werde gleich mit einigen sprechen, und ich möchte, dass du dabei bist.«

»Bei den Verhören?«

»Es sind vorab Gespräche«, betonte Norbert. »Ich will mir ein Bild von den Leuten machen. Die Vernehmungen finden in den nächsten Tagen im Präsidium statt. Also: Bist du dabei?«

Ich nickte. »Ich habe ja wohl keine andere Möglichkeit, oder?«

»Sehr gut! Wo haben wir hier unsere Ruhe?«

Ich musste nicht lange überlegen. »In der Bibliothek. Dort stört dich niemand. Allerdings solltest du vorher die Gräfin um Erlaubnis bitten.«

»Erledige du das für mich.« Er sah auf die Uhr. »In fünf Minuten erwarte ich dich und deinen Freund Ollie dort.«

Ollie saß zusammengesunken auf seinem Stuhl. Norbert ließ uns schmoren.

»Das ist alles meine Schuld«, jammerte Ollie. Ich hatte ihn über den Tod Anna Lechnas informiert.

Ich war sein Gejammer leid. Daher sagte ich mitleidlos: »Natürlich trägst du eine Mitschuld.«

Er sah mich entsetzt an. »Glaubst du wirklich?«

»Du verheimlichst etwas, das sehe ich dir an.« Außerdem hatte Windland gewisse Andeutungen gemacht, die mich beschäftigten.

Ollie wurde noch kleiner auf seinem Stuhl. Schließlich sagte er stockend: »Es geht um das Geld, das ...«

Die Tür wurde aufgerissen, und Norbert kam herein. Ollie verstummte augenblicklich. Norbert setzte sich uns gegenüber auf das Sofa. Im Gegensatz zu dem Sitzmöbel sah er nicht sehr gemütlich aus. Ohne Umschweife kam er zur Sache.

»Anna Lechna ist ihren Verletzungen erlegen. Ich nehme an, das hat Moritz Ihnen schon erzählt. Jedenfalls ist die Situation jetzt eine andere als noch vor wenigen Stunden. Wir suchen jetzt einen Mörder. Sie haben die Tote engagiert. Warum?«

»Die Tote?« Ollie schaute entsetzt. Hilfe suchend sah er mich an. »Ich habe doch keine Tote engagiert.«

»Als sie noch lebte«, half ich ihm. Normalerweise verstand er Deutsch perfekt – außer wenn er völlig durch den Wind war. So wie jetzt.

Dann berichtete er Norbert alles, was er auch schon mir erzählt hatte. Dass die Gräfin sich aus verletztem Stolz geweigert hatte, weiter mitzuspielen. Dass er daraufhin keinen anderen Ausweg gesehen habe, als eine Doppelgängerin zu engagieren.«

»Kannten Sie Frau Lechna?«

»Wie meinen Sie das?«

»Sind Sie Ihr vorher schon einmal begegnet?«

»Begegnet?«

»Jetzt spielen Sie nicht den Begriffsstutzigen!«, herrschte Norbert ihn an.

Ollie riss sich sichtlich zusammen, als er weitersprach. »Ich habe die Sache telefonisch geregelt. Im Branchenbuch stand nur eine einzige Doppelgänger-Agentur. Die habe ich angerufen und mein Problem geschildert. Ich musste ihnen ein Foto von Tante Liz schicken. Ein paar Stunden später haben sie mich angerufen und mir gesagt, dass sie jemanden vorbeischicken.«

»Wer genau hat angerufen?«

Ollie zog die Stirn kraus. »Ein Mann. Den Namen konnte ich mir gut merken, weil er englisch klang. Ich dachte erst, es wäre ein Landsmann, aber dann …«

»Mackensen. Kai Mackensen«, erklärte ich Norbert, weil Ollie nicht zur Sache kam.

»Du kennst ihn?«

Ich nickte und erzählte Norbert von meinem Besuch dort. »Ich halte ihn für einen zwielichtigen Burschen. Nicht Fisch, nicht Fleisch. Aber wie ein Mörder kam er mir nicht vor.«

»Den wenigsten sieht man das an.«

»Darf ich jetzt gehen?«, fragte Ollie zaghaft.

»Nein!«, donnerte Norbert, sodass Ollie erneut zusammenzuckte.

»Übertreib mal nicht«, bat ich Norbert. Ich wusste, wie sensibel Ollie war.

Norbert legte beide Handflächen zusammen, schloss die Augen und brummte ein lang gezogenes »Ooommm«.

»Mr Dickens, wo waren Sie, als der Balken herunterkam?«

»Wir waren doch zusammen im Schlafzimmer von Tante Liz. Ich, Moritz, Tante Liz und Duffy.«

»Duffy nicht«, berichtigte ich. »Duffy hat Tee gekocht.«

Ollie runzelte die Stirn. Noch während er angestrengt nachdachte, schoss Norbert die nächste Frage ab: »Wann haben Sie Ihre Angel zuletzt benutzt?«, fragte er wie aus der Pistole geschossen.«

»Wie bitte?«

Norbert schlug mit der Faust auf den Tisch. »Noch einmal ein ›Wie bitte‹, und wir unterhalten uns mithilfe eines Dolmetschers!«

»Oh ja, sehr gern.«

»Aber nicht hier, sondern auf dem Revier!«

»Auf dem Revier? Sie wollen jagen?«

Ollie war wirklich neben der Spur.

»Ollie hat keine Angel«, kam ich ihm zu Hilfe.

»Stimmt, ich esse nur Fleisch.«

»Wir haben in Ihrer Wohnung eine Angel gefunden. Die Schnur scheint identisch zu sein mit der, mittels derer auch Frau Lechna ermordet wurde. Danke. Sie können jetzt wieder zu den anderen gehen. Schicken Sie mir die Vogelscheuche von Butler herein.«

Ollie sprang auf, aber ich hielt ihn zurück. »Moment mal«, sagte ich, zu Norbert gewandt. »So geht das nun auch wieder nicht. Was ist mit der Angel? Ollie hat bestimmt keine. Jedenfalls hat er noch nie geangelt. Soweit mir bekannt ist, zumindest.«

Ich geriet ins Stammeln und merkte selbst, dass ich mit jedem weiteren Satz die Verteidigung weiter einschränkte.

»Ich habe keine Angel, und ich esse keinen Fisch!«, bestätigte Ollie trotzig.

»Wir werden das untersuchen. Die Angel ist bereits auf dem Weg ins Labor.«

Ollie war schon auf dem Weg zur Tür, als mir noch etwas einfiel: »Du wolltest mir noch etwas sagen, vorhin, bevor Norbert reinkam.«

»Ich fürchte, ich habe es vergessen«, sagte er hastig. Dann flüchtete er hinaus.

Nachdem er die Tür geschlossen hatte, stellte Norbert fest: »Der war es nicht, ich weiß. Und trotzdem hat er was zu verbergen.«

»Ich werde ihm noch mal auf den Zahn fühlen«, versprach ich.

Als Nächstes kam Duffy herein. Als er mich erblickte, bemühte er sich um ein hochmütiges Gesicht, was ihm aber nicht recht gelang. Auch an ihm waren die Ereignisse nicht spurlos vorübergegangen.

Norbert bat ihn, Platz zu nehmen. Dann begann er mit der Befragung. Viel Neues kam dabei nicht heraus. Duffy gab sich wortkarg. Als die entscheidende Frage kam, wo er sich zum Zeitpunkt des Vorfalls aufgehalten habe, zuckte er kurz zusammen. Dann straffte er sich, sichtlich um Fassung bemüht, und sagte: »Ich war auf dem Weg ins Schlafzimmer der Frau Gräfin, um ihr eine Tasse Tee zu bringen.«

»Das kann ich bestätigen. Wir haben den Schrei gehört, und ein paar Sekunden später stand Duffy in der Tür. Er kann es also nicht gewesen sein.«

Duffy warf mir einen dankbaren Blick zu.

Norbert schnaubte. »Die Schlussfolgerungen überlässt du lieber mir. Vielleicht waren es ja auch mehrere Täter, wer weiß?«

Ich gab zu, dass ich daran noch gar nicht gedacht hatte.

Norbert verabschiedete Duffy. Ebenso wie Ollie schien

auch Duffy heilfroh, wieder von hier wegzukommen. Ich fragte mich, ob das wirklich nur an Norbert lag oder ob das schlechte Gewissen die beiden plagte.

»Der war's auch nicht«, stellte Norbert fest, nachdem Duffy die Tür hinter sich geschlossen hatte.

»Hast du denn was anderes erwartet? Du kennst Ollie und Duffy doch jetzt auch schon eine ganze Weile. Ich lege meine Hand für die beiden ins Feuer.«

»Verbrenn sie dir bloß nicht«, sagte Norbert.

Dann wollte er von mir mehr über die Fernsehleute wissen, vor allem über deren Privatleben. Ich zuckte jedes Mal die Achseln. Schließlich sagte ich: »Da kann ich dir kaum weiterhelfen. Ich bin denen ziemlich aus dem Weg gegangen.«

»So? Mir hat man da was anderes erzählt: von wegen ›aus dem Weg‹ gehen. Du sollst jetzt allabendlich auf der Mattscheibe zu sehen sein.«

»Unfreiwillig«, knurrte ich. »Höchst unfreiwillig.« Ich erzählte ihm, warum ich mitmachte. Weil die Gräfin und Ollie pleite waren und die einzige Hoffnung die Aussicht auf den Gewinn war.

Norbert stand auf und ging in der Bibliothek auf und ab. Draußen schneite es jetzt heftiger. Dicke Flocken trieben gegen die bleiverglasten Fenster der Bibliothek.

»Hoffentlich komme ich heute hier noch weg.« Er griff in die Hosentasche und holte eine zerknitterte Packung Reval hervor. Er zündete sich eine Zigarette an und sog den Rauch tief ein.

»Du rauchst wieder«, stellte ich fest.

»Es beruhigt.« Er sah sich nach einem Aschenbecher um.

Ich bemerkte seinen Blick und sagte: »Die Gräfin duldet keine Raucher. Wenn sie dich jetzt sähe, würde sie dich hochkantig hinauswerfen.«

»Prima, dass du mir das erst jetzt sagst.« Er öffnete eines der Fenster. Schnee stob herein. Er schnippte die Zigarette hinaus und schloss das Fenster rasch wieder. Auf dem Parkett schmolzen die Flocken zu kleinen Tropfen.

Es klopfte.

»Herein!«, bellte Norbert und blickte zur Tür.

Es war Irene. Sie bedachte mich mit einem forschenden Blick, dann wandte sie sich an Norbert. »Haben Sie einen Moment Zeit zwischendurch?«

»Immer. Wollen Sie eine Aussage machen?«

»Nein, ich wollte Sie fragen, ob wir heute noch auf Sendung gehen können.«

Norbert überlegte einen Augenblick sehr ernsthaft. Dann sagte er: »Ich fürchte nicht. Zumindest die Küche ist Sperrgebiet. Die Spurensicherung ist noch dabei, den Tathergang zu untersuchen. Es kann noch ein paar Tage dauern, bis die Küche wieder freigegeben wird.« Er wies auf den Sessel. »Aber da Sie schon mal hier sind, setzen Sie sich doch, Frau Nachtigall.«

Sie kam seiner Bitte nach. »Haben wir nicht schon Bruderschaft miteinander getrunken?«

»Dienst ist Dienst ...«

»Ich weiß, und Schnaps ist Schnaps.« Abermals traf mich ihr Blick.

Norbert nahm ihr gegenüber Platz. »Das ist kein Verhör. Ich will Ihnen nur ein paar Fragen stellen, keine Angst.« Seine lässige Haltung unterstrich seine Worte.

»Ich habe keine Angst. Sehe ich so aus?« Wieder warf sie mir einen Blick zu.

»Ich habe Moritz gebeten, bei den Gesprächen dabei zu sein. Außerdem kennt er sich gut aus hier.«

»Ich weiß.«

»Gut, dann möchte ich Ihnen gleich zu Anfang die wichtigste Frage stellen: Wo waren Sie, als der Balken herunterkrachte?«

Sie schlug die Beine übereinander und verschränkte die Arme. »Ich verstehe noch immer nicht, wie das passieren konnte. Wieso ist es wichtig, wo ich war? Es war doch ein Unfall, oder nicht?« Als Norbert nicht gleich antwortete, sah sie mich an. »Oder etwa nicht?«

»Wir ermitteln noch«, sagte Norbert rasch.

Ich nickte.

»Na gut«, sagte Irene. »Wo ich war, wollen Sie wissen? Ich war in meinem Zimmer und habe an der Konzeption für die nächsten Tage gearbeitet. Als ich den Lärm hörte, bin ich nach unten gegangen. Aus Neugier. Zu dem Zeitpunkt dachte ich noch nicht, dass so etwas Schreckliches passiert ist. Die arme Frau. Hoffentlich ist sie bald wieder gesund.«

»Hat jemand Sie aus Ihrem Zimmer kommen sehen?«

»Ja, Gregory. Glaube ich zumindest. Als ich auf den Flur getreten bin, hat sich seine Tür gerade geschlossen. Ich meine, wir haben uns kurz in die Augen gesehen, aber das weiß ich jetzt auch nicht mehr so genau. Es war zu dem Zeitpunkt ja nicht wichtig. Ich weiß noch, dass ich mich gewundert habe, dass Gregory in sein Zimmer ging und die Tür hinter sich zugemacht hat. Ich meine, er muss den Lärm ja noch viel durchdringender gehört haben ...«

»Moment«, unterbrach Norbert. »Das ist jetzt sehr wichtig, was Sie sagen. Also sah es für Sie so aus, als wäre Gregory draußen auf dem Flur gewesen und in sein Zimmer gegangen, als Sie Ihres verlassen haben?«

»Ja, ich glaube schon. Es kann natürlich auch sein, dass er den Lärm genauso gehört hat wie ich und nur kurz rausgeschaut hat. Danach war es ja wieder still. Warum sollte er also nach unten gehen und nachsehen? Da müssen Sie Gregory am besten selbst fragen.«

»Das werde ich. Vielen Dank. Jetzt wüsste ich noch gerne, was genau Sie hier machen. Aus rein privatem Interesse.«

Ich bezweifelte, dass Irene ihm die Heuchelei abnahm.

»Interessieren Sie sich wirklich dafür?«, fragte Irene prompt. »Den meisten Menschen ist es völlig egal, wie so eine Fernsehsendung entsteht. Aber gut, ich bin offiziell Regie- und Produktionsassistentin. Inoffiziell bin ich, wie die anderen auch, Mädchen für alles. Wir arbeiten für einen kleinen Privatsender, da muss jeder für jeden einspringen können. Hauptsächlich kümmere ich mich aber um die gesamte Vorbereitung, besichtige die Locations, bespreche mit den Leuten den Ablaufplan, tüftle mit Windland die Scripts aus ...«

»Windland ist ...?«

»Die Chefin. Ohne sie läuft nichts. Bei ihr laufen die Fäden zusammen.«

»Hat sie auch einen Vornamen?«

Irene überlegte kurz. Schließlich sagte sie: »Darüber habe ich noch nie nachgedacht. Alle nennen sie nur Windland.«

»Aha.«

»Okay, na dann ...« Irene stand auf, sie wirkte ein wenig unschlüssig. Dann wies sie nach draußen: »Sieht nicht gut aus für Sie. Ich hoffe, Sie haben gute Winterreifen.«

Dann blickte sie mich an. »Hast du heute noch Zeit für mich?«

Ich nickte. »Sobald wir hier fertig sind, okay?«

»Ganz so eilig ist es nicht«, sagte sie lächelnd. »Ich dachte an heute Abend.«

»Auch da.«

Sie verabschiedete sich. Bevor sie hinausging, bat Norbert sie, Gregory hereinzuschicken. Sie versprach es.

Als wir wieder unter uns waren, sagte Norbert: »Davon hast du mir nichts erzählt.«

»Was meinst du?«

»Dass du und diese Nachtigall ...«

»Kein Wort mehr!«, unterbrach ich ihn. »Alles, was du denkst, ist schmutzig und falsch.«

»Ja, bis jetzt vielleicht. Aber so, wie ich das sehe, folgt die Fortsetzung heute Abend. Das Dessert sozusagen.«

»Nur fürs Dessert ist Irene sich zu schade. Und mir auch.«

»Na also, das sind doch schon eindeutige Ansagen, mein Freund. Es wird wirklich Zeit, dass du in feste Hände kommst.«

»Im Gegensatz zu dir, was? Du scheinst es ja sehr eilig zu haben, deiner Familie zu entkommen.«

Es sollte nur ein Ablenkungsmanöver sein, aber Norbert wurde plötzlich sehr schweigsam. Ich hatte einen wunden Punkt getroffen.

Die Stille war bedrückend. Und das beharrliche Rascheln der Schneeflocken gegen das Fenster verstärkte sie noch. Das war unlogisch, aber wahr. Von weit her drangen Stimmen zu uns.

Ich konnte nicht verhindern, dass sich mein Gedankenkarussell wie von selbst in Gang setzte. Ich sah, wie die Verletzte von den Sanitätern abtransportiert wurde. Sah die Gräfin, wie sie schluchzte; in meiner Fantasie sah ich Duffy, der hämisch grinsend an dem Nylonfaden zog und damit den Deckenbalken herabstürzen ließ. Spätestens da merkte ich, dass ich nicht mehr Herr meiner Gedanken war.

Ich hielt das Karussell an, besetzte es neu. Diesmal mit Irene. Eine Weile dachte ich über das nach, was sie Norbert erzählt hatte. Ich fragte mich, welcher Teufel mich geritten hatte, dass ich mit ihr eine Beziehung anfangen wollte. Sie war mit ihrer Arbeit verheiratet. Sie war nicht die Frau, die ich für meinen

Seelenfrieden suchte. Und trotzdem wollte ich sie wiedersehen. Heute Abend.

Die letzte Frau, bei der ich das Gefühl gehabt hatte, es könnte etwas aus uns werden, war Hermine gewesen. Nach sechs Monaten hatte sie in Berlin ein Engagement als Schauspielerin angenommen. Wir hatten uns danach noch zwei Mal gesehen. Das erste Mal hatte sie mich besucht und sich darüber beklagt, wie anonym die Großstadt sei und dass sie bestimmt bald die Nase voll haben würde. Einen Monat später hatte ich sie besucht. Sie wohnte mit zwei schwulen Schauspielerkollegen in einer riesigen Loftwohnung in Neukölln. Die ganze Nacht über zog sie mich begeistert von einer Kneipe in die andere. Als ich mich verabschiedete und sie mich küsste, spürte ich, dass wir uns verloren hatten.

Es klopfte, und ich kehrte mit meinen Gedanken wieder in die Gegenwart zurück. Eine der Spurenspezialistinnen betrat die Bibliothek. Sie hatte die Kapuze zurückgeschlagen. Das feuerrote kurze Haar passte zu ihrem gebräunten Gesicht. Es sah nicht so aus, als hätte sie sich die Bräune unter der Höhensonne zugelegt. Wahrscheinlich war sie vor Kurzem in Urlaub gewesen.

»Störe ich? Oder kann ich dir mal kurz was zeigen, Norbert?«

»Klar doch, Sabine.«

Norbert nickte und gab mir mit einem Wink zu verstehen, dass ich mitkommen sollte.

Die mit Sabine Angesprochene ging hinaus, und wir folgten ihr.

In der Küche sah es so aus, als hätten die Experten ihre Arbeit beendet. Sie standen stumm um den Herd herum und schauten zu Boden auf die schwarz-weißen Kacheln. Als wir näher kamen, machten sie Platz.

Der Herd war von der Wand weggerückt worden. Dort auf dem Boden lag ein Teil, das aussah wie ein Minirasenmäher mit einer Kurbel daran.

»Wir haben den Herd weggeschoben, weil es uns komisch vorkam, dass er ein ganzes Stück von der Wand entfernt stand. Dahinter haben wir das entdeckt«, sagte Sabine.

»Und was ist das?«, fragte Norbert. Offensichtlich war er genauso ahnungslos wie ich.

»Eine Angelrolle«, sagte einer der Spurensicherer. Er hatte einen riesigen Schnauzer. »Aber keine normale. Ich habe so eine Rolle mal in Schweden benutzt. Es handelt sich um eine elektrische Multirolle. Die werden speziell für die Tiefseeangelei konstruiert. Du kannst damit in Tiefen angeln, in die du sonst nicht vordringen kannst. Diese Motoren verfügen über ganz schön große Kräfte. Normalerweise sind die größer als dieses Teil hier. Scheint sich um eine Miniaturausgabe zu handeln. Ich hatte damals in Schweden einen fünfzig Kilo schweren Otto am Haken. Ich schätze mal, das Ding hier hat eine Einholkraft, die höchstens für einen Karpfen ausreicht. Aber das werden wir rausfinden …«

Norbert betrachte das Gerät mit großer Ehrfurcht. »Seid ihr sicher, dass es keine Bombe ist?«

Nicht nur ich fragte mich, ob er das ernst meinte. Auch die anderen grinsten.

Allerdings sagte der mit dem Schnauzer: »So ganz lächerlich ist dein Einwand gar nicht.« Er ging in die Hocke und zeigte auf die Stelle, unter der der Motor sitzen musste. »Hier dran ist manipuliert worden. Das ist nicht nur eine Angelrolle. Wenn wir das Ding aufschrauben, entdecken wir wahrscheinlich noch etwas ganz anderes darunter.«

Wir sahen ihn alle gespannt an. Als er sich sicher war, dass er unsere ungeteilte Aufmerksamkeit hatte, fuhr er endlich fort:

»Es ist nicht verschraubt. Darunter könnte ein Zeitzünder verborgen sein. Wisst ihr, es macht wenig Sinn, so wie ich das sehe, die Rolle hier hinten abzulegen, wo man sie nicht bedienen kann. Aber wenn jemand den Motor über eine Fernbedienung ausgelöst hat ...«

»Ist das nicht kompliziert?«, fragte ich dazwischen, was mir lauter mitleidige Blicke eintrug.

Die rothaarige Sabine sagte: »So etwas kriegen Sie in jedem Bastelshop. Na ja, zumindest in jedem Elektronikshop. Oder im Internet.«

Der Schnauzbart nickte. »Mit wenigen Handgriffen können Sie heute alles elektronisch regeln. Sogar wenn Ihnen im Urlaub einfällt, dass sie den Klodeckel offen gelassen haben.«

Niemand lachte. Er wies wieder auf die Rolle. »Jemand löst das Ding also aus. Es muss ja nur ein kurzer Ruck sein. Der Balken saß so lose drin, dass es eigentlich ein Wunder war, dass er nicht schon vorher runtergekracht ist. Wahrscheinlich hätte nur einer kräftig niesen müssen. Na gut, das ist jetzt übertrieben. Jedenfalls hat ein Ruck genügt ...« Er stand auf und zeichnete mit dem Zeigefinger nach, wo die Nylonschnur vorher verlaufen sein könnte. »Das ist natürlich alles noch reine Theorie«, schränkte er schließlich ein. »Aber wenn, dann kann zwischen dem Auslösen der Schnur und dem anschließenden Herunterkommen des Balkens kaum mehr als eine Sekunde vergangen sein. Andernfalls hätte jemand den Motor hören müssen.«

Norbert bedankte sich bei dem Team. »Wie lange braucht ihr hier noch?«

Der Schnauzbart sah auf die Uhr. »Das kann jetzt noch länger dauern. Vielleicht wird's auch eine Nachtschicht.«

»Okay, ich knöpfe mir mal die anderen weiter vor.« Er bat

mich, ihm erneut in die Bibliothek zu folgen. »Sag mal, allmählich könnte ich auch einen frischen Kaffee gebrauchen.«

Ich nickte. »Wen verhörst du als Nächsten?«

»Ich verhöre nicht, ich unterhalte mich«, beharrte Norbert. Dann schüttelte er den Kopf. »Weißt du was? Ich komme auf eine Tasse Kaffee zu dir rüber. Ich brauche einen klaren Kopf.«

17.

Als ich uns Kaffee kochen wollte, stellte ich fest, dass ich keine Filtertüten mehr hatte. Und auch der Kaffee war alle. Ich musste sowieso mal wieder einkaufen. Eigentlich verspürte ich auch wenig Lust, weiterhin stummer Beisitzer bei Norberts Befragungen zu sein. Ich konnte noch Einkaufen fahren. Die leere Kaffeedose war ein guter Grund, sich loszueisen. Abgesehen von meinem fast leeren Kühlschrank.

Da fiel mir ein, dass mein Volvo immer noch bei Markkötter in Bad Salzuflen stand. Ich fluchte, weil ich vergessen hatte, dort anzurufen.

Ich erklärte Norbert die Lage. Er verzog das Gesicht schmerzlich. »Wenn ich meinen Koffeinpegel nicht auf einem gleich bleibenden Level halten kann, werde ich nach einer gewissen Zeit unausstehlich.«

Mein Blick fiel auf den Laphroaig, der noch vom gestrigen Abend auf dem Schrank stand. »Dagegen hilft nur Alkohol«, verkündete ich.

Er nickte, und ich spülte die zwei einzigen Whiskygläser, die ich besaß, über dem Waschbecken. Danach schenkte ich uns ein. Norbert sog genießerisch das Aroma ein und schnalzte mit der Zunge. Dann er trank er einen kleinen Schluck.

»Eindeutig besser als Kaffee«, stellte er fest. »Weißt du, wozu ich jetzt Lust hätte? Einfach loszufahren, mich ins *Max* zu setzen und mich volllaufen zu lassen. Stattdessen muss ich hier die Stellung halten und darauf warten, dass vielleicht endlich einer den Mund aufmacht. Das Kino heute kann ich vergessen.«

Ach so, da war ja noch was. Seine neue Flamme. Eigentlich wollte ich gar nichts darüber wissen. Mir taten seine Frau und seine Kinder leid. Außerdem wollte ich nicht riskieren, dass er sich wieder aufregte.

Aber er redete von selbst weiter. »War sowieso nichts für mich. Ich wäre gern in *Zwei vom alten Schlag* gegangen, den neuen Boxerfilm mit Stallone gegen De Niro.«

»Und warum tust du es dann nicht?«

»Sie will lieber in den *kleinen Hobbit*. Kannst du dir so einen öden Scheiß vorstellen? Ich meine, ich bin doch keine zehn mehr.«

»Du bist aber auch keine zwanzig mehr. Oder dreißig. Wen interessieren denn noch Stallone und De Niro?«

»Hast auch wieder recht«, brummte er.

Ich ließ mir den Laphroaig auf der Zunge zergehen und dachte an den gestrigen Abend. Es war wesentlich prickelnder gewesen, den Malt-Whisky mit Irene zu genießen als mit Norbert.

»Darauf noch einen Schluck Malt!«, sagte ich und prostete ihm zu.

Norbert nickte. »Kann nicht schaden. Gleich kommen noch die ganz harten Nüsse.«

»Du meinst Windland?«

»Die auch. Aber vor allem meine ich Lisa Maier, eure Frau Gräfin.«

»Aber die ist doch das potenzielle Opfer!«

»Ja, aber warum? Das soll sie uns jetzt mal erzählen.«

18.

Die Gräfin hatte viel zu erzählen. Doch sie redete um den heißen Brei herum. Dass sie im Bett gelegen und von allem nichts mitbekommen habe. Und wie schwierig es doch sei, in Zeiten wie diesen ein so großes Anwesen zu erhalten. Nur deswegen habe sie überhaupt die fürchterlichen Fernsehleute ins Haus gelassen. Schließlich sagte sie, sie könne nicht mehr länger zur Verfügung stehen, weil ihre Möpse Hunger hätten. Norbert ließ sie abführen, die Möpse.

Die Gräfin warf mir einen Blick zu, der einerseits Empörung ausdrückte, andererseits aber um Beistand warb. Ich hob bedauernd die Arme.

Nachdem die Möpse fort waren, fragte Norbert: »Wo waren Sie eigentlich zum Zeitpunkt des Unfalls?«

»Was für ein Unfall? Ich hatte keinen Unfall. Da müssen Sie mich verwechseln.«

Norbert platzte diesmal schon gleich zu Anfang der Kragen. »Was für ein Unfall? Ja, was für ein Unfall denn wohl? Es geht um den Unfall Ihrer Doppelgängerin.«

»Doppelgängerin?«

Norbert vergrub den Kopf in den Armen. »Wie hältst du das nur aus mit diesen Irren hier?«, schimpfte er.

»Moritz hält es sehr gut aus hier!«, sagte die Gräfin. Diesmal schien sie genau verstanden zu haben, denn sie setzte eine sehr abweisende Miene auf.

»Die Frage ist doch nur rhetorisch«, versuchte ich zu vermitteln. »Ollie und ich können bezeugen, wo Sie sich aufgehalten haben.«

»Im Bett«, sagte sie schließlich. »Ich lag in meinem Bett. Es ziemt sich nicht für einen Gentleman, danach zu fragen. Aber *die* Zeiten sind ja wohl vorbei.« Sie bedachte Norbert mit einem verächtlichen Blick.

»Das habe ich dir doch schon erzählt«, sprang ich ihr bei.

Dennoch ließ Norbert sich alles noch einmal haarklein erzählen. Als ich schilderte, wie sie mich zu sich gebeten hatte, hakte er ein.

»Sie waren also eine ganze Weile allein in Ihrem Zimmer.«

»Nur meine beiden Lieblinge haben meinen Kummer gelindert, jawohl. Und als der Unfall passierte, lag ich in meinem Bett.«

Damit schien die Sache für sie erledigt. Sie war im Begriff aufzustehen.

»Tststs.« Mit drei scharfen Zischlauten hieß Robert sie wieder Platz nehmen. »Wir sind noch nicht ganz fertig, Gnädigste.«

Ich warf Norbert einen anklagenden Blick zu. Er glaubte doch nicht wirklich, dass sie in den Fall verwickelt war.

»Angeln Sie?«, fragte Norbert unvermittelt.

»Nein, wir beziehen unseren Fisch von einem Händler.«

»Kennen Sie jemanden, der gerne angelt?«

Sie überlegte einen Augenblick. »Den Major«, sagte sie schließlich. »Aber das wollen Sie sicher nicht hören, oder?«

Außerdem war der Major seit drei Jahren tot. Es hieß, dass die Gräfin und der Major in jüngeren Jahren eine leidenschaftliche Liaison gehabt hätten, deren Feuer jedoch schneller erlosch, als es entflammt war. Man munkelte, dies hätte mit einigen esoterisch anmutenden Gepflogenheiten des Majors zu tun gehabt. So glaubte er – typisch britisch – bis ins hohe Alter an Ufos. Die beiden wurden niemals ein Paar, aber zumindest konnte der Major die Gräfin erweichen, dass sie als eine Art Hausvorsteherin mit ihm unter einem Dach wohnte. Das Ganze war inzwischen dreißig Jahre her.

Und vor drei Jahren, als der Major gestorben war, hatte Ollie den Hof geerbt.

Norbert horchte auf. »Das ist ja sehr interessant. Also befindet sich eine Angel hier im Haus?«

»Ja, wahrscheinlich auf dem Dachboden.«

»Wären Sie so freundlich, sie mir zu zeigen?«

Jetzt sahen wir ihn beide entgeistert an. »Sie verlangen doch nicht von einer alten Frau wie mir, dass ich auf dem Dachboden herumkrieche und in dem Staub und den Spinnweben nach einer alten Angel suche?«

»Ob sie so alt ist, werden wir noch sehen«, erklärte Norbert. Er kannte keine Gnade.

»Ich mach das schon«, sagte ich. »Ich schau mich mal da oben um.«

»Ungern«, sagte Norbert. »Dich hätte ich gern hier unten mit dabei.«

»Moritz, gehen Sie auf keinen Fall allein dort hoch. Manche der Bretter sind lose, und einige Dachpfannen auch. Der Major hat sich dort vor vier Jahren das Bein gebrochen. Seitdem hat niemand mehr den Dachboden betreten.«

»Danke für den Tipp. Ich werde Duffy bitten, mich zu begleiten.«

»Wollen Sie sonst noch etwas von mir wissen, junger Mann?«, wandte sich die Gräfin an Norbert.

»Nein, Sie können jetzt gehen. Schicken Sie mir diesen Tobi herein.«

19.

Normalerweise wies ich Duffy in die Schranken, wann immer sich die Gelegenheit bot. Doch diesmal ließ ich ihm gern den Vortritt. Ich trat zur Seite, als er sich damit abmühte, die Trittleiter auszufahren und die darüberliegende Luke zu öffnen. Eine Tonne Staub rieselte auf ihn herab. Das Schwarz seiner Livree färbte sich silbergrau.

»Bitte nach Ihnen«, sagte ich, nachdem er die Leiter arretiert hatte. Er funkelte mich böse an, widersprach aber nicht. Schließlich hatte ihm die Gräfin den Auftrag erteilt, mich hinaufzuführen.

Erst als er oben angekommen war, rief ich: »Alles in Ordnung bei Ihnen, Duffy?«

Als Antwort ertönte vom Speicher ein Hustenanfall, der sich anhörte, als würde Duffy soeben abkratzen. Schließlich brach der Husten jäh ab. Und da kein weiteres Lebenszeichen folgte, tat ich meine Pflicht und sah nach Duffy.

Oben angelangt, blickte ich mich erst einmal um. Ich konnte nicht viel erkennen. Irgendwo in der Dunkelheit bewegte sich ein schwarzer Schatten.

»Sind Sie das, Duffy, oder Ihr Geist?«

Da er noch immer nichts sagte, schaltete ich die Taschenlampe ein, die ich vorsorglich mitgenommen hatte. Kreischende Schatten lösten sich von den Balken und segelten nur knapp an meinem Gesicht vorbei. Dann verschwanden sie in der Dunkelheit. Fledermäuse!

»Sie sind hier offensichtlich unerwünscht«, stellte Duffy boshaft fest.

Im nächsten Moment trat er auf eine lose Dachlatte. Er kam ins Straucheln und ging wie ein Boxer zu Boden. Mit ein paar Schritten war ich bei ihm und half ihm auf.

»Alles in Ordnung mit Ihnen?«

Spinnweben und Schmutz klebten ihm im Gesicht. Jetzt sah er wirklich aus wie ein Gespenst. Statt mir dankbar zu sein, sagte er hochnäsig: »Mal sehen, wer sich als Erstes ein Bein bricht. Jede Wette, dass Sie das sind?«

»Ich wette nicht mit Lohnabhängigen. Sie treibt doch nur die Gier, mal wieder Geld in der Hand zu haben.«

»Unser Auftrag ist, nach der Angel des Majors zu suchen«, sagte Duffy. »Sie brauchen mich nicht daran zu erinnern, dass ich seit Monaten keinen Lohn erhalten habe. Und das ist Ihre Schuld!«

»Meine?« Jetzt war ich völlig platt.

»Jawohl, fragen Sie den jungen Herrn. Er wird es Ihnen erklären.«

Mehr war aus Duffy nicht herauszukriegen. Allmählich reichte es mir, dass alle Welt Bescheid zu wissen schien. Nur ich nicht. Ich nahm mir vor, mir Ollie endlich vorzuknöpfen, sobald ich ihm begegnete.

Unterdessen stapfte Duffy weiter. Die Gräfin hatte gelogen. Nicht *manche* Bodenbretter waren lose. *Alle* waren lose.

»Reicht es nicht, wenn einer von uns sich das Bein bricht?«, sagte ich. »Ich leuchte Ihnen, und Sie suchen nach der verdammten Angel.«

Das letzte Wort meines Satzes ging in einem fürchterlichen Gepolter unter. Duffy schrie auf. Dann herrschte Stille.

Sofort musste ich an den Vormittag denken. An das gewaltige Getöse, als der Balken heruntergekracht war.

An die Stille danach.

An Anna Lechna, die der Schutt unter sich begraben hatte.

Und die nun tot war.

»Duffy!« Ich schrie laut seinen Namen, während ich einfach loslief. Ich achtete nicht mehr auf die losen Latten, die unter meinen Schritten brachen, nicht auf die Spinnweben, die mir übers Gesicht streiften, nicht auf das Gerümpel, über das ich stolperte. Ich dachte nur an Duffy. Nicht noch einen Toten!

Endlich war ich bei ihm. Ich kniete mich hin und rief immer wieder seinen Namen, während ich ihn abtastete. Zumindest fühlte ich kein Blut. Aber vielleicht hatte er sich ja das Genick gebrochen.

Die Taschenlampe hatte ich unterwegs verloren.

»Duffy!«, rief ich verzweifelt. »Kommen Sie zu sich! Ich schwöre, ich werde Sie nie wieder aufziehen! Im Gegenteil, Sie sollen wissen, dass ich Sie insgeheim immer bewundert habe und …«

»Sagen Sie das noch mal!«

»Was?« Ich wäre fast in die Luft gesprungen vor Freude. Er lebte!

»Was?«

»Dass Sie mich bewundert haben.«

»Na ja. Zumindest für Ihre Halsstarrigkeit«, ruderte ich zurück. »Haben Sie sich etwas gebrochen? Sie Idiot! Was mussten Sie auch in der Dunkelheit vorausgehen!«

»Ich würde vorschlagen, Sie machen etwas Licht.«

»Geht nicht, ich hab die Taschenlampe verloren.«

»Ich meine das Deckenlicht. Der Schalter ist gleich neben der Luke.« Duffy klang plötzlich ziemlich kleinlaut.

Einen Moment lang fehlten mir die Worte. Dann brach es aus mir heraus: »Es gibt Licht hier oben? Und Sie Rhinozeros sagen mir das nicht?«

»Ich hatte gehofft, Sie brechen sich sämtliche Knochen«, gab Duffy zurück. Diesmal noch eine Spur kleinlauter. »Natürlich nicht wirklich. Also, ich habe Ihnen das nicht wirklich gewünscht. Es war der kleine Teufel in meiner rechten Gehirnhälfte.«

Ich war baff. Dann sagte ich: »Duffy, wir sollten uns einmal ernsthaft unterhalten. Unter Männern. Wenn Sie verstehen, was ich meine.«

Er nickte. »Ich nehme das Duell an. Da Sie den Handschuh geworfen haben, erlauben Sie mir die Wahl der Waffen?«

»Ich habe eher an einen Whisky gedacht. Aber meinetwegen.«

Ich half ihm hoch, und er nahm meine Hilfe dankbar an.

Dann kroch ich zurück zu der Dachluke und tastete nach dem Schalter. Es handelte sich um einen schwarzen, noch intakten Bakelitschalter. Der gab ein beruhigendes Klicken von sich. Das Licht ging an. Der Dachboden wurde in ein trübes gelbliches Licht getaucht, was ihm ein noch geheimnisvolleres Aussehen verlieh.

Ich ging zurück zu Duffy, der mittlerweile dabei war, die Kartons vom Boden aufzuheben. Dem Klirren nach war einiges zu Bruch gegangen. Es roch verdächtig nach Alkohol.

»Haben Sie hier Ihre geschmuggelten Schnapsvorräte gehortet?«, fragte ich Duffy.

Er schüttelte empört den Kopf. »Das ist kein Schnaps, Sie Banause. Das ist Gin! Sie haben wirklich nicht die geringste Ahnung. Und außerdem bitte ich mir mehr Respekt aus.«

»Vor dem Alkohol?«

»Vor dem Major. Er hat die Anlage gebaut und den Gin gebrannt. Zu jedem Weihnachtsfest bekam ich eine Flasche für meine treuen Dienste.« Er schnalzte mit der Zunge und verdrehte die Augen, als hätte die Erinnerung ihn übermannt. Derart leidenschaftlich hatte ich ihn noch nie gesehen.

Duffy bückte sich erneut. Als er ächzend wieder hochkam, hielt er eine der Flaschen in den Händen. Sie war noch unversehrt.

»Der Major hat sich zeitlebens mit der Vervollkommnung des Gins befasst«, erzählte Duffy weiter. »Er war ständig am Tüfteln, um seine Brennanlage zu perfektionieren.«

Er entkorkte die Flasche und stieß ein wohliges »Aaaah!« aus.

»Ich rieche Wacholder, Koriander, Orange, Ingwer und Muskat …« Er zählte noch ein weiteres Dutzend Gewürze und Obstsorten auf.«

»Lassen Sie mich auch einmal schnuppern«, bat ich.

Er reichte mir die Flasche so vorsichtig, als befände sich vom Papst persönlich geweihtes Wasser darin. »Aber passen Sie auf! Vielleicht ist es die letzte Flasche!«

»Geben Sie schon her!« Ich war neugierig geworden, aber als ich daran roch, nahm ich nur das Wacholderaroma wahr. Sonst nichts. »Ich rieche nur ganz normalen Schnaps«, sagte ich.

»Ihr Geruchssinn scheint nicht sehr ausgeprägt zu sein. Natürlich ist es auch eine Sache der Schulung. Aber etwas müssen Sie doch gerochen haben. Etwas, was diesen Gin zu etwas Einmaligem macht.«

Ich gab dem Schnaps und mir eine zweite Chance. Zumindest glaubte ich jetzt, den Koriander zu riechen.

»Na, immer noch nichts?«, feixte Duffy. Anscheinend machte es ihm einen Riesenspaß, mich zappeln zu lassen.

»Nicht viel.«

»Es ist die Rübe«, sagte Duffy endlich mit Genugtuung. »Der Major war besessen von der Idee, aus den Rüben auf unseren Feldern Gin herzustellen. Er hat bereits ganz Ostwestfalen-Lippe als Gin-Region gesehen. So wie die Insel Islay als Heimat von rauchigem Malt gilt.«

»Wonach riechen denn Rüben?«

»Das ist ja das Geniale! Sie haben kein eigenes Aroma, aber sie sind süß, und Süße ist ideal für die Alkoholherstellung. Es ist zwar eine Sünde, aber ich fürchte, ein Glas werden wir hier nicht finden. Also fangen Sie an. Ich gewähre Ihnen den ersten Schluck. Ausnahmsweise aus der Flasche.«

Es war kalt auf dem Dachboden. Der Wind pfiff durch die Dachpfannen. Da konnte ein Schluck Gin nicht schaden. Ich nippte an der Flasche. Das Zeug des Majors schmeckte gar nicht so übel. Der Gin war unglaublich mild, wahrscheinlich mehrfach gebrannt. Ich nahm einen zweiten Schluck, einen dritten ... Eine wohlige Wärme breitete sich in meinem Magen aus. Schließlich gab ich Duffy die Flasche zurück. Genauso vorsichtig, wie er sie mir gegeben hatte.

»Sie haben recht. Das ist wirklich ein ganz besonderer Tropfen.«

Nachdem auch er davon getrunken hatte, suchten wir nach weiteren heil gebliebenen Flaschen. Umso enttäuschter war ich, als ich nur auf zerbrochene Flaschen stieß. Unsere Ausbeute war mager. Insgesamt fanden wir nur drei weitere unversehrte Flaschen.

Mittlerweile spürte ich die Kälte kaum noch. Trotzdem schlug ich vor, dass wir uns wieder nach unten begeben sollten. Dort war es gemütlicher.

Duffy führte den erhobenen Zeigefinger theatralisch an die Lippen. »Das bleibt unser kleines Geheimnis. Oder wollen Sie mit den anderen teilen?«

Ich überlegte kurz. »Nein, eigentlich nicht. Außerdem ist die Polizei im Haus. Hinterher konfiszieren Sie die Anlage noch. Apropos Anlage: Sollten wir nicht mal schauen, was davon noch heil ist?«

In den nächsten zwei Stunden waren wir damit beschäftigt,

die Kartons zu durchstöbern und die Destillieranlage aufzubauen. Duffy kannte sich erstaunlich gut damit aus. Er gab schließlich zu, dass er dem Major früher oft behilflich gewesen war.

Nur wenige der Kolben waren zu Bruch gegangen.

»Wissen Sie, was das heißt?«, fragte ich Duffy.

Duffy überlegte angestrengt. Sehr angestrengt. Man merkte ihm an, dass er bereits sehr viel von dem Gin verkostet hatte. Schließlich lallte er: »Der Major wäre schtolz auf uns, jawoll! Auf Sie und auf mich!«

»Das auch. Aber es bedeutet, dass wir uns jederzeit weiteren Gin brennen können.«

Duffy rollte die Augen. Dann fuchtelte er mir mit dem Zeigefinger vor dem Gesicht herum und sagte: »Das ist illegal! Jawoll: illegal! Und wir haben das Resssept nich! Aber ich habe eine Idee!«

Ich sah ihn gespannt an. »Nun reden Sie schon!«

»Das Schlafzimmer des Herrn Major!«

»Ja, das könnte gut möglich sein ...«

In dem Schlafzimmer war seit seinem Tod niemand mehr gewesen. Die Gräfin hatte den Schlüssel abgezogen und so dafür gesorgt, dass es bis heute keiner mehr betreten hatte. Einen Grund dafür hätte es auch nicht gegeben. Es gab genug andere Zimmer im Hause.

»Aber wie kommen wir an den Schlüssel? Wir müssen die Gräfin einweihen.«

»Ich mache das«, sagte Duffy und setzte eine wichtige Miene auf. »Vertrau mir, mein Bruder.«

Dass er mich plötzlich duzte, störte mich nicht. Im Gegenteil, mir wurde warm ums Herz. Daran merkte ich, dass auch ich einen in der Krone hatte.

»Und du suchsss hier weiter!«, schärfte Duffy mir ein.

Ich nickte, und Duffy machte sich aus dem Staub. Ich durchsuchte den ersten Karton. Da gab es Fachbücher über die Spirituosenherstellung, Getränkekarten aus *Harry's New York Bar* in Paris, aus verschiedenen Bars und Klubs in London, aus dem *Floridita* in Havanna, dem *Hofbräuhaus* in München, dem *Adlon* in Berlin, aus der berühmten *Long Bar* im *Raffles Hotel* in Singapur ... Der Major war im Laufe seines Lebens ganz schön herumgekommen.

Ganz unten in einem Karton stieß ich auf einen schmalen Mulberry-Taschenkalender. Der Kroko-Einband stammte wahrscheinlich noch von einem echten Krokodil. Er war von 1959. Ich schlug ihn auf und las die ersten Einträge. Meine anfängliche Euphorie verpuffte leider schnell, als ich die Einträge las: dienstliche Termine, ab und zu ein Frauenname. Ich hatte munkeln hören, dass der Major in jungen Jahren ein ziemlicher Frauenheld gewesen war.

Ich gähnte. Ein weiterer Schluck aus der Ginflasche half dagegen. Ich wollte den Taschenkalender schon weglegen, als ich im Notizteil das Wort »Gin« las. Sofort war ich wieder hellwach.

Ich wurde zwar nicht ganz schlau aus den ganzen Begriffen, Abkürzungen und englischen Maßen, aber ich verstand so viel, dass der Major hier seine Versuchsrezepte niedergeschrieben hatte. Fein säuberlich mit Datum und Bewertungen. Die letzte Eintragung war zwölf Jahre alt, also lange vor seinem Tod. Mittlerweile schmeckte mir der Tropfen immer besser. Vor allem die Wirkung war enorm. Ich fühlte mich sauwohl, ohne dass ich den Eindruck hatte, ich sei betrunken.

Am liebsten wäre ich sofort mit dem Notizbuch in der Hand hinunter zu Duffy gerannt. Doch dann fiel mir wieder ein, weshalb ich überhaupt hier oben war. Die Angel!

Ich begab mich erneut auf die Suche danach. Ich fand alles

Mögliche, sogar einen alten Projektor, in dem noch eine alte Filmrolle steckte. Außerdem verschiedene Hüte der Gräfin, von Motten zerfressene Kleider und Wäsche, ausrangiertes Geschirr, eine umfangreiche Krimisammlung, darunter die gesammelten Werke von Agatha Christie und Victor Gunn in englischer Erstausgabe, eine Schmetterlings- und Insektensammlung, ein Buch, herausgegeben von der englischen Besatzungsarmee, das vor den merkwürdigen Gewohnheiten der Eingeborenen im Teutoburger Wald warnte. So der Hinweis, dass die Einheimischen unter Pudding etwas ganz anderes verstünden als die Engländer: nämlich eine Süßspeise. Und dass umgekehrt »Black pudding« hierzulande die Bezeichnung »Blutwurst« trug. Auch wurde daran erinnert, dass die Bevölkerung schon immer recht dickköpfig und listig gewesen sei – man denke nur an die legendäre Varusschlacht.

Ich legte das Buch beiseite und stand auf. Erst jetzt spürte ich, wie kalt mein Hintern war. Als ich mich vorsichtig Richtung Dachluke bewegte, merkte ich, dass ich leicht schwankte.

Und als ich die Dachluke erreicht hatte, stellte ich fest, dass sie verschlossen war.

Merkwürdigerweise fand ich das nicht besonders schlimm. Irgendjemand würde mich schon vermissen. Oder Duffy würde gleich zurückkommen. Wahrscheinlich hatte er in seinem Suff die Luke einfach hinter sich geschlossen.

Ich wankte zurück zu dem Karton mit dem Notizbuch, steckte es ein und suchte weiter nach der Angel. Nach einer Weile wurde es mir zu kalt. Ich schaute mich um und entdeckte ein auf Kippe stehendes Dachfenster. Wahrscheinlich waren so auch die Fledermäuse hereingekommen.

Ein kalter Nordostwind heulte durch die Öffnung und wehte Schneeflocken herein. Ich schaute hinaus und konnte hinunter auf den Hof blicken. Mehrere Leute trieben sich dort unten herum. Ich erkannte Norbert. Wahrscheinlich handelte es sich bei den anderen um die Männer und Frauen von der Spurensicherung. Auch den Schnauzbart und den Feuerkopf erkannte ich jetzt wieder.

Ich begann zu rufen. Doch mein »Hallo« riss mir der Wind von den Lippen. Er schien es aber nicht hinunterzutragen, sondern mir ins Gesicht zurückzuschleudern.

Jedenfalls reagierte auf dem Hof kein Mensch.

Ich lehnte mich weiter hinaus, schrie und winkte mit den Armen.

Doch vergebens. Niemand warf einen Blick nach oben. So wie es aussah, verabschiedeten sie sich. Die Leute von der Spurensicherung stiegen in ihren Bulli, während Norbert seinen Wagen aufschloss.

Ich fluchte. Hilflos musste ich mitansehen, wie sie alle vom Hof fuhren.

Jetzt ruhten meine Hoffnungen nur noch auf Duffy. Er konnte mich doch nicht einfach vergessen haben!

Mittlerweile war mir so kalt, dass ich kaum mehr die Finger bewegen konnte. Allein der Gin konnte die Kälte nicht vertreiben. Ich schloss das Fenster, suchte mir ein paar Kleider, Mäntel und Hüte der Gräfin heraus und deckte mich damit zu.

Allmählich machte sich Langeweile breit. Mir fiel der Projektor wieder ein. Und Strom gab es hier oben auch. Die Steckdose befand sich direkt unter dem Lichtschalter. Nur eine Verlängerungsschnur gab es nicht. Also hievte ich den schweren Projektor in die Nähe der Steckdose und stöpselte ihn ein.

Ich stieß einen Jubelschrei aus, als ich ihn tatsächlich zum Laufen bekam. Ich warf ein weißes Bettlaken über die Kartons gegenüber dem Projektor und verschaffte mir so eine Leinwand. Die flackernden Schwarz-Weiß-Bilder wirkten im ersten Moment wie Gespenster. Dann erkannte ich den Major. Anscheinend setzte er sich am liebsten selbst in Szene: als Kommandierender auf dem Kasernenhof mit marschierenden Soldaten im Hintergrund. Als stolzer Besitzer eines Mercedes Coupés, als Nacktschwimmer in einem Naturteich und schließlich an der Seite einer Frau.

Ich verschluckte mich fast am Gin, als ich erkannte, dass es sich um die Gräfin in jungen Jahren handelte. In blutjungen Jahren. Sie war ein richtig heißer Feger gewesen! In einer Szene küssten sie und der Major sich. Es sah nicht so aus, als wären sie nur Freunde.

In der nächsten Szene stand die junge Lisa Maier, nur mit einem Badeanzug bekleidet, auf einem Sprungbrett. Ein weiteres junges Mädchen trat von hinten dazu und versetzte ihr einen Stoß. Als sich das Mädchen umdrehte und in die Kamera lachte, traute ich meinen Augen nicht:

Sie sah aus wie – Effie Beck.

20.

Nachdem ich den Schock verdaut hatte, hielt ich den Film an und spulte zurück zu der Stelle, an der die junge Gräfin ins Wasser geschubst wurde und sich das fremde Mädchen umdrehte und in die Kamera lachte.

Natürlich war es nicht Effie Beck. Das konnte vom Alter her nicht stimmen. Effie Beck war sechsundfünfzig gewesen, als sie starb. Die Gräfin war auf dem Foto noch sehr jung, da hätte Effie noch gar nicht geboren sein können.

Die nächste Frage, die ich mir stellte, lautete: War die Ähnlichkeit Zufall? Oder handelte es sich um eine Verwandte der Ermordeten?

Obwohl ich ganz rational an die Sache heranging, spürte ich, wie mir ein Schauer über den Rücken lief. Ich schaute über die Schulter nach hinten, aber da war natürlich niemand. Und trotzdem: Ich fühlte mich plötzlich verdammt allein mit meiner Entdeckung.

Wenn es denn überhaupt eine Entdeckung war.

Als die Luke nach unten klappte und von unten Licht hereinfiel, wachte ich auf. Ich konnte nicht glauben, dass ich bei der Kälte überhaupt eingeschlafen war. Auch jetzt zitterte ich am ganzen Körper. Ich raffte mich auf, schleppte mich, in die Gewänder der Gräfin gewickelt, zur Luke und schaute hinunter. Ich blickte direkt in das Gesicht der Gräfin.

»Herr Moritz, da stecken Sie also!«, tönte sie. »Haben Sie die Angel gefunden?«

Verblüfft schaute ich sie an. Ich musste mich sehr beherrschen, um nichts Unflätiges zu antworten. Sie war nicht allein. Ollie stand neben ihr und schaute nun ebenfalls neugierig herauf.

»Alter Knabe, alles in Ordnung?«, fragte er. »Warum trägst du so eine merkwürdige Gewandung?«

»Weil mir kalt ist, fürchterlich kalt.«

Ich warf das ganze Zeug zu Boden und versuchte vorsichtig, einen Fuß vor den anderen zu setzen. Es war nichts eingefroren. Dennoch hatte ich das Gefühl, als hätte ich die Nacht in einer Kältekammer verbracht. Jeder Knochen tat mir weh. Und mein Schädel dröhnte.

Vorsichtig kletterte ich die Trittleiter hinab, damit ich mir nicht auch noch etwas brach.

Ollie half mir, indem er mich stützte, als ich unten ankam.

»By Jove, du siehst aus wie eine Leiche!«, rief er aus.

»Eine Schnapsleiche«, ergänzte die Gräfin und verzog angewidert das Gesicht. Mit tadelndem Blick schaute sie auf die Ginflasche, die ich heil hinunterbefördert hatte und noch immer in der Hand hielt.

Ich presste die Lippen aufeinander und beschloss zu schweigen. Ich wollte nur noch in mein Bett, mir die Decke über den Kopf ziehen und schlafen. In einem richtigen Bett. Mit einer richtigen Matratze.

»Du hast Glück, dass wir dich überhaupt befreit haben, alter Knabe«, plauderte Ollie unterdessen. »Duffy fiel heute Morgen beim Servieren der Frühstückseier ein, dass er das Dachfenster aufgelassen hatte.«

»Ja, stattdessen hatte er wohl die Dachluke geschlossen. Oder andersherum. Und dann fiel ihm ein, dass Sie ja noch möglicherweise hier oben sein könnten. Genau wusste er das alles nicht mehr. Er ist sonst sehr pflichtbewusst.«

»Wie auch immer«, fuhr Ollie im Plauderton fort. »Er hat uns gebeten, mal nach dem Rechten zu sehen, da er befürchtete, du könntest ausrasten.«

»Duffy hat durchaus recht mit seiner Befürchtung. Aber wir werden das demnächst regeln. Unter Männern.«

»Ein Boxkampf? Darf ich der Ringrichter sein?«, fragte Ollie.

Die Gräfin machte ein erschrockenes Gesicht. »Sie werden ihm doch nichts antun, oder?«

»Im Moment kann ich nichts garantieren.« Ich reichte Oliver die Flasche. »Hier, für dich!«

»Was soll ich damit?«

Ich wühlte in meinen Taschen und zog den Taschenkalender hervor. »Und das ist auch für dich. Mach das Beste daraus. Vielleicht war die Nacht, die ich auf dem Dachboden verbracht habe, ja doch noch für was gut.«

Dann wandte ich mich an die Gräfin: »Kannten Sie früher mal ein Mädchen namens Effie?«

»Effie? Effie?« Sie überlegte. Schließlich sagte sie: »Nein, nicht, dass ich wüsste. Suchen Sie sie?«

»Nein, eigentlich nicht. Sie ist nämlich tot.«

»Oh, das tut mir sehr leid.« Sie tat sehr erschrocken.

»Ihr Mädchenname war Beck. Effie Beck.«

»Beck? Oh ja, ich erinnere mich an ein Mädchen namens Beck. Die hieß allerdings nicht Effie, sondern Helga. Helga Beck war früher meine beste Freundin. Aber das ist schon sehr lange her. Ach, jetzt weiß ich es wieder: Sie hatte eine kleine Schwester namens Effie, ein Nachzügler. Aber die Familie ist dann nach Bielefeld gezogen, und Helga und ich haben uns aus den Augen verloren. Woher kennen Sie denn die Effie überhaupt?«

»Das erkläre ich Ihnen ein andermal.«

Ich ließ die beiden stehen, ging vorsichtig die Treppe hinab und stand schließlich unten im Flur. Aus der Küche roch es verführerisch nach Speck. Eisern widerstand ich der Versuchung und ging nach draußen.

Es hatte aufgehört zu schneien. Eine dünne Schneedecke lag auf dem Hof. Einige unschöne Reifenspuren darin verrieten mir, dass auch Windland schon eingetroffen war. Wahrscheinlich saßen sie alle am Frühstückstisch und ließen es sich gut gehen.

Einer von ihnen war ein Mörder. Daran musste ich immer wieder denken, während ich hinüber zu meiner Wohnung ging.

Als ich aufschloss, vermisste ich etwas.

Lunas Gebell.

Normalerweise kam sie kläffend von oben die Treppe heruntergeschossen, wenn ich nach Hause kam. Jetzt blieb alles still. Da fiel mir wieder ein, dass Norbert erzählt hatte, eine Kollegin würde sich um sie kümmern. Weil ich nicht wieder aufgetaucht war, befand sich Luna wahrscheinlich noch immer in Polizeigewahrsam.

Ich war mir sicher, dass sie in guten Händen war.

Dann dachte ich nur noch ans Bett.

21.

Als ich erwachte, dämmerte es, und es kam mir vor, als hätte ich gerade mal eine Minute lang die Augen zugemacht. Mir war immer noch eiskalt.

Ein schriller Ton zersägte die Stille. Es dauerte ein paar Sekunden, bis mir klar wurde, dass es das Telefon war.

Ich quälte mich aus dem Bett und ging fröstelnd zum Telefon.

Am anderen der Leitung war Norbert. »Wo hast du denn gesteckt?«, war seine erste Frage.

»Zunächst einmal sagt man ›Guten Morgen‹«, belehrte ich ihn. Das Sprechen fiel mir schwer. Auf meiner Zunge schien ein zentimeterdicker Pelzbelag zu wuchern.

»Guten Morgen? Es ist vier Uhr nachmittags!«

Deswegen wurde es draußen bereits wieder dunkel. Also hatte ich doch ein paar Stunden geschlafen.

»Hör zu«, sagte ich. »Das ist mir egal. Wenn ich mich nicht irre, ist heute Sonntag, und auch ich habe ein Recht, sonntags mal den ganzen Tag im Bett zu liegen. Ich habe überhaupt die Nase voll von dem ganzen Mist. Finde du deinen Mörder allein.«

Ich musste laut niesen und sehnte mich zurück nach meinem Bett.

»Mitgefangen, mitgehangen. Ich komme heute noch vorbei und knöpfe mir die anderen vor. Ich möchte, dass du weiterhin dabei bist.«

»Ich bin mir nicht sicher, ob ich mir nicht eine Erkältung zugezogen habe.« Ich erzählte ihm von meiner Nacht (ohne den Gin zu erwähnen).

Statt Mitleid erwartete mich nur Spott. »Lass dich doch von deiner Regieassistentin verarzten.«

Siedend heiß fiel mir ein, dass wir ja verabredet gewesen waren. Aber vielleicht hatte sie inzwischen längst erfahren, dass Duffy mich auf dem Dachboden vergessen hatte.

»Bring Luna mit«, sagte ich zum Schluss.

»Deine Töle? Die hat Susanne noch. Du warst ja nirgends zu finden.«

Bevor ich ihn nach der Telefonnummer dieser Susanne fragen konnte, hatte er bereits aufgelegt.

Ich ging zurück ins Schlafzimmer und zog mir als Erstes dicke Wollsocken an. Danach merkte ich, dass ich wahnsinnig Hunger hatte. Meine Eingeweide rumorten. Wahrscheinlich hatte ich nur Alkohol im Magen.

Als ich den Kühlschrank öffnete, fiel mir wieder ein, dass ich immer noch nichts eingekauft hatte. Also war noch nicht mal Kaffee im Haus. Irgendwo fand ich ein paar Scheiben trockenes Knäckebrot. Dazu trank ich Wasser aus dem Hahn. Selten hatte mir etwas so gut geschmeckt.

Ich ging unter die heiße Dusche. Danach zog ich mich an. Es half ja alles nichts. Ich konnte mich nicht einfach verkriechen. Nicht mal an einem Sonntag.

Danach ging ich hinüber ins Haupthaus. Statt Duffy öffnete mir Ollie. Er sah mich derart freudestrahlend an, dass ich schon befürchtete, er würde mir um den Hals fallen.

»Komm rein«, begrüßte er mich. »Die Gräfin, Duffy und ich sind gerade dabei, unsere Zukunft als Millionäre zu erörtern.«

»Warum nicht gleich als Milliardäre?«, knurrte ich.

»Was ist denn los mit dir? Ist dir eine Laus über die Leber gelaufen? Keine Sorge, du wirst auch an unserem zukünftigem Geldsegen teilhaben. Zunächst zahlen wir dir alles zurück, was wir dir schulden.«

Ich sagte nichts dazu. Wahrscheinlich würden sie mich gleich wieder anpumpen. Da fiel mir ein, dass ich Ollie noch etwas fragen musste. Doch bevor ich überhaupt den Mund öffnen konnte, zog mich Ollie hinein und führte mich in den Salon.

Die Gräfin sah mir freudestrahlend entgegen. Ihre Wangen leuchteten rot. In der Hand hielt sie ein Glas mit einer bräunlich schimmernden Flüssigkeit. Wahrscheinlich Sherry. Mir wurde schon schlecht. wenn ich an Alkohol auch nur dachte.

»Mein lieber Herr Moritz, schön, dass Sie da sind. Möchten Sie zur Feier des Tages auch ein Schnäpschen?«

»Nein danke.«

Feier des Tages? Hatte ich etwa den Geburtstag der Gräfin vergessen? Dann fiel mein Blick auf die Flasche Gin und den Taschenkalender. Die Flasche stand halb leer auf dem Tisch, und der Kalender lag aufgeschlagen daneben. Mir wurde bewusst, dass es kein Sherry war, den die Gräfin trank. Ich hatte mich von dem farbigen Glas täuschen lassen.

»Der junge Herr hat eine ganz großartige Idee«, sagte Duffy.

Ich warf ihm einen bösen Blick zu. Ihm hatte ich die Nacht auf dem Dachboden zu verdanken.

»Du solltest dich setzen«, sagte Ollie. »Du fällst sonst um, wenn ich dir meine Geschäftsidee erzähle.«

»Wie viel braucht ihr?«

»Wie viel? Wie meinst du das?«

»Bisher war es immer so, dass ihr für eure großartigen Geschäftsideen erst einmal Kapital gebraucht habt. Und dazu habt ihr meistens mich angepumpt.«

»Diesmal ist alles anders. Wir werden in die Ginherstellung einsteigen.«

»Ja, so ähnlich habe ich mir das auch schon gedacht.« Ich erzählte ihm von meiner Idee, den Gin in Apothekerflaschen zu verkaufen.

»Großartig, dann brauche ich dir ja gar nicht mehr zu erzählen.«

»Ihr braucht nur noch eine Konzession«, sagte ich trocken, »ansonsten dürfte das Ganze wie bisher unter ›Schwarzbrennerei‹ fallen.«

»Um die Lizenz kümmere ich mich«, sagte die Gräfin. »Ich habe einen Schulfreund, Alfons Stratenkötter, der beim Zollamt in Lemgo gearbeitet hat. Er hat noch heute die besten Beziehungen.«

»Dann kann ja nichts schiefgehen. Und wo nehmt ihr das Kapital her? Die Anlage des Majors scheint mir nur für den Hausgebrauch geeignet. Außerdem ist sie defekt. Dann braucht ihr Vertriebswege, Marketing, Werbung und so weiter. Das alles kostet Geld. Die Sparkasse hat euch doch schon jetzt den Hahn abgedreht.«

»Das ist uns bewusst«, erklärte Ollie. »Also setzen wir alles daran, die Siegprämie zu erringen.«

Ich musste das erst einmal alles sacken lassen. Ganz daran glauben mochte ich noch nicht. Dann fiel mir wieder ein, was ich Ollie fragen wollte. »Kann ich den Vertrag noch einmal sehen, den einer von euch für mich unterschrieben hat?«

»Was tut der jetzt zur Sache?«

»Du hast mir erzählt, dass meine Unterschrift für eine Kaution nötig war.«

»Na ja, nur für den Fall, dass etwas Außergewöhnliches passieren sollte. Also etwas, was die Sendung platzen ließe ...« Ollie wand sich. Er verbarg etwas, das spürte ich.

»Du meinst, wenn zum Beispiel die Gräfin plötzlich aussteigt?«

»Das steht nicht mehr zur Debatte«, kam sie ihm zu Hilfe. »Ich werde alles dafür tun, dass wir gewinnen.«

Ich suchte Ollies Blick, was gar nicht so einfach war, denn er wich mir die ganze Zeit aus. »Kann es sein, dass ihr sogar einen Vorschuss bekommen habt? Eine Abgeltung, damit ihr die TV-Crew verköstigt und auch sonst eure Ausgaben damit decken könnt?«

»Jawohl: zehntausend Euro!«, erklärte die Gräfin. »Eine sehr noble Geste.«

»Warum musstet du dir dann von mir noch Geld leihen?« Das war die entscheidende Frage.

Ollie lächelte gequält. »Frag Duffy«, sagte er kleinlaut.

Mein Blick wanderte zum Butler. »Also?«

»Zugegeben, es war meine Idee. Das Spielkasino in Bad Oeynhausen ist eine erstklassige Adresse.«

»... und ich war schon immer ein begnadeter Black-Jack-Spieler«, ergänzte Ollie.

»Du hast doch nicht etwa die ganzen zehntausend Euro verspielt?«

»Nein, nur neuntausendachthundert. Zweihundert habe ich vorher ausgegeben, um mir einen neuen Anzug zu leisten. Wegen der Kleiderordnung. Allerdings habe ich feststellen müssen, dass hierzulande die Sitten ziemlich heruntergekommen sind.«

»Stellen Sie sich vor, Herr Moritz«, warf die Gräfin ein, »heutzutage lässt man sogar Menschen in Jeans ins Kasino! Zu meiner Zeit war das anders.«

»Ja, um uns Gentlemen wird es immer einsamer«, seufzte Ollie.

Ich musste tief durchatmen, um mich zu beherrschen. Zum

Glück kam in dem Moment Gregory in den Salon und fragte, ob er endlich drehen könne.

»Natürlich«, sagte die Gräfin. Und an mich gewandt: »Ollie meint, wir sollten die neue Geschäftsidee mit dem ganzen Fernsehpublikum teilen. Ist das nicht einfach herrlich?«

Ich wurde einer Antwort enthoben, denn nun strömte der Rest der Crew ins Zimmer. Nur Windland und Irene waren nicht dabei. Ich verkrümelte mich und ging nach nebenan ins Esszimmer. Dort saß Irene und machte sich Notizen; sie schaute nicht einmal auf, als ich hereinkam.

»Hallo«, sagte ich. Dann musste ich erst einmal wieder niesen. Umständlich putzte ich mir die Nase. Sie sagte noch immer nichts. »Es tut mir sehr leid wegen gestern Nachmittag«, fuhr ich fort. »Du wirst dich sicherlich gefragt haben, wo ich gesteckt habe.«

»Nein«, sagte sie.

Ich erzählte ihr, dass Duffy mich auf dem Dachboden eingesperrt und dort vergessen hatte.

Sie blickte mich an und fing an zu lachen. »Du armer Kerl. Und jetzt hast du dir einen Schnupfen geholt?«

»Du machst dich lustig über mich?«

»Nein, aber glaubst du, du bist gesund genug, dass wir das von gestern nachholen können?«

Ich grinste. »Kommt darauf an, was du mit mir vorhast.«

»Lass dich überraschen«, sagte sie und schaute auf die Uhr. »Hast du heute noch etwas vor?«

»Ja. Norbert kommt gleich. Er will sich noch mit ein paar Leuten von euch unterhalten. Ich soll dabeisitzen.«

»Warum? Sollst du ihm Händchen halten oder was?« Ihre Stimmung sank wieder. »Du musst dich schon entscheiden, Moritz Morgenstern, ob du Zeit für mich hast oder nicht.«

Ich entschied mich augenblicklich. »Ich stehe voll und ganz zu deiner Verfügung.«

»Alles andere hätte mich auch gewundert«, sagte sie.

»Eingebildet bist du gar nicht, oder?«

»Eingebildet nicht. Aber ich weiß doch, was du willst.«

22.

Vier Stunden später wusste ich, was sie mit mir vorgehabt hatte.

Als wir mit ihrem Alfa Romeo wieder auf den Hof fuhren, war Norbert gerade im Begriff, in seinen Wagen zu steigen. Seiner Miene war anzusehen, dass er ziemlich geladen war.

Ich stieg aus und ging zu ihm. »Tut mir leid, aber es ist etwas dazwischengekommen. Bist du mit deinen Befragungen weitergekommen?«

Er sah mich an, als wollte er mir gleich den Kopf abreißen. »Wo warst du?«

»Im Kino.«

»Im Kino?«, fragte er verblüfft.

»Irene hat mich überredet, mit ihr in den *Hobbit* zu gehen.«

»Schön, dass ihr zwei euch bestens unterhalten habt. Ich habe jetzt die Nase voll und fahre nach Hause.«

»Moment noch. Was ist mit Luna? Du hast gesagt, deine Kollegin habe sie mitgenommen.«

»Susanne war vorhin hier. Sie hat deinen Hund gestern wieder in deine Wohnung gebracht. Irgendjemand hatte den Schlüssel. Du warst ja nicht auffindbar.«

Bei mir schrillten die Alarmglocken. »Aber Luna war nicht in der Wohnung, als ich heute Morgen nach Hause kam. Und auch nicht, als ich die Wohnung wieder verlassen habe. Du musst dich irren.«

»Frag sie doch selbst. Warte.« Er zog einen winzigen Block aus der Hosentasche hervor und schrieb ihre Nummer darauf. »Wenn du Glück hast, erwischst du sie noch im Büro.«

Er setzte sich in den Wagen und fuhr davon.

Ich griff zum Handy und wählte die Nummer. Der Ruf ging durch, doch niemand nahm ab.

Irene legte mir die Hand auf die Schulter. »Du machst dir Sorgen, oder?«

Ich nickte, während ich weiter in den Hörer lauschte.

»Ich frage mal die anderen«, sagte Irene. »Kommst du mit?«

»Nein. Wenn du was hörst, ruf mich an. Ich schau noch mal oben in der Wohnung nach. Vielleicht hat sie ja inzwischen jemand reingelassen.«

Ich sah ihr nach, wie sie im Haus verschwand, während ich auf dem Hof stehen blieb und hoffte, jemand möge ans Telefon gehen.

Schließlich gab ich auf und wählte Norberts Handynummer.

»Was willst du?«, blaffte er.

»Sie geht nicht ran. Ich brauche ihre private Nummer.«

»Die darf ich dir nicht geben, selbst wenn ich sie hätte.«

»Das ist nicht witzig«, sagte ich. Ich musste mich zusammenreißen, um mich nicht mit einem »Arschloch« zu verabschieden. Stattdessen unterbrach ich wortlos die Verbindung. Dann raste ich hoch in meine Wohnung.

Ich rief Lunas Namen und dachte die ganze Zeit daran, dass ich das schon einmal mitgemacht hatte. Vor drei Jahren war Luna entführt worden. Damals hatte man mich erpressen wollen, damit ich in einigen Todesfällen nicht weiterrecherchierte. Zum Glück war alles glimpflich ausgegangen. Die Täter waren ins Gefängnis gewandert – nicht weil sie Luna entführt hatten, sondern weil sie für die Morde verantwortlich gewesen waren.

Ich war schon nahe daran, durchzudrehen, als endlich der erlösende Anruf kam. Susanne Strebel sagte, dass Norbert sie angerufen habe. Ja, Luna sei bei ihr. Sie habe den Hund nicht einfach sich selbst überlassen wollen. Also habe sie Luna mitgenommen, es gehe ihr gut. Ob sie Luna heute noch vorbeibringen solle.

»Sind Sie morgen auch wieder bei uns?«

»Ich fürchte ja. Die Spurensicherung ist zwar in der Küche fertig, aber es gibt noch einiges andere zu tun. Außerdem werden Sie ab jetzt nicht mehr unter sich bleiben.«

»Was soll das heißen?«

»Haben Sie denn die heutige Ausgabe von *Action Dinner* nicht geschaut?«

»Nein, ich war im Kino. Und was ist heute über den Sender gelaufen?«

»Da fragen Sie mal lieber ihre eigenen Leute. Vor allem sollten Sie sie fragen, ob ihnen bewusst ist, was sie damit heraufbeschwören.«

Sie verabschiedete sich und unterbrach die Verbindung. Ich fühlte mich müde, war aber erleichtert, dass Luna nichts passiert war. Am liebsten hätte ich mich in mein Bett gelegt.

Aber das ging nicht.

Da lag schon jemand drin.

»Wie bist du hier reingekommen?«, fragte ich verblüfft.

»Anscheinend hat hier jeder einen Schlüssel zu deiner Wohnung. Nur ich nicht. Also habe ich deinen Freund Ollie gebeten, mir seinen zu leihen.«

Ich hatte nicht mitbekommen, wie sie die Wohnung betreten hatte. »Dann hast du das Gespräch eben mitgehört?«

Irene nickte. »Es ist alles in Ordnung mit Luna, oder?«

»Ja, es ist alles in Ordnung«, sagte ich. »Jetzt will ich nur noch ins Bett.«

»Gute Idee. Ich hoffe, du willst nicht gleich schlafen, oder?«

Als ich erwachte, war ich allein. Ich zitterte am ganzen Körper. Ich war nackt, und die Bettdecke lag auf dem Boden. Im Schlafzimmer war es kalt.

Dennoch, es war nicht die Kälte, die mich geweckt hatte. Es war etwas anderes. Ein ganz bestimmter Duft strömte in meine Nase.

Ich zog mir den Bademantel über und ging in die Küche. Irene saß am Küchentisch, trank Kaffee und aß einen Toast mit Marmelade. Daneben hatte sie auf einen Teller Wurst und Käse angerichtet.

Verblüfft trat ich näher.

»Guten Morgen, der Herr«, begrüßte sie mich fröhlich. »Gut geschlafen?«

»Ich glaube, ich träume. Gestern war der Kühlschrank doch noch leer.« Ich beugte mich zu ihr hinunter und gab ihr einen Kuss auf die Wange. »Guten Morgen.«

»Ja, der Kühlschrank war leer, das habe ich auch gemerkt. Deshalb bin ich erst mal runter in den Ort zum Einkaufen gefahren.« Sie sah mich fast mitleidig an: »Lebst du immer so – bescheiden? Oder ist das deine Masche?«

Ich setzte mich ihr gegenüber. Sogar Eier hatte sie gekocht. Es war ein richtiges Sonntagsfrühstück. Und das am Montagmorgen.

»Wieso Masche?«

»Na, die Mitleidsmasche.« Sie stand auf und stellte den Toaster an. »Glaub bloß nicht, dass ich das jeden Morgen für dich mache. Das nächste Mal bist du an der Reihe.«

Während der Toast bräunte, schenkte sie mir Kaffee ein. Ich griff nach der Tasse wie ein Verdurstender.

»Was steht heute bei dir an?«, fragte ich, nachdem ich einen Schluck getrunken hatte.

Sie zuckte mit den Achseln. »Die gestrige Sendung stand ganz im Zeichen des Mordes.«

»Hat Norbert es euch gesagt?«

»Es ließ sich ja wohl nicht verheimlichen. Die arme Frau. Jedenfalls haben wir gestern darüber berichtet. Ich denke mal, dass der Hype heute so richtig losgeht.«

»Also Action statt Dinner?«

Das Weißbrot sprang aus dem Toaster, und Irene gab es mir. »So, der Herr, das war meine letzte Servicehandlung. Ich muss gleich rüber. Besprechung. Ja, Action statt Dinner, genau. Windland hat für euch die Green Card gezogen. Ihr seid weiter dabei, auch ohne zu kochen. Eure Küche ist ja immer noch nicht wieder freigegeben.«

Auf einmal hatte sie es sehr eilig und verabschiedete sich. Als ich auf die Uhr schaute, war es schon halb zehn.

Um zehn Uhr rief Norbert an.

»Ich komme hier im Moment nicht weg. Anscheinend laufen noch mehr Irre in der Gegend rum. In Brackwede hat jemand ein Ehepaar und den Hund in ihrem Haus abgeschlachtet. So wie es aussieht, handelt es sich um einen Raubmord und hat nichts mit den bisherigen Morden zu tun.«

»Und warum rufst du mich dann an?«

»Kann sein, dass wir den Wagen gefunden haben, der deinen Volvo von der Straße gedrängt hat. Ein Kollege ist auf einen BMW mit einem Schaden an der rechten Seite gestoßen, auf den deine Beschreibung passen könnte.«

»Und das ganz zufällig, was?«

»Natürlich nicht zufällig. Ich habe nach dem Wagen fahnden

lassen. Der Kollege ist beim Ordnungsamt, und ihm wurde eine Ölpfütze gemeldet. Dabei ist ihm der Wagen aufgefallen. Er steht in irgend so einer Hinterhofwerkstatt.«

Er gab mir die Adresse durch.

Als ich aus dem Fenster schaute, um zu sehen, ob noch Schnee lag (es lag noch Schnee), sah ich die ganzen Leute dort unten. Einige kannte ich. Ein paar Nachbarn. Ein Filmteam vom WDR aus Bielefeld. Eine Reporterin der *Bild*-Zeitung. Einen Reporter der Landeszeitung. Die anderen Menschen kannte ich nicht. Offensichtlich waren auch ein paar Schaulustige darunter. Ollie stand in der Mitte des Hofes wie ein Hydepark-Redner und sprach gestikulierend in ein Mikrofon. Sowohl Gregor als auch Petra Kowalsky filmten die ganze Szenerie. Tobi und Fee sah ich auch herumschwirren, bewaffnet mit Licht und Mikro. Windland und Irene waren anscheinend ins Haus geflüchtet.

Ich zögerte, mich unten sehen zu lassen. Andererseits brauchte ich Ollies Wagen.

Also ging ich hinunter.

Inzwischen hatte sich die Aufmerksamkeit der Presse auf die Gräfin gerichtet und ich konnte unbemerkt zu Ollie gelangen.

»Wie wär's mit einem Ausflug?«, schlug ich Ollie hastig vor.

Anstatt freudig zuzustimmen, machte er ein misstrauisches Gesicht. »Deine Ausflüge enden meistens damit, dass irgendetwas Unvorhergesehenes passiert.«

»Diesmal nicht«, beruhigte ich ihn. »Ich muss nur in die Werkstatt.«

»Na gut, ich zieh mich um.«

Ich versuchte mich so gut wie möglich unsichtbar zu

machen, während Ollie im Haus verschwand. Nach einer gefühlten Viertelstunde kam er wieder auf den Hof. Und wieder hatten die Kameras ihr gefundenes Fressen. In seinem beigefarbenen Overall und dem ledernen Kopfschutz sah er aus wie ein Rennfahrer aus den Sechzigern.

»Ein echter Butler, ein eingebildeter Rennfahrer, eine alte Schreckschraube, die sich Gräfin nennt, und ein dubioser Exjournalist. Und dazu ein rätselhafter Mord. Ich fürchte, Herr Kollege, damit sehen Sie sich morgen auf der Titelseite wieder«, raunzte mir die Reporterin von der *Bild* ins Ohr.

»Wie immer nehmen Sie's mit der Wahrheit nicht allzu genau«, gab ich zurück. »Ich bin Journalist. Kein Exjournalist. Und was ist dubios daran, über unseren Teutoburger Wald zu schreiben?«

»Eben«, sagte sie schnippisch. »Warum greifen Sie nicht diesen Fall auf?«

»Vielleicht bin ich ja schon dabei?«, sagte ich und zwinkerte ihr zu. Dann stieg ich in Ollies Morgan.

Im Land der Trecker und Rübenwagen, sparsamer Dieselfahrzeuge und alter Kleinwagen war der Morgan natürlich ein Exot. Der Lipper an sich protzt nicht. Das hat er nicht nötig. Dafür besitzt er in der Regel zwei Häuser und hat genügend Geld auf dem Sparbuch, um sich in Notzeiten auch noch ein drittes zu kaufen. Insofern sorgte Ollies Morgan regelmäßig für Aufsehen und reichlich Gerede. Er selbst genoss den Ruf des spleenigen Engländers. Wenn er schon kein Vermögen aufweisen konnte, dann sorgte er wenigstens für den standesgemäßen Auftritt.

Gemeinsam düsten wir vom Hof.

»Wo soll's denn hingehen?«, fragte Ollie.

Die allgemeine Aufmerksamkeit, die unser Abgang auf sich

gezogen hatte, machte ihn übermütig. Er nahm die Serpentinen wie ein Weltmeister.

»Nach Lemgo.«

Ich nannte ihm die Straße.

Mit einer Hand bediente er das Steuer, mit der anderen fing er an, die Adresse ins Navigationssystem einzutippen.

»Soll ich das nicht lieber machen?«, schlug ich vor.

»Gern, dann kann ich mich darauf konzentrieren, unseren Verfolger loszuwerden.«

»Verfolger?« Ich schaute über die Schulter. Ein silberfarbener Mini fuhr hinter uns her. Ich konnte nicht erkennen, wer hinter dem Steuer saß. Dazu wirbelten wir zu viel Schneematsch auf.

»Alles klar«, sagte ich.

Ollie nickte. Der Acht-Zylinder-V-Motor heulte auf wie ein englischer Kriegsbomber. Ich sah Ollie an, dass es ihm einen Heidenspaß machte, dem Morgan Zucker zu geben. Mir blieb nicht anderes übrig, als mich im Polster festzukrallen.

Der Mini hielt noch eine Zeit lang mit. Nachdem wir zwei Laster und eine Autoschlange überholt hatten, die sich hinter einem Trecker gebildet hatte, gab er auf. Jedenfalls war er nicht mehr zu sehen. Ollie gab noch eine Weile Gas, dann bat ich ihn, in einen Seitenweg einzubiegen.

Wir warteten eine Viertelstunde, dann fuhren wir den Weg zurück. Der Mini blieb verschwunden. Ich gab die Lemgoer Adresse vollends ins Navi ein.

»Moment mal«, wunderte sich Ollie. »Hattest du nicht erzählt, dein Volvo stünde bei Marketter in Bad Salzuflen?«

»Exakt.«

»Und warum fahren wir dann nach Lemgo?«

Ich erklärte es ihm. »Ich wusste es! Du hast mich wieder einmal reingelegt!«

»Keine Sorge. Es wird schon nichts passieren. Ich will mir den Wagen nur mal anschauen.«

Das Navi führte uns ins lippische Hinterland. Außer schneebedeckten Feldern und ab und zu mal einem Bauernhof gab es nichts zu sehen. Wir kamen an der *Ortsmühle* in Detmold-Mosebeck vorbei. Im Sommer hatte ich hier mit Ollie draußen im Biergarten gesessen und die Seele baumeln lassen. Die Wurst dort stammte aus eigener Hausschlachtung.

Kurz danach dirigierte uns die freundliche Frauenstimme aus dem Navigerät nach links in einen schmalen Pfad, der mir bisher noch nie aufgefallen war. Wahrscheinlich rasten die allermeisten Autofahrer daran vorbei.

Es gab weder ein Straßenschild noch sonst irgendeinen Hinweis, was einen erwartete, wenn man dem Pfad folgte. Er war nicht befestigt. Einige Reifenspuren im Schnee verrieten aber zumindest, dass wir nicht die Ersten waren, die hier entlangfuhren.

Bereits nach einigen Metern fuhr Ollie rechts ran und stellte den Motor ab. Er hatte Sorge um seinen tiefer gelegten Morgan.

»Ist das jetzt ein Roadster oder nicht?«

»Er ist für englische Straßen gebaut, nicht für die lippischen.«

Ich sah da keinen großen Unterschied. Wir stiegen aus, und ich blickte mich um. In dreihundert Metern Entfernung war ein Gehöft zu sehen. Es wirkte verlassen. Jedenfalls war kein Mensch zu sehen. Dann sah ich den weißen Rauch, der sich aus dem Schornstein ringelte.

»Sollen wir da einfach so hinmarschieren?«, fragte Ollie hinter mir skeptisch.

Ich war bereits vorausgegangen. Jetzt drehte ich mich um und fand seine Frage gar nicht so dumm. Wenn Norbert recht hatte, stand dort immerhin der Wagen, dessen Fahrer mich attackiert hatte.

»Du hast recht«, sagte ich. »Wir teilen uns auf. Ich nehme den Pfad, und du schlägst dich in die Büsche und schaust dir das Ganze mal von der anderen Seite an. Vielleicht findest du ja was Verdächtiges.«

Ollie war nicht sehr begeistert. »Wie wär's, wenn du dich in die Büsche schlägst?«

»Ich hab meine guten Schuhe an. Also los!«

Widerstrebend willigte Ollie ein.

Ich wartete, bis er verschwunden war, dann ging ich weiter auf das Haus zu. Ein Hund begann zu kläffen. Als ich nur noch fünfzig Meter entfernt war, hörte ich Schläge wie von einem Hammer, die sich in das Gebell mischten. Offensichtlich war das Anwesen doch nicht so verwaist, wie ich zunächst gedacht hatte.

Schließlich erreichte ich den Hof. Ein Rottweiler tobte in seinem Zwinger. Aus einer Scheune trat ein Mann.

Ich wünschte freundlich einen guten Morgen.

Er hatte eine Schweißerbrille auf die Stirn geschoben und war mit einem schmutzigen blauen Overall bekleidet, der ihm eine Nummer zu klein zu sein schien. Der Typ war riesig und schaute nicht sehr freundlich drein. Irgendwie kam er mir bekannt vor, daher blickte ich ihm vielleicht eine Sekunde länger ins Gesicht, als es die Höflichkeit gestattet.

»Was glotzen Sie so? Und was wollen Sie überhaupt hier?«, fuhr er mich barsch an.

»Haben wir uns nicht schon einmal irgendwo gesehen?« Ich war mir sicher, dass ich ihn kannte.

»*Ich* habe dich noch nie gesehen. Also, was willst du? Oder hast du dich verlaufen?«

»Ich suche einen Wagen«, sagte ich wahrheitsgemäß.

»So, so. Und wieso, glaubst du, dass du hier einen findest? Sieht das hier aus wie ein Autohandel?«

Wie ein Bauernhof sah das hier aber auch nicht aus.

Ich beschloss, mich nicht so leicht abwimmeln zu lassen, und versuchte es mit einem Schuss ins Blaue. »Ich habe gehört, dass man hier seinen Wagen preiswert reparieren lassen kann.«

»Von wem hast du das denn gehört? Von den Bullen?«

»Mit denen hab ich nichts am Hut. Ne, ich hab das bei *Chili* gehört. Weiß nicht mehr, wer es erzählt hat.« Bei *Chili* traf man ständig Leute mit guten Kontakten. Insofern war das nicht allzu weit hergeholt.

»Chili? Wer soll das denn sein? Irgend so ein Schlitzauge?«

Ich erklärte es ihm. Dabei versuchte ich, unauffällig an ihm vorbei in den Schuppen zu spähen. Er bemerkte meine Absicht und wurde noch misstrauischer.

»Was glotzt du denn so?«

Ich beschloss, ein wenig bestimmter aufzutreten. »Kann ich jetzt hier meinen Wagen zur Reparatur geben oder nicht?«

»Weiß nicht.«

»Was heißt, weiß nicht? Wer hat denn hier was zu sagen?«

So, wie er unschlüssig von einem Bein aufs andere trat, war er bestimmt nicht der Boss.

»Der Chef ist heute nicht da. Was hast denn für 'n Wagen?«

»Einen Volvo. Mir ist da jemand reingefahren. Ein weißer BMW.«

Der Bullige rieb sich den Dreitagebart. »So, so, 'n weißer BMW. So 'n Zufall.«

Er griff in die Tasche. Ich dachte schon, er holt einen Totschläger oder etwas Ähnliches hervor. Doch es war nur sein Handy.

»Und du bist echt kein Bulle?«, vergewisserte er sich.

Ich schüttelte den Kopf.

»Was biste dann?«

Er tippte eine Nummer ein und hielt das Handy ans Ohr. Wahrscheinlich fragte er an, wie mit Typen wie mir zu verfahren sei. Ich ließ unterdessen meinen Blick wandern. Im Haupthaus öffnete sich eine Tür, und jemand kam herausspaziert. Er trug ebenfalls einen blauen Overall. Er sah irgendwie aus wie Preuss!

Im selben Augenblick sah er mich auch. Er reagierte recht eigenartig. Dann ergriff er die Flucht.

»Entschuldigen Sie, ich glaube, ich habe da einen alten Bekannten entdeckt«, sagte ich zu dem bulligen Typen und lief los.

Der Mann war schnell. Viel schneller, als ich einem über Sechzigjährigen zugetraut hätte. Er bog um die Ecke des Hauses und war nicht mehr zu sehen. Als ich dort ankam, war er verschwunden. Ich spürte mein Herz gegen die Brust klopfen.

Hinter mir ertönte Gebell. Ich sah, wie der Typ mit dem Overall hinüber zum Zwinger lief.

Das hatte mir gerade noch gefehlt, dass er den Hund auf mich hetzte. Da ich keine Lust hatte, als Chappi zu enden, lief ich weiter. An der Seitenfront des Hauses gab es keinerlei Türen. Also war der Mann entweder bereits auf der anderen Seite, oder er hatte sich einfach in die Büsche geschlagen, die direkt hinter dem Haus wuchsen.

Ich lief bis ans Ende der Hausseite und schaute mich um. Der Mann war wie vom Erdboden verschluckt. Also blieben nur noch die Büsche.

Als Erstes galt es eine Schwarzdornhecke zu überwinden. Sie reichte mir bis zur Brust. Allerdings war sie ziemlich ausgedünnt und ungepflegt. Tatsächlich fand ich recht schnell einen Durchschlupf. Ich ließ mich auf alle viere nieder und kroch hindurch. Wenn, dann musste der andere auch hier durchgekrochen sein. Ein kleines Stück blauen Stoffs verriet mir, dass ich auf der richtigen Fährte war. Es hing an einem der Dornenzweige und mochte von dem Overall stammen.

Das Hundegebell in meinem Rücken schien mir lauter geworden zu sein. Ich richtete mich auf und sah mich um. Ich befand mich in einem kleinen Waldstück. Es war so schmal, dass ich dahinter schon die nächsten Äcker erkennen konnte. Rechts und links zog es sich allerdings in die Länge.

Plötzlich schwoll das Gebell zu einer wütenden Attacke an. Gehetzt blickte ich mich um und sah den Kopf des Rottweilers aus der Hecke sprießen. Er fletschte die Zähne und veranstaltete ein Heidenspektakel. Zum Glück hatte man ihm wohl eingeschärft, auf keinen Fall weiter als bis zur Hecke zu laufen. Und daran hielt er sich.

Ich rannte weiter und hielt Ausschau nach dem Mann, der so große Ähnlichkeit mit Preuss hatte. Mehr und mehr kamen mir allerdings Zweifel, ob ich es wirklich mit dem Exbanker zu tun hatte. Während ich links und rechts jeden einzelnen Busch unter die Lupe nahm und hinter jeden Baumstamm guckte, zog ich das Handy aus der Tasche und wählte seine Nummer. Es dauerte nur wenige Sekunden, bis er ranging.

»Zwei Partner, ein Gedanke«, sagte er. »Ich musste gerade daran denken, ob mein Geld bei Ihnen auch sicher angelegt ist.«

»Bombensicher«, sagte ich. »Sagen Sie, sind Sie im Moment zu Hause?«

»Natürlich, wo sollte ich denn sonst sein? Sie rufen unter meiner Festnetznummer an, falls Ihnen das noch nicht aufgefallen ist. Haben Sie schon irgendetwas herausgefunden?«

»Eine ganze Menge. Im Moment bin ich zum Beispiel in Lemgo und verfolge einen Mann, der genauso aussieht wie Sie.«

Ich erklärte ihm, was passiert war.

Er hörte ruhig zu und sagte dann: »Das gefällt mir nicht, dass da jemand rumläuft, der mit mir verwechselt werden könnte. Ich möchte, dass Sie die Person weiterverfolgen und feststellen, wer es ist.«

Am liebsten hätte ich ihm geantwortet, dass ich genau deswegen auf allen vieren rumgerutscht war und mir jetzt im Unterholz die Hose noch weiter versaute. Aber ich wollte es mir nicht mit ihm verscherzen. Daher sagte ich nur: »Ich werde mein Bestes geben.«

»Davon bin ich überzeugt. Brauchen Sie Hilfe? Soll ich Ihnen Molini schicken?«

Um Gottes willen, dachte ich. *Dein Totschläger ist nun wirklich der Letzte, von dem ich mir helfen lassen würde.* »Nein, das kriege ich schon hin.«

»Ich gebe Ihnen fünftausend, wenn Sie es schaffen.«

Ich pfeif auf dein Geld! Preuss, der wahre Preuss, wurde mir immer unsympathischer. Er gehörte zu der Sorte Mensch, die glauben, sie könnten sich mit Geld alles und jeden kaufen.

Hinter mir hörte ich Schritte. Ich fuhr herum und sah eine Faust auf mich zufliegen. In letzter Sekunde drehte ich den Kopf zur Seite. Die Faust traf nur meine Wange, aber dennoch hatte der Schlag es in sich.

Instinktiv riss ich die Arme hoch. Der nächste Schlag traf mich auf die Unterarme. Ich ließ die schützenden Arme etwas sinken und erkannte den Preuss-Doppelgänger. Aus der Nähe wirkte er jünger. Mindestens zwanzig Jahre. Kein Wunder, dass er mir davongerannt war. Außerdem war er gut trainiert. Sein nächster Schlag zielte auf meinen Solarplexus. Allerdings war ich jetzt vorbereitet. Ich sprang einen halben Schritt zurück, sodass er ins Leere boxte. Er geriet ins Stolpern, und sofort setzte ich nach. Ich versenkte mein Knie in seinem Unterleib. Zugegeben, das war nicht gentlemanlike, aber in dem Fall ging es mir ums Überleben. Auch mein nächster Schlag stand nicht im Regelbuch. Ich verpasste ihm einen Handkantenschlag gegen den Hals.

Er sackte in die Hocke. Sein Blick wurde leicht glasig. Aber anscheinend hatte er immer noch etwas zuzusetzen. Ich beugte mich über ihn, packte ihn an den Haaren und schlug mit der Faust zu. Die Haut platzte auf. Blut spritzte ihm aus der Nase.

Ich ließ es gut sein und stellte mich breitbeinig über ihn, bereit, ihm jeden Augenblick den entscheidenden Schlag zu verpassen.

»Wo haben Sie das gelernt?«, stöhnte er. Er war kaum zu verstehen, weil er sich die Hand vor die Nase hielt.

»Auf der Journalistenschule«, antwortete ich keuchend.

Und das entsprach der Wahrheit. Ein ehemaliger Redakteur hatte uns nach dem Unterricht regelmäßig Boxstunden erteilt. Ein guter Journalist muss sich zu wehren wissen, war seine Devise. Ich hatte zum Glück nicht oft darauf zurückgreifen müssen. Und manchmal war es auch schiefgegangen.

Der Preuss-Klon nickte. Mit der Linken griff er in die Innentasche seines Overalls. Ich nahm an, dass er ein Taschentuch hervorziehen würde. Stattdessen zielte er plötzlich mit einer Pistole auf mich.

»Jetzt mach ich dich fertig, Freundchen!«, quetschte er hervor.

»Ich weiß nicht, ob dein Chef damit einverstanden wäre«, sagte ich. Es war ein Schuss ins Blaue, aber viel mehr Munition hatte ich nicht.

Ich sah, wie die Wut in seinen Augen von leichtem Zweifel überschattet wurde.

»Wer bist du?«, fragte er.

Ich nannte meinen Namen. An seiner Reaktion erkannte ich, dass er ihn noch nie gehört hatte. Das wunderte mich. War das etwa doch alles nur Zufall gewesen? Oder hatte ich ganz einfach meine Nase zur falschen Zeit in völlig falsche Angelegenheiten gesteckt?

»Wir sind uns schon mal begegnet«, sagte ich.

»Kann mich nicht erinnern, deine Fresse schon mal gesehen zu haben.« Er log, das sah ich an dem flackernden, unsteten Blick. Außerdem wäre er sonst nicht vor mir weggelaufen.

»Sie haben meinen Volvo gerammt.«

Er legte die Stirn in Falten. Allmählich dämmerte es ihm. »Du bist der Bulle, stimmt's?«

»Ich bin kein Bulle. So wenig wie Sie Heribert Preuss sind.«

»Hab ich auch nie behauptet.«

»Sagen Sie mal«, setzte ich an, »können wir uns nicht wie zwei vernünftige Menschen unterhalten? Stecken Sie die Waffe weg.«

Er stand stöhnend auf. Sein Gesicht sah fürchterlich aus. Jetzt merkte ich, dass auch ich blutete. Das Blut lief mir von der Wange den Hals hinunter in den Kragen. Allein an dem Boxhieb, den er mir verpasst hatte, lag das nicht. Sondern vielmehr an dem scharfkantigen Ring, den er am Mittelfinger der linken Hand trug.

Langsam kam er näher. »Dreh dich um!«, befahl er.

»Und wenn nicht?«

Er hob den Lauf der Pistole, sodass er direkt auf meinen Bauchnabel zielte. Ich gehorchte. Langsam wandte ich ihm den Rücken zu, während er immer näher kam. Ich ahnte, was er vorhatte.

»Oh nein«, sagte ich.

»Oh doch«, antwortete er.

Der Lauf seiner Pistole krachte mir seitlich gegen die Schläfe.

Er hatte nicht sehr fest zugeschlagen. Zumindest nicht so fest, dass ich Sterne sah. Ich sackte zu Boden und landete mit dem Gesicht im Dreck. Er versetzte mir einen Tritt in die Rippen, um zu testen, ob ich reagierte. Ich biss die Zähne zusammen, um nicht aufzuschreien. Mit einem Fuß drehte er mich um, sodass er mein Gesicht sehen konnte. Offensichtlich war er zufrieden.

»Blöder Hund!«, zischte er.

Sein Blut tropfte auf mich herunter. Ich machte mich auf einen weiteren Tritt gefasst, aber er gab sich damit zufrieden, dass er mich außer Gefecht gesetzt hatte.

Ich blinzelte und sah, dass er sich abwandte. Außerdem sah ich einen Ast in Reichweite liegen. Er hatte genau die richtige Länge und Dicke. *Ideal zum Stöckchenwerfen,* dachte ich.

Ich griff danach und sprang auf.

Bevor Preuss der Jüngere reagieren konnte, hatte ich schon zugeschlagen. Ich bemühte mich, nicht ganz so fest zuzuhauen. Immerhin hatte er das auch nicht getan.

Dennoch reichte es. Diesmal sackte er zu Boden wie ein gefällter Baum und regte sich nicht mehr.

»Bravo!«

Jemand klatschte begeistert in die Hände. Ich hatte nicht bemerkt, dass ich einen Zuschauer gehabt hatte. Es war Ollie.

»Warum hast du mir nicht geholfen?«, knurrte ich. »Der Kerl hätte mich fast erschossen.«

»Weil ich gerade erst dazugekommen bin.« Er betrachtete mich mitleidig. »Jetzt weiß ich, was gemeint ist, wenn es heißt, jemand blutet wie ein Schwein.« Er zog ein blütenweißes, gebügeltes Stofftaschentuch aus der Tasche und gab es mir. Dankbar presste ich es an meine Wange.

Aus der Ferne war nun wieder Hundegebell zu hören.

»Was schlägst du vor?«, fragte Ollie. »Ich schätze, dieser Bär hat endlich die Hundeleine gefunden und setzt sich jetzt auf unsere Fährte.«

»Flucht nach hinten. Alles andere wäre Heldentum.«

Ich bückte mich und hob die Pistole auf, die der falsche Preuss hatte fallen lassen, und steckte sie ein. Im selben Augenblick klingelte sein Handy. Ich tastete in seinem Overall danach.

»Wenn wir jetzt nicht verschwinden, werden wir womöglich zerfleischt«, gab Ollie zu bedenken.

Das Hundegebell war nicht nur näher gekommen, es hatte sich mindestens verdoppelt. Wahrscheinlich würde hier gleich eine ganze Meute auftauchen.

Ich nahm das Handy an mich und nickte Ollie zu. Dann liefen wir los.

Spätestens nach den ersten Schritten spürte ich, dass der Kampf doch nicht ganz spurlos an mir vorübergegangen war. Ich fiel zurück.

Ollie drehte sich erst nach einer ganzen Weile nach mir um. Dann blieb er stehen und wartete, dass ich zu ihm aufschloss.

»So schaffen wir das nicht. Du musst allein weiterlaufen.« Ich gab ihm Handy und Pistole. »Bring das zur Polizei. Norbert soll sich das mal ansehen.«

Ollie schüttelte energisch den Kopf. »Das klingt wie in den Western, die ich als kleiner Junge gesehen habe, weißt du, die, wo die zwei Helden von einer ganzen Indianerhorde verfolgt werden und der verletzte Cowboy zu seinem Gefährten sagt: ›Reite allein weiter.‹«

»Wenn wir hier noch lange herumstehen, reiten uns die Indianer gleich über den Haufen!«

»Okay, das sehe ich ein. Mein Plan ist etwas differenzierter.« Er zog eine gelb-rote Packung aus der Tasche, riss sie auf und holte ein braunes verschrumpeltes Etwas daraus hervor.

»Was ist das? Hundefutter?«

»Du Banause! Das ist ein englisches Beef Jerky. Ich habe immer eine Notration dabei. Biozertifiziert, von glücklichen schottischen Rindern …«

Das Hundegebell klang nun erschreckend nah. »Um es kurz zu machen«, fuhr er fort, »du bleibst hier und versteckst dich im Gebüsch. Ich laufe zum Wagen und hole dich hier raus.«

»Das klappt …« *Nie*, wollte ich sagen, aber da rannte er schon los. Im Laufen ließ er mehrere der Beef Jerkys zu Boden fallen. Ich sah zu, dass ich vom Weg runterkam, und humpelte hinter ein Gebüsch. Es hatte noch einige wenige Blätter. Außerdem waren die Zweige so dicht, dass ich vielleicht Glück hatte, nicht entdeckt zu werden. Keinen Augenblick zu früh. Drei Hunde kamen um die Kurve geprescht. Zum Glück waren sie angeleint, sonst wären sie wahrscheinlich direkt zu mir gelaufen, da sie mich bestimmt witterten.

Der bullige Typ von vorhin, der sie an der Leine führte, sah im selben Moment seinen regungslosen Kumpel auf dem Weg liegen. Misstrauisch näherte er sich dem Ohnmächtigen. Er blickte sich nach allen Seiten um, dann kniete er sich hin. Die Hundemeute war kaum mehr zu halten. Der Erste von ihnen hatte den Jerky gerochen. Er befand sich nur wenige Zentimeter von seiner Nase entfernt. Das Tier veranstaltete ein Heidenspektakel, um heranzukommen.

Der Typ schlug mit der Leine auf die Tiere ein, aber die ließen sich nicht beruhigen. Wahrscheinlich waren sie völlig ausgehungert. Sie heulten wie Wölfe, zerrten trotz der Schläge an der Leine und dachten gar nicht daran, zu gehorchen. Schließlich sah unser Verfolger offensichtlich keine andere Möglichkeit mehr, als sie loszulassen.

Sofort stürzten sie sich auf die Jerkys. Es hätte mich nicht gewundert, wenn sie übereinander hergefallen wären. Nun hatte er die Hände frei, um sich um seinen Partner zu kümmern. Er gab ihm ein paar Backpfeifen. Mittlerweile stürmten die Hunde weiter, weil sie bereits die nächsten Jerkys witterten. Das alles machte einen sehr chaotischen Eindruck.

Vor allem, als sich aus der Gegenrichtung plötzlich eine Gruppe Nordic Walker näherte. Einer der Hunde begann sofort, den Kampf gegen einige der feindlichen Stöcke aufzunehmen. Die älteren Damen kreischten. Die zwei anderen Hunde stöberten unterdessen nach weiteren Jerkys. Eine der Damen bat den Typen energisch, seine Bestie zurückzurufen. Dann erst fiel ihr der falsche Preuss auf, der noch immer ohnmächtig war. Währenddessen hatte ein Großteil der Gruppe zu ihr aufgeschlossen. Der Typ war plötzlich umringt von einerseits besorgten, andererseits sehr aufgebrachten Frauen.

Ich nahm die Gelegenheit wahr, um mich langsam davonzuschleichen. Dabei nutzte ich weiterhin den Schutz des Dickichts.

Nach fünf Minuten hatte ich die Hunde hinter mir gelassen. Und der Typ war offensichtlich immer noch dabei, die Nordic Walker zu beschwichtigen. Ich beschloss, auf dem Pfad weiterzulaufen. Dort kam ich schneller vorwärts.

Nach weiteren fünf Minuten glaubte ich ein Motorengeräusch zu hören. Selbst wenn Ollie den Morgan bereits erreicht hatte, konnte ich mir nicht vorstellen, wie er mit dem Wagen den holprigen Pfad bewältigen wollte.

Trotzdem verlieh der Gedanke mir Flügel. Wir würden es schaffen.

Im nächsten Moment wurden mir die Flügel wieder gestutzt.

Von vorn kam ein Range Rover angefahren. Die Frontscheiben waren gerade so weit getönt, wie es im Rahmen des Erlaubten möglich war. Zumindest erfüllte es seinen Zweck: Ich konnte nicht erkennen, wer hinter dem Steuer saß. Der Rover raste auf mich zu. Ich sah mich bereits auf dem silberfarbenen Hirschfänger enden, als der wenige Meter vor mir scharf bremste. Steine und Schneematsch spritzten nach beiden Seiten. Die Fahrertür schwang auf, und ein Mann sprang heraus. Er trug eine schwarze Lederjacke.

Wegen der Jacke erkannte ich ihn nicht sofort. Kennengelernt hatte ich ihn in einem Kaschmirmantel. Und statt der feinen Prada-Schuhe trug er nun Stiefel.

Molini grinste. Dann zog er eine Pistole. Irgendwie schien heute nicht mein Tag zu sein.

Das war bereits das zweite Mal, dass jemand auf mich zielte.

»Sie machen einen Fehler!«, sagte ich beschwörend.

»Das glaube ich nicht«, sagte er. Dann drückte er ab.

23.

Der Schuss ging an mir vorbei. Allerdings so weit vorbei, dass ich mich wunderte. So ein schlechter Schütze konnte er doch gar nicht sein.

Langsam drehte ich mich um. Der Rottweiler lag zehn Meter von mir entfernt auf dem Boden. Blut rann aus einer Kopfwunde. Er hatte nicht einen Laut von sich gegeben. Weder, als er von hinten auf mich zugesprungen gekommen war. Noch, als der Tod ihn ereilt hatte.

Ihn da liegen zu sehen tat mir in der Seele weh.

»Musste das sein?«, herrschte ich Molini an.

»Ich hatte nicht den Eindruck, dass er nur mit Ihnen spielen wollte. Was ist, wollen Sie nicht einsteigen?«

Aus der Ferne war wieder das Geheul der Hunde zu hören. Jetzt waren es nur noch zwei.

Ich nickte. »Das trifft sich gut, ich wollte sowieso mit Ihrem Chef sprechen.«

»Und er mit Ihnen. Herr Preuss macht sich allmählich Sorgen um sein Geld.«

Ich stieg in den Range Rover. Molini legte den Rückwärtsgang ein und gab Gas. Er war ein höllisch guter Fahrer. Genau, wie er ein höllisch guter Schütze war. Ich fragte mich, was er noch alles draufhatte.

Als der Pfad sich gabelte, wendete er.

Er schwieg, also schwieg ich auch. Vor allem erzählte ich ihm nichts von Ollie.

Nach einigen Abbiegemanövern gelangten wir auf die B 66. Wir fuhren den Hellweg über Pivitsheide, Kachtenhausen und Stieghorst. Nach einer Dreiviertelstunde hatten wir das Preuss'sche Anwesen im Bielefelder Musikerviertel erreicht.

Molini drückte auf die Fernbedienung, und das zuvor so unüberwindlich erscheinende Tor glitt zur Seite, gerade so weit, dass der breite Wagen hindurchpasste.

Wir fuhren einen gewundenen Kiesweg hinauf. Soweit ich sehen konnte, sah alles sehr gepflegt aus. Alles andere hätte mich bei einem Mann wie Preuss auch gewundert. Dennoch war es eine Spur weniger bombastisch, als ich es mir vorgestellt hatte. Die Parklandschaft wirkte fast spießig in ihrer Normalität.

Molini parkte den Wagen direkt vor dem Haus. Wir stiegen gleichzeitig aus. Als wir zur Eingangstür kamen, wurde die bereits geöffnet. Offensichtlich hatte Preuss uns beobachtet.

Er gab mir die Hand und sagte: »Das freut mich, dass Sie meiner Einladung so rasch Folge geleistet haben.«

»Wenn ich so nett gebeten werde.«

Zu meiner Verwunderung begrüßten er und Molini sich mit einem Kuss auf die Wange. Ich hatte bisher gedacht, dass sich auf diese Weise nur die Politiker im Kreml und italienische Mafiosi die Gunst erwiesen.

»Sie sehen etwas ramponiert aus. Haben Sie im Dreck gespielt?«

»Es ließ sich nicht vermeiden. Kann ich mir irgendwo die Hände waschen?«

Gleich im Korridor führte eine Tür ins Gästebad. Jedenfalls nannte Preuss es so. Es war größer als alle Bäder, die ich bisher gesehen hatte. Ich wusch mir den Dreck von den Händen und versuchte, meine Kleidung so gut es ging zu säubern. Am meisten war die Jeans in Mitleidenschaft gezogen worden.

Als ich wieder in den Flur trat, schaute Preuss betreten auf meine Schuhe. »Ziehen Sie sie aus. Und Ihre Jacke auch. Heinz wird sie reinigen.«

Ich tat ihm den Gefallen. Außerdem wusste ich jetzt, dass Molini mit Vornamen Heinz hieß. Auch ein schöner Name.

Molini hatte seine Schuhe schon ausgezogen. Sie waren fast so dreckig wie meine.

Preuss ging voraus und führte mich, wie er betonte, in sein Allerheiligstes. Ich hatte keine andere Wahl, als ihm zu folgen, denn Molini stand hinter mir und bewegte sich erst, als ich mich Preuss anschloss.

Während ich hinter Preuss herging, ließ ich die Bilder auf mich wirken, die an den Wänden hingen. Preuss schien ein großer Kunstliebhaber zu sein. Allerdings hatte ich keine Ahnung von erotischer Kunst. Und um die handelte es sich ausschließlich. Wobei es auch wieder nur ein Spezialgebiet der Erotik war, die Preuss zu sammeln schien: Zumeist handelte es sich um Abbildungen männlicher Körper.

Schließlich hatten wir sein Allerheiligstes erreicht. Es war die Küche. Sie war nicht protzig. Sie war professionell. Der Edelstahl glänzte, als handelte es sich um ein funkelnagelneues Ausstellungsstück.

Preuss breitete die Arme aus. »Das hier ist mein Reich. Ein Tag ohne Kochen ist für mich wie ein Tag ohne Sex.«

Es klang, als könnte er sich über beides nicht beklagen. Ich musste an die vergangene Nacht und an den Morgen beim Frühstück denken.

»Da liegen wir gar nicht so weit auseinander«, sagte ich.

»Sie kochen auch gern?« Er wirkte ehrlich interessiert.

»Na ja, aber nicht wirklich gut.«

Er lachte. »Wenigstens sind Sie ehrlich. Das Schlimmste an den heutigen Hobbyköchen ist, dass sich jeder für einen Adrià oder Schuhbeck hält. Oder schlimmer noch, für einen Biolek oder Mälzer, je nach Alter. Die Fernsehköche haben zwar die Kochleidenschaft der Deutschen geweckt, aber nicht dazu beigetragen, dass privat besser gekocht wird. Wie sehen Sie das?«

»Ich habe leider gar keinen Fernseher«, antwortete ich.

Er lachte schallend und ließ seine blitzweißen Zähne sehen. »Das ist gut. Das ist sehr gut!«

Er band sich eine Schürze um. Auch mir reichte er eine. »Benutzen Sie die lieber. Die Tomatensauce kleckert manchmal etwas. Wäre schade um Ihr Hemd.«

Ich tat ihm den Gefallen. Dann sagte ich: »Sie wollen mit mir kochen?«

»Ich will sie kennenlernen. Immerhin habe ich Ihnen zehntausend Euro anvertraut. Seitdem haben Sie mich allerhöchstens – verwirrt, um es vorsichtig auszudrücken. Ihr Anruf vorhin zum Beispiel ...«

Er ließ offen, was genau ihm daran missfallen hatte, aber ich konnte es mir vorstellen. Während er den Kühlschrank öffnete und eine Schüssel herausholte, fragte ich: »Wieso war Ihr Leibwächter so schnell da? Überwacht er mich?«

»Wer? Mein Leibwächter?«

»Molini.«

»Heinz ist nicht mein Leibwächter. Wir sind Partner. Lebenspartner.«

Er sagte es mit einer Selbstverständlichkeit, die mich baff machte. Ich war ehrlich verblüfft.

»Bei unserer ersten Begegnung haben Sie mir erzählt, Sie wohnten allein hier. Dann war die Einsamer-Wolf-Masche nur gespielt?«

»Heinz und ich kennen uns seit zehn Jahren. Aber Sie haben recht. Er war mal Leibwächter. Na ja, zumindest so etwas Ähnliches. Er gehörte zu den SEK-Beamten, die uns einmal bei einer Reise nach Zürich begleitet haben. Da hat es zwischen uns gefunkt. Es war Liebe auf den ersten Blick.«

Er nahm eine Teigkugel aus der Schüssel. »Den Teig habe ich schon vorbereitet. Das mache ich immer so, damit es schneller geht, wenn ich Hunger habe.«

»Was hat denn Ihre Frau dazu gesagt?«

»Zu Heinz?« Er wirkte erstaunt über meine Frage. Dann sagte er: »Effie wusste es von Anfang an. Ich liebte sie wie eine gute Freundin. Ich rechne es ihr bis heute hoch an, dass sie mich damals geheiratet hat. Wissen Sie, ich bin in einem Jahrzehnt aufgewachsen, als Homosexualität noch unter Strafe stand, zumindest theoretisch.«

»Der Paragraf 175«, sagte ich.

»Ich habe es nie gewagt, mich öffentlich zu bekennen. Meine Eltern waren erzkonservativ, und die Erziehung hat leider ihre Spuren hinterlassen. Ich bin bis heute in der katholischen Kirche.«

Ich enthielt mich eines Spruchs dazu. Es wäre unfair gewesen.

»In dem Jahr, bevor ich Effie geheiratet habe, hatte ein Kesseltreiben auf mich eingesetzt. Irgendein Schmierblatt wollte herausgefunden haben, dass ich Steuern hinterzogen hätte.«

»Und? Hatten Sie?«

Er sah mich mitleidig an. »Ich bitte Sie! Wer tut das denn nicht? Allerdings war es ein Klacks im Vergleich zu dem, was heute so im Gespräch ist bei einem Fußballfunktionär und Würstlfabrikanten, den wir alle mit Namen kennen. Damals war ich dumm. Heute würde ich, wenn ich es denn nötig hätte, mehr hinterziehen. Die Steuerbehörden verfahren bis heute nach der Devise: Die Kleinen hängt man, die Großen lässt man laufen. Wobei ›klein‹ und ›groß‹ nicht nach Prominenz definiert wird, sondern nach der Höhe des Betruges. Aber zurück zu mir und Effie. Wenn ein Blatt dich erst mal auf dem Kieker hat, kommen die anderen wie Ratten aus ihren Löchern und fallen über dich her. Sie sind Journalist, Sie kennen die Spielregeln.«

»Ich habe nie zu den Ratten gehört, falls Sie das meinen.«

»Dann sind Sie die rühmliche Ausnahme. Jedenfalls hat ein Journalist in alten Töpfen gerührt und will herausgefunden haben, dass ich ab und zu Partys mit kleinen Jungs veranstaltet hätte. Das war natürlich eine dreiste Lüge, aber es hätte mich den Kopf gekostet, wenn meine sexuelle Orientierung zu dem Zeitpunkt bekannt geworden wäre. Effie hat mir aus der Not geholfen. Mit unserer Hochzeit sind sämtliche Gerüchte verstummt. Es ist wieder Ruhe eingekehrt.«

Dann zeigte er mir, wie man Pasta macht. Er erklärte mir, wie er den Teig zubereitet hatte, und ließ mich schließlich selbst Hand anlegen. Ich durfte den Teig auf einer bemehlten Arbeitsfläche ausrollen. Dass Ausrollen nicht gleich Ausrollen ist, brachte er mir auch bei.

»Rollen Sie immer von sich weg, ja, so ist es richtig. Und wenn der Teig klebt, streuen Sie wieder etwas Mehl auf die Fläche. Wenn Sie einen Kreis ausgerollt haben, dann falten Sie den Teig zusammen und rollen ihn noch weiter aus.«

Er war ein strenger Lehrmeister, aber es begann mir Spaß zu machen. Er ließ mich den Teig sechs- oder siebenmal ausrollen, bis er zufrieden damit war. Danach ging es weiter. Ich bekam kaum mit, dass sich Molini irgendwann wieder zu uns gesellte. Auch er band sich eine Schürze um.

Preuss schnitt den Teig mit einem scharfen Messer in acht Millimeter breite Streifen und hängte sie an einer Art Miniwäscheständer auf.

»In zehn Minuten sind die getrocknet. Dann kommen sie in den Topf. Bis dahin kümmern wir uns um die Sauce.«

Er band mich weiter ein, indem er mir wortlos eine Dose Tomaten und einen Öffner reichte. Währenddessen schnitt er eine Zwiebel in kleine Würfel. Molini stand daneben und schaute uns zu.

»Nichts ist einfacher auf der Welt, als eine gute Tomatensauce zu machen. Aber nennen Sie mir auch nur ein italienisches Lokal in Bielefeld, in dem ich eine gute Pomodoro kriege! Das fängt schon damit an, dass sie alle Spaghetti dazu servieren. Zu einer Pomodoro gehören Tagliatelle. Basta! Allenfalls lasse ich noch Fettuccine durchgehen.«

Er erhitzte etwas Olivenöl in einer gusseisernen Pfanne und gab die Zwiebeln dazu. Inzwischen hatte ich die Dose geöffnet, und er bat mich, die Tomaten vorsichtig in die Pfanne zu geben.

»Nehmen Sie keine frischen Tomaten?«, wunderte ich mich.

Er winkte ab. »Unnötig. Dosentomaten sind das Beste, was Sie kriegen können. Sie sind viel aromatischer als das Treibhauszeug überall. ›Frisch‹ ist in dem Fall nur ein Wort ohne jegliche Qualitätsaussage.«

Schließlich gab er noch etwas Basilikum dazu. Mir reichte er den Kochlöffel zum Umrühren.

In dem Moment, als ich den Kochlöffel in die rote Brühe tunkte, umfasste Molini mein Handgelenk. Mit der anderen Hand packte er mich von hinten an den Haaren, sodass er jede Bewegung schmerzhaft ahnden konnte.

Er verstärkte den Griff um mein Handgelenk und drückte zu. Ich schrie auf und ließ den Löffel los. Er hatte mich ganz gemein in der Mangel, das musste ich zugeben.

»Heinz möchte sicher wissen, wo Sie das Handy haben.«

»Welches Handy?« Ich musste mich noch nicht einmal verstellen. Anfangs wusste ich wirklich nicht, was er meinte. Dann ahnte ich es. Er sprach von dem Handy seines Doppelgängers.

Aber woher konnte er wissen, dass ich es an mich genommen hatte? Es sei denn, Molini hätte mich dabei beobachtet.

Preuss verdrehte leicht genervt die Augen. »Ich habe Sie bisher für einen sehr klugen Burschen gehalten, Herr Morgenstern. Und ich habe Ihnen mein Vertrauen geschenkt. Also halten Sie mich nicht zu Narren.«

Molini verstärkte den Druck um mein Handgelenk noch einmal und hielt meine Hand über die Pfanne. Die Hitze war bereits jetzt unerträglich, und meine Handfläche begann zu brennen von dem aufsteigenden Dampf. Ich schloss die Finger zu einer Faust.

»Das … nennen Sie … Vertrauen?«, keuchte ich. »Warum wollten Sie, dass ich Ihnen Ihren Doppelgänger ausliefere? Ich nehme an, damit wollten Sie mich reinlegen. Sie wissen, wer es ist. Und Sie stecken mit ihm unter einer Decke.«

Meine Hand war nur noch ein paar Millimeter von der brodelnden Pomodoro entfernt, und ab und zu traf mich ein scharfer, kochend heißer Spritzer von der Soße.

Preuss schüttelte bedauernd den Kopf. Dann sagte er: »Ach Kinder, hört doch auf mit dem Unsinn, wir wollen die Sauce ja noch genießen!«

Augenblicklich ließ Molini mich los. Ich zog meine Hand zurück. Sie war krebsrot und brannte wie Feuer.

»Lassen Sie mal sehen«, sagte Preuss.

»Hauen Sie ab!«, zischte ich.

»Schnell, halten Sie die Hand unter kaltes Wasser! Heinz holt Ihnen eine Salbe und einen Verband.«

Er dirigierte mich zur Spüle und stellte das Wasser an. Ich hielt meine Hand unter den eiskalten Strahl und hätte fast aufgeschrien. Im ersten Moment war der Schmerz noch beißender als vorher. Erst nach einigen Sekunden setzte die Linderung ein.

»Na, Sie werden's schon überleben«, munterte Preuss mich auf, während er sich um seine Nudeln kümmerte.

Molini kam mit Brandsalbe und Verbandzeug herangeeilt. Ich musste zugeben, dass er mich ziemlich professionell verarztete. Eine Krankenschwester hätte nicht sanfter sein können.

Zum Essen blieb ich trotzdem nicht.

Ich hatte die Nase voll.

»Ich bin es leid, verarscht zu werden«, sagte ich. »Jeder glaubt, er könnte mich für blöd verkaufen. Jeder sagt mir nur einen Teil der Wahrheit. Und selbst davon stimmt wahrscheinlich die Hälfte nicht. Echt, ich könnte ...«

»Heul doch«, sagte Norbert.

Ich hätte ihn erwürgen können. Stattdessen sagte ich: »Klar, was kotze ich mich auch vor dem härtesten Bullen in ganz Ostwestfalen-Lippe aus und erwarte auch noch so etwas wie Verständnis oder gar Mitleid.«

Norbert schaute versonnen in sein Bierglas. Dann trank er einen großen Schluck und stellte es wieder hin.

Nach meiner Odyssee aus Bielefeld hatte ich Norbert angerufen. Er hatte vorgeschlagen, mich abends abzuholen. Er tat sehr geheimnisvoll. Ich war überrascht, als er mit mir zum *Lipper Hof* fuhr. Und ich konnte nicht behaupten, dass es mir recht war.

Immer wenn ich Maria, der Inhaberin, begegne, muss ich unweigerlich an die Liaison zwischen uns beiden denken. Die lag schon lange zurück, gehörte aber zu den Beziehungen, an die man voller Schmerz denkt. Die Zeit war für uns beide nicht reif gewesen. Ich war mit mir selbst beschäftigt und hatte genug damit zu tun gehabt, meine Wunden zu lecken, und Maria war mit dem Hotel überfordert gewesen. Unsere Beziehung war von Anfang an zum Scheitern verurteilt. Ich war mir sicher, dass es zu jedem anderen Zeitpunkt funktioniert hätte. Selbst heute noch. Oder vielleicht gerade heute.

Maria hatte sogar den Weggang ihres langjährigen Spitzenkochs Rolf Zackerl verkraftet. Der *Lipper Hof* kochte zwar mittlerweile nicht mehr annähernd auf Sterne-Niveau, aber immerhin hatte er vor Kurzem die »Bib-Gourmet«-Auszeichnung erhalten, die für sorgfältig zubereitete Küche stand. Die neue junge Mannschaft, die die Küche übernommen hatte, war mit Begeisterung bei der Sache.

Der Gastraum war voll besetzt. Maria hatte ich noch nicht gesehen. Vielleicht steckte sie, wie so oft, in der Küche.

»Mir ist zwar zum Heulen zumute, aber letztlich kann mir das alles scheißegal sein. Ich kann den Kram jederzeit hinschmeißen. Im Gegensatz zu dir. Ich habe meinen Wald. Über den kann ich noch genug schreiben. Dagegen bist du in der Pflicht, ein paar Morde aufzuklären. Ich schätze mal, dass dir ganz schön Feuer unterm Hintern gemacht wird.«

»Klar, wie das immer so ist. Aber red dich mal nicht raus.« Er hielt mir die gespreizten Finger vors Gesicht, während er aufzählte und dabei mit der anderen Hand die Finger antippte: »Drei Morde. Drei Mal hat man Teile von Playmobilfiguren gefunden.« Er ließ die Hände wieder sinken. »Ach, lassen wir doch den Mist. Fakt ist, dass wir beide mal wieder knietief drinstecken. Jeder auf seine Weise.« Er betrachtete den Verband an meiner Hand. »Willst du Anzeige erstatten?«

Ich hob kurz die verletzte Hand. »Deswegen?« Ich schüttelte den Kopf. »Es hätte schlimmer kommen können. Außerdem habe ich mein Schmerzensgeld schon bekommen. Preuss und ich sind quitt.«

»Weiß er das auch?«

»Er ist intelligent genug, dass er es ahnt. Hat dir Ollie das Handy und die Pistole gebracht?«

»Wird bereits alles untersucht. Ich glaube zwar nicht, dass mit der Pistole Effie Beck erschossen wurde ...«

»Das erzählst du mir zum ersten Mal. Bisher wusste ich davon nichts.«

»... aber wir überprüfen das natürlich«, fuhr er ungerührt fort. »Es könnte sein, dass auch frühere Straftaten damit verübt wurden. Dauert aber ein paar Tage, bis unsere Experten da was sagen können. Was anderes ist es mit dem Handy. Das ist wahrscheinlich geklaut, aber die jetzige Nummer ist auf einen gewissen Werner Blanke eingetragen. Der ist kein Unbekannter bei uns. Hat ein ganz schönes Vorstrafenregister: Raub, Vergewaltigung, Körperverletzung, Erpressung. Mord war bisher nicht dabei.«

Ich trank nun ebenfalls einen Schluck. Das Detmolder Landbier schmeckt mir gezapft am besten. Allmählich machte sich sogar Hunger breit. Immerhin hatte ich ja Preuss' Einladung zum Mittagessen verschmäht.

»Und seine Verbindung zu Preuss? Die beiden sehen sich wirklich erstaunlich ähnlich.«

»Wir haben den letzten Telefonanruf, den er nicht angenommen hat, zurückverfolgt.«

»Ja und?«

Er trieb die Spannung wirklich auf die Spitze, indem er eine Pause einlegte. Dann sagte er: »Dein Freund Preuss wollte ihn sprechen.«

Jetzt war ich tatsächlich baff. Gleichzeitig begriff ich, wieso die beiden vermutet hatten, dass ich das Handy an mich genommen hatte. »Ich hatte Preuss vorher angerufen, weil ich wissen wollte, ob er zu Hause ist. Dann hat er offenbar seinen Doppelgänger angerufen. Wahrscheinlich, um ihn zurückzupfeifen. Er konnte ja nicht wissen, dass Ollie den zu dem Zeitpunkt schon außer Gefecht gesetzt hatte. Nur, was haben die beiden miteinander zu tun?«

Norbert setzte ein überhebliches Lächeln auf. Er verschränkte die Arme vor der Brust und lehnte sich zurück. »Tja, manchmal sind wir doch nicht so dumm, wie du immer glaubst.«

»Habe ich je behauptet, dass ihr dumm seid?«

Er beugte sich wieder ein wenig vor, legte die Arme auf den Tisch und begann zu erzählen: »Also, dieser Werner Blanke ist auch bei Mackensen angestellt. Zwar nicht direkt. Er wird in dessen Kartei geführt. Schon seit fünf Jahren. Wenn ich jetzt so ein Yuppie wäre, der überall sein Notebook dabeihat, könnte ich dir seine Visage zeigen.«

»Ich kann Blanke also ganz offiziell als Preuss-Double buchen?«

»Nein, den Preuss kennt doch kein Schwein. Der stand nie in der Öffentlichkeit. Aber Blanke scheint recht wandlungsfähig zu sein. Er steht noch immer als Christian-Wulff-Double drin. Aber diese Einnahmequelle dürfte sich nun auch erledigt haben. Ich denke mal, er ist nicht zufällig bei der Doppelgänger AG. Er wird Preuss ab und zu vertreten haben. Vielleicht ja nur als Scherz auf Geburtstagsfeiern, keine Ahnung. Fakt ist, dass sie sich kennen. Und Preuss wollte nicht, dass du davon Wind bekommst.«

Ich schüttelte den Kopf. »Und warum setzt er Blanke auf mich an, damit der mich von der Straße drängt? Das ergibt doch keinen Sinn.«

Norbert tippte sich an die Stirn. »Psychologie, mein Lieber. Tja, auch das lernen wir auf der Polizeischule. Sich in die Psyche des Täters hineinzuversetzen. Mal angenommen, Preuss hat seine Frau umgebracht. Er verfügt über viele Kontakte und

Quellen. Vielleicht hat er herausbekommen, dass wir beide uns kennen. Also engagiert er dich, damit ich davon erfahre und ihn für unschuldig halte: Der trauernde Ex, der dich fürstlich bezahlt, damit du ihm den Mörder lieferst.«

»Dann muss er mich aber für ziemlich unfähig halten.«

»Tja, mach dir darüber mal Gedanken. Jedenfalls will er dich dann doch einschüchtern. Du sollst ja auch nicht zu viel herausfinden. Also gibt er Blanke, der nicht nur ab und zu als Doppelgänger für ihn einspringt, sondern auch den einen oder anderen fiesen Job für ihn erledigt, den Auftrag, dich im wahrsten Sinne vom Wege abzubringen. Als Nächstes muss er dann erfahren, dass du Blanke aufgespürt hast. Das klingt in seinen Ohren gar nicht gut ...«

»Wie dem auch sei, ich bin jetzt raus.«

»Glaubst *du*. Ich nicht.«

»Du wirst schon sehen. Preuss und Blanke sind für mich kein Thema mehr. Ich habe euch das Handy und die Pistole geliefert. Um den Rest musst du dich selbst kümmern. Was hältst du eigentlich davon, dass Preuss schwul ist?«

Norbert feixte. »Ich dachte, du bist raus. Na ja, was ändert das schon, dass er mit Molini das Bett teilt?«

»Ich finde, dass zumindest sein Verhältnis zu Effie Beck jetzt in einem anderen Licht erscheint.«

Norbert schüttelte den Kopf. »Die eifersüchtige Ex? Ne, das klingt unlogisch. Dazu sind die beiden schon zu lange auseinander.«

Die Bedienung kam an unseren Tisch und fragte, ob wir auch etwas zu essen wünschten. Norbert lehnte mit dem Hinweis auf seine Taille ab. Da er mich eingeladen hatte, wählte ich ein Filetsteak vom Angusrind mit Berner Sauce und hausgemachten Pommes frites. Die Kartoffeln stammten von einem Bioland-Hof in der Nähe.

»Du weißt aber schon, dass ich das aus meiner eigenen Tasche bezahlen muss?«, nörgelte Norbert.

»Tja, und das, wo du gleich zwei Frauen zu versorgen hast.«

»Stimmt nicht. Maria ist selbstständig. Die muss ich nicht unterstützen.«

»Maria?« Ich blickte ihn fassungslos an. Jetzt begriff ich, warum er mich in den *Lipper Hof* eingeladen hatte.

Er grinste zufrieden. Ich wusste nicht, was ich davon halten sollte. Natürlich war Maria eine tolle Frau. Norbert konnte sich glücklich schätzen. Allerdings hatte er auch eine tolle Ehefrau. Und Kinder.

»Zu Hause läuft es einfach nicht mehr«, erzählte er, und dagegen konnte ich nichts mehr einwenden. »Seit zwei, drei Jahren schon. Man spürt das, wenn nicht nur die Luft raus ist, sondern wenn der Ball so viele Löcher hat, dass er sich auch nicht mehr aufblasen lässt. Ich will dich nicht mit Details langweilen. Außerdem wäre es unfair, wenn ich dir jetzt alles nur aus meiner Sicht erzähle. Ich bin genauso schuld. Der Scheißdienst. Du weißt ja, wie das bei mir läuft: Wochenenddienst, Frühschicht, Nachtschicht. Und immer mal wieder Sonderschichten, wenn irgendein Verrückter herumläuft, so wie jetzt. Auf Dauer verträgt das kaum eine Ehe ...«

»Und mit Maria? Glaubst du, mit ihr läuft das anders?« Ich konnte mich noch immer nicht so recht an den Gedanken gewöhnen. Maria und Norbert. Norbert und sie ...

»Maria hat genug zu tun. Die wartet nicht den ganzen Tag darauf, dass ich nach Hause komme. Wir haben uns in den letzten Wochen gerade zwei Mal gesehen.«

»Und deine Kinder?«

»Fang jetzt bloß nicht mit den Kindern an!«, bat er leise. »Das ist meine Achillesferse. Aber deshalb kann ja ich nicht mein ganzes Leben aufgeben. Ich habe nur das eine.«

»Du gibst dein Leben auf«, sagte ich. »Zumindest dein bisheriges.«

Er trank sein Glas leer und bestellte ein weiteres Bier. Dann sagte er gereizt: »Du hast gut reden! Du bist Junggeselle. Du hast keine Verpflichtungen. Du kannst jederzeit tun und machen, was du willst.«

»Ich bin nicht freiwillig Junggeselle. Ich habe nur noch nicht die richtige Frau gefunden.«

»Das sagen alle. Ja, die Masche kenne ich von dir.«

Wir schwiegen uns an wie ein altes Ehepaar, bei dem jeder Partner wusste, dass die Situation verfahren war und jeder nächste Satz der falsche sein würde. Norbert ahnte, dass es keine gute Idee war, heute Abend die Katze aus dem Sack zu lassen.

Irgendwann kam mein Essen. Obwohl das Steak vorzüglich war, wollte es mir nicht schmecken.

Irgendwann ließ sich auch Maria blicken. Sie sah gut aus. Ihre Wangen waren gerötet, und ihre Augen leuchteten. Obwohl sie aus der Küche kam, wirkte sie frisch und ausgeruht. Kein bisschen müde, so wie sonst. Sie strahlte uns an. Selbst Norbert strahlte plötzlich. Es ist erstaunlich, was die Liebe mit zwei Menschen anstellen kann. Selbst mit so reifen Menschen wie den beiden. Ich spürte, wie ich eifersüchtig wurde, und das war falsch. Dazu hatte ich kein Recht.

Irene kam mir in den Sinn. Sie hatte nicht so gestrahlt wie Maria. Und ich ganz bestimmt auch nicht. Ich begriff, dass es da noch Unterschiede gab, wenn Mann und Frau sich einander anvertrauten.

»Hat Norbert es dir endlich erzählt?«, fragte Maria. Sie setzte sich zu uns. »Ich habe ihn schon die ganze Zeit damit genervt, es dir zu sagen.«

»Herzlichen Glückwunsch«, sagte ich. Ich versuchte zumindest, mich zu verstellen. Natürlich durchschaute sie mich sofort. Sie drückte meinen Arm. »Ich fand das irgendwie wichtig, dass du es als Erster erfährst.«

»Und warum?«

»Nur so ein Gefühl.« Dann lächelte sie. »Was ist? Ihr guckt beide wie zehn Tage Regenwetter. Natürlich wird das nicht einfach für uns. Wir haben beide unseren Beruf. Na und? Andere Paare haben auch wer weiß was um die Ohren und halten es trotzdem ganz schön lange miteinander aus. Wie wär's, wenn wir jetzt alle drei miteinander anstoßen?«

Ich nickte.

Maria erhob sich und sagte: »Ich bin gleich wieder da. Tut mir einen Gefallen und streitet nicht wieder.«

Ich nickte. Als sie weg war, sagte Norbert: »Tu wenigstens so, als ob du dich für uns freust.«

»Das tu ich«, sagte ich und ließ offen, ob ich mich wirklich freute oder ob ich nur mein Bestes tat, um es vorzutäuschen.

»Dann ist ja gut«, sagte Norbert. »Das alles ist sowieso schon schwer genug.«

Maria kam mit einem Tablett und einer Flasche und drei Gläsern darauf zurück. Sie stellte sie vor uns hin und sagte zu Norbert: »Bist du so lieb und öffnest ihn zur Feier des Tages?«

Norbert nahm die Flasche und entkorkte sie vorsichtig. Ich las, dass es sich um einen Grappa di Picolit Monovitigno aus der Brennerei Nonino handelte. Das war ein ganz besonderer Tropfen, aber Maria hatte es nicht nötig, das besonders zu betonen.

Norbert schenkte vorsichtig ein, sodass kein Tropfen danebenging.

»Auf euch!«, sagte ich und erhob mein Glas.

»Auf uns!«, sagte Norbert.

Maria sagte nichts. Sie lächelte.

Der Grappa schmeckte nach Honig und Akazienblüten, nach reifen Quitten und frisch gepflückten Feigen. Vor meinen Augen erstand eine italienische Sommerlandschaft, ich sah mich, wie ich mich mit dem Rücken an den Stamm einer Pinie lehnte und auf eine Wiese voller wilder Blumen blickte.

Jetzt wusste ich, was der Unterschied war. Warum ich nicht das spürte, was Maria und Norbert miteinander verband.

Irene war eine Frau, mit der man Whisky trinken konnte.

Maria war die Frau, mit der man Grappa trank.

24.

Die nächsten Tage kamen mir vor wie davonflatternde Kalenderblätter, so wie man es manchmal in alten Filmen sieht. Ich stand irgendwie neben mir, während die Welt sich weiterdrehte. Und das Eigenartige war: Die anderen machten einfach weiter, schauten nicht zurück, und irgendwann hatte ich das Gefühl, dass sie mich vergessen hatten.

Ollie, Duffy und die Gräfin wurden von den *Fun & Action*-Leuten nun völlig in Beschlag genommen. Manchmal sah ich sie unten auf dem Hof Einstellungen und Sequenzen drehen. Ansonsten wurden sie ziemlich abgeschottet, da immer mehr Medien- und Presseleute unser trautes Heim aufsuchten. Und es waren nicht mehr nur ein paar neugierige Rentner und Hausfrauen, die mal nach dem Rechten sehen wollten. Wahre Heerscharen von Fans lungerten in Rufweite herum. Wann immer sich einer von den Hauptakteuren sehen ließ, drang ein Kreischen zu mir hoch. Es war nicht so schlimm wie bei DSDS oder GNTM und wie die Sendungen alle hießen. Aber ich fragte mich, wo das alles noch hinführen sollte.

Weder Norbert noch Maria meldeten sich bei mir. Ich hatte gehofft, dass Maria mich anrufen würde, um mir mehr zu erzählen. Aber ich musste einsehen, dass ich nicht sehr wichtig in ihrem Leben war.

Norbert hielt es nicht einmal für nötig, mich über die laufenden Ermittlungen zu informieren. Zumindest hätte er mir verraten können, was die Untersuchung der Pistole ergeben hatte.

Da auch Preuss nicht mehr anrief und mir auch seinen Intimfreund Heinz nicht vorbeischickte, gab ich mich der trügerischen Hoffnung hin, dass ich mit dem ganzen Fall nichts mehr zu tun hatte. Was ging es mich an?

Am Mittwoch brachte mir ein Mitarbeiter von Markötter den reparierten Volvo vorbei. Die Rechnung war ein Schock. Am liebsten wäre ich sofort noch einmal zu Werner Blanke gefahren und hätte ihm die Rechnung auf den Tisch geknallt. Und wenn doch Preuss dahintersteckte? Wenn Blanke sein Mann war? Dann musste ich die Reparaturkosten von den zehntausend Euro abziehen. Die Anzahlung wäre dann bedeutend niedriger. Vor allem, wenn man dann noch Schmerzensgeld mitrechnete.

Meiner Hand ging es übrigens besser. Trotzdem würde ich in nächster Zeit nicht mehr beim Italiener essen.

Die *Action-Dinner*-Sendungen ersparte ich mir. Ich glaubte nicht, dass ich noch eine große Rolle darin spielte. Der Aufreger war der Mord in der Küche gewesen. Und natürlich die Möpse.

Irene Nachtigall war eine treulose Tomate. Sie ließ sich nicht ein einziges Mal bei mir blicken. Ich redete mir ein, dass sie mit jedem Tag, den die Sendung sich dem Finale näherte, mehr zu tun hatte, und verzieh ihr. Umgekehrt konnte ich mich nicht dazu durchringen, mich bei ihr zu melden. Ich hatte zu große Angst, dass sie mir einen Korb geben würde.

Natürlich vergrub ich mich nicht in meiner Wohnung. Das ging allein schon wegen Luna nicht. Morgens vor Sonnenaufgang und abends nach der Dämmerung verließen wir auf Schleichwegen das Gelände und unternahmen lange Spaziergänge.

Am Donnerstag war mein Kühlschrank leer, und das Dosenfutter ging zur Neige, was noch viel schlimmer war.

Also setzte ich mich in den Volvo und fuhr zu *Real* nach Detmold. Schön ist, wenn man in die Straße einbiegt, dass man auf den Höhen den Hermann sieht und irgendwie ein heimisches Gefühl in einem geweckt wird. Da sieht man dann gern über die hässlichen Flachbauten hinweg, die sich hier breitgemacht haben, und über die Erdbeeren aus Ägypten, die für drei Euro neunzig im *Real* angeboten werden.

Während ich durch die Gänge düste, hatte ich irgendwie das Gefühl, dass die Leute mich anstarrten.

In der Schnapsabteilung hielt ich nach einem guten Whisky Ausschau. Da sah ich die Halbglatze von Albert. Albert Diekjobst. Der packte gerade eine Wippermannflasche in seinen Einkaufswagen. Er behandelte sie so vorsichtig wie ein Baby. Albert Diekjobst war Lokalpolitiker. Seit ewigen Zeiten schon. Und zwar einer von der Sorte, die alles weiß. Und auch alles besser weiß. Außerdem glaubte er seit Kurzem, er müsse unbedingt einen Krimi schreiben. Weil wir uns schon lange kennen, war er ausgerechnet auf mich gekommen, damit ich ihm bei der Ideenfindung helfen sollte.

Ich wollte mich wegducken, aber da hatte er mich schon erspäht und kam freudestrahlend auf mich zu. Sein Händedruck war wischiwaschi und feucht. »Mensch, Moritz, dich sieht man ja jetzt jeden Tag in der Glotze. Willst du nicht auch in die Politik gehen?«

Ich enthielt mich eines Kommentars. Ich schaute in seinen Wagen. Da lag nicht *eine* Wippermannflasche, sondern mindestens zehn waren dort aufgereiht.

»Alles Geschenke. Heutzutage musst du dich beim Wahlvolk erkenntlich zeigen. Früher war das umgekehrt. Da haben sie dir gehuldigt.«

»Da verwechselst du was. Damals gab es noch einen König.«

Er kratzte sich am Hinterkopf. »Ne, ne, heut sind die Zeiten nicht mehr so blendend wie früher. Unsereiner gilt doch schon als korrupt, wenn er hier bei *Real* die Rabattmarken und die Klebebildchen annimmt. Ne, hör mir auf. Da schreib ich demnächst lieber meine Krimis.«

Es freute mich zu hören, dass er bereits in der Mehrzahl sprach. Und dass er mich nicht mehr fragte, ob ich eine gute Idee für ihn hätte.

»Ne, wirklich, Moritz, ich habe da von einer interessanten Sache gehört …«

»Du, Albert, ich muss jetzt wirklich weiter …« Ich tat so, als würde ich auf die Uhr schauen. Dabei hatte ich gar keine um.

»Nur ganz kurz, pass auf …«

»Warum schreibst du es nicht einfach auf und schickst es einem Verleger? Ich wette, die Verlage reißen sich darum.«

»Na ja, ich weiß aber nicht, ob das nicht doch zu brisant ist. Mich kennt doch jeder.«

»Wie wär's mit einem Pseudonym? Ganz einfach.«

»Ne, jetzt hör mal zu. Ich hab nämlich auch gedacht, dass das vielleicht was für die Zeitung wäre. Nicht für unser Blättchen, mehr was für den *Spiegel* oder so. Du hast doch da Verbindungen.«

»Albert, lass uns demnächst mal darüber sprechen. Im neuen Jahr …«

»Ne, pass auf: Ich bin doch forstpolitischer Sprecher, da komm ich überall rum, aber ich kenne die Leute hier, und die kennen mich, und die wissen, dass ich ehrlich bin. Jedenfalls, jetzt stell dir mal konkret folgende Story vor: Also, da spricht mich so ein Rentner an, den ich von früher gut kenne, und fragt mich, ob ich nicht seine Äcker und Wälder kaufen will. Ne, sag ich, ich hab doch genug eigene. Pass auf, jetzt kommt's. Da sagt der: Der Verkauf wär ja auch nur pro forma, für 'n Euro oder so. Damit man ihn in Ruhe lässt. Jetzt werd ich hellhörig und sage: Wieso lässt man dich denn nicht in Ruhe? Es gibt hier doch genug Ackerland. Das wusste er auch nicht, aber dann erzählt er mir von Besuchen, die er meistens nachts bekommt. Die besuchen ihn in seinem Wohnmobil und …«

Ich horchte plötzlich auf. »Moment mal, redest du etwa von Beckervordersandforth?«

»Den Namen gibt's wohl nur ein Mal in ganz Lippe, was?«, lachte Albert. Dann setzte er eine enttäuschte Miene auf. »Dann hat er dir den Krimi auch schon erzählt?«

Eine ältere Dame bat uns verärgert, den Weg zwischen den Regalen freizumachen. Ich bemerkte, dass der *Real*-Markt nicht der richtige Platz war, um über seinen neuen Krimi zu sprechen. Das sah auch Albert ein. Wir verabredeten uns draußen am Imbissstand.

Nachdem wir eine Currywurst für mich und eine Bratwurst für ihn bestellt hatten, kam Albert gleich wieder auf seinen Krimi zu sprechen. »Da bin ich durch Zufall 'ner ganz großen Sache auf die Spur gekommen. Denn dann hab ich mich mal umgehört. Nicht einfach so; da musst du schon deine Kontakte spielen lassen. Das ganze Gelände dort war vor Jahren mal als Gewerbegebiet im Gespräch. Das hat sich dann wieder erledigt. Aber jetzt, wo die A 33 gebaut ist, könnte das wieder interessant werden. Na, was hältste nun von meinem Krimi?«

Er biss in seine Bratwurst. Das Fett spritzte ihm aufs Kinn und lief dann hinunter. Er war so begeistert, dass er es gar nicht bemerkte. Und ich war so baff, dass ich gar nicht daran dachte, ihn darauf hinzuweisen. Denn plötzlich war mir klar geworden, warum Norbert mich zum Lindenhof geschickt hatte. Er wusste, dass Willy Beckervordersandforth erpresst wurde. Und er wusste auch, von wem.

»Verdammt noch mal!«, fluchte ich.

Albert sah mich erschrocken an. »Ist das jetzt ein Lob, oder hältst du nichts von meiner Idee?«

Ich klopfte ihm auf die Schulter. »Nein, lass mal, die Idee ist spitze. Aber ich muss jetzt wirklich los. Bleib du an dem Fall dran. Wenn du mehr weißt, ruf mich einfach an. Ich helfe dir jederzeit weiter.«

Ich ließ ihn und meine Currywurst stehen.

Es hatte mich wieder gepackt. Die Kalenderblätter flogen nicht mehr einfach nur davon und wurden vom Winde verweht. Die Welt hatte mich wieder.

Auf dem Weg vom Parkplatz wäre ich beinahe in einen Wagen hineingelaufen. Der Rentner hinter dem Steuer zeigte mir den lippischen Gruß. Ich lächelte ihm freundlich zu.

Während ich Richtung Bielefeld fuhr, versuchte ich die ganze Zeit, Norbert ans Telefon zu bekommen. Entweder ließ er sich verleugnen, oder er war wirklich beschäftigt.

Als Willy Beckervordersandforth mir die Tür seines Wohnmobils öffnete, bemerkte ich als Erstes sein blaues Auge. Dann die aufgeplatzte Unterlippe. Seine linke Hand war bandagiert. Sofort begann auch meine Hand wieder zu brennen.

Misstrauisch blickte er mich an. »Was wollen Sie?«, nuschelte er.

Es sah nicht so aus, als würde er sich an unser »Du« erinnern.

»Hatten Sie einen Unfall?«, fragte ich. Dann fiel mir sein Hund ein. »Wie geht es Hermann?«

Seine Miene wurde noch abweisender. »Verschwinden Sie von hier! Sonst hole ich die Polizei.«

Abwehrend hob ich die Hände. Dann beschloss ich, ihm die Wahrheit zu sagen. »Ob Sie es glauben oder nicht, mich schickt die Polizei. Wenigstens, als ich das erste Mal hier war. Mein Freund Norbert meinte, ich sollte mir den Lindenhof mal anschauen. Aber wissen Sie was? Ich glaube, er wollte, dass ich Sie treffe.«

»Warum sollte er das wollen?«

»Vielleicht, weil Sie Hilfe brauchen?«

»Ich brauche keine Hilfe«, sagte er schroff. Dann fragte er: »Wie sieht Ihr Freund denn aus?«

»Bullig, kantiger Schädel, Koteletten bis zum Kinn ...«

»Den kenn ich. Der war zwei Mal hier und hat komische Fragen gestellt. Und das ist Ihr Freund?«

»Manchmal kann man sich seine Freunde nicht aussuchen. Sie sind Schicksal.«

Er verzog das Gesicht zu einem leichten Grinsen. Offenbar war das so schmerzhaft, dass er zusammenzuckte und es sofort sein ließ. »Komm rein«, sagte er.

Er spähte an mir vorbei, als fürchte er, dass uns jemand beobachtete. Er ließ mich vorausgehen und schloss die Tür hinter uns ab. Nachdem wir auf den schmalen Sitzbänken einander gegenüber Platz genommen hatten, begann er zu erzählen. Dabei sah ich, dass ihm oben ein Schneidezahn fehlte.

»Die waren nicht das erste Mal hier. Das hat vor ungefähr drei Monaten angefangen. Da haben zwei Männer an die Tür geklopft, ihre Namen genannt und erzählt, dass Sie im Auftrag einer amerikanischen Investmentfirma da wären. Sie hätten erfahren, dass ich mein Land verkaufen will. Ich dachte gar nicht daran und hab die beiden rausgeworfen. Ich bekam dann noch zwei oder drei Mal Besuch. Die Kerle sahen immer kräftiger und brutaler aus. Hermann mochte sie alle nicht. Und viel reden konnte man mit denen auch nicht. Ich glaube, die wurden nur hierher geschickt, damit sie mich einschüchtern. Dann kamen wieder die beiden feinen Herren vom ersten Mal und haben mir einen Vertrag vorgelegt, den ich unterschreiben sollte. Ich hab den gar nicht gelesen, sondern hab sie gleich wieder weggejagt. Das ist hier ja immerhin mein Grund und Boden.«

»Du hast dich nicht an die Polizei gewandt?«

Er winkte ab.

»Polizei! Was sollten die denn schon tun? Dann fingen die Schikanen an. Einmal war der Mülleimer in Brand gesteckt, dann haben sie mir die Reifen zerstochen, und einmal, als ich nachts Geräusche gehört habe und rausgegangen bin, haben mir ein paar Jugendliche aufgelauert. War nicht so schlimm wie jetzt.«

»Und wo war Hermann?«

»Hermann? Der tut doch keinem mehr was. Den hab ich zur Sicherheit im Wohnmobil gelassen. War auch gut so.«

»Und wo steckt Hermann jetzt?«

»Den haben die Kerle gestern mitgenommen. Sie haben gesagt, das wäre jetzt meine letzte Chance. Wenn ich Hermann wiederhaben will, dann soll ich endlich unterschreiben.« Eine Träne lief ihm über die Wange. »Kannst du dir so was Gemeines vorstellen? Der Hermann ist doch alt. Der ist froh, wenn er hier im Warmen auf seiner Decke liegen kann. Und ich hab doch sonst keinen mehr.«

Er fing an zu schluchzen.

Ich nahm seine Hand und drückte sie.

»Diese Schweine!«, stieß ich hervor. »Vielleicht solltest du doch zur Polizei gehen.«

Er schüttelte den Kopf. »Dann bringen sie den Hermann um, haben sie gesagt. Und zwar ganz langsam und qualvoll.«

»Wie sahen die Typen eigentlich aus, die das gesagt haben?«

Er wischte sich die Tränen weg und überlegte. »Eigentlich sahen die ganz normal aus. Wenigstens der eine. Der sah aus wie ein Sparkassenangestellter, wenn du weißt, was ich meine.«

»Und der zweite?«

»Der kam mir bekannt vor. Hinterher ist mir eingefallen, woher ich den kenne. Aus dem Fernsehen. Aus dem *Tatort*. Der sah aus wie Dietmar Bär.«

»Der Typ aus Lemgo!«, entfuhr es mir. Jetzt wusste ich, wieso ich die ganze Zeit gedacht hatte, der Mechaniker sei mir schon einmal über den Weg gelaufen.

»Ne, dass ist ein anderer. Ich meine den Dietmar Bär.«

»Ist schon okay«, sagte ich. »Ich bin dem nämlich auch schon übern Weg gelaufen. Und die beiden haben dich in die Mangel genommen?«, fragte ich weiter.

»Das kannst du laut sagen.« Er krempelte den linken Ärmel hoch. Der Arm war ganz blau angelaufen. Dann zeigte er mir die Zahnlücke. »Die haben mir den nicht einfach ausgeschlagen. Der Sparkassenfuzzie hatte eine Zange dabei.«

Meine Wut wuchs.

»Mit der Zange wollte er auch bei Hermann drangehen. Da hab ich gesagt, hört auf, ich mach ja, was ihr wollt. Aber ich muss eine Nacht drüber schlafen. Gebt mir noch eine Nacht! Von mir aus auch eine Woche, hat der Bär gesagt. Das war vor zwei Tagen, und jetzt mache ich mir allmählich Sorgen um meinen Hund. Ich meine, was ist, wenn die es sich anders überlegt haben? Wenn die gar nicht wiederkommen wollen?«

Ich sah in Willys zerschundenes Gesicht, und ich dachte an Hermann und daran, dass es eigentlich kaum etwas Schlimmeres gibt, als einen wehrlosen alten Mann zu verprügeln und zu foltern und ihm seinen Hund wegzunehmen.

»Willst du 'n Kaffee?«, fragte er.

Ich nickte, während ich darüber nachdachte, wie ich Willy helfen könnte. Er hantierte in dem winzigen Küchenbereich herum und stellte mir schließlich eine Tasse mit Kaffee hin. Der sah so stark aus, als müsste der Löffel darin stehen bleiben.

»Ich habe im *Real* in Detmold jemanden getroffen. Den kennst du vielleicht auch: Albert Diekjobst …«

Willy winkte ab. »Den Albert kannte ich schon, als er noch ganz klein war. Das ist ein Schlitzohr. Der hat vor ein paar Jahren auch schon mal versucht, mich übers Ohr zu hauen. Wollte genau dasselbe von mir. Ich sollte ihm das Land verkaufen.«

»Schau an«, sagte ich. »Mir hat er auch so was erzählt. Was könnten die denn alle für ein Interesse an deinem Land haben?«

»Da steht doch der alte Lindenhof drauf. Damals hat mein Opa vorgehabt, drum herum noch viel mehr zu bauen. Das sollte so 'n ganzer Komplex werden. Früher hat man Sanatorium dazu gesagt, heute nennt man das ja alles Wellness. Jedenfalls hat er die Baugenehmigung bekommen. Das ging ja alles ganz einfach damals. Da standen die Leute, die dafür zuständig waren, neben dir am Tresen und waren im selben Verein. Dann hast du denen ab und zu ein Bier spendiert, und gut war's.«

Ich glaubte zwar, dass Willy die gute alte Zeit da etwas verklärte; sicherlich hatte sein Großvater sich mit mehr als ein paar Bier erkenntlich zeigen müssen, aber ich wollte ihm seine Illusionen nicht nehmen.

»Dann ist das alles Bauland!«, entfuhr es mir.

»Ja, und seit die A 33 weitergebaut wurde, ist das anscheinend noch interessanter für manche Leute. Ist ja nicht so, dass ich partout nicht verkaufen will. Aber nicht für 'n Appel und 'n Ei.«

Ich trank meinen Kaffee aus und sagte: »Willy, nimm's mir nicht übel, aber ich brauch jetzt mal frische Luft.«

Als ich draußen stand, wurde mir klar, dass ich auch keinen Plan hatte, wie ich Willy helfen konnte. Zur Polizei wollte er nicht. Und gegen den Lemgo-Typen und das Preuss-Double hatte ich fast schon mal den Kürzeren gezogen. Ich hatte keine große Lust, den beiden noch mal über den Weg zu laufen.

Andererseits ... vielleicht gab es ja doch eine Lösung. Wer sagte denn, dass Willy und ich die Sache allein regeln mussten?

Auf dem Weg nach Hause bekam ich endlich Norbert an den Apparat.

»Was gibt's?«, knurrte er.

Ich erzählte ihm von Willy und dessen Peinigern und dass es doch eine Schweinerei sei, sich an dem alten Hermann zu vergreifen.

»Ich verstehe immer noch nicht, was du von mir willst. Dafür sind ganz andere Abteilungen zuständig.«

Jetzt platzte mir der Kragen. »Du hast doch davon gewusst! Deswegen sollte ich mir den Lindenhof doch angucken! Dir waren die Hände gebunden, aber du wusstest, dass Preuss scharf war auf das Land ...«

Ich hörte, wie er tief ausatmete. Jetzt hatte ich ihn endlich da, wo ich ihn haben wollte. Er konnte mir nicht mehr ausweichen.

»Wo bist du jetzt?«, fragte er

»Auf dem Weg nach Hause.«

»Ich komme später vorbei, dann besprechen wir das, okay?«

»Warum nicht am Telefon?«

»Sag mal, wo lebst du eigentlich? Glaubst du im Ernst, unser Gespräch wird nicht irgendwo aufgezeichnet? Bis dann!«

Er unterbrach die Verbindung. Ich fragte mich, ob Norbert neuerdings paranoid war oder ob ich in den Zeiten von Vorratsdatenspeicherung und NSA einfach zu vertrauensselig war.

Als ich zu Hause auf den Hof fuhr, nahm zum Glück kaum jemand Notiz von mir. Die Gräfin brachte Muff und Potter gerade bei, durch einen Reifen zu springen. Gregor und Petra filmten das Ganze. Mindestens ein Dutzend Schaulustige standen drum herum. Außerdem entdeckte ich zwei schwarz uniformierte Sicherheitsleute.

Der Reifen erinnerte mich unangenehm an den Playmobilclown. Muff und Potter kläfften begeistert. Aber sie dachten gar nicht daran, durch den Reifen zu springen.

Ich brachte meine Einkäufe nach oben und verstaute sie. Ich hatte Hunger, aber ich hatte keine Lust, mir allein etwas zu kochen. Mir wurde bewusst, dass das Alleinessen nicht viel mehr war als Nahrungsaufnahme. Erst in der Gesellschaft wurde die Sättigung zur Mahlzeit. Und je mehr Leute um einen Tisch herumsaßen, umso größer war die soziale Komponente.

Mir hätte schon *ein* Gast genügt.

Es klingelte. Manchmal glaube ich an Gedankenübertragung. Wer immer mich besuchen wollte, ich würde ihn bitten, zum Essen zu bleiben. Ich hoffte, dass es nicht bloß der Paketbote war. Jedenfalls konnte es noch nicht Norbert sein. So schnell war der nicht. Außerdem hatte er was von später erzählt.

Es war Irene. Sie sah abgespannt und müde aus.

Ich schloss die Tür hinter ihr und fragte: »Isst du mit? Ich habe eingekauft.«

»Was gibt es denn bei dir?«

»Hm, ich dachte an ein Thymianomelette mit Bacon, Böhnchen und Schnittlauchquark.«

»Hört sich lecker an. Dauert das lange?«

»Kommt darauf an. Hast du noch was vor?«

»Kommt darauf an«, antwortete sie. Sie schaute mich schelmisch an. Und plötzlich sah sie sehr wach und munter aus.

25.

Wenig später lagen wir aneinandergeschmiegt unter der Decke, als sie fragte: »Ich weiß immer noch nichts von dir, Moritz Morgenstern.«

»Oh, du weißt schon eine ganze Menge, finde ich.«

Sie biss mich spielerisch in die Nase.

»Also, was willst du wissen?«, seufzte ich.

»Warst du schon mal verheiratet?«

»Nein, nicht dass ich wüsste.«

»Wer war deine letzte Freundin?«

»Sie hieß Hermine, und ich habe sie beim Einkaufen in einer Metzgerei kennengelernt.«

»Wie romantisch. Hat sie dich mit einem saftigen Schweinebraten verführt?«

»Sie war keine Fleischfachverkäuferin, da bist du auf der ganz falschen Spur. Wir standen beide *vor* der Theke.«

»Und wie sah sie aus?«

»Ganz anders als du«, sagte ich ausweichend. Ich hatte keine Lust, über Hermine zu reden. Immerhin hatten wir uns ineinander verliebt, nachdem ihr Mann ermordet worden war. Es waren keine leichten Tage für uns gewesen, bis ich den Mörder entlarvt hatte. Allerdings auch nicht nach der Aufklärung des Mordes.

»Und dein letzter Freund?«, fragte ich jetzt im Gegenzug.

Sie dachte kurz nach, als müsse sie etwas sortieren, bevor sie antworten konnte.

»Meinst du, jemanden für länger?«

»Na klar, sonst ist es doch kein Freund.«

Schließlich schüttelte sie den Kopf. »Nein, darüber möchte ich nicht sprechen.«

»Das ist unfair. Ich habe dir auch von Hermine erzählt.«

»Ja, aber eure Beziehung ist noch nicht so lange vorbei. Bei mir liegt das schon Jahre zurück. Es hat keine Bedeutung mehr.«

»Hermine bedeutet mir auch nichts mehr«, beteuerte ich.

»Das glaube ich dir nicht. Männer hängen länger an ihrer Ex als umgekehrt. Manchmal dauert das Jahre. Und manchmal schlägt die Liebe auch in Hass um.«

»Woher willst du das wissen?«

Dann erzählte sie doch. Von Jochen. Drei oder vier Jahre waren sie zusammen gewesen. Er hatte ihr einen lukrativen Job in Köln bei einem Privatsender beschafft. Dann hatte sie irgendwann herausbekommen, dass sie nicht die Einzige war, die er förderte. Nachdem sie ihn verlassen hatte, wurde ihr gekündigt. Und dann tauchte er alle paar Tage auf und bekniete sie, zu ihm zurückzukehren. Das ging ein halbes Jahr so. Sie fand schnell eine neue Stelle. Als sie eines Abends nach Hause kam, saß er bereits da und wartete auf sie. Er hatte noch einen Schlüssel gehabt. Er vergewaltigte sie. Als er wieder weg war, rief sie die Polizei. Die Sache landete vor Gericht, aber Jochen wurde freigesprochen. Obwohl sie die Türschlösser auswechseln ließ, fühlte sie sich nicht mehr sicher. Wenn sie abends von der Arbeit nach Hause kam, glaubte sie ihn im Sessel sitzen zu sehen. Schließlich ging sie gar nicht mehr aus dem Haus. Sie verlor wieder ihren Job und begab sich in therapeutische Behandlung. Jochen erfuhr davon und stellte ihr abermals nach. Er drohte, ihr mit dem Messer das Gesicht zu verunstalten.

Ich küsste sie auf die Stirn. »Zum Glück hat er es nicht getan.«

»Ich habe ihn mit einer Ladung Pfefferspray begrüßt, als er eines Tages mit einem Messer vor mir stand.« Sie zeigte mir eine kleine Narbe am Kinn. »Er hat's versucht ...«

»Ich hoffe, man hat ihn danach zur Vernunft bringen können?«

»Ich habe nie wieder was von ihm gehört. Später habe ich durch Zufall erfahren, dass er sich umgebracht hat. Er hat sich vor ein Auto geworfen und ist noch auf dem Weg ins Krankenhaus gestorben ...«

Es klingelte wieder. Luna bellte. Ich stand auf und zog mir den Bademantel über.

Diesmal war es wirklich der Postbote.

Als ich ins Schlafzimmer zurückkam, hatte Irene sich bereits angezogen.

»Danke für die Mittagspause«, sagte sie. »Ich muss wieder rüber. Die Gaststube in der Eifel ist schon ausgestiegen. Jetzt sind nur noch drei im Rennen. Keine Sorge, ihr werdet das Rennen machen. Muff und Potter sind unschlagbar. Windland denkt schon über eine zweite Staffel nach. Mit euch als Sieger aus der ersten ...«

»Du redest immer von ›euch‹. Ich gehöre eigentlich gar nicht dazu.«

»Ich glaube, da irrst du dich«, sagte sie. Doch bevor ich sie fragen konnte, was sie damit meinte, verabschiedete sie sich von mir und entschwand zur Tür.

Kurz danach traf Norbert ein. Ich war richtig froh, ihn zu sehen. Wahrscheinlich begrüßte ich ihn etwas zu überschwänglich, denn er fragte schließlich misstrauisch, wie sie denn heiße.

»Wen meinst du?«

»Na, die Frau, die dich derart in Hochstimmung bringt.«

Ich ging nicht darauf ein, sondern forderte ihn auf, zu erzählen, wie das mit Effie Beck und Willy Beckervordersandforth war. Was ihr Tod mit Willys Grundstück zu tun hatte.

Er zuckte die Achseln.

»Genau das solltest du herausfinden. Als ich zu der Toten gerufen wurde und erfahren habe, dass es sich um die Ex von Preuss handelte, ist mir sofort etwas anderes eingefallen. Ein paar Wochen zuvor hatte mir ein Kollege beim Mittagessen erzählt, dass sie Preuss verdächtigen, den alten Beckervordersandforth unter Druck zu setzen. Der Verdacht gegen Preuss ließ sich aber nicht erhärten. Weißt du, ich werde hellhörig, wenn ich zweimal denselben Namen höre – in welchem Zusammenhang auch immer.«

»Da tust du gut daran.«

Ich erzählte ihm, was ich herausgefunden hatte. Manches wusste er schon, manches hatte er sich so oder ähnlich gedacht; neu war für ihn, dass Willy Beckervordersandforth zusammengeschlagen und dass Hermann als Geisel genommen worden war.

»Diese miesen Schweine!«, zischte Norbert.

»Genau das habe ich mir auch gedacht. Er hat natürlich Angst, die Polizei einzuschalten. Er will nicht, dass Hermann etwas passiert. Aber du musst ihm trotzdem helfen. Du könntest das Gelände beobachten lassen, auf dem Norbert Blanke und der Bär-Doppelgänger hausen.«

»Bär-Doppelgänger?«

Ich erklärte es ihm.

Norbert nickte. »Kann sein, dass die Kollegen schon seine Daten haben. Würde mich nicht wundern, wenn er auch in der Kartei der Toten geführt wird und wenn noch mehr Doppelgänger was auf dem Kerbholz haben. Komisch, dass mir das erst jetzt einfällt.«

»Wie kommst du darauf?«

»Wäre doch eine kluge Geschäftsidee: Du stellst dir ein paar Leute zusammen, die du immer bei Bedarf für deine illegalen Deals einsetzen kannst. Offiziell arbeiten die Leute bei *Party & Style*.«

»Gut, aber warum müssen das Doppelgänger von irgendwelchen Leuten sein? Das ist doch viel zu auffällig.«

»Oder auch nicht. Das könnte ja Methode haben. Wenn dir ein Dietmar Bär eins über den Schädel gibt und du erzählst das der Polizei, dann halten die dich erst mal für bekloppt.«

Ich schüttelte den Kopf. »Deine Theorie überzeugt mich noch nicht ganz. Aber ich lasse sie mir mal durch den Kopf gehen.«

Norbert telefonierte. Nachdem er das Gespräch beendet hatte, sagte er: »Die Überwachung geht klar. Die Kollegen ermitteln da eh wegen Hehlerei. Ab sofort werden die Typen rund um die Uhr überwacht. Keine Angst, die merken das nicht. Unsere Jungs sind Profis.«

»Dein Wort in Gottes Ohr. Wenn dem Hermann was passiert, kann ich mich bei Willy nicht mehr blicken lassen.«

»Sag mal«, begann ich, nach einer kleinen Pause, in der ich meine Informationen in Gedanken noch einmal Revue passieren ließ: »Nur mal angenommen, es ist wirklich so: Preuss will das Land kaufen, also setzt er Willy unter Druck. Was hat aber seine ermordete Ex damit zu tun?«

Norbert zuckte die Achseln. »Genau die Antwort hatte ich mir ja von dir erhofft.«

»Jetzt helfen wir erst mal Willy«, sagte ich. »Der Rest ergibt sich.«

Bevor er ging, fiel mir noch etwas ein. »Kannst du für mich mal was herausfinden?« Ich nannte ihm Irenes Namen. Mir war nicht wohl dabei. »Vor ein paar Jahren war sie mit einem Mann namens Jochen zusammen. Wahrscheinlich haben die beiden damals in Köln gelebt. Es muss da ein Gerichtsverfahren wegen Vergewaltigung gegeben haben. Sie war die Klägerin. Er der Angeklagte. Er wurde freigesprochen. Etwas später hat er sich vor ein Auto geworfen und ist gestorben.«

Norbert zeigte mir den Vogel. »Das ist doch nicht dein Ernst, oder? Glaubst du, das kann ich so einfach aus dem Computer saugen?«

»Ich muss das wissen«, sagte ich. »Es ist sehr wichtig.«

26.

Ich schaute auf die Uhr. Es war kurz vor sieben und damit noch viel zu früh für einen Spaziergang. Dennoch nahm ich die Leine und ging, nachdem ich Ollie angerufen und ihn aus dem Bett geholt hatte, kurz nach Norbert aus dem Haus.

Luna und ich hatten heute noch einiges vor.

Ollie parkte den Morgan ein ganzes Stück weit weg. Außerdem parkte er ihn so, dass man ihn von der Straße aus nicht gleich sah.

Wir stiegen aus, nahmen unsere Schlafsäcke aus dem Wagen und legten den Rest des Weges zu Fuß zurück. Luna führte ich an der Leine mit mir. Obwohl es noch nicht einmal fünf war, dämmerte es bereits. Von den umliegenden Äckern stieg Nebel auf.

»Was du vorhast, ist eine Schnapsidee«, sagte Ollie. Er war selten sauer, aber diesmal hatte ich ihn auf dem falschen Fuß erwischt. Er hatte sich für nach der Sendung mit Fee, der reizenden Deko-Queen, verabredet.

»Ich dachte, die ist mit Tobi zusammen?«

»Ach Quatsch, der ist doch schwul.«

Als wir an Willys Wohnmobil anklopften, beäugte der uns zunächst ganz misstrauisch. Er sah immer noch ziemlich lädiert aus. Die blaurote Schwellung an seinem Auge hatte sich über die gesamte Gesichtshälfte ausgebreitet. Als ich ihm erklärte, was wir vorhatten, war er damit einverstanden.

Nur was Ollie betraf, war er nicht überzeugt. »Was willste

denn mit dem Hungerhaken?«, fragte er leise, als Ollie außer Hörweite war. »Der muss doch erst mal von Mutti aufgepäppelt werden.«

»Ollie kann Karate«, antwortete ich. So ganz wohl war mir aber nicht dabei, dass ich ihn abermals in Gefahr brachte. Die Brüder, die wir erwarteten, fackelten nicht lange.

Willy besaß einen Universalschlüssel, damit schloss er die Eingangstür des Lindenhofs auf. Drinnen führte er uns eine morsche Holztreppe hinauf. Ein paar Stufen fehlten. Stattdessen konnten wir direkt in die Tiefe des Kellers blicken. Dann zeigte er uns einen Raum, in dem es zwar keine Möbel mehr gab und auch keine Tapeten, dafür aber umso mehr Graffiti.

Willy wies auf ein schauriges Gemälde. Es war eine blasphemische Interpretation des Abendmahls. In der Mitte saß der Teufel, und er hatte dreizehn dämonische Gestalten um sich geschart. »Ich hoffe, ihr seid nicht abergläubisch. Manchmal tauchen hier irgendwelche Spinner auf, die glauben, sie könnten hier den Teufel beschwören oder irgendwelche Geister aus ihren Löchern treiben. Alles Humbug. Ich habe hier noch keinen einzigen Geist gesehen.«

»Glauben Sie etwa nicht an Geister?«, fragte Ollie.

»Nein, Sie etwa?«

»Natürlich! Als Engländer bin ich sogar überzeugt, dass sie existieren. In Großbritannien gibt es allein einhundertdreiundfünfzig offizielle Spukschlösser.«

Willy warf mir einen Blick zu, der besagte, dass mein Partner offensichtlich nicht alle Tassen Schrank hatte. Dann sagte er: »Von hier aus habt ihr einen prima Blick auf mein Wohnmobil. Ist ein bisschen kalt hier, weil die Scheiben eingeschlagen worden sind, aber ihr habt ja warme Schlafsäcke dabei. Später bring ich euch auch noch einen Kaffee rüber.«

27.

Ollie und ich wachten abwechselnd. Mit der Zeit wurde es wirklich höllisch kühl – trotz Daunenschlafsack. Damit uns die Beine nicht abfroren, ging jede Stunde einer von uns mit Luna ins Gelände. Ihr machte die Kälte am wenigsten aus. Im Gegenteil, sie war munterer, als mir lieb sein konnte. Ich hoffte nur, sie würde nicht gleich anschlagen, wenn Willy Besuch bekam. *Falls* er Besuch bekam. Vielleicht ließen die Gangster ihn ja auch noch ein paar Tage lang schmoren. Nur in einer Sache war ich mir sicher: Sie würden nicht bei Tageslicht kommen.

Um Mitternacht kam Willy herüber und versorgte uns mit einer Thermoskanne Kaffee. Danach verabschiedete er sich wieder und wünschte uns viel Glück.

Viel Glück – das konnte eher er brauchen.

In der Nacht wurde ich wach, weil Luna neben mir knurrte.

»Pssst!«

Sie wusste, wann sie still zu sein hatte. Trotzdem knurrte sie leise weiter. Ich schlich hinüber zu Ollie. Der hatte sich in seinem Schlafsack vergraben. Noch nicht einmal der Kopf schaute heraus. Ich stupste ihn vorsichtig an. Er schnaufte kurz, doch er schlief weiter.

Also beschloss ich, zunächst allein nach dem Rechten zu sehen. Immerhin hatte ich Luna an meiner Seite. Ich schärfte ihr noch einmal ein, ruhig zu sein, indem ich ihr die Schnauze zuhielt. Dann nahm ich sie an die Leine und hielt sie ganz kurz.

Sie hatte verstanden und knurrte auch nicht mehr. Aber ihre Nackenhaare waren gesträubt.

Langsam bewegte ich mich auf den Eingang unseres Raumes zu. Eine Tür gab es längst nicht mehr. Dann trat ich auf den Korridor hinaus. Von irgendwoher glaubte ich flüsternde Stimmen zu hören; wie viele, konnte ich nicht sagen. Als ich mich vorsichtig über die Balustrade beugte, sah ich unten im Erdgeschoss eine Taschenlampe aufblitzen.

Schnell zog ich den Kopf wieder zurück.

Das waren nicht Bär und Preuss. Das waren irgendwelche Jugendlichen, die hier auf Geisterjagd gingen oder sonst was veranstalten wollten. Ich fluchte leise. Diese Idioten konnten den ganzen Plan zunichtemachen. Ich hörte, wie sie sich unten unterhielten. Als die Stimmen leiser wurden, wagte ich erneut einen Blick. Der Lichtkegel der Taschenlampe war nicht mehr zu sehen. Wahrscheinlich waren sie in den Keller hinuntergegangen. Einmal hörte ich ein Mädchen aufkreischen, und Luna schlug kurz an. Aber so leise, dass ich nicht glaubte, dass man es unten gehört hatte.

Ich schlich wieder zurück in unseren Schlafraum. Wenn wir Glück hatten, kamen die Typen gar nicht auf die Idee, hier hochzukommen.

Aber wir hatten kein Glück. Eine Viertelstunde später hörte ich erneut Geräusche. Ollie war inzwischen längst auf den Beinen. Von der morschen Treppe her waren Stimmen zu hören. Eine Flasche ging zu Bruch, und jemand johlte. Eine Mädchenstimme sagte: »Mann, das ist echt unheimlich hier. Wollen wir da wirklich hoch? Guck dir mal die Fratzen an den Wänden an!«

»Saaaataaaan!«, ertönte eine tiefe Stimme, und das Mädchen schrie: »Du Idiot!«

Ein Lachen antwortete ihr.

Ich fand es an der Zeit, den Kindergarten zu beenden. Im selben Moment machte Ollie mich darauf aufmerksam, dass sich drüben beim Wohnmobil etwas tat. Zwei Scheinwerfer durchpflügten die Nacht und erstarrten direkt neben Willys Wagen. Dann herrschte wieder Dunkelheit.

Ich schaltete die Taschenlampe an und lief los. Luna sprang kläffend hinter mir her.

Die Jungs und Mädchen unter uns schrien auf. Im Schein der Taschenlampe erkannte ich ihre verängstigten Gesichter. Es waren fünf. Drei Jungen und zwei Mädchen. Höchstens achtzehn Jahre alt.

»Keine Angst. Wir haben es nur eilig!«, versuchte ich sie zu beruhigen.

Ich sprang an ihnen vorbei die Stufen hinab. Viel Zeit für Erklärungen hatte ich eh nicht. Ich war an dem Letzten fast vorbei, als der instinktiv mit der Faust ausholte. Wahrscheinlich hielt er mich für irgendeinen rasenden Irren.

Die Faust traf mich direkt aufs Nasenbein. Ich schrie auf. Zugleich brach ich mit einem Fuß durch eine Stufe und stolperte. Ich sah mich schon die Treppe hinunterfliegen, als jemand mich am Oberarm packte und mich festhielt.

»Nicht so hastig«, sagte Ollie. »Du brichst dir noch die Ohren. Alles in Ordnung?«

»Wer seid ihr?«, fragte eines der Mädchen. Der Schreck stand ihr noch ins Gesicht geschrieben.

»Bestimmt Spanner!«, sagte einer der Jungs.

Ich nickte Ollie zu. Vorsichtig zog ich den Fuß aus der geborstenen Stufe und trat versuchsweise auf. Er schien noch nicht einmal verstaucht. Dafür schmeckte ich jetzt das Blut, das mir aus der Nase lief. Aber das war jetzt nicht wichtig.

Luna schwänzelte besorgt um mich herum. Sie fiepte aufgeregt.

»Alles in Ordnung«, beruhigte ich sie.

»Ey, Lucy hat dich was gefragt, Alter!«, sagte ein anderer Junge.

In dem Moment ging mein Handy. Das war der Anruf, auf den ich gewartet hatte. Norbert war am Apparat. »Alles Roger«, sagte er. Das hieß, dass seine Leute Hermann gefunden hatten. Wir konnten losschlagen. »Und bei euch?«

»Geht so. Schick am besten ein paar Leute her.«

»Sind schon in der Nähe. Haltet ihr euch zurück. Wir ...«

Ein Schuss knallte durch die Stille.

»Ihr bleibt hier!«, befahl ich den Jugendlichen und wollte losrennen.

»Sollten wir nicht besser auch hierbleiben?«, wandte Ollie ein.

Ich dachte an Willy und schüttelte den Kopf. »Ich muss zu Willy und wissen, was dort los ist. Also komm!«

Ollie atmete tief durch, dann nickte er entschlossen. Ich stürmte weiter. Luna klebte an meiner Seite wie ein Schatten. Endlich erreichte ich den Ausgang und stürzte hinaus. Der Schein der Taschenlampe fegte über den Boden und über die Büsche wie ein Irrlicht. Schweren Herzens knipste ich sie aus. Jetzt konnte ich zwar kaum mehr etwas erkennen, aber ein anderer konnte uns auch nicht sehen.

Ich verließ mich auf Luna. Sie zerrte wie verrückt vorwärts. Ollie war dicht hinter mir.

Ich beschleunigte den Schritt. Mit Sorge dachte ich an Willy. Seit dem Schuss hatte ich keinen Laut mehr wahrgenommen. Keinen Hilferuf, keinen Schrei, nichts.

Wir hatten Willys Wohnwagen fast erreicht, als ich eine Autotür zuschlagen hörte. Ich lief noch schneller. Mein Herz pochte bis zum Anschlag. Ollie überholte mich. Auch er gab jetzt alles. Die Scheinwerfer eines Wagens gingen an. Geblendet schloss ich die Augen. Ein Motor heulte auf. Scheinwerfer rasten auf mich zu. Ich sah, wie Ollie vor mir zu Seite hechtete. Ich riss die Leine herum, sodass Luna aus der Gefahrenzone geschleudert wurde. Ich selbst wollte es Ollie nachmachen, aber da hatte mich der Wagen bereits erfasst. Zum Glück nahm er gerade erst Geschwindigkeit auf. Ich landete auf der Kühlerhaube und klammerte mich verzweifelt an den Wischern fest.

Ich sah direkt in ein eiskaltes Augenpaar. Darin spiegelte sich pure Mordlust.

Und obwohl uns nur wenige Zentimeter und eine Windschutzscheibe voneinander trennten, glaubte ich nicht, was ich da sah.

Oder wen ich da sah.

Der Fahrer machte eine Vollbremsung. Mein Kopf prallte gegen die Frontscheibe. Ein paar Sekunden lang sah ich nur noch Sterne. Undeutlich bekam ich mit, dass ich von der Motorhaube rutschte und ziemlich unsanft auf dem Boden aufkam. Zum Glück war ich seitlich abgerutscht. Der Fahrer gab Vollgas und raste mit quietschenden Reifen davon.

Ich rappelte mich auf. Jemand kam herangelaufen. Es war Ollie. »By Jove, das war ja eine tolle Nummer!«

»Quatsch nicht! Lass uns lieber nachsehen, wie es Willy geht.«

Ich befürchtete das Schlimmste. Luna wedelte wie verrückt um mich herum, als wäre ich von den Toten auferstanden. Ich beruhigte sie.

Vor dem Wohnwagen band ich sie an einen Baum an. Jetzt veranstaltete sie einen Heidenlärm.

»Willy?«, rief ich.

Er antwortete nicht. Meine Besorgnis wuchs.

Als ich den Wohnwagen betrat, nahm ich sofort den Benzingeruch wahr. Ollie leuchtete mit seiner Taschenlampe.

Willy lag mit einer blutenden Kopfwunde auf dem Boden.

Seine Kleidung war klatschnass. Sie war mit Benzin übergossen worden. Der Kanister lag daneben. Noch immer floss Benzin heraus.

Ollie nahm den Kanister und stellte ihn auf. Ich kümmerte mich um Willy. Zuerst befürchtete ich, dass er tot war. Ich legte die Hand auf seinen Brustkorb und fühlte seinen Herzschlag. Er lebte!

Ich packte ihn an den Armen und schleifte ihn hinaus. An der frischen Luft atmete ich erst einmal tief durch. Der Benzingestank im Innern des Wohnmobils war betäubend gewesen.

In der Ferne hörten wir Sirenengeheul. Eine kleine Ewigkeit später waren die Sanitäter vor Ort. Sie kümmerten sich um Willy. Gleich darauf kam die Polizei. Norbert war nicht dabei.

Ihn traf ich zwei Stunden später auf dem Revier. Wir saßen in seinem Büro und tranken starken Kaffee. Ollie hatte sich von irgendwoher einen Tee besorgt.

Selten hatte ich Norbert derart frustriert erlebt.

»Wir waren verdammt nah dran«, stöhnte er. »Wir haben sie bis zu dem neuen Lipperland-Rastplatz auf der A 2 Richtung Hannover verfolgt. Von dort müssen sie die Betreiberzufahrt genommen haben.«

»Tja«, sagte ich. »Ganoven halten sich nun mal nicht an Verbotsschilder.«

»Glaubst du, wir sind blöd? Okay, die Möglichkeit hatten wir tatsächlich nicht auf dem Schirm. Weil der Rastplatz neu ist. Scheiße! Die gesamte A 2 hatten wir in beiden Richtungen unter Kontrolle. Da wäre uns keiner durch die Lappen gegangen.«

»Na, Glückwunsch.«

Sein Diensttelefon klingelte. Er nahm den Hörer ab und lauschte. Er selbst gab nur ab und zu einen knappen Kommentar von sich. »Hm« oder »Ein Glück«.

Als er endlich auflegte und noch immer nicht gleich sagte, wer da dran gewesen war, forderte ich ihn auf, endlich zu reden. »Mach es nicht so spannend. Also?«

»Willy Beckervordersandforth geht es den Umständen entsprechend gut. Sie haben seine Kopfwunde verarztet. Leichte Gehirnerschütterung und eine ziemlich hässliche Platzwunde. Dein Freund kann von Glück sagen, dass er einen so schön harten ostwestfälischen Schädel hat, sonst wäre er nicht so glimpflich davongekommen.«

»Die wollten ihn loswerden«, sagte ich. »Die wollten ihn nicht nur einschüchtern. Die haben ihm einen über den Deckel gegeben, und dann wollten sie das Wohnmobil anzünden. Willys Leiche wäre mitverbrannt. Wahrscheinlich hätte man hinterher noch nicht einmal feststellen können, dass Willy vorher niedergeschlagen worden ist. Ich wette, die hätten auch den leeren Kanister wieder mitgenommen, wenn sie Zeit genug gehabt hätten.«

»Das wäre dann ein Mordversuch. Wird schwer, ihnen das nachzuweisen.«

»Da wäre noch was«, sagte ich. »Das war nicht Blanke, der hinter dem Steuer des Fluchtautos saß. Ich hab ihm in die Augen gesehen.«

»Also saß sein Kompagnon, dieses Bär-Double, hinterm Steuer? Wir haben inzwischen auch seinen Namen: Lutz Leckwieser. Übrigens genau wie Blanke in der Kartei der Doppelgänger AG.«

»Das meine ich nicht«, sagte ich und trank einen weiteren Schluck Kaffee. »Die Augen eines Menschen sind nicht nur der Spiegel seiner Seele. Du weißt selbst, dass ihr Phantombilder nur dann anfertigt, wenn der Zeuge das Gesicht des Täters frontal gesehen hat. Wenn er ihm in die Augen gesehen hat.«

»Das stimmt. Worauf willst du hinaus? Hast du ihm jetzt in die Seele geguckt oder nicht?«

»Ja, das habe ich. Und was ich darin gesehen habe, das hat mir überhaupt nicht gefallen. Aber worauf ich hinauswill: Das waren nicht die Augen von Blanke. Das war Heribert Preuss selbst, der mich über den Haufen gefahren hat!«

»Was? Bist du dir da sicher?«

»Hundertprozentig.«

Norbert fuhr hoch, sodass der Stuhl nach hinten kippte. »Und das erzählst du mir erst jetzt?«

»Entschuldigung, wir sitzen gerade mal zehn Minuten hier zusammen. Du warst ja auf Verbrecherjagd.«

»Kommt mit!«, zischte er im Befehlston. Um dann zu brüllen: »Verdammt noch mal, ich bin es leid, an der Nase herumgeführt zu werden!«

»Nimmst du uns jetzt fest?«, fragte ich spöttisch.

»Nein, wir fahren jetzt zu Preuss.«

28.

Wir ließen Ollies Morgan auf dem Polizeigelände stehen und fuhren in Norberts Dienstwagen in das Bielefelder Musikerviertel.

Unterwegs fing plötzlich Big Ben an zu schlagen. Es war Ollies Handy. Er ging ran und hörte eine Weile zu. Dann reichte er mir das Handy nach vorn.

»Ich fürchte, Moritz, es ist etwas Schreckliches passiert.«

Er klang fast wie die Gräfin.

Duffy war am Apparat. Beide waren wir nicht sehr erbaut davon, dass Ollie uns gewissermaßen verkuppelt hatte.

»Was gibt's denn?«, knurrte ich ungehalten.

»Entschuldigen Sie, dass ich Sie mitten in der Nacht störe, aber gerade hat die Gräfin nach mir geklingelt. Es ist etwas Schreckliches passiert …«

»Ja, ja, das weiß ich schon. Erzählen Sie weiter!«

»Die Gräfin konnte nicht einschlafen und hat beschlossen, ihre Fanpost zu beantworten.«

»Fanpost? Seit wann hat sie denn Fanpost?«

»Nun, hauptsächlich sind die Briefe an Muff und Potter gerichtet, aber die können sie ja wohl kaum beantworten. Jedenfalls ist die Gräfin auf einen sehr unhöflichen Brief gestoßen, der auf keinen Fall von einem Fan stammt.«

»Hören Sie, Duffy, wir sind gleich am Ziel. Entweder kommen Sie jetzt zur Sache, oder ich muss Sie auf später vertrösten.«

Wir befanden uns bereits auf der Detmolder Straße.

»Es war ein Drohbrief!«

»Na und? Wie viel will er denn? So etwas wirft man gleich in den Kaminofen.«

»Er will gar nichts. Er kündigt an, dass er ein weiteres Opfer töten wird. In der Sendung!«

Es dauerte ein paar Sekunden, bis ich das alles begriffen und verdaut hatte. Dann sagte ich: »Machen Sie sich keine Sorgen. Im Moment kann nichts passieren. Ich bespreche die Sache mit Norbert. Sie beruhigen die Gräfin und halten die Stellung, okay?«

Er versprach es.

Nachdem er aufgelegt hatte, erzählte ich Norbert von dem Drohbrief.

Er fluchte. Schließlich schüttelte er den Kopf und sagte: »Ich krieg das alles nicht mehr auf die Reihe.«

»Zum Glück hast du uns«, tröstete ich ihn.

Fünf Minuten später parkten wir vor Preuss' Anwesen. Ein Beamter in Zivil erwartete uns bereits.

»Und?«, fragte Norbert.

Der Mann neigte den Kopf. »Ich stehe hier seit zwei Stunden. In der ganzen Zeit ist hier kein Mensch reingegangen oder rausgekommen.«

Norbert nickte. Dann klingelte er. Eine ganze Weile tat sich gar nichts. Erst nachdem er noch zwei Mal geklingelt hatte, war ein Knistern in der Sprechanlage zu hören.

»Was soll der Unsinn? Wenn ich rauskomme, setzt es was hinter die Ohren!«

Das war eindeutig Molini.

»Ich bin's, Herr Molini«, sagte ich. »Und ich habe die Polizei mitgebracht. Wir möchten gern Herrn Preuss sprechen.«

Einige Sekunden lang herrschte Schweigen. Dann sagte er: »Ich muss Sie enttäuschen, Herr Preuss ist nicht da.«

»Das dachte ich mir schon. Haben Sie etwas dagegen, wenn wir uns selbst davon überzeugen?«

»Ja, das habe ich.«

»Wir können auch mit einem Hausdurchsuchungsbefehl wiederkommen«, sagte Norbert. »So wie es aussieht, kommen wir da ganz schnell dran. Und ein kleiner Tipp an die Zeitung ist da auch noch mit drin.«

»Kommen Sie rein.«

Es summte, und die Tür ließ sich öffnen.

Molini empfing uns in einem seidenen Morgenmantel. Darunter trug er einen Schlafanzug. Er bat uns ins Haus. Der Mann roch sogar nachts nach seinem Rasierwasser. Während er vor uns herging, versuchte ich einen Hinweis darauf zu finden, ob er schon geschlafen hatte. An seinen kurz geschorenen Haaren konnte man es jedenfalls nicht erkennen.

Er führte uns ins Wohnzimmer. Der Fernseher war an. Es lief irgendein Actionstreifen. Armin, Preuss' Dobermann, lag auf seiner Hundedecke vor dem Kamin und schaute uns müde an. Dann schloss er wieder seine Lider.

Molini wies zu dem Sofa, auf dem eine Decke und ein zerknautschtes Kissen lagen. »Ich bin wohl eingeschlafen. Eigentlich wollte ich warten, bis Heribert nach Hause kommt ...«

»Hatten Sie heute Streit?«

»Nein, wir hatten keinen Streit.«

»Wäre ja nicht schlimm. Das kommt in den besten Ehen vor«, tröstete Norbert ihn. So verständnisvoll kannte ich ihn gar nicht. Seine Bemerkung trug ihm einen bösen Blick von Molini ein.

»Wir sind nicht verheiratet. Aber wir sind ein Paar, wenn Sie das meinen.«

»Wissen Sie, wo Herr Preuss jetzt steckt?«

»Nein.«

»Na, es wird doch nicht das erste Mal gewesen sein, dass er im Streit das Haus verlassen hat, oder? Wo könnte er hingegangen sein?«

»Auch wenn Sie es nicht glauben: Wir leben in einer sehr harmonischen Beziehung.« Er wies in die Runde. »Aber da Sie schon mal hier sind, setzen Sie sich doch. Darf ich Ihnen einen Drink anbieten?«

»Nein danke«, sagte Norbert. »Dürfen wir uns mal umschauen?«

»Ich zeige Ihnen gern die Räumlichkeiten«, sagte er. Er ging zur Bar, schenkte sich einen doppelten Wodka ein und bat uns, ihm zu folgen. Der Bungalow war riesig, es gab zig Schlafzimmer und mehrere Bäder. In früheren Zeiten musste es hier sehr lebhaft zugegangen sein.

Molini und Preuss schliefen in getrennten Zimmern. Preuss' Bett war unbenutzt, ebenso wie das von Molini. Vielleicht sagte er wirklich die Wahrheit.

Durch einen Wintergarten ging es hinaus auf eine Terrasse. Dahinter lag der Garten.

»Kann man eigentlich auch durch den Garten ins Haus?«, fragte Norbert.

»Man kann alles«, sagte Molini. »Allerdings geht dann sofort die Alarmanlage los, und der Rasen ist erleuchtet wie ein Fußballstadion. Worauf wollen Sie hinaus?«

Norbert gab ihm keine Antwort. Ich wusste, warum er die Frage gestellt hatte. Sein Kollege hatte nur den Vordereingang überwacht. Was auch logisch war, denn in den Garten gelangte man nur über die anderen Grundstücke.

Schließlich verabschiedeten wir uns von Molini.

»Ach, noch eine Frage«, sagte Norbert, als wir bereits an der Eingangstür standen. »Worum ging es in dem Streit, den Sie und Herr Preuss hatten?«

»Er hat einen anderen.«

»Nein!«

»Doch, leider. Irgend so einen jungen Hüpfer, den er in einem Klub kennengelernt hat.«

»Wissen Sie, wie er heißt?«

Molino dachte nach. »Nein, ich kenne nur seinen Vornamen. Olaf. Nein, Tobi.«

»Ich kenne auch einen Tobi«, sagte ich verblüfft.

»Da meinen wir sicherlich nicht denselben. Hoffe ich.«

29.

Als wir wieder im Auto saßen, hielten wir Kriegsrat.

»Der ist mit allen Wassern gewaschen!«, schimpfte Norbert los.

»Aalglatt«, bestätigte ich.

»Aber er riecht gut«, sagte Ollie. »Die bemerkenswerte Mischung aus Lavendel mit Salbei, Rosenholz und Zedernholz, Sandelholz und Leder lässt auf ein englisches Aftershave schließen. Der Mann hat einen vorzüglichen Geschmack.«

»Haben diese Schwulen alle«, warf Norbert ein, worauf Ollie pikiert guckte. »Sein Aftershave ist mir schnuppe. Wo steckt Preuss, verdammt noch mal?«

Jemand klopfte ans Fenster auf der Fahrerseite, und Norbert ließ die Scheibe herunter. Es war der Beamte.

»Ich verabschiede mich jetzt mal. Ablösung ist im Anmarsch.«

»Alles klar. Sollen wir dich irgendwohin fahren?«

»Nicht nötig. Hab mein Auto ein paar Ecken weiter weg stehen.«

Norbert ließ die Scheibe wieder hochsurren und fragte mich: »Und was machen wir jetzt?« Er wirkte einigermaßen ratlos.

»Uns kannst du zurück zu Willys Wohnmobil fahren. Ollies Morgan steht noch da.«

»Mach ich glatt. Wenn's auch sonst nichts gebracht hat – ich spiele immer wieder gerne den Chauffeur.«

»Du hast mich gefragt«, verteidigte ich mich.

Norbert wendete den Wagen und fuhr zurück. Wir hatten alle keine Lust mehr zu reden. Die im Sand verlaufene Verbrecherjagd, die Müdigkeit, das Dunkel der Nacht ... Ich sehnte mich nach meinem Bett.

Norbert hatte bereits wieder die Detmolder Straße erreicht. Als wir am *Admiral Hornblower* vorbeifuhren, sah ich, dass dort noch Licht brannte. Es war nur eine Eingebung, die ich plötzlich hatte. »Stopp!«, sagte ich.

»Spinnst du?«, fragte Norbert und wandte den Kopf zu mir. Doch er dachte gar nicht daran, zu halten.

»In der Kneipe brennt noch Licht.«

»Na und? Das ist ja nicht verboten, oder?«

Ich erklärte ihm, dass wir vor ein paar Tagen dort mit Preuss eingekehrt waren.

»Und deshalb willst du dir jetzt da noch einen Absacker reinkippen, oder was?«

Er schüttelte verständnislos den Kopf.

»Wo würdest du hingeben, wenn du mit Maria Streit hast. Ich meine, so richtig Zoff.«

»Keine Ahnung, wahrscheinlich nach Hause und mich betrinken.«

»Okay, du kannst aber nicht nach Hause.«

»In meine Stammkneipe und mich betrinken.«

Plötzlich ging ihm ein Licht auf. »Verstehe.«

Er trat auf die Bremse. Die Detmolder Straße war um diese Zeit menschenleer. Mit quietschenden Reifen wendete er auf offener Straße. Ollie schrak auf dem Rücksitz hoch; er war wohl kurz eingeschlafen.

»Wie wär's denn gleich mit Blaulicht?«, bemerkte ich sarkastisch.

Wir parkten auf dem Bürgersteig und sprangen alle drei

hinaus. Luna schaffte es gerade noch durch den Türspalt. Eigentlich hatte ich sie im Wagen lassen wollen. Ich nahm sie an die Leine und führte sie mit hinein.

Drinnen erwartete uns ein Trauerspiel.

Jedenfalls nenne ich es so, wenn ich zwei Männer sehe, die sich offensichtlich gegenseitig unter den Tisch gesoffen haben.

Der Wirt lag mit der Wange auf dem Tisch in einer Lache Whisky. Er war hinüber. Um ihn herum auf der Tischplatte und auf dem Boden lagen Fish and Chips verteilt. Normalerweise hätte ich Luna kaum halten können, weil sie sich darauf gestürzt hätte. Stattdessen sträubten sich ihre Nackenhaare. Sie bellte Preuss an.

Dem ging es kaum besser als dem Wirt. Er hing auf dem Stuhl und schaute uns aus glasigen Augen entgegen. In der einen Hand hielt er eine Whiskyflasche, in der anderen ein Colaglas.

»Wasss kann ich für Sie tun, meine Herren? Trinken Sssie einen mit!«, lallte er.

Luna zerrte noch wütender an der Leine. Ich hatte alle Mühe, sie zu bändigen.

»Halten Sie mir ja die Töle vom Leib!«, krächzte er.

Dann erst schien er mich zu erkennen.

»Morgenstern! Mensch, warum sagen Sie das nicht gleich! Kommen Sie her!« Er kicherte und füllte das Colaglas halb voll mit Whisky. »Kommen Sie!«

Ich schüttelte den Kopf. »Lassen Sie die Show, Preuss.«

»Trau, schau, wem, da haben Sie recht. »Was haben Sie mit meinem Geld gemacht, Sie Ganove?« Er wedelte schelmisch mit dem Zeigefinger. »Verprasst, was?«

»Schluss mit dem Unsinn!«, fuhr Norbert dazwischen. »Was machen Sie hier?«

Preuss' Kopf fuhr herum. Er starrte Norbert wütend an.

»Verschwinde, du Spielverderber! Wir wollen einen trinken, mein Freund Moritz und ich ...«

»Fahren Sie Ihre Freunde immer über den Haufen?«

Er zuckte zusammen. Nur ganz kurz und kaum wahrnehmbar. Wäre er nicht betrunken gewesen, hätte er sich wahrscheinlich in der Gewalt gehabt. So hatte er sich verraten. Zumindest ich hatte es gesehen.

»He? Was soll der Scheiß?«

Weder die Sprache passte zu ihm noch der zornige Ausdruck. Sein Gesicht war puterrot vom Whisky, und als er jetzt auch noch hässlich grinste, erinnerte er wirklich eher an das *Mad*-Maskottchen Alfred E. Neumann als an einen seriösen Exbanker.

Ich ließ Luna los.

Mit einem befriedigten Knurren stürzte sie sich auf ihn. Er riss abwehrend die Arme hoch und sprang von seinem Stuhl auf. Aber da war sie schon bei ihm und riss ihn zu Boden.

Gegen ihre Wut hatte er keine Chance. Sie zerriss ihm das Sakko und das Hemd, bis alles nur noch in Fetzen herunterhing.

Schließlich ließ ich es gut sein und zog sie weg.

Preuss zitterte am ganzen Leib.

»Luna hat ihn erkannt. Ich schätze, seine Kleidung riecht jetzt noch nach Benzin, auch wenn er versucht hat, es mit Whisky zu übertünchen. Und ich erkenne ihn auch. Ich erkenne seine Augen wieder: Das ist der Mann, der mich rücksichtslos auf die Kühlerhaube genommen hat.«

Norbert verengte die Augen zu Schlitzen. Er hatte verstanden. »Es sieht schlecht aus für Sie, Herr Preuss. Mit Herrn Morgensterns Zeugenaussage. Und die Analyse Ihrer Kleidung wird ergeben, dass Sie das Benzin am Tatort verschüttet haben.«

»Ich weiß gar nicht, was Sie da quasseln!«, schrie Preuss. »Zum Donnerwetter!«

Bestimmt hatte er sich auf diese Weise früher in Vorstandssitzungen Respekt verschafft. Jetzt lag er am Boden und bot einen jämmerlichen Anblick.

Seine Betrunkenheit schien wie weggeblasen.

»Sie haben Willy Beckervordersandforth unter Druck gesetzt, um an sein Land zu kommen. Und weil er partout nicht verkaufen wollte, haben Sie nur noch eine Möglichkeit gesehen: ihn umzubringen. Anstatt wie bisher ihre Lakaien zu schicken, haben Sie die Sache selbst in die Hand genommen.«

Preuss glotzte mich an. Dann schrie er: »Wissen Sie überhaupt, was Sie da sagen, Morgenstern? Morgen haben Sie eine Verleumdungsklage am Hals!«

Luna bellte ihn wütend an, und er zuckte zusammen.

»Wie dem auch sei, ich will jetzt nach Hause.«

Er rappelte sich vom Boden auf.

Norbert stellte sich ihm in den Weg. »Einen Moment, Herr Preuss. Wo waren Sie in den letzten drei Stunden?«

»Wo ich war? Na hier.«

»Und ich wette, Sie haben auch einen Zeugen dafür: ihn.« Norbert wies auf den schnarchenden Wirt.

»Na klar, wir haben zusammen gezecht, und vorhin ist er eingeschlafen.«

»Was heißt *vorhin*?«

»Na, gerade eben, kurz bevor Sie gekommen sind.«

Ich trat neben Norbert und schaute Preuss in die Augen.

Mörderaugen.

»Warum haben Sie Ihre Exfrau getötet? Das heißt, sie ist ja gar nicht Ihre *Ex*frau. Sie sind immer noch miteinander verheiratet. Wollten Sie sie vielleicht endgültig loswerden, weil Sie

Ihren Heinz heiraten wollen und sie nicht einverstanden war, sich scheiden zu lassen?«

»So ein hanebüchener Unsinn! Deswegen bringt man doch nicht seine Frau um!«

»Warum dann?«

Preuss schüttelte den Kopf.

»Sie verfluchtes Schwein. Anstatt mir für mein Geld den Mörder meiner Ex zu präsentieren, versuchen Sie jetzt, mich da mit hineinzuziehen. Ich habe mich in Ihnen getäuscht, Morgenstern.«

»Darüber können Sie in der Zelle nachdenken«, sagte Norbert.

30.

Martha Töberich hatte in der Paul-Fürstenberg-Straße gelebt. In dem Haus, vor dessen Tür ich stand, wohnten sechs Mietparteien. Versuchsweise probierte ich es mit der Klingel ganz unten links. Laut Namensschild wohnte dort eine Frau oder ein Herr Stölting. Ich wollte es gerade bei dem nächsten Mieter versuchen, als es summte und ich die Haustür öffnen konnte.

Ich brauchte nur vier Stufen zu nehmen und stand vor einer alten Dame, die neugierig den Kopf aus der Tür steckte und mich durch ihre dicken Brillengläser argwöhnisch musterte. Ihre Mundwinkel zogen sich ein wenig nach unten, und ich hatte schon Angst, sie würde die Tür gleich wieder zuschlagen.

»Ach, ich dachte, da kommt mein Mittagessen«, sagte sie. »Wer sind Sie denn?«

Ich stellte mich vor.

»Morgenstern? Wie köstlich!«, rief sie aus und öffnete die Tür ein Stück weiter. »›Der Mensch ist ein Exempel der beispiellosen Geduld der Natur.‹ Wissen Sie, dass das immer mein Leitsatz war, solange ich als Lehrerin gearbeitet habe? Was habe ich mich oft geärgert über die Sturheit und Dummheit mancher mir Anvertrauten.«

»An welcher Schule haben Sie denn unterrichtet?«

»Am Pelizaeus-Gymnasium in Paderborn. Ich nehme an, Sie kommen nicht deswegen zu mir?«

»Nein, ich habe ein paar Fragen zu einer ehemaligen Nachbarin von Ihnen …«

»Ach, Frau Töberich! Aber ich habe der Polizei doch damals schon alles gesagt. Das heißt, nicht alles. Die Beamtin, die mich befragt hat, war so eine eingebildete Person. Die wusste alles besser, wissen Sie? Die hat mich behandelt, als wäre ich verkalkt im Oberstübchen.«

»Keine Sorge, ich bin nicht von der Polizei. Ich bin Journalist.« Ich zeigte ihr meinen Presseausweis.

Sie sah sich ihn genau an.

»Darauf sehen Sie aber viel gesünder aus«, sagte Frau Stölting mit entwaffnender Ehrlichkeit. »Sie schreiben doch nicht etwas für die *Bild?*«

»Keine Sorge, eigentlich schreibe ich noch für gar keinen. Ich recherchiere in dem Fall eher privat.«

Ich konnte einfach nicht anders, als ihr die Wahrheit zu sagen. Mit ihren dicken Brillengläsern erinnerte sie mich an meine frühere Mathelehrerin, die mich immer auf dem Kieker hatte. Und prompt fühlte ich mich wieder wie ein Schüler.

»Kommen Sie herein«, bat sie und öffnete die Tür ganz. »Die Nachbarn haben nämlich Ohren. Und die Wände auch.«

Sie ging voraus und führte mich in ein winziges Wohnzimmer. Im ersten Moment glaubte ich, ich müsste ersticken. Nicht wegen des unterschwelligen Kohlgeruchs, der in der ganzen Wohnung hing, sondern wegen der Spitzendeckchen, den Püppchen und dem ganzen Nippeskram überall. Frau Stölting schien eine leidenschaftliche Sammlerin zu sein.

»Möchten Sie einen Tee?«, fragte sie, nachdem ich Platz genommen hatte. »Kaffee hab ich nicht im Haus; der ist schädlich für die Nieren und die Zähne. Vor allem in der Schwangerschaft.«

»Danke nein«, sagte ich und kam gleich zur Sache. »Was haben Sie der Polizei damals alles nicht erzählt?«

»Das kann ich Ihnen natürlich nicht mehr sagen. Wissen Sie,

die Töberich und ich, wir hatten ja meistens Streit miteinander. Das war eine unmögliche Person. Die hat immer vergessen, wen sie vor sich hatte. Sie selbst hatte noch nicht mal einen Realschulabschluss. Deshalb hat sie auch immer die schlimmsten Arbeiten annehmen müssen. Sogar als Rentnerin musste sie noch putzen gehen, weil die Rente nicht reichte. Wollen Sie wirklich keinen Tee?«

»Nein danke«, bekräftigte ich. »Ich habe ganz andere Informationen über Frau Töberich. Sie soll ja auch mal ein Kinderheim geleitet haben.«

»Die und irgendwas geleitet?« Frau Stölting prustete los. »Die war eher selbst als Kind dort! Nein, ich weiß natürlich, worauf Sie anspielen. Wir haben ja oft zusammengesessen, weil ich einen Fernseher habe, und sie hatte keinen. Deswegen ist sie oft zu mir herübergekommen. Und dann hat sie auch schon mal das eine oder andere erzählt. Sie meinen bestimmt dieses Kinderheim in Bielefeld, den Lärchenhof ...«

»Lindenhof«, verbesserte ich.

»Ganz genau. Da hat sie gearbeitet. Aber nicht in der Leitung, sondern beim Bodenpersonal, wenn Sie wissen, was ich meine.«

»Sie war eine von den Kinderschwestern?«

»Oder wie man das auch immer nennt. Ja, sie war Aufseherin. Damals ging es da noch zu wie im Knast. Man muss ja nur an die schrecklichen Dinge denken, die die ganzen Priester angestellt haben.«

»Wissen Sie, in welchem Zeitraum Frau Töberich dort gearbeitet hat?«

»Anfang der Siebzigerjahre muss das schon gewesen sein. Jedenfalls ist sie nach ein paar Jahren rausgeflogen. Sie muss ein ganz schlimmer Drachen gewesen sein. Deshalb stand sie auch nicht im Telefonbuch. Je älter sie wurde, desto mehr Angst hatte sie, dass einer ihrer alten Schutzbefohlenen sie mal aufsuchen könnte und ...«

Sie schlug die Hand vor den Mund und guckte ganz erschrocken. »Sie glauben, dass ...«

Dann stand sie auf und sagte: »Jetzt trinke ich erst mal einen Tee, junger Mann.«

Es dauerte eine ganze Weile, bis sie wiederkam. Ich merkte, dass ihre Hände leicht zitterten, als sie die Untertasse auf das Tischdeckchen stellte.

»Das ist nur eine Möglichkeit«, beruhigte ich sie. »Jedenfalls läuft der Mörder, der Martha Töberich auf dem Gewissen hat, noch irgendwo da draußen frei herum.«

»Wie schrecklich! Sie müssen den Täter finden! Ich traue mich ja nicht mehr aus dem Haus, wenn ich daran denke, er könnte es als Nächstes auf mich abgesehen haben. Möchten Sie vielleicht jetzt einen Tee?«

»Ja, ich glaube, jetzt hätte ich auch gern einen«, sagte ich.

Sie ging wieder in die Küche. Ich hörte, wie sie mehrere Schubladen öffnete und mit Geschirr hantierte.

Als sie zurückkam, brachte sie nicht nur den Tee, sondern legte mir auch ein Foto vor. »Das hat sie mir mal gezeigt. Ich habe es nachher, zusammen mit anderen Fotos aus ihrer Wohnung, behalten. Sie hatte ja keine Verwandten, und die Polizei hat sich für den Krempel auch nicht interessiert. Ich wollte wenigstens ein paar Fotos von ihr aufbewahren. Es ist eine schreckliche Vorstellung, dass mit dem Tod eines Menschen alles erlischt. Auch die Erinnerung an ihn.«

Ich betrachtete das Foto. Es zeigte den Lindenhof. Davor hatte sich eine Gruppe von Erwachsenen aufgestellt. Nicht steif, wie so oft auf alten Bildern, sondern eher locker. Der bräunliche Stich des Fotos sagte mir, dass es schon einige Jahrzehnte alt war. Auch die Kleidung und die Frisuren der abgebildeten Personen wiesen darauf hin, dass es aus den Siebzigern stammte.

»Das ist sie«, erklärte Frau Stölting und zeigte auf eine füllige, grell geschminkte Frau in den Vierzigern mit kurz geschnittenen roten, toupierten Haaren und in einem gelben Hosenanzug. Auf den ersten Blick erinnerte sie mich an einen Clown. Allerdings war das wohl die Mode der damaligen Zeit. Auch die anderen Erwachsenen waren ziemlich bunt gekleidet. Bis auf einen älteren Herrn in schwarzem Anzug, der mit grimmiger Miene in die Linse schaute.

»Und wer ist das?«, fragte ich.

Frau Stölting zuckte die Achseln. »Das weiß ich nicht. Ich habe das Bild nur aufbewahrt, weil Frau Töberich da drauf ist. Sie hat mir das Bild vorher nie gezeigt. Also vor ihrem Tod, meine ich.«

Ich nickte. Vor den Erwachsenen waren vielleicht vierzig Kinder versammelt, Jungen und Mädchen unterschiedlichen Alters, ungefähr zwischen acht und achtzehn. Ich ließ den Blick über die Gesichter wandern. Manche schauten sehr ernst, andere lachten. Es war eine sehr gemischte Gruppe. Bei genauerer Betrachtung fiel mir auf, dass ein Kind in der letzten Reihe fast ganz verdeckt war, und es schien fast so, als würde es sich wegducken. Der Kopf war nur halb zu sehen.

Und doch versetzte es mir einen Stich.

Ich wusste sofort, um wen es sich handelte.

»Darf ich mir das Foto ausleihen?«, fragte ich. »Sie bekommen es auch garantiert wieder zurück.«

31.

»Das ist doch Wahnsinn!«

Den Satz hatte ich jetzt noch im Ohr. Normalerweise war Norbert nicht so besorgt um mich.

Es war Wahnsinn, aber manchmal muss man über eine Rasierklinge balancieren, um ans Ziel zu kommen. Ich nahm in Kauf, dass dabei Blut floss. Mein Blut.

In Willys Wohnmobil war es bitterkalt. Ich hatte bewusst darauf verzichtet, die Heizung einzuschalten. Ich wollte keine falsche Behaglichkeit schaffen. Ich wollte die Spannung erhalten für das, was mich erwartete.

Auf dem Parkplatz am Hermannsdenkmal stand kein einziger Wagen außer meinem. Ich hatte den Ort gewählt, weil ich mir vorstellen konnte, dass er ideal war für ein Verbrechen. Niemand würde mich hier schreien hören. Außerdem gab es mehrere Möglichkeiten, den Berg hinaufzufahren, und unzählige Möglichkeiten, in den umliegenden Wäldern unterzutauchen. Hier eine Polizeisperre aufzubauen war fast unmöglich.

Irgendwann hörte ich das Geräusch eines herankommenden Wagens. Ich schaute auf meine Uhr. Er war fast pünktlich. Ich hatte acht Uhr vorgeschlagen. Jetzt war es zehn nach. Auch das passte ins Bild. Wahrscheinlich war er seit mindestens einer Stunde vor Ort und hatte sich überzeugt, dass wir wirklich allein waren.

Der schwarze VW Golf, der dann plötzlich auftauchte, passte allerdings so gar nicht zu meiner Vorstellung. Als die Innenbeleuchtung kurz anging, erkannte ich ein junges Pärchen. Ich sah, wie sie den Pullover über den Kopf zog. Ein schwarzer BH kam zum Vorschein. Dann erlosch das Licht.

Scheiße, die hatten noch nicht einmal gemerkt, dass ich hier parkte. Ich hoffte nur, dass die Nummer, die sie vorhatten, schnell über die Bühne gehen würde. Meine Verabredung konnte ich sonst in den Wind schreiben.

Plötzlich klopfte jemand an die Scheibe auf der Beifahrerseite, und ich zuckte zusammen. Ich versuchte etwas zu erkennen, aber es war stockdunkel.

Als ich mich über den Beifahrersitz beugte und die Scheibe auf der Beifahrerseite ein Stück herunterließ, zischte mein Besucher durch den Spalt: »Kein Licht. Machen Sie schon auf!«

Ich nickte, obwohl er das nicht sehen konnte. Dann löste ich die Türverriegelung, und mein Besucher glitt in den Wagen. Er gab mir nicht die Hand. Er sagte noch nicht einmal Guten Abend. Stattdessen leuchtete er mit der Taschenlampe nach hinten in den Wohnbereich. Nachdem er sich davon überzeugt hatte, dass sich niemand dort versteckt hielt, fragte er: warum haben Sie ausgerechnet diesen Ort ausgesucht?«

»Ich dachte, er wäre Ihnen recht? Immerhin konnten Sie sich so überzeugen, dass hier keine Polizei auf Sie wartet.«

»Und die beiden Fickvögel dahinten sind auch ganz zufällig hier, was?«

»Ich habe sie nicht eingeladen.«

»Sie starten jetzt den Wagen und fahren ganz langsam los. Falls der Wagen uns folgt, muss ich annehmen, dass Sie mich reinlegen wollen.«

»Welches Interesse sollte ich daran haben?«

»Fahren Sie schon!«, befahl er. »Aber ohne Licht!«

»Ist das nicht verdächtig?«

Ich startete das alte Volvo Wohnmobil und tuckerte Richtung Ausfahrt. Im Rückspiegel war nichts zu sehen, nur eine glatte schwarze Fläche. Der Parkplatz lag in vollkommener Dunkelheit. Offensichtlich waren die beiden Insassen des Golfs zu sehr mit sich beschäftigt, um uns überhaupt zu bemerken.

Links ging es zum Donoper Teich und weiter nach Hiddesen, rechts den Berg die Denkmalstraße hinunter nach Heiligenkirchen.

»Rechts«, befahl mein Beifahrer.

»Wie sind Sie eigentlich hier hochgekommen?«, fragte ich neugierig.

»Zu Fuß.«

Das hatte ich mir gedacht. Jemand wie er ging auf Nummer sicher. Der nahm jede Strapaze auf sich.

»Darf ich jetzt das Licht einschalten?«, fragte ich.

»Meinetwegen.«

Die Scheinwerfer huschten über den Asphalt. Endlich konnte ich wieder etwas sehen.

»Stört es Sie, wenn ich rauche?«, fragte mein Beifahrer.

»Tun Sie sich keinen Zwang an. Der Wagen gehört nicht mir. Wo soll ich eigentlich hinfahren? Ich dachte, wir erledigen das gleich hier an Ort und Stelle.«

Er lachte auf. »Offensichtlich mögen Sie doch bedeutungsschwangere, geschichtsträchtige Orte. Sonst hätten Sie nicht das Hermannsdenkmal vorgeschlagen. Die unterschätzten Germanen gegen die übermächtigen Römer. Dort haben sie den vorpreschenden Römern Einhalt geboten. David gegen Goliath, wenn Sie so wollen.«

»Das auch«, sagte ich. »Andererseits gibt es Stimmen, die der Meinung sind, dass es besser gewesen wäre, die Römer hätten gesiegt. So kamen die Menschen in der Gegend nicht in den

Genuss der zivilisatorischen Neuerungen und blieben weiterhin, was sie waren: Barbaren.«

Der Mann neben mir lachte wieder auf. Kurz und freudlos.

»Wollen Sie damit sagen, dass jemand wie ich ein anderer Mensch wäre, wenn man ihn nur besser zivilisiert hätte?«

Vor uns hoppelte plötzlich ein Hase auf die Straße, und ich bremste scharf.

Kurz verharrte er im Scheinwerferlicht, dann brachte er sich in Sicherheit.

»Warum haben Sie ihn nicht überfahren?«

»So etwas entspricht nicht meiner Natur.«

»Unsinn, er ist der Schwächere. Ein dummer Hase, der ihnen vors Auto gelaufen ist. Genau wie es Menschen gibt, die einfach zu dumm sind. Oder zu schwach. Deswegen habe ich hart dafür trainiert, immer zu den Starken zu gehören.«

»War Heribert Preuss auch ein Starker?«

Molini schwieg eine Weile. Er schien ernsthaft über die Frage nachzudenken. Dann sagte er: »Heribert war immer der Schwächere von uns beiden. Obwohl er früher durchaus eine starke Persönlichkeit war. Er hat unsere Beziehung immer verheimlicht, auch seine Homosexualität an sich. Das hat ihn kaputt gemacht. E sieht überall Gespenster. Außerdem hätte er vorher einen Schlussstrich ziehen müssen, was seine Ex angeht.«

»Hat sie ihn erpresst?«, fragte ich.

»Effie? Die hatte mehr Kohle als er. Trotzdem wollte sie ihn nicht freigeben. Er hat sie regelrecht angefleht, ihn auszuzahlen.«

»Auszuzahlen?«

»Die Firma hat beiden gehört: *Party & Style*. Sie hat die Firma aufgebaut, das ist wahr, aber mit Heriberts Geld. Und als er das Geld rausziehen wollte, hat sie sich geweigert.«

»Und deswegen haben Sie sie umgebracht.«

»Ja.«

Das »Ja« erschütterte mich. Dass neben mir ein Mörder saß, war mir bewusst. Aber es war ein Mörder ohne Reue, ohne schlechtes Gewissen, ohne einen Funken Menschlichkeit.

»Sie haben nicht damit gerechnet, dass Ihr Partner deswegen ziemlich sauer auf Sie war, oder? Er hing mehr an seiner Frau, als Sie wahrhaben wollten.«

»Wir haben uns jeden Tag gestritten«, gab Molini zu. »Ich hatte gehofft, nach Effies Tod würden wir uns endlich auch nach außen als Paar zeigen. Aber plötzlich war alles ganz anders. Unsere Beziehung ist in einer verdammten Krise.«

Wir kamen am Vogelpark vorbei. Er wies mich an, langsamer zu fahren. Ich dachte schon fast, er würde mich auf den Parkplatz dirigieren. Aber dann befahl er mir wieder, Gas zu geben, und sagte: »Da war ich mal. Als Kind.«

»Als Sie im Waisenhaus waren? Muss eine schlimme Zeit für Sie gewesen sein.«

»Haben Sie das Foto dabei?«

»Ja. Und Sie das Geld?«

»Keine Sorge, Morgenstern, Sie bekommen Ihren Lohn. Ich habe von Anfang an gewusst, dass Sie nur ein kleiner geldgieriger Ganove sind. Ich habe Heribert davor gewarnt, Ihnen die zehntausend Euro in den Rachen zu werfen.«

»Warum hat er es dann getan?«

»Um mich zu demütigen, bloß deswegen. Ich bin ja nicht nur sein Partner, ich bin sein Schutzengel. Solche Dinge hat er immer mich regeln lassen.«

»Und deshalb haben Sie mal kurz Blanke auf mich gehetzt, um mir einen Denkzettel zu verpassen?«

»Zugegeben, eine dumme Idee. Natürlich sollten Sie glauben, dass es Heribert ist, der Sie von der Straße drängt. Sie sollten sich Gedanken machen.«

»Was für eine Rolle hat Blanke denn überhaupt gespielt?«

»Blanke war ursprünglich angeheuert worden, um Heribert ab und zu zu vertreten. Heribert hatte nach seinem Rücktritt keine Lust mehr auf irgendwelche Einladungen. Aber manchmal war es wichtig, dass er sich sehen ließ. Dann hat er Blanke geschickt. Er konnte Blanke aber auch für andere Einsätze gebrauchen.«

Ich nickte. »Und warum hat er Blanke dann nicht auch zu Willy Beckervordersandforth geschickt?«

»Hat er ja, aber Blanke kam nicht weiter. Und mit Mord wollte der sowieso nichts zu tun haben.«

»Jetzt verstehe ich, warum Ihr Partner es selbst in die Hand nehmen wollte. Aber warum hat er nicht Sie gefragt? Sie sind doch der Fachmann fürs Grobe.«

»Der Fachmann für Mord? Danke für das zweifelhafte Kompliment.«

Wir waren unten auf der Paderborner Straße angekommen.

»Rechts, links oder geradeaus?«, fragte ich.

Geradeaus ging es zu den Externsteinen. Sicherlich auch ein sehr einsam gelegener Ort, um mich umzubringen. Links ging es nach Schlangen und weiter nach Bad Lippspringe. Wollte er mich im Kurpark über die Klinge springen lassen, wie Martha Töberich?

»Sie haben doch ein Faible für geschichtsträchtige Orte«, antwortete Molini. »Halten Sie sich bitte rechts.«

Richtung Detmold also.

Während ich die Paderborner Straße Richtung Detmold fuhr, nahm er den Faden wieder auf. »Heribert wollte Willy nicht töten, dazu ist er gar nicht fähig.«

»Er wollte ihm nur ein bisschen Feuer unterm Hintern machen, nicht wahr?«, sagte ich sarkastisch.

»Er wollte mir beweisen, dass er mich nicht mehr braucht. Und es war ihm wirklich wichtig, das Grundstück zu kaufen. Der Kasten darauf war ihm egal. Obwohl ...« Molini lachte rau auf. »Eigentlich kennt er die Gegend dort nur, weil ich ihm mal mein altes Zuhause zeigen wollte.«

»Den Lindenhof.«

»Ja, das ehemalige Waisenhaus. Meinen Folterknast. Heribert ist jemand, der immer gleich irgendeine Idee hat. Er hat gemeint, man müsse das alte Gebäude abreißen und etwas ganz anderes darauf bauen. Etwas Schönes. Etwas, was mich die Vergangenheit vergessen lassen würde. Dann hat er sich erkundigt, wem das Land gehört und so weiter. Die Sache ist dann in Vergessenheit geraten. Bis die Autobahn gebaut wurde.«

»Wo ist da der Zusammenhang?«

»Heribert hat sich verspekuliert. Er braucht dringend Geld. Seine Idee war, Beckervordersandforth sein Land abzukaufen.«

»Doch nicht, um dort Rüben anzubauen? Was wusste Ihr Partner, was Willy Beckervordersandforth nicht wusste?«

»Das Land soll als Bauland ausgewiesen werden. Es ist geplant, dort einen riesigen Autohof zu errichten. Mit Tankstellen, Hunderten von LKW-Parkplätzen, Restaurants, Spielhalle, Kino. Natürlich kann Heribert das nicht allein stemmen. Dafür hat er seine Beziehungen. Er kennt von früher genügend Leute aus Politik und Wirtschaft, die ihr Geld sicher anlegen wollen.«

»Verstehe«, sagte ich. »Aber nach seiner Pleite brauchte er erst mal selbst Kapital. Wieso war Effie Beck denn so vermögend?«

»Drogengeschäfte. Deshalb wollte Heribert auch raus aus

der Firma. Er wollte nichts mehr damit zu tun haben. Sie hat ihn zappeln lassen. Na ja, den Rest kennen Sie ja.«

An der nächsten Kreuzung sagte er: »Richtung Bielefeld bitte!«

Ich gehorchte.

Nach hundert Metern hieß er mich am Seitenstreifen anzuhalten. Draußen herrschte stockdunkle Nacht.

Auch ein guter Platz, um jemanden loszuwerden, dachte ich. Wenn er Glück hatte, würden ein paar Tage vergehen, bis man meine Leiche im Straßengraben finden würde.

Aber er wollte nur das Foto. »Geben Sie es mir schon mal«, verlangte er.

»Und das Geld?«

»Später.«

Ich wusste, dass das eine Lüge war. Aber ich gab es ihm. Er schaltete eine kleine Taschenlampe an und betrachtete das Foto.

Die ganze weitere Fahrt über.

Und er sagte kein Wort mehr.

Ich ahnte, wohin ich fahren sollte. Nach Bielefeld. Zum Lindenhof.

Schließlich parkten wir da, wo das Wohnmobil immer gestanden hatte.

»Wollen wir aussteigen?«, fragte ich.

Er nickte.

Als wir draußen standen, sah ich, dass er eine Hand in die Manteltasche gesteckt hatte. Ich konnte mir gut vorstellen, dass sein Zeigefinger sich in dem Moment um den Abzug krümmte.

Er bemerkte meinen Blick und sagte: »Nur zur Vorsicht. Keine Sorge, Sie kriegen Ihr Geld.«

Ich glaubte ihm kein Wort. Er dirigierte mich zu einer Lücke im Zaun. Sicherlich war er nicht zum ersten Mal hier. Der Lindenhof ragte düster vor uns auf wie ein Geisterschloss.

Wir gingen zum Eingang, und Molini schloss auf. Ich wunderte mich nicht mehr, dass er einen Schlüssel hatte. Nachdem wir eingetreten waren, ließ er mich vorausgehen. Er leuchtete mit der Taschenlampe.

»In den Keller«, befahl er.

Über eine ziemlich morsche Holztreppe stiegen wir hinab.

»Links!«

Der Raum, den ich betrat, war völlig kahl, soweit ich das im schwachen Licht der Taschenlampe erkennen konnte. Bis auf eine alte fleckige Badewanne, die in der Mitte stand. Es roch dumpf und staubig.

»Ziehen Sie sich aus und legen Sie sich hinein!«, befahl Molini.

»Was ...?«

»Die Unterhose können Sie meinetwegen anbehalten, wenn es Ihnen peinlich ist.«

»Das ist nicht Ihr Ernst!«

Er zeigte mir die Pistole. Es war eine Glock 23 mit einem aufmontierten Tactical Light. Gleichzeitig knipste er die Taschenlampe aus, und es wurde fast völlig dunkel. Der Zielpunkt der Pistole erschien auf Höhe meines Herzens.

»Ausziehen!«, wiederholte er fast freundlich.

»Und dann?«

»Sehen wir weiter.«

Ich nickte. Da ich nichts mehr sehen konnte, fühlte ich mich noch schutzloser. Der Zielpunkt der Waffe tanzte auf meinem Körper, während ich mich auszog. Zuerst legte ich den Mantel ab, dann folgten Pullover und Hemd. Allmählich hatten sich meine Augen an die Dunkelheit gewöhnt, und ich konnte zumindest ein paar Schatten unterscheiden. Durch ein schmales vergittertes Kellerfenster fiel jetzt mattes Mondlicht. Wahrscheinlich würde gleich wieder eine Wolke alles in nachtschwarze Finsternis tauchen.

Ich zog die Schuhe aus und spürte, wie die Kälte vom Boden aus in meinen Körper drang.

»Die Strümpfe auch, bitte.«

Schließlich stand ich nur mit einer Unterhose bekleidet vor ihm.

»Was haben Sie vor, Molini?«

»Haben Sie die Wanne gesehen?« Er knipste die Taschenlampe wieder an, damit ich mich orientieren konnte. »Steigen Sie hinein!«

Ich nickte. Mir war eiskalt. Die Wanne sah aus, als wäre sie mit Kot beschmiert. Es war Rost und Dreck. Doch größer als der Ekel war meine Angst.

Und die Kälte. Ich zitterte am ganzen Leib.

Molini schaltete die Taschenlampe wieder aus. Der Leuchtzielpunkt der Glock verharrte über meinem Herzen.

»Hier unten war der Waschraum«, sagte Molini tonlos. »In einer Wanne wie der, in der Sie liegen, musste ich oft stundenlang bleiben. In eiskaltem Wasser.«

»Und deshalb wird man zum Mörder?«

»Ich war immer der Sündenbock. Schwester Martha, wie wir sie nennen mussten, hatte mich auf dem Kieker, wie man so sagt. Ich war natürlich kein Musterschüler. Ich habe sie zur Weißglut getrieben, wo ich nur konnte. Den Spitznamen Pippi hab ich ihr verpasst.« Er schwieg, offensichtlich kramte er in seinen Erinnerungen.

»Pippi?«

»Wegen Pippi Langstrumpf.«

»Und warum haben Sie ihr den Reifen von der Playmobilfigur in den Mund gesteckt, nachdem Sie sie ermordet hatten?« Ich hatte Mühe, das Klappern meiner Zähne zu unterdrücken.

»Schwester Marthas Spezialität war es, einen zur Strafe ins Verlies zu sperren. Das war ein Kellerloch. Ohne Licht. Ohne etwas zu essen. Ohne etwas zu trinken. Je nachdem, was man verbrochen hatte, musste man einen oder zwei Tage dort bleiben. Manchmal auch noch länger. Dann bekam man zwischendurch etwas Brot und Wasser reingestellt. Meine kürzeste Zeit in dem Loch war ein Tag. Ich hatte einen Jungen verprügelt, weil der mich wegen irgendwas verpetzt hatte. Einmal war ich drei Tage darin. Zur Strafe, weil ich Schwester Martha angespuckt hatte. Insgesamt war ich bestimmt zehn Mal im Loch. Ich habe irgendwann nicht mehr mitgezählt. Bevor man hineingesteckt wurde, durfte man sich ein Spielzeug aussuchen, das man mitnehmen wollte. Ich habe jedes Mal den Clown mitgenommen. Nach ein paar Stunden dort unten fing man an, mit sich selbst zu sprechen. Ich habe immer mit dem Clown gesprochen. Und ihm erzählt, was ich mit Schwester Martha alles anstellen würde, wenn ich erst mal die Gelegenheit dazu hätte.«

»Die Gelegenheit hatten Sie dann vierzig Jahre später. Warum haben Sie sich nicht einfach an eine behördliche Stelle gewandt? Zurzeit werden solche Schicksale, wie Sie sie erlitten haben, doch aufgearbeitet.«

»Das glauben Sie doch selbst nicht, dass ein Scheck das alles wiedergutmachen kann, was in der Kindheit angerichtet wurde?«

»Aber wenn jeder seine Peiniger umbringen würde, wo kämen wir denn da hin?«, fragte ich fassungslos.

Er schüttelte den Kopf. »Sie glauben ja gar nicht, wie gut es getan hat, ihr die Hände um den dürren Hals zu legen und mitzuerleben, wie sie langsam stirbt.«

Ich hatte das Gefühl, dass meine Haut mit der rauen Beschichtung der Wanne langsam verschmolz. Zu einem einzigen Eisblock. »Und weil es Ihnen solchen Spaß gemacht hat, haben Sie dann auch Effie Beck ermordet?«

»Die Gründe habe ich Ihnen bereits erzählt. Aber ich dachte mir, ich steck ihr auch ein Playmobilteilchen in den Mund. Den Reifen vom Clown. Dadurch habe ich die Polizei auf eine ganz andere Spur lenken wollen. Und das ist mir auch gelungen.«

»Und warum musste dann noch das Double der Gräfin, Anna Lechna, sterben?«

»Das Double der Gräfin?«, fragte er verständnislos.

Ich half ihm auf die Sprünge, indem ich ihn an die ausgeklügelte Falle mit dem Balken erinnerte.

»Damit habe ich nicht das Geringste zu tun«, sagte er.

»Warum lügen Sie ausgerechnet in dem Fall?«

»Ich sage die Wahrheit.«

Genau das wurde mir in diesem Augenblick auch bewusst. Trotz der Kälte durchfuhr es mich plötzlich siedend heiß. Das bedeutete, dass die Gefahr noch nicht gebannt war.

»Und jetzt falten Sie die Hände. Ich finde, es macht sich gut, wenn man als Leiche die Hände zum Gebet gefaltet hat. Ich werde Sie erschießen. Sie wissen ja jetzt alles. Danach lasse ich Beckervordersandforths Karre verschwinden. Danke für den Tipp mit den DNA-Spuren. Heribert wird es mir danken. Bitte schließen Sie die Augen. Ich mag es nicht, wenn man mir dabei zusieht.«

Mir blieb nichts anderes übrig, also tat ich, was er befahl.

Im nächsten Moment explodierte die Welt. Hinter meinen geschlossenen Augen tanzten grelle Blitze. Instinktiv ließ ich mich in tiefer in die Wanne gleiten. Etwas streifte schmerzhaft heiß meine linke Wange. Als ich die Augen öffnete, sah ich zunächst nur Rauch. Der Kellerraum war hell erleuchtet. Ein zweiter Schuss bellte durch den Waschkeller. Schwarz gekleidete, vermummte Sicherheitsbeamte kämpften sich durch den Nebel zu mir vor. Ich hob die Hände und schrie.

Ich schrie auch noch, als sie mich halb nackt aus der Wanne zogen und hinausschleiften.

Hinter mir ertönte ein weiterer Schuss. Als Antwort folgte eine Salve von Schüssen. Ein Schrei drang an mein Ohr.

Irgendwann hielt mir jemand einen Becher an die Lippen und sagte: »Trink!«

Es war heißer Kaffee mit Schnaps.

Mit jedem Schluck kehrte ich mehr in die Wirklichkeit zurück.

Aber wärmer wurde mir nicht.

Auch nicht, als ich erkannte, dass es Norbert war, der mir den Becher hinhielt und sagte: »Es ist vorbei. Molini ist tot. Leider. Er hat es darauf angelegt. Wenn du mich fragst, wollte er sterben.«

»Es ist noch nicht vorbei«, krächzte ich. Meine Lungen waren noch voller Rauch. »Er hat abgestritten, das Double der Gräfin ermordet zu haben.«

»Ach Quatsch«, sagte Norbert schroff. »Wer soll es denn sonst gewesen sein?«

32.

»Wir wissen jetzt auch, warum wir ihn im *Admiral Hornblower* angetroffen haben. Er wusste, dass seine Villa überwacht wurde. Doch das war nicht das Problem. Er hatte sie ja auch zuvor durch den Garten verlassen. Aber Molini und er hatten sich gestritten. Und zwar so heftig, dass er nicht mehr sicher sein konnte, ob sein Partner ihm ein falsches Alibi verschaffen würde. Da kam ihm die Idee mit dem Wirt vom *Admiral Hornblower.* Er hat ihn in kürzester Zeit unter den Tisch getrunken oder hat zumindest so getan und hat mit ein paar K.-o.-Tropfen nachgeholfen und behauptet, er wäre die ganze Zeit dort gewesen. Der Wirt kann sich übrigens an nichts mehr erinnern.«

Wir hatten uns am nächsten Morgen spontan in Bielefeld zum Frühstück getroffen. Das beste in ganz Bielefeld gibt es im *Glück & Seligkeit*, der ehemaligen Martini-Kirche an der Artur-Ladebeck-Straße.

Ich hatte Croissants und Marmelade bestellt. Norbert liebte es herzhafter. Sein Teller bog sich fast unter den Bergen von Wurst und Schinken. Ollie begnügte sich mit einem abgespeckten englischen Frühstück.

»Preuss hat alles gestanden«, erzählte Norbert nun.

Er wirkte übermüdet. Kein Wunder, denn er hatte in dieser Nacht wahrscheinlich kein Auge zugemacht. Ich übrigens auch nicht. Nach den Ereignissen im Lindenhof hatte ich nicht schlafen können.

Selbst Alkohol hatte nichts genutzt. Die ganze Zeit hatte ich

Molini vor mir gesehen, wie er auf mich zielte und jeden Moment abdrücken wollte.

Die Polizei hatte im Lindenhof auf uns gewartet. Ich hatte hoch gepokert mit der Annahme, dass Molini mich an den Ort seiner Kindheit führen würde. Zwischendurch hatte ich mich verflucht, weil ich Angst hatte, er würde mich vorher umbringen.

Es war vorbei – aber irgendwie doch nicht.

»Als wir Preuss mit der Aussage seines Lebenspartners konfrontiert haben, war er noch halbwegs gelassen. Aber als wir ihm sagten, dass Molini tot ist, ist er zusammengebrochen. Er hatte sich zwar wegen seines neuen Lovers oft mit Molini gezofft, aber das hatte er nicht gewollt. Wie gesagt, er hat alles gestanden. Hintergrund waren akute Geldprobleme.«

Ich nickte, während ich mit der Erdbeerkonfitüre kämpfte, die von der Croissantspitze hinuntertropfen wollte. Ich leckte sie einfach ab. Dann sagte ich: »Hat er auch den Mord an Anna Lechna gestanden?«

Norbert schüttelte den Kopf. »Nein, er bestreitet, dass er etwas damit zu tun hat. Auch würde er seine Hand dafür ins Feuer legen, dass Molini es nicht war. Aber das bekommen wir auch noch heraus. Übrigens, weißt du, was komisch ist: Bei dem Ring, der an dem Nylonfaden hing, mit dem der Balken heruntergerissen wurde, handelt es sich nicht um ein Teil von einer Playmobilfigur.«

»Sondern?«

»Um einen ganz normalen Schnullerring.«

»Dann bin ich ja entlastet. Trotzdem ist die ganze Sache ziemlich rätselhaft. Warum sollten Molini oder Preuss Anna Lechna ermorden? Es gibt doch gar kein Motiv. Die einzigen beiden Verbindungen, die ich sehe, sind folgende: Das Double war bei *Party & Style* unter Vertrag. Also bei Preuss, auch wenn der sich nicht mehr um die Geschäfte gekümmert hat. Zweitens Tobi, der für Licht und Technik zuständig ist. Immerhin war er der Grund für Molinis Eifersucht.«

»Angenommen«, schaltete Ollie sich ein, »Molini wollte Tobi loswerden und hat dann die Falsche erwischt?«

Ich dachte zwischen zwei Bissen über die Möglichkeit nach. Dann schüttelte ich den Kopf.

»Erstens hätte er es zugegeben. Warum sollte er ausgerechnet diesen Mord mir gegenüber abstreiten? Zweitens macht ein Mann wie Molini keine Fehler. Außerdem war er kaltblütiger. Der hat lieber selbst Hand angelegt, als sich so etwas Ausgeklügeltes einfallen zu lassen.«

Wir diskutierten noch eine ganze Weile, kamen aber zu keinem Ergebnis.

»Wir müssen den Brief, in dem ein weiterer Mord vor laufender Kamera angekündigt wird, also ernst nehmen«, sagte ich schließlich.

»Sollten wir, ja«, stimmte Norbert zu.

»Am besten wäre es doch, die Sendung abzusetzen«, schlug ich vor.

»Da sind uns die Hände gebunden, solange das alles auf privatem Grund stattfindet und keiner Einspruch erhebt.«

»Unmöglich!«, sagte auch Ollie. »Heute Abend findet das Finale statt! Die hunderttausend sind uns sicher. Nur die Hooger sind noch im Rennen. Zumindest die, die das Hochwasser überlebt haben. Ich meine, heil überlebt haben. Wenn wir nicht gewinnen, ist alles aus.«

»Kannst du ihn nicht zur Vernunft bringen?«, bat ich Norbert.

Der schüttelte den Kopf. »Ich kann euch nur die Daumen drücken, dass ihr gewinnt. Und zwar ohne Leiche zum Dessert.«

33.

Es war eine gespenstische Szenerie. Der Gastraum war für zehn Testesser hergerichtet. Doch aus Sicherheitsgründen sollten die erst im Lauf der Sendung eingeschleust werden. Im Kamin prasselte ein heimeliges Feuer, alles war weihnachtlich geschmückt, auf jedem Tisch lag ein duftender Tannenzweig.

Diesmal wurde live gesendet. Das dämlichste Moderatorenpaar Deutschlands hatte sich ausnahmsweise getrennt. Der männliche Part sendete seine dümmlichen Ansagen von der Hallig Hooge aus. Die Blondine hatte sich für uns entschieden.

In der Küche ging es hoch her. Die Gräfin hatte sich kompetente Hilfe aus ihrem Landfrauenklub dazugeholt. Ausgerechnet ihre größte Feindin, Hedwig Bollhöfer, die Kassenwartin, war die beste Köchin. Die Gräfin war über ihren Schatten gesprungen und hatte sie um Hilfe gebeten.

Ich konnte nur staunen, wie einträchtig die beiden nebeneinander in der Küche standen. Es hatte nur ein paar Kameras gebraucht.

Die beiden schnitten Rotkohl und Äpfel hauchdünn.

Duffy putzte derweil die Pilze für die Suppe. Eine Arbeit, um die ich ihn nicht beneidete.

Ollie und ich kümmerten uns um Gläser und Geschirr und polierten jedes Teil von Hand.

Ansonsten war in der Küche kaum Platz zum Atmen. Neben Gregory und Petra Kowalsky, den beiden Kameraleuten, und Tobi, dem Techniker, ließen es sich auch Irene und Windland nicht nehmen, heute alles zu überwachen. Es durfte nichts schiefgehen!

Fee hatte ihre Garderoben- und Schminkstube in einer Kammer nebenan eingerichtet. Da saß sie zwischen Einmachgläsern und Kochtöpfen und reagierte sofort, wenn Windland etwas auffiel.

»Seine Stirn glänzt!« Und schon kam Fee hervor und puderte Duffys schweißnasse Stirn ein wenig fernsehtauglicher.

»Hier fehlt noch unser Mörser!«, rief sie, und Fee eilte davon, um den Mörser zu holen. Mittlerweile gab es einige spezielle *Action-Dinner*-Produkte, die in den Werbepausen verkauft wurden. Der Mörser war der Renner.

Corinna Nehs steckte den blonden Wuschelkopf in die Küche. Sofort schwenkte Petra Kowalsky die Handkamera auf sie.

»Huhu, meine Lieben! Dürfen ich und unsere Zuschauer mal ein bisschen schauen, was hier schon Leckeres vorbereitet wird?«

Hedwig Bollhöfer fuhr herum und verdeckte mit ihrem voluminösen Leib alle anderen am Herd. »Sie dürfen, meine Liebe.« Sie strahlte in die Kamera, als hätte sie einen Schönheitspreis gewonnen. Fehlte nur noch, dass sie hineinwinkte und jemanden grüßen wollte. »Also, ich schneide gerade den Rotkohl ...«

»*Wir* schneiden den Rotkohl!«, verbesserte die Gräfin. Sie hatte sich an Hedwig Bollhöfers Seite geschoben und schaute grimmig drein. »Das ist meine Schnippelhilfe Hedwig.«

»Schnippelhilfe?«, empörte sich die Bollhöfer. »Ich bin gelernte Hauswirtschafterin.«

Ich hatte dem Frieden von Anfang an nicht getraut. Hoffentlich würde er wenigstens halten, bis die Sendung vorbei war.

»Und als Hauptgang gibt es neben dem Rotkohl natürlich meine französische Weihnachtsente mit Lippischem Kasten-Pickert.«

»Das Letzte ist ja ein echter Zungenbrecher«, stellte Frau Nehs fest und verhaspelte sich prompt.

Danach richtete die Moderatorin das Mikro unversehens auf mich. Ich hatte mich nicht rechtzeitig wegducken können. »Und Sie, Moritz, sorgen quasi dafür, dass alles ins Reine kommt.«

»Ich poliere die Gläser.«

»Ja, aber unsere Zuschauer wissen auch, dass Sie bei der Aufklärung des ›Playmobil-Mörders‹ mitgeholfen und ihn zur Strecke gebracht haben. Wir haben in den Nachrichten und in der Vorberichterstattung zu unserer Sendung bereits ausführlich berichtet.«

»Da muss ich jetzt mal etwas richtigstellen. Die Polizei hat den mutmaßlichen Täter festnehmen wollen. Dabei hat der das Feuer auf die Beamten eröffnet. Im anschließenden Kugelhagel ist er gestorben. In dem Zusammenhang von ›zur Strecke bringen‹ zu sprechen halte ich für ziemlich daneben.«

Sie zog einen Flunsch.

»Nun gut. So wie es aussieht, gibt es einen Trittbrettfahrer. Er hat damit gedroht, in dieser Sendung zuzuschlagen. Wie groß ist die Gefahr?«

Zum Glück stellte sie die Frage nicht mir, sondern Windland.

Windland trug einen schwarzen Hosenanzug. Anders als sonst hatte sie ein dezentes Make-up aufgelegt.

»Wir nehmen die Gefahr sehr ernst. Deswegen haben wir die Sicherheitsvorkehrungen verschärft. Unsere eigene Security sorgt sowohl im Haus selbst als auch draußen für Sicherheit. Außerhalb des Hofes patrouilliert die Polizei. Wir schließen zum jetzigen Zeitpunkt aus, dass irgendjemandem etwas zustößt.«

Sie machte ihre Sache sehr gut. Einerseits souverän und vertrauenerweckend, andererseits werbewirksam. Windland hätte auch eine gute Pressesprecherin für eine Dynamitfirma abgegeben.

»Vielen Dank. Wir zeigen Ihnen jetzt, wie es draußen so zugeht.«

Das Fernsehbild zeigte das Außengelände. In der Küche war ein kleiner Bildschirm installiert, sodass auch wir immer sehen konnten, was gerade gesendet wurde.

Normalerweise, so hatte mir Irene stolz erzählt, waren Livesendungen wie diese weit aufwendiger, vor allem von der Manpower her. Hier übernahm jeder zwei, drei Aufgaben gleichzeitig, sodass es wunderbar funktionierte. Vielleicht war das sogar der eigentliche Reiz der Sendung.

Ich schaute auf den Bildschirm. Draußen riegelte eine Kette schwarz gekleideter Security-Männer das Haus ab. Dahinter machte ich eine gut hundertköpfige Menge Schaulustiger aus. Ein Außenreporter befragte gerade einige aus der ersten Reihe.

Ich konzentrierte mich wieder auf das Polieren der Gläser. Plötzlich hatte ich das Gefühl, dass jemand mich beobachtete. Unauffällig blickte ich mich um.

Mein Blick begegnete dem von Windland. Sie hatte mich die ganze Zeit im Visier!

Als sie merkte, dass ich sie ertappt hatte, kam sie auf mich zu.

»Ich bin froh, dass Sie heute Abend hier sind, Herr Morgenstern«, sagte sie.

Derart beflissen hatte ich sie noch nicht erlebt. Vielleicht war sie ja wirklich sehr besorgt.

Ich fragte sie danach.

»Ich weiß, dass ich mit dem Feuer spiele. Und glauben Sie mir, ich fühle mich alles andere als wohl dabei. Ich hätte die Sendung absagen müssen ...«

»Und warum haben Sie es dann nicht getan? Sie nehmen nicht nur den Tod von Menschen in Kauf, Sie und Ihr Sender tun auch noch alles, um den Hype zu befeuern.«

»Sie haben es erfasst: der Sender. Ich habe einen Vertrag! Was glauben Sie, was los ist, wenn ich diese Sendung schmeiße? Wissen Sie, wie viele Werbekunden allein in den letzten Tagen neu dazugekommen sind? Und wie viele Mörser wir verkauft haben?«

Ich wollte sie gerade fragen, wie viele Mörser ein Menschenleben denn wert sei, als Muff kläffend in die Küche gestürmt kam. Sofort richteten sich beide Kameras auf ihn. Die beiden Möpse waren nun mal die unangefochtenen Stars der Sendung. Muff bellte nervtötend, und sein Stummelschwänzchen wackelte aufgeregt hin und her.

Es war ungewöhnlich, dass sich nur einer der beiden Möpse blicken ließ. Sie klebten sonst zusammen wie Max und Moritz, A-Hörnchen und B-Hörnchen, Dick und Doof.

»Na, wo hast du denn den kleinen Potter gelassen?«, fragte die Gräfin.

Muff wirbelte im Kreis herum. »Oh mein Gott, es wird doch nichts passiert sein?«

Ihr sorgenvoller Blick traf mich. »Moritz, Sie müssen nachsehen, was mit Potter ist.«

Ich nickte. »Ihm wird schon nichts passiert sein. Die vielen Leute hier. Sie wissen doch, wie sensibel er ist. Bestimmt hat er sich irgendwo verkrochen.«

»Hoffentlich haben Sie recht.«

»Ich helfe Moritz beim Suchen«, sagte Ollie und warf das

Küchentuch, mit dem er die Pilze gesäubert hatte, schwungvoll auf die Anrichte. »Mit dem Gläserpolieren sind wir so gut wie durch.«

Wir gingen hinaus, heilfroh, endlich aus der Küche und damit aus dem Scheinwerferlicht zu kommen.

Auf dem Korridor fragte er: »Dem guten Potter wird doch nicht wirklich etwas zugestoßen sein?«

»Ich weiß nicht, ich habe ein ungutes Gefühl.«

»Teilen wir uns auf? Du suchst hier unten nach ihm. Ich sehe oben nach.«

Im selben Moment fiel mein Blick aus dem Fenster. Der Hof lag im hellen Scheinwerferlicht. Doch hinter den Security-Leuten bewegte sich eine schwarz gekleidete Gestalt. Irgendwie kam sie mir bekannt vor.

Irene!

War sie nicht vorhin noch in der Küche gewesen?

»Behalt die schwarz gekleidete Gestalt im Auge!«, zischte ich Ollie zu und deutete in den Hof hinunter.

Ich selbst raste zurück in die Küche, um mich davon zu überzeugen, dass es nicht Irene gewesen sein konnte, die da draußen herumlief. Doch in der Küche war sie nicht mehr.

Ich fragte die anderen, aber keiner wusste, wohin sie verschwunden war. Ich eilte wieder zurück zu dem Fenster im Flur. Doch Ollie war nicht mehr da. Ich fand ihn draußen.

»Frau Nachtigall ist gerade mit dem Wagen von der Windland davongefahren«, berichtete er.

»Mitten in der Sendung?«

Ollie zuckte mit den Schultern. Wir schauten uns an. Und uns beiden kam offenbar der gleiche Gedanke. »Ich glaube einfach nicht, dass sie Potter entführt hat. Irene doch nicht! Und warum sollte sie auch?«

Die letzte Frage konnte ich mir selbst beantworten. Die Entführung Potters während der laufenden Sendung würde einen Riesenhype geben.

»Such du weiter im Haus nach Potter«, sagte ich hastig zu Ollie. »Ich fahre ihr nach. Wenn du fündig wirst, rufst du gleich an, okay?«

»Fahr vorsichtig. Sie haben vorhin vor Glatteis gewarnt.«

»Deshalb nehme ich ja auch den Volvo und fahre nicht mit deinem Schlitten«, beruhigte ich ihn. »Bis nachher.«

Es dauerte etwas, bis der Motor warm war, aber dann schnurrte der Diesel wie geschmiert den Berg hinunter. Ich gab ordentlich Gas. In den engen Kurven kam der Wagen ins Schlingern, fing sich aber jedes Mal wieder.

Nach einer Weile hatte ich sie vor mir. Sie fuhr den VW-Bus, und mit dem war sie nicht besonders schnell unterwegs. Ich fragte mich, ob ich nicht langsam durchdrehte. Hatte sie Potter wirklich im Auto?

Ich fuhr langsamer und ließ die Entfernung zwischen uns größer werden. Als mir klar wurde, dass sie Richtung Donoper Teich fuhr, wuchs meine Neugier wieder. Was wollte sie denn dort? Es war stockdunkel, und das Gelände lag mitten im Teutoburger Wald. Das war kein Ort, wo man um die Zeit noch joggte oder spazieren ging.

Doch sie steuerte tatsächlich den Parkplatz an. Ich fuhr absichtlich vorbei, damit sie keinen Verdacht schöpfte. Hinter der nächsten Serpentine wendete ich den Wagen. Die Räder drehten leicht durch. Hier oben waren die Straßen bereits gefährlich glatt. Ich wartete eine Weile am Straßenrand. Nach zwei Minuten fuhr ich wieder den Berg hinauf.

Als ich auf den Parkplatz kam, war Irenes Wagen nicht mehr zu sehen. Ich fluchte. Hatte sie doch Verdacht geschöpft und war wieder zurückgefahren? Dann war sie jetzt wahrscheinlich über alle Berge.

Ich schaltete den Motor aus und ließ die Seitenscheibe herunter. Frostig kalte Luft strömte ins Wageninnere. Ich lauschte. Das Geräusch eines Motors war zu hören. Aber es kam nicht von der Straße her, sondern aus Richtung des Teichs.

Es war nur ein Gedanke, aber ein entsetzlicher. Ich dachte an Potter. An den Teich. Und daran, dass sie ihn ertränken könnte.

Zugleich schämte ich mich entsetzlich, dass ich ihr eine solche Tat zutraute.

Dennoch blieb die Frage, was sie hier trieb.

Ich startete den Motor wieder und steuerte auf den Pfad zu, der zu den Teichen führte. Der gefrorene Boden war so holprig, dass ich fürchtete, beide Achsen würden brechen. Fürs Gelände war der Volvo nun wirklich nicht geeignet.

Außerdem fuhr ich ohne Licht. Die Zweige kratzten an den Scheiben und über den Lack wie Krallen. Am Ende des Pfades stieß ich auf den VW-Bus. Er war unbeleuchtet.

Ich stellte den Motor ab, stieg aus und schloss leise die Fahrertür.

Weit vor mir sah ich einen Lichtschein. Ich lief los.

Als ich das Ufer des Teichs erreichte, sah ich gerade noch, wie Irene, eine Taschenlampe in der Hand, einen eckigen Korb auf den Boden stellte, ihn öffnete und wie Potter empört kläffend heraussprang.

Irene blickte sich um. Als sie mich sah, schrie sie auf und wollte weglaufen.

Doch mit ein paar Schritten hatte ich sie eingeholt.

Sie kratzte und boxte und schlug um sich, als ich sie von hinten packte. Ein Hieb traf mich aufs Auge.

»Hör endlich auf!«, schrie ich und drehte sie zu mir herum.

»Moritz?«, entfuhr es ihr erstaunt.

»Wer denn sonst?«

Ihr Widerstand erlahmte. Sie sackte förmlich zusammen.

Ich ließ sie los und starrte sie an. »Was hast du vor?«

»Das geht dich nichts an«, sagte sie. Es klang nicht sehr selbstsicher.

»Wo ist Potter hin?«

Ich schaute mich um. Es war kein Bellen mehr zu hören. Er war wahrscheinlich noch irgendwo in der Nähe. Bestimmt hatte er sich vor Angst irgendwo verkrümelt.

Wütend schaute ich Irene an. »Los, such gefälligst mit!«

Dann konzentrierte ich mich darauf, Potter zu finden. Ich rief seinen Namen, lockte mit der Belohnung von Leckerli, ich ahmte sogar die Stimme der Gräfin nach wie ein Idiot.

»Sei mal still!«, sagte Irene. »Ich hab was gehört!«

Ich lauschte. Nach einer Weile hörte ich es auch. Das Gekläff stammte eindeutig von Potter. Aber es klang weit entfernt.

»Er hat sich aus dem Staub gemacht«, sagte Irene.

»Das hast du doch so gewollt!«

»Willst du mir jetzt eine Szene machen, Moritz Morgenstern? Ja, ich bereue es! Also komm!«

Wir stürmten los. Ich achtete darauf, auf dem Pfad zu bleiben, und hoffte, dass auch Potter nicht auf die dumme Idee kam, sich in die Wälder zu schlagen. Weit vor uns ertönte wieder sein heiseres Bellen. Auf seinen krummen Beinen schien er erstaunlich schnell unterwegs zu sein. Wahrscheinlich genoss er das Abenteuer.

Zwei- oder dreimal hörten wir ihn noch, danach lauschten wir vergeblich. Wir gingen einmal um den Teich herum. Irene leuchtete mit ihrer Lampe.

»Und wenn er in den Wald gelaufen ist?«, fragte sie.

»Dann hast du ihn auf dem Gewissen!«, fauchte ich.

Sie kaute auf ihrer Unterlippe. »Du wirst sehen, er taucht

schon wieder auf. Hunde haben einen fantastischen Orientierungssinn.«

»Und wenn nicht? Erklärst du dann der Gräfin, dass du ihn entführt und ausgesetzt hast?«

Da brach sie zusammen. Sie setzte sich auf den Boden und fing an zu heulen wie ein Schlosshund. Da ich nicht wusste, was ich sonst tun sollte, hockte ich mich neben sie und legte ihr den Arm um die Schultern.

»Wieso hast du das getan?«, fragte ich schließlich. »Und hör auf, mich anzulügen. Sag mir die Wahrheit.«

»Windland hielt es für eine gute Idee, die Möpse noch vor der Sendung beiseitezuschaffen. Darüber hat sie mit mir gesprochen. Unter ›beiseiteschaffen‹ verstand ich, sie für eine Weile irgendwo einzusperren, um die Spannung während der Sendung zu steigern.«

»Das allein ist schon unanständig.«

»Ich weiß, aber das sind nun mal Windlands Methoden. Natürlich hätte es einen Mordswirbel gegeben, wenn die Möpse verschwunden wären. Die Sorge der Gräfin, die Suche nach den Hunden, die Aufregung … und das alles während der Livesendung. Bis zuletzt dachte ich, am Schluss sollten dann die Möpse wieder auftauchen.« Sie schluckte und putzte sich die Nase.

»Und weiter?«, fragte ich, als sie nicht fortfuhr.

»Windland gab einem der Security-Leute den Auftrag, die Möpse einzufangen. Er hat schließlich nur Potter erwischt. Na ja, den Rest kennst du ja.«

»Kenn ich nicht! Warum bist du mit Potter hierher gefahren? Warum du? Da stimmt doch was nicht!«

»Windland wollte, dass er Potter ertränkt. Sie meinte, das wäre noch wirkungsvoller für nachfolgende Staffeln. Von wegen dass man immer mit dem Schlimmsten rechnen muss. Da habe ich mich angeboten, Potter zu – zu …«

»Sprich es ruhig aus!«

»Moritz Morgenstern! Glaubst du wirklich, ich könnte einen Hund ertränken? Ich habe dir doch erzählt, dass ich selbst einen Hund zu Hause habe. Ich könnte niemals einem Tier was zuleide tun. Kennst du mich so wenig?«

»Ich weiß nicht mehr, was ich glauben soll«, sagte ich. Ich wusste es wirklich nicht mehr. In der letzten Woche hatte ich zu viele Lügen gehört.

»Ich bin hierher gefahren, um Potter laufen zu lassen. Morgen hätten wir eh die Zelte bei euch abgebrochen. Und Potter wäre irgendwann wieder aufgetaucht.« Sie drückte sich an mich. »Ihm wird schon nichts passieren.«

Eine Weile sagte ich gar nichts. Dann wurde es mir zu kalt auf dem Boden. Ich stand auf und half ihr ebenfalls hoch.

»Liebst du mich noch?«, fragte sie. »Wenigstens ein bisschen?«

Ich konnte ihr keine Antwort geben. Stattdessen fragte ich: »Glaubst du, dass Windland auch über Leichen geht?«

Sie schaute mich erschrocken an, so als hätte ich sie bei etwas ertappt. »Wie meinst du das?«

»Könnte sie hinter dem Mord an Anna Lechna stecken? Seitdem, das sagst du ja selbst, sind eure Einschaltquoten und die Werbeeinnahmen explodiert.«

Diesmal schwieg sie längere Zeit. Schließlich sagte sie: »In unserem Team weiß jeder über jeden Bescheid. Das ist einfach so in so einer kleinen Truppe. Wir hocken ja Tag und Nacht zusammen. Also hat auch jeder gewusst, dass Tobi einen neuen Lover hat. Er hatte ihn in Köln kennengelernt.«

»Preuss«, sagte ich.

Sie sah mich erstaunt an. »Stimmt. Woher weißt du das? Jedenfalls war der Jubel groß bei ihm, als wir ausgerechnet hier im Teutoburger Wald zu tun hatten. Tobis Lover Preuss wohnt nämlich in Bielefeld.«

»Ich weiß.«

»Wenn du alles schon weißt, dann weißt du sicher auch, dass seine Exfrau vor Monaten verschwunden ist. Preuss hat viel mit Tobi darüber gesprochen. Vor mehr als einer Woche hat man sie dann tot aufgefunden ... Preuss hat Tobi erzählt, wie sie ausgesehen hat. Und dass man bei ihr einen Teil einer Playmobilfigur gefunden hat. Einen Reifen.«

Das hatte Preuss nicht von der Polizei erfahren. Also hätte er es nur wissen können, wenn er selbst der Mörder war oder wenn Molini es ihm erzählt hatte.

Ich ließ Irene weiterreden. »Offensichtlich muss Windland da auf die Idee gekommen sein, eine Falle zu stellen. Es sollte so aussehen, als würde der Mörder sein nächstes Opfer auf eurem Hof suchen.«

»Bist du dir sicher, dass sie es war?«

»Ich habe sie dabei ertappt, wie sie die Falle konstruiert hat. Ich bin nachts in die Küche runter, weil ich Durst hatte. Ich habe mich natürlich gewundert, sie dort zu sehen. Sie wohnt doch im *Detmolder Hof*. Natürlich hatte sie einen Hausschlüssel, wie wir alle. Die Gräfin ist da sehr locker mit umgegangen. Windland hat mich beruhigt. Sie müsse nur noch ein paar Vorbereitungen für den nächsten Tag treffen. Ich fragte sie, ob ich ihr nicht helfen könnte, aber sie hat mich weggeschickt. Und dann – dann ist es passiert.«

»Warum hast du das nicht der Polizei gesagt?«

»Nach dem Tod der armen Frau hat sie mich beiseitegenommen und mich angefleht, ich soll nichts sagen. Es war ein Unfall, hat sie immer wieder beteuert. Sie wollte die Frau nicht töten. Und sie hat mir versprochen, dass sie die Sache aufklären wollte. Gleich nach der letzten Sendung.«

»Also heute. Das glaubst du doch selbst nicht.«

Ich schaute auf die Uhr. Die Sendung mochte noch ungefähr eine halbe Stunde dauern. Ob dann alles vorbei war?

Ich griff zum Handy und hatte sofort Norbert dran. Ich erzählte ihm, was Irene mir gebeichtet hatte. Er hörte zu, ohne mich auch nur ein Mal zu unterbrechen.

»Behaltet Windland im Auge«, schloss ich.

Ich steckte das Handy zurück. In die Tasche. Dann suchten wir weiter nach Potter. Es war arschkalt, aber es war das Einzige, was wir im Moment tun konnten.

Nach zehn Minuten klingelte das Handy. Es war Norbert.

»Sie ist verschwunden«, sagte er. »Dein hübscher Vogel hat leider zu spät gesungen.« Und dann schimpfte er los. »Das hat die Nachtigall doch gewusst, dass Windland sich aus dem Staub macht! Der werd ich die Federn rupfen!«

Ich unterbrach die Verbindung.

»Was hat er gesagt?«, fragte Irene unruhig.

»Er hat von einem Vogel erzählt, dem er die Federn rupfen will.« Dann erzählte ich ihr, dass Windland geflohen war. »Wahrscheinlich hat sie spitzgekriegt, dass die Polizei sie im Visier hat.«

»Und was machen wir jetzt?«, fragte Irene. »Weiter nach Potter suchen?«

Ich schüttelte den Kopf. »Der ist längst über alle Berge. Ich fahr nach Hause. Kommst du mit?«

Sie nickte.

Arm in Arm gingen wir zurück zu unseren parkenden Wagen. Irene stieg in den VW-Bus, ich in den Volvo. Wenden war unmöglich auf dem schmalen Pfad. Ich setzte zurück, bis ich wieder auf den Parkplatz kam. Dort wartete ich, bis auch Irene zurückgesetzt hatte. Dann wendete ich und fuhr die L 828 wieder hinauf. Die Hinterräder rutschten leicht weg, als ich beschleunigte. Inzwischen hatte leichter Schneefall eingesetzt. Im Rückspiegel tauchten die Scheinwerfer von Irenes VW-Bus auf.

Ich hatte fast den höchsten Punkt der Anhöhe erreicht, als mir in einer der Kurven ein Wagen entgegenkam. Er fuhr fast auf dem Mittelstreifen. Ich riss das Steuer nach rechts.

»Arschloch!«, brüllte ich und schaute nach links. Einen Augenblick lang sah ich den Fahrer des Wagens. Es war Windland! Dann schrammte ihr Wagen auch schon an meinem vorbei und riss den linken Außenspiegel mit.

Ich trat auf die Breme. Der Volvo kam ins Schleudern, fing sich aber wieder. Hinter mir kam Irene mit dem Bulli schlingernd zum Stehen. Ich wusste nicht, ob sie Windland erkannt hatte. Es war auch egal. Mit dem VW-Bus würde sie sie kaum einholen können.

Ich gab ihr ein Zeichen zu warten, dann wendete ich, gab Gas und raste Windlands Wagen hinterher. In jeder Kurve rutschte der Wagen weg. Trotzdem fühlte ich mich sicher. Ich kannte die Strecke. Im Gegensatz zu Windland. Die mochte noch so halsbrecherisch rasen, ich hatte sie nach wenigen Minuten eingeholt.

Der Schneefall war mittlerweile zu einem regelrechten Schneetreiben geworden. Ihre roten Rücklichter waren kaum zu erkennen.

Ich schloss weiter auf, während ich Norberts Nummer wählte.

»Was ist los?«

»Ich habe sie«, sagte ich.

Er wusste sofort, wen ich meinte. Ich erklärte ihm, wo wir waren.

»Mach bloß keinen Blödsinn«, warnte er mich. »Wir fangen sie unten in Hiddesen ab.«

»Alles klar«, sagte ich und blieb weiter hinter ihr.

Plötzlich bremste sie ab. Ich konnte den Wagen gerade noch nach links lenken. Bremsen war auf der Steigung unmöglich. Der Wagen wäre sofort ins Rutschen gekommen.

Ich überholte sie. Eine andere Möglichkeit hatte ich nicht. Direkt vor mir kam eine Kurve. Ich konnte nur beten, dass mir auf der Gegenfahrbahn niemand entgegenkam.

Mein Gebet wurde leider nicht erhört.

Ich sah die Scheinwerfer des Schneepflugs vor mir auftauchen wie zwei riesige Monde. Gleichzeitig machte Windland etwas völlig Idiotisches. Sie gab wieder Gas und versuchte mich von der Straße zu drängen, indem sie ihren Wagen nach links riss und mir in die Seite fuhr. Der Zusammenprall war so heftig, dass die Airbags herausgeschossen wurden. Ich sah nichts mehr, schloss nur noch die Augen und wartete auf den nächsten Aufprall.

Der ließ länger auf sich warten, als ich gedacht hätte. Und als der Wagen zum Stehen kam, spürte ich nur einen sanften Stoß. Gleichzeitig vernahm ich das Kreischen, das entsteht, wenn Blech gegen Blech schrammt.

Als ich die Augen öffnete, erkannte ich, dass der Volvo durch den Straßengraben in eine Schneewehe gefahren war.

Offensichtlich hatte Windland mich unfreiwillig davor bewahrt, von dem Schneepflug erfasst zu werden. Der Stoß, den sie meinem Wagen verpasst hatte, hatte ihn aus der Gefahrenzone katapultiert.

Sie selbst war direkt in den Schneeräumer gerast.

Als ich halb betäubt aus dem Wagen taumelte und die glitschig nasse Straße hinauflief, ahnte ich schon, was für ein Anblick sich mir bieten würde.

Der Schneepflug stand mitten auf der Straße. Die riesige Schaufel hatte Windlands Wagen regelrecht aufgeschlitzt.

Für Winterland kam jede Hilfe zu spät. Die Schaufel hatte ihren Körper unterhalb des Brustkorbs in zwei Hälften geteilt.

Sie hatte nicht leiden müssen.

Sie war sofort tot.

34.

Ich war erst am nächsten Morgen wieder ein einigermaßen klar denkender Mensch. Aber noch immer zogen die Bilder der vergangenen Nacht an mir vorbei. Ich glaubte immer noch, die rotierenden gelben Lichter des Schneepflugs zu sehen. Und dazwischen die blauen Lichter von Notarztwagen, Feuerwehr und Polizei.

Fast die halbe Nacht hatte ich am Unfallort verbracht. Hatte bereitwillig alles zu Protokoll gegeben, was ich wusste. Sogar mehrmals.

Erst als der letzte der Polizeiwagen verschwunden war, hatten Irene und ich uns in den Bulli gesetzt und waren nach Hause gefahren. Ich war froh, dass sie zurückgekommen war und bei mir blieb.

Sie war genauso entsetzt wie ich über Windlands Tod.

Als ich auf den Hof trat, blendete mich die Sonne. Der Schnee schmolz bereits wieder. Das Fernsehteam war schon dabei, abzubauen. Sie luden alles in den Bulli.

Als Irene mich sah, kam sie zu mir.

»Und? Ausgeschlafen?«

Ich gab ihr einen Kuss. »Manchmal ist es besser, wenn man gar nicht einschläft.«

Ich hatte von Windland geträumt.

»Ich hatte die ganze Zeit ihr Gesicht vor Augen. Das letzte Mal im Wagen …«

Sie nahm meine Hand. »Dich trifft keine Schuld, das weißt du.«

»Wenn ich sie nicht verfolgt hätte, wäre sie noch am Leben.«

»Wenn ich nicht so lange geschwiegen hätte, auch, du kannst es so oder so sehen. Wenigstens haben deine Leute haushoch gewonnen. Die Zuschauer haben sie mit neunzig Prozent zum Sieger gekürt. Und das Siegermenü soll wirklich fantastisch geschmeckt haben. Vielleicht ist ja noch ein Rest für dich übrig.«

»Ich habe keinen Hunger. Die 100 000 können sie jedenfalls gut gebrauchen. Wann fahrt ihr los?«

»Jetzt gleich.«

»Sehen wir uns wieder?«

Die Frage blieb unbeantwortet, denn im selben Moment fuhr Bode auf den Hof.

Hatte ich wieder unseren Termin verschwitzt?

Als er ausstieg, merkte ich sofort, dass er geladen war. Sein rotes Gesicht verriet, dass er sogar ziemlich erregt war. Er trug seine grüne Jägerkleidung.

Als er mich sah, kam er auf mich zugestampft.

»Eine verdammte Sauerei ist das! Ich war heute Morgen im Revier unterwegs. Irgendein Schwein hat mal wieder Fuchsfallen ausgelegt. Und wissen Sie, was ich in einer gefunden habe? Kommen Sie mit!«

Seine Aufforderung duldete keinen Widerspruch. Er deutete in den Wagen hinein. Auf dem Rücksitz lag auf einer Decke ein lebloser Mops.

»Potter!«

»Dachte ich mir doch, dass der Hund hierher gehört. Die Gräfin und die Möpse sind ja stadtbekannt.«

»Ist er ... tot?«

Bode öffnete die Wagentür. »War fast verblutet, als ich ihn fand.« Er bückte sich und hob den leblosen Mops heraus. Ein

Bein war dick verbunden. »Ich bin gleich mit ihm zum Tierarzt. Gerade noch rechtzeitig.«

»Also lebt er?«

»Glauben Sie, ich hätte mir sonst die Mühe gemacht, ihn hierher zu bringen?«

Ich wäre Bode am liebsten um den Hals gefallen.

»Außerdem will ich die Tierarztkosten wiederhaben.«

»Die kriegen Sie«, versprach ich. »Kommen Sie, die Gräfin wird überglücklich sein, wenn Sie das erfährt!«

Als ich mich umblickte, war Irene bereits in den Bulli gestiegen. Sie winkte mir zu. »Gibt's hier jetzt ein ordentliches Frühstück oder nicht?«, fragte Bode ungehalten.

Ich winkte zurück und sah dem VW-Bus nach, bis er hinter der Kurve verschwunden war.

Anhang:

Das Hauptgericht des *Action-Dinner*-Siegermenüs:

Ente Nizza tanzt mit Lippischem Kasten-Pickert

Ente Nizza

Zutaten für 4 Personen:

1 Ente (Flugente, wenn möglich weiblich, die sind kleiner, aber zarter und weniger fett)
1 kg Tomaten
300 g schwarze Oliven, entkernt
2 Likörgläser Weißwein
2 Likörgläser Weinbrand
1 Knoblauchzehe, fein gehackt
Salz, Pfeffer, Rosmarin, Thymian, Suppenwürze (Instantbrühe)

Zubereitung:

Die mit Salz, Knoblauch und Pfeffer eingeriebene Ente in den vorher nach Anleitung gewässerten Römertopf legen. Oliven in Scheiben schneiden, Tomaten schälen, entkernen und vierteln, mit in den Römertopf geben. Mit Rosmarin, Thymian und Suppenwürze bestreuen. Mit Weinbrand und Weißwein aufgießen. Den Deckel auf den Tontopf setzen und die Ente eineinhalb bis zwei Stunden bei 250 Grad schmoren lassen. Saft abgießen und durch ein Sieb passieren. Danach bei offenem Deckel die Ente noch einmal knusprig braten lassen.

Lippischer Pickert

Zutaten für 4 Personen:

500 g Kartoffeln
375 g Mehl
30 g Hefe
1 Prise Zucker
5 EL lauwarme Milch
5 Eier, getrennt
Je eine Prise Salz und Zucker
Butter für die Form

Zubereitung:

Aus Mehl, Milch, Hefe und Zucker einen Vorteig kneten. Die geschälten Kartoffeln roh reiben, in einem Tuch auspressen und die Masse in eine große Schüssel geben. Dann salzen und nach und nach das Eigelb und etwas Mehl untermengen. Den Hefevorteig dazugeben und alles kräftig durchkneten. Danach das steif geschlagene Eiweiß unterheben und den Teig etwa 50 Minuten gehen lassen. Eine Kastenform mit Butter ausstreichen, den Teig hineinfüllen und noch einmal 20 Minuten gehen lassen. Dann den Kasten-Pickert im vorgeheizten Backofen bei 200 Grad eine Stunde backen.

Falls genügend Vorbereitungszeit bleibt: Erkalten lassen und erst am nächsten Tag in Scheiben schneiden und vor dem Servieren aufbacken.

Guten Appetit!

Ich danke allen, die mich
beim Schreiben unterstützt haben.

Gisela für ihre Geduld und ihr Verständnis, aber auch für die kritischen Hinweise und hilfreichen Korrekturen.

Fabian und Moritz, die mich auch über Weihnachten und Silvester hauptsächlich vor dem Schreibtisch erlebten.

Den Griswolds, denen ich schon lange meine Referenz erweisen wollte. Die Dachbodenszene ist natürlich nicht abgekupfert, sondern eine Hommage.

Ruggero und allen Lesern, die Moritz Morgenstern und mir seit den ersten beiden Romanen die Treue halten.

Den Rolling Stones. (»He don't give a hoot of warning wrapped up in a black cat cloak.«)

Jetzt anmelden!
VOM
LESER ZUM
SCHRIFTSTELLER!
WEITERE INFORMATIONEN UNTER:
www.bastei-luebbe-academy.de